EM NOME
DO MAL

JAMES OSWALD
EM NOME DO MAL

Tradução de
Marilene Tombini

EDITORA RECORD
RIO DE JANEIRO • SÃO PAULO
2014

CIP-BRASIL. CATALOGAÇÃO NA FONTE
SINDICATO NACIONAL DOS EDITORES DE LIVROS, RJ

O95n
Oswald, James
O nome do mal / James Oswald; tradução de Marilene Tombini.
– 1. ed. – Rio de Janeiro: Record, 2014.

Tradução de: Natural causes
ISBN 978-85-01-40305-6

1. Ficção inglesa. I. Tombini, Marilene. II. Título.

14-11318
CDD: 823
CDU: 821.111-3

TÍTULO ORIGINAL EM INGLÊS:
Natural causes

Copyright © James Oswald 2012
Copyright da tradução © Editora Record, 2014

Texto revisado segundo o novo Acordo Ortográfico da Língua Portuguesa.

Todos os direitos reservados. Proibida a reprodução, no todo ou em parte, através de quaisquer meios. Os direitos morais do autor foram assegurados.

Editoração eletrônica: Abreu's System

Direitos exclusivos de publicação em língua portuguesa somente para o Brasil adquiridos pela
EDITORA RECORD LTDA.
Rua Argentina, 171 – Rio de Janeiro, RJ – 20921-380 – Tel.: 2585-2000, que se reserva a propriedade literária desta tradução.

Impresso no Brasil

ISBN 978-85-01-40305-6

EDITORA AFILIADA

Seja um leitor preferencial Record.
Cadastre-se e receba informações sobre nossos lançamentos e nossas promoções.

Atendimento e venda direta ao leitor:
mdireto@record.com.br ou (21) 2585-2002.

*Para meus pais, David e Juliet.
Como eu queria que estivessem aqui para compartilhar isto.*

1

Ele não deveria ter parado. O caso não era seu. Nem sequer estava de serviço. Porém o inspetor-detetive Anthony McLean nunca conseguia resistir a algo que havia nas luzes azuis intermitentes, no furgão da perícia, nos policiais montando barreiras.

Ele havia crescido nesse bairro, nessa parte rica da cidade, com suas residências cercadas por grandes jardins murados. Ali moravam fortunas antigas, e fortunas antigas sabiam como se proteger. Era muito improvável ver um vagabundo andando sem rumo por essas ruas, quanto mais um crime grave, mas agora duas viaturas bloqueavam a entrada de uma casa imponente, e um policial uniformizado estava ocupado desenrolando uma fita azul e branca. Ao se aproximar, McLean empunhou sua identidade.

— O que está havendo?

— Houve um homicídio, senhor. Foi tudo que me disseram. — O policial atou a fita numa extremidade e seguiu para a outra. McLean olhou para a extensa entrada de carros que levava à casa. Um furgão da perícia havia entrado de ré até a metade do caminho, e suas portas estavam escancaradas; uma fileira de policiais avançava aos poucos pelo gramado com os olhos baixos em busca de pistas. Não faria mal dar uma olhada, ver se poderia fazer algo para ajudar. Afinal, ele conhecia a área. Depois de passar por baixo da fita de isolamento, ele subiu pela entrada de carros.

Atrás do furgão branco castigado, um Bentley preto reluzente cintilava sob a luz noturna. Ao seu lado, o motor de um velho Mondeo enferrujado era desligado. McLean conhecia muito bem esse carro, assim como seu dono. O inspetor-chefe Charles Duguid não era seu oficial superior predileto. Se essa era uma de suas investigações, a vítima devia ser importante, o que também explicaria o grande número de policiais convocados.

— Mas que merda que você está fazendo aqui?

McLean voltou-se na direção da voz familiar. Duguid era consideravelmente mais velho que ele, tinha uns 50 e poucos anos, pelo menos; seu cabelo, ruivo no passado, agora rareava e ficava grisalho, seu rosto era corado e enrugado. Um macacão branco de papel estava abaixado e preso na cintura, amarrado com um nó sob a barriga flácida, conferindo-lhe o ar de um homem que só tinha dado uma saidinha para fumar um cigarro.

— Eu estava passando e vi as viaturas na rua.

— E resolveu meter o nariz, né? Mas o que estava fazendo na área?

— Não tive a intenção de me intrometer na sua investigação, senhor. Só pensei que, bem, como cresci nas redondezas, talvez pudesse ajudar.

Duguid soltou um suspiro audível e seus ombros se arquearam de maneira teatral.

— Ah, bom. Como já está aqui, talvez possa ser útil. Vá falar com o patologista seu amigo. Veja que sacadas maravilhosas ele teve dessa vez.

McLean começou a ir para a porta da frente, mas foi interrompido pela mão de Duguid segurando seu braço com firmeza.

— E não deixe de me informar depois. Não quero que você saia de mansinho antes que a gente acabe aqui.

O interior da casa estava quase dolorosamente claro depois da suave escuridão que tomava conta da cidade lá fora. McLean entrou num amplo vestíbulo precedido por um saguão menor, mas ainda assim imponente. Lá dentro havia uma movimentação caótica de peritos vestidos com macacões brancos de papel, procurando impressões digitais e fotografando tudo. Antes que conseguisse dar mais de dois passos, uma jovem agitada lhe entregou um fardo branco enrolado. Ele não a reconheceu; uma nova recruta da equipe.

— O senhor vai querer vestir isso se for entrar. — Ela gesticulou rapidamente com o polegar para uma porta aberta no fim do corredor. — Está a maior sujeira, o senhor não vai querer estragar seu terno.

— Nem contaminar qualquer prova importante. — McLean agradeceu, vestiu o macacão e calçou os protetores de plástico antes de se dirigir à porta, mantendo-se na passarela colocada pelos peritos sobre o piso lustroso de madeira. Ao ouvir vozes lá dentro, ele entrou.

Era a biblioteca de um homem, com livros encadernados em couro revestindo as paredes sobre prateleiras escuras de mogno. Uma escrivaninha antiga, sem nada em cima além de um mata-borrão e um celular, ficava entre duas janelas altas. Duas poltronas de espaldar alto ladeavam uma lareira ornamentada, posicionadas de frente para um fogo apagado. A da esquerda estava desocupada, com roupas bem-dobradas sobre o braço. McLean atravessou a sala, contornou a outra poltrona com a atenção imediatamente voltada para a pessoa que estava sentada ali e franziu o nariz com o mau cheiro repulsivo.

O homem parecia quase calmo, as mãos pousadas nos braços da poltrona, os pés levemente separados no chão. O rosto pálido e os olhos voltados para a frente com uma expressão vidrada. Sangue negro escorria de sua boca fechada, pingando pelo queixo, e, a princípio, McLean achou que ele estivesse usando um casaco de veludo escuro. Então viu as entranhas, formas helicoidais cinza-azuladas e brilhantes, caídas em direção ao tapete persa que cobria o piso. Não era veludo, não era casaco. Duas figuras de branco estavam agachadas ao lado, pelo jeito sem querer apoiar os joelhos no tapete ensopado de sangue.

— Santo Cristo. — McLean cobriu a boca e o nariz, protegendo-se do cheiro ferroso de sangue e do odor mais forte de excremento humano. Uma das figuras olhou para o lado, e ele reconheceu o patologista, Angus Cadwallader.

— Ah, Tony. Veio fazer parte da festa? — Ele se levantou, entregando uma coisa escorregadia para sua assistente. — Tracy, pegue isso, por favor.

— Barnaby Smythe. — McLean se aproximou.

— Eu não sabia que você o conhecia — disse Cadwallader.

— Ah, sim. Eu o conhecia. Não muito, quero dizer. É a primeira vez que venho aqui. Mas, pelo amor de Deus, o que aconteceu com ele?

— Dagwood não o pôs a par?

McLean olhou em volta na expectativa de ver o inspetor-chefe Duguid bem atrás dele, fazendo uma careta por causa do uso informal de seu apelido, inspirado nos quadrinhos. Mas além da assistente e do morto, eles estavam a sós no aposento.

— Na verdade, ele não ficou muito feliz em me ver. Acha que estou a fim de roubar a glória dele outra vez.

— E você está?

— Não. Estou de folga, estava indo até a casa da minha avó e notei as viaturas... — McLean percebeu o sorriso do patologista e se calou.

— Por falar nisso, como vai Esther? Alguma melhora?

— Não, na verdade não. Vou vê-la mais tarde. Quer dizer, se não ficar preso aqui.

— Só imagino o que ela acharia de tudo isso. — Cadwallader acenou com a mão enluvada e manchada de sangue para os restos do que um dia fora um homem.

— Não faço ideia. Com certeza, uma coisa horrível. Vocês patologistas são todos iguais. Então me conte o que aconteceu, Angus.

— Pelo que posso afirmar, ele não foi amarrado nem detido de modo algum, o que poderia sugerir que estava morto quando fizeram isso. Mas há sangue demais para que seu coração não estivesse batendo quando começou a ser retalhado, então é bem provável que estivesse drogado. Vamos descobrir isso quando tivermos os laudos do exame toxicológico. Na verdade, a maior parte do sangue vem daqui. — Ele apontou para um talho na pele que circundava o pescoço do morto. — E julgando pelo borrifo nas pernas e na lateral da poltrona, isso foi feito depois de removerem as entranhas. Imagino que o assassino fez isso para tirá-las do caminho enquanto remexia lá dentro. Todos os órgãos internos parecem estar no lugar, exceto por um pedaço do baço, que está, faltando.

— Doutor, tem alguma coisa na boca dele — disse a assistente, levantando-se, os joelhos rangendo em protesto. Cadwallader alertou o fotógrafo e depois se curvou, forçando os dedos entre os lábios do morto para abrir os maxilares. Logo puxou algo viscoso, vermelho e liso. McLean sentiu a bile subir até a garganta e reprimiu a ânsia de vômito quando o patologista levantou o órgão para a luz.

— Ah, aqui está. Excelente.

Era noite quando McLean saiu da casa. Nunca ficava totalmente escuro na cidade; havia um excesso de postes de luz, os quais projetavam a leve névoa de poluição com um infernal brilho laranja. Mas pelo menos o calor sufocante de agosto se esvaíra, deixando um frescor que era um alívio bem-vindo depois do fedor insuportável lá de dentro. Seus pés esmigalhavam o cascalho enquanto ele olhava para o céu numa busca inútil por estrelas ou pela razão para que alguém retirasse as entranhas de um velho e o alimentasse com o próprio baço.

— Então? — O tom era inconfundível e vinha com um odor acre de tabaco. McLean se virou, deparando-se com o inspetor-chefe Duguid, que se livrara do macacão e mais uma vez usava sua marca registrada, um terno extragrande. Mesmo na semiescuridão, McLean podia ver as partes brilhosas que evidenciavam o desgaste do tecido com o passar dos anos.

— A causa mais provável da morte foi a grande perda de sangue; a garganta dele foi cortada de orelha a orelha. Angus... o Dr. Cadwallader supõe que o óbito se deu entre o fim da tarde e o começo da noite. Entre quatro e sete horas. A vítima não foi imobilizada, portanto, deve ter sido drogada. Saberemos melhor depois do exame toxicológico.

— Eu sei de tudo isso, McLean. Tenho olhos. Fale sobre Barnaby Smythe. Quem o retalharia daquele jeito?

— Eu não conhecia o Sr. Smythe tão bem assim, senhor. Era um homem reservado. Hoje foi a primeira vez que entrei na casa dele.

— Mas imagino que costumava surrupiar maçãs do pomar quando era garoto.

McLean reprimiu a réplica que queria fazer. Estava acostumado às provocações de Duguid, mas não via razão para tolerá-las quando estava tentando ajudar.

— Então o que sabe sobre o homem? — perguntou Duguid.

— Ele era banqueiro, mas já devia estar aposentado. Li em algum lugar que ele doou vários milhões para a nova ala do Museu Nacional.

Duguid suspirou, beliscando o próprio nariz.

— Eu esperava ouvir algo um pouco mais útil que isso. Você sabe alguma coisa sobre a vida social dele? Os amigos e inimigos?

— Não, senhor. Como falei, ele estava aposentado, devia ter pelo menos 80 anos. Eu não ando muito nesses círculos. Minha avó o conhecia, mas ela não está exatamente em condições de ajudar. Teve um AVC, sabe?

Duguid bufou, sem demonstrar solidariedade.

— Então você não serve para nada, não é? Vá em frente, dê o fora daqui. Volte para os seus amigos ricos e aproveite a noite de folga. — Ele se virou e seguiu em direção a um grupo de policiais que fumava. McLean ficou feliz de vê-lo ir embora, mas em seguida se lembrou do aviso que o inspetor-chefe lhe dera sobre sair de mansinho.

— Quer que eu faça um relatório para o senhor? — gritou ele para as costas de Duguid.

— Não, de jeito nenhum. — Duguid se virou, o rosto na sombra, os olhos brilhando com o reflexo da iluminação pública. — Essa investigação é minha, McLean. Agora cai fora da minha cena do crime.

2

O Western General Hospital cheirava à doença; uma mistura de desinfetante, ar abafado e fluidos corpóreos que ficava na roupa se a pessoa passasse mais de dez minutos lá. As enfermeiras da recepção o reconheceram, sorriram e, sem dizer uma palavra, acenaram com a cabeça para que ele entrasse. Uma delas era Barbara, e a outra, Heather, mas ele nunca conseguia lembrar quem era quem. Elas nunca pareciam ficar separadas por tempo suficiente para que ele descobrisse, e ficar olhando para os pequenos crachás no peito delas era constrangedor.

McLean andava ao longo dos corredores desalmados tão silenciosamente quanto o piso de linóleo permitia; passou por homens arrastando os pés e enfiados em acanhadas batas hospitalares, segurando com mãos artríticas os suportes móveis com seus tubos intravenosos; enfermeiros ocupados abriam caminho entre uma crise e outra; jovens médicos davam a impressão de estar a ponto de desmaiar de exaustão. Fazia tempo que isso deixara de chocá-lo, de tanto que ele frequentava o lugar.

A enfermaria que ele procurava ficava numa extremidade do hospital, afastada da intensa movimentação. Era uma boa sala, com janelas que davam para o estuário do rio Forth e tinham vista para Fife. Isso sempre lhe parecera meio estúpido, na verdade. Esse lugar seria melhor para alojar pessoas que se recuperavam de cirurgias ou algo assim. Em vez disso, era o lar daqueles pacientes que não davam a mínima para a vista nem para o silêncio. Ele manteve a porta entreaberta com um extintor de incêndio para que o burburinho distante o acompanhasse e adentrou na semiescuridão.

Ela estava recostada em vários travesseiros, com os olhos fechados, como se estivesse dormindo. De sua cabeça estendiam-se fios até um monitor ao lado da cama, que marcava um ritmo lento e constante. Um único tubo gotejava um líquido claro em seu braço enrugado e marcado, e havia um monitor de pulsação preso em seu dedo murcho. McLean puxou uma cadeira e se sentou, segurando a mão livre de sua avó e olhando para o rosto dela, tão altivo e vivaz no passado.

— Estive com Angus hoje. Ele perguntou pela senhora. — Ele falava baixo; não tinha mais certeza de se ela o ouvia. A mão dela estava fria, na temperatura ambiente. Exceto pelo subir e descer do peito, a avó não se mexia. — Há quanto tempo a senhora está aqui? Dezoito meses? — As faces dela haviam se retraído desde a última vez que ele a visitara, e não lhe haviam cortado o cabelo direito, fazendo com que seu crânio parecesse ainda mais esquelético.

— Eu sempre achei que a senhora acabaria acordando e que tudo seria o mesmo, mas já não tenho tanta certeza. Acordar para quê, afinal?

Ela não respondeu; fazia um ano e meio que ele não ouvia sua voz. Desde aquela noite em que ela lhe telefonara, dizendo que não se sentia bem. Ele se lembrou da ambulância, dos paramédicos, de fechar a casa vazia. Mas não conseguia se lembrar de sua fisionomia ao encontrá-la inconsciente na poltrona junto à lareira acesa. Ela definhara com o passar dos meses, e ele a vira enfraquecer até chegar ao ponto de se tornar apenas essa sombra da mulher que o criara desde os 4 anos.

— Quem fez isso? Francamente. — McLean se virou, sobressaltado com o barulho. Uma enfermeira parada no vão da porta se esforçava para retirar o extintor de incêndio. Ela entrou alvoroçada, olhando ao redor até finalmente vê-lo.

— Ah, Sr. McLean. Desculpe. Não tinha visto o senhor aí.

Ela tinha um leve sotaque das Hébridas Exteriores e, além do rosto alvo, cabelos curtos e ruivos. Usava o uniforme de enfermeira-chefe, e McLean tinha certeza de que sabia seu nome. Jane ou Jenny, algo assim. Ele achava que sabia os nomes de quase todas as enfermeiras do hospital, fosse por causa do trabalho ou de suas visitas regulares a essa pequena e silenciosa enfermaria. Porém, por mais que se esforçasse, ali parado, ele não conseguiu se lembrar do dela.

— Tudo bem — disse ele, levantando-se. — Eu já estava de saída. — Ele voltou a olhar para a criatura em coma e soltou sua mão fria. — Logo, logo venho vê-la de novo, vó. Prometo.

— Sabia que o senhor é a única pessoa que vem visitar regularmente? — comentou a enfermeira. McLean olhou em torno, notando os outros leitos com seus ocupantes silenciosos e imóveis. Era um pouco sinistro. Todos em fila para o necrotério. Aguardando pacientemente que o Anjo da Morte os levasse.

— Eles não têm família? — perguntou ele, indicando os outros pacientes com um gesto de cabeça.

— Claro que têm, mas ninguém vem visitá-los. Eles vêm no início. Às vezes todos os dias, por uma ou duas semanas. Por um mês até. Mas com o tempo os intervalos vão ficando mais longos. O Sr. Smith não recebe visitas desde maio. Mas o senhor vem aqui todas as semanas.

— Ela não tem mais ninguém.

— Bem, mesmo assim. Nem todos fariam o que o senhor faz.

McLean não sabia o que dizer. Sim, ele vinha visitar sempre que podia, mas nunca ficava muito tempo. Ao contrário de sua avó, que estava condenada a passar o resto de seus dias nesse inferno silencioso.

— Preciso ir — anunciou ele, dirigindo-se para a porta. — Desculpe pelo extintor. — Ele se curvou, pegou o extintor e recolocou-o no gancho da parede. — E obrigado.

— Pelo quê?

— Por cuidar dela. Acho que ela ia gostar de você.

O táxi o deixou na entrada de carros. McLean ficou parado por um tempo no frescor da noite, observando o vapor do cano de descarga se dissipando. Um gato solitário atravessava confiante a rua a poucos metros e de repente parou, como se percebesse que estava sendo observado. Sua cabeça lustrosa virou de um lado para o outro, os olhos aguçados sondando o cenário, até que o viu. Após detectar a ameaça e avaliá-la, ele se sentou no meio da rua e começou a lamber a pata.

McLean se encostou na árvore mais próxima de uma fileira que irrompia pela calçada como se fosse o fim dos tempos e ficou observando. A rua era normalmente quieta, quase silenciosa a essa hora. Havia apenas o burburinho distante da cidade para lembrá-lo que a vida continuava. O som agudo de um animal ao longe fez o gato parar no meio de uma lambida. Ele olhou para McLean, verificando se fora dali que viera o som, depois saiu andando e, com um salto sem esforço, desapareceu num jardim murado próximo.

Virando-se para a entrada de carros, McLean encarou a edificação inexpressiva da casa de sua avó, as janelas escuras tão vazias quanto a fisionomia da velha senhora, retraída pelo coma. Venezianas cerradas como olhos contra a noite nunca escura. Visitar o hospital era uma tarefa que ele cumpria de boa vontade, mas ir até ali dava mais a sensação de uma obrigação. A casa onde ele tinha sido criado se fora havia muito tempo, a vida do lugar murchara com a mesma certeza que murchara em sua avó, até não restar mais nada além de ossos de pedra e lembranças azedas. Desejou que o gato voltasse; qualquer companhia seria bem-vinda nesse momento. Contudo, sabia que era apenas uma distração. Ele viera aqui para fazer um serviço; era melhor ir em frente com isso.

O equivalente a uma semana de mala direta se acumulava no vestíbulo. McLean recolheu tudo e levou para a biblioteca. A maior parte da mobília jazia coberta com lençóis brancos, o que aumentava a atmosfera etérea da casa, mas a escrivaninha de sua avó ainda estava livre. Ele verificou se havia mensagens no telefone, apagou as ofertas de televendas sem se dar ao trabalho de ouvi-las. Talvez fosse melhor desligar o aparelho, na verdade, mas nunca se sabia se algum velho amigo da família podia tentar se comunicar. A propaganda postal foi parar no lixo, que precisava ser esvaziado. Havia duas contas que ele tinha que se lembrar de encaminhar aos advogados que cuidavam dos negócios de sua avó. Precisava apenas cumprir suas tarefas de sempre e poderia ir para casa. Talvez até dormir um pouco.

McLean nunca tivera medo do escuro. Talvez porque os monstros tivessem vindo quando ele tinha 4 anos e levado seus pais embora. O pior já havia acontecido, e ele sobrevivera. Depois disso, não havia nada de assustador no escuro. Mesmo assim, ele se flagrou acendendo as luzes para não atravessar os cômodos sem claridade. A casa era grande, muito mais do que uma idosa necessitava. A maioria das residências vizinhas tinha sido transformada em, pelo menos, dois apartamentos, mas esta ainda se mantinha cercada por um jardim murado imponente. Só Cristo sabia o que ela valia; mais uma coisa com o que ele teria que se preocupar ao longo do tempo. A menos que sua avó tivesse deixado tudo para alguma instituição de caridade para gatos. Isso não o surpreenderia; era totalmente o estilo dela.

Ele parou com a mão estendida para desligar o interruptor e percebeu que era a primeira vez que pensava nas consequências da morte dela. Na possibilidade da morte dela. Lógico, isso sempre estivera ali, de modo furtivo no fundo de sua mente, mas durante todos esses meses de visitas no hospital, sempre pensava que acabaria havendo uma melhora em seu estado. Hoje, por alguma razão, ele finalmente aceitara que isso não iria acontecer. Era triste e estranhamente revelador ao mesmo tempo.

E então seus olhos perceberam onde ele estava.

O quarto de sua avó não era o maior cômodo da casa, mas ainda assim é provável que fosse maior do que todo o apartamento de McLean em Newington. Ele entrou no quarto e passou a mão pela cama que ainda estava feita com os lençóis que ela usara na noite anterior ao AVC. Abriu o guarda-roupa, revelando peças que ela nunca mais vestiria, e em seguida atravessou o quarto até onde um robe japonês de seda tinha sido jogado sobre uma cadeira que ficava diante da penteadeira. Uma escova com as cerdas para cima retinha fios de cabelo; filamentos brancos e longos que cintilavam sob a luz amarelada refletida no espelho antigo. Num dos lados, vidros de perfume estavam arrumados numa bandejinha de prata e, no outro, duas fotografias em molduras ornamentadas. Esse era o espaço mais particular de sua avó. Ele estivera ali antes, ainda menino, quando tinha sido enviado para buscar alguma coisa ou quando havia entrado furtivamente para pegar um sabonete no banheiro, mas nunca se demorara, nunca tinha observado de fato o lugar. Ao mesmo tempo em que se sentia fascinado, havia uma leve sensação de inquietude somente por estar ali.

A penteadeira era o principal foco do quarto, muito mais que a própria cama. Era ali que sua avó se arrumava para o mundo exterior, e McLean ficou satisfeito de ver que uma das fotos era sua. Lembrou-se do dia em que foi tirada, quando ele se formou na academia de polícia em Tulliallan. É provável que seu uniforme nunca tivesse estado tão impecável. Inspetor McLean, com certeza a caminho do sucesso, mas ainda assim esperava-se que percorresse as ruas como qualquer outro policial.

A outra foto mostrava seus pais, tirada no dia do casamento. Olhando as duas fotos juntas, ficava claro que ele herdara de seu pai a maior parte das feições. Deviam ter praticamente a mesma idade quando as duas fotos foram tiradas e, se não fosse a diferença de qualidade da película, podiam ser confundidos como irmãos. McLean ficou olhando para a imagem por um tempo. Ele mal conhecia essas pessoas, já quase nem pensava nelas.

Outras fotografias pontilhavam o quarto; algumas nas paredes ou em molduras em cima de uma grande cômoda que, sem dúvida, continha roupas íntimas. Algumas eram fotos de seu avô, o cavalheiro austero cujo retrato estava pendurado acima da lareira na sala de jantar lá embaixo, presidindo a mesa acima da cabeceira. Elas descreviam a vida dele desde a juventude até a velhice numa série de saltos em preto e branco. Outras fotos eram de seu pai e depois de sua mãe também, quando ela entrou na vida dele. Havia algumas da avó McLean, uma jovem admiravelmente bela, vestida com as roupas da moda na década de 1930. A última dessas a exibia ladeada por dois cavalheiros sorridentes, também com roupas da época, e ao fundo aparecem as colunas familiares do Monumento Nacional em

Calton Hill. McLean ficou olhando para a foto por um bom tempo antes de se dar conta do que o incomodava nela. À esquerda de sua avó estava o avô, William McLean, obviamente o mesmo homem que aparecia em tantas outras fotos. Mas era o homem à direita, com um braço em torno da cintura da jovem e sorrindo para a câmera como se o mundo o pertencesse, que era uma cópia fiel do homem recém-casado da foto e do policial recém-formado na academia de polícia.

3

— O que exatamente está faltando, Sr. Douglas?

McLean tentava se acomodar no sofá desconfortável, cujas almofadas tinham protuberâncias duras como tijolos. Desistindo, ele olhou em torno da sala enquanto, ao seu lado, o sargento-detetive Bob Laird, Bob Rabugento para os amigos, fazia anotações com seus garranchos compridos.

Era uma sala bem-mobiliada, apesar do sofá de segunda. Uma lareira Adam ocupava uma das paredes, e uma coleção de belas pinturas cobria as restantes. Dois outros sofás formavam um perfeito cordão de isolamento em torno da lareira, embora, no calor sufocante do verão, ela fosse preenchida apenas por um belo arranjo de flores secas. O mogno era dominante, o cheiro de lustra-móveis competindo com um leve odor de gato. Tudo era velho, mas valioso, inclusive o homem sentado à sua frente.

— Daqui nada foi levado. — Eric Douglas tocou nos óculos de aros pretos com um dedo nervoso, empurrando-os para cima. — Eles foram direto ao cofre. Quase como se soubessem exatamente onde estava.

— Talvez o senhor pudesse nos mostrar. — McLean se levantou antes que suas pernas ficassem dormentes. Ele poderia obter informações úteis vendo o cofre, mas o que mais precisava era se movimentar.

Douglas os conduziu a um pequeno gabinete que dava a impressão de ter sido atingido por um furacão. Sobre uma vasta escrivaninha antiga havia uma porção de livros empilhados que tinham sido tirados das prateleiras de carvalho posicionadas logo atrás, revelando a porta de um cofre, que estava aberta.

— Foi bem assim que o encontrei. — Douglas ficou parado no vão da porta, como se não entrar no cômodo pudesse fazê-lo voltar ao normal. McLean passou por ele e andou cuidadosamente até atrás da escrivaninha.

Um revelador pó branco-acinzentado nas prateleiras e em volta da esquadria da janela grande mostrava que a perita em impressões digitais já tinha passado por ali. Ela ainda estava ocupada em algum outro lugar da casa, buscando digitais em batentes de portas e parapeitos de janelas. De qualquer modo, ele pegou um par de luvas de borracha no bolso do paletó e vestiu-as antes de dirigir-se a uma pequena pilha de papéis que ainda estavam no cofre.

— Levaram as joias e deixaram as cautelas de ações. De qualquer modo, são inúteis. Hoje em dia é tudo eletrônico.

— Como foi que eles entraram? — McLean recolocou os papéis no cofre e voltou a atenção para a janela. A pintura estava uniforme, sem nenhum sinal óbvio de ter sido aberta na última década, quanto mais nas últimas 24 horas.

— Todas as portas estavam trancadas quando voltei do funeral. E o alarme ainda estava acionado. Eu realmente não faço ideia de como alguém possa ter entrado.

— Funeral?

— Minha mãe. — Uma expressão contraída atravessou a fisionomia do Sr. Douglas. — Ela faleceu semana passada.

McLean praguejou em silêncio por não ter prestado atenção. O Sr. Douglas usava um terno escuro com camisa branca e gravata preta. E toda a casa dava a sensação de vazio; tinha aquela atmosfera indefinível de um local onde alguém havia morrido recentemente. Ele deveria ter percebido o luto antes de ir entrando e fazendo perguntas. Pensou no encontro até agora, tentando lembrar se alguma coisa que pudesse ter dito soaria insensível.

— Sinto muito, Sr. Douglas. Mas me diga, o funeral foi bem divulgado?

— Não sei bem ao que o senhor se refere. Houve um anúncio no jornal, hora e local, esse tipo de... Ah.

— Sempre há pessoas ruins que podem tirar vantagem do nosso luto. Os homens que fizeram isso devem ficar de olho nos jornais. Pode me mostrar o alarme?

Eles saíram do gabinete e atravessaram o vestíbulo novamente. O Sr. Douglas abriu uma porta que ficava embaixo da ampla escadaria, exibindo pedras de calçamento que levavam ao porão. Logo atrás da porta, um painel de controle branco e fino mostrava luzes verdes que piscavam. McLean o analisou por um instante e anotou o nome da empresa de manutenção. Alarmes Penstemmin, uma empresa respeitada e um sistema sofisticado também.

— O senhor sabe bem como acionar isso?

— Não sou nenhum tolo, inspetor. Essa casa possui muitas coisas de valor. Algumas das pinturas equivalem a somas de seis dígitos, mas para mim não têm preço. Eu mesmo ativei o alarme antes de sair para Mortonhall.

— Queira me desculpar, senhor. Eu só preciso ter certeza. — McLean guardou seu bloco no bolso. A perita desceu pela escadaria principal. Ele olhou para a jovem, mas ela apenas balançou a cabeça, atravessou o vestíbulo e saiu pela porta.

— Não vamos mais tomar seu tempo, mas se puder nos fornecer uma descrição detalhada dos itens roubados, ajudaria muito.

— Minha companhia de seguros tem todo o inventário. Vou pedir que lhes enviem uma cópia.

Lá fora, McLean se aproximou da oficial da perícia, que tirava o macacão e guardava o equipamento no banco de trás do carro. Ela era a nova integrante da equipe que ele tinha visto na cena do crime de Smythe, bem notável por sua pele clara e cabelos pretos revoltos. Os olhos eram marcados por grossos traços de delineador; ou isso ou ela tinha tomado um grande porre.

— Encontrou alguma coisa?

— No gabinete não. O lugar está tão limpo quanto a mente de uma freira. O resto da casa está cheio de digitais, mas nada incomum. É provável que a maioria seja da dona. Vou precisar de um conjunto de digitais de referência.

McLean praguejou.

— Eles a cremaram esta manhã.

— Bem, de qualquer modo, não há muito o que se possa fazer. Não há sinal de entrada forçada, nenhuma digital nem outras marcas no cômodo onde fica o cofre.

— Consiga o que puder, tá bom? — McLean acenou em agradecimento e observou-a partir. Ele voltou para o carro sem identificação da polícia que Bob Rabugento havia requisitado de manhã ao lhe passarem o caso. Seu primeiro caso propriamente dito desde que se tornara inspetor. Não era grande coisa, na verdade; um roubo que seria dificílimo de resolver a menos que tivessem sorte. Por que não podia ser algum viciado em crack roubando um aparelho de DVD para pagar pela próxima pedra? É claro, uma coisa desse tipo seria entregue para um sargento resolver. O Sr. Douglas devia ter alguma influência para conseguir um inspetor num crime de menor importância, por mais novo que ele fosse no cargo.

— O que quer fazer agora, senhor? — disse Bob Rabugento do assento do motorista quando McLean embarcou.

— Vamos voltar para a delegacia. Vamos começar organizando essas anotações de alguma forma. Veja se há algo semelhante na pilha dos não resolvidos.

Ele se acomodou no assento do passageiro e ficou olhando a cidade passar enquanto seguiam pelas ruas movimentadas. Fazia cinco minutos que estavam no carro quando o rádio de Bob Rabugento chamou. McLean mexeu nos botões pouco familiares até conseguir atender.

— McLean.

— Ah, inspetor. Tentei seu celular, mas não parece estar ligado. — McLean reconheceu a voz de Pete, o sargento de plantão. Tirou o celular do bolso e apertou o botão para ligá-lo. De manhã, quando ele saiu de casa, o telefone estava totalmente carregado, mas agora, poucas horas depois, estava morto como a velha Sra. Douglas.

— Desculpe, Pete. A bateria se foi. Em que posso ajudá-lo?

— Tenho um caso para o senhor, se não estiver muito ocupado. A superintendente disse que fica bem na sua rua.

McLean suspirou, pensando no pequeno delito que lhe passariam agora.

— Vá em frente, Pete. Dê os detalhes.

— Farquhar House, senhor. Em Sighthill. Um construtor ligou, disse que eles descobriram um corpo.

4

Pela janela do carro, McLean via passar a região que concentrava as indústrias leves, os outlets, lojas e depósitos sujos, e em seguida as torres pairando a meia distância sobre uma névoa de poluição marrom-acinzentada. Sighthill era uma dessas partes da cidade que eles não mostravam nos folhetos turísticos, um acúmulo suburbano de conjuntos habitacionais transbordando em direção à via perimetral que passava pela antiga estrada Kilmarnock, dominada pela massa imponente da arquitetura brutalista da Stevenson College.

— Sabemos mais alguma coisa sobre o caso? O senhor disse que encontraram um corpo.

McLean ainda não conseguia se acostumar com Bob Rabugento lhe chamando de "senhor". O sargento-detetive era 15 anos mais velho que ele e, até pouco tempo atrás, eles tinham a mesma patente. Mas no instante em que McLean foi promovido a inspetor, Bob Rabugento parou de chamá-lo de Tony, mudando para senhor. Tecnicamente, ele estava certo, mas ainda era estranho.

— Também não estou a par dos detalhes. Apenas um corpo encontrado num canteiro de obras. Pelo jeito, a superintendente-chefe disse alguma coisa sobre ser o caso certo para alguém como eu. Não tenho certeza de que tenha sido um elogio.

Bob Rabugento não disse nada por um tempo, conduzindo o carro por um confuso labirinto de ruas transversais com idênticas casas cinzentas geminadas. Um ou outro toque pessoal — uma porta de cor diferente ou uma iluminação moderna — marcava as poucas residências que não pertenciam à prefeitura. Finalmente, eles viravam numa rua estreita com muros de seixos bloqueando a visão de jardins minúsculos dos dois lados. No fim da rua, incompatível com o amontoado de casas de operários, ficava um conjunto de portões. Grandiosos no passado, com seu ferro ornamentado soterrado por hera, agora eles pendiam de dois pilares de pedra num ângulo perigoso. Um cartaz no da esquerda dizia: OUTRO EMPREENDIMENTO DE PRESTÍGIO DA MCALLISTER HOMES.

A casa logo atrás era de estilo baronial escocês, de quatro andares, com janelas altas e estreitas e uma torre redonda se projetando num canto. Andaimes davam apoio à extremidade de um frontão, e o que restava do que um dia fora um grande jardim agora estava cheio de furgões da construtora, caçambas, barracões móveis e resíduos próprios do empreendimento. Havia duas viaturas diante das portas de entrada, vigiadas por uma única policial, que deu um sorriso cansado para McLean quando este lhe mostrou sua identidade. Ela os conduziu para a escuridão do vestíbulo. Estava frio ali em comparação ao calor lá fora, o que o deixou arrepiado e lhe provocou um estremecimento involuntário na espinha.

A policial notou.

— É, aqui é assim. Assustador.

— Quem encontrou o corpo?

— O quê? Ah. — A policial pegou seu bloco de anotações. — O Sr. McAllister nos telefonou. Parece que seu mestre de obras, o Sr. Donald Murdo, de Bonnyrigg, estava trabalhando até tarde ontem à noite, arrumando umas coisas no porão. Ele teve o maior choque quando... O senhor sabe.

— Ontem à noite? — McLean parou tão repentinamente que Bob Rabugento quase colidiu nele. — A que horas fizeram a chamada?

— Por volta das seis.

— E o corpo ainda está lá?

— Está, quer dizer, eles estão acabando agora. Estavam meio ocupados ontem à noite, e isso não foi considerado prioridade máxima.

— Como um cadáver pode não ser prioridade máxima?

A policial lhe lançou um olhar que só poderia ser descrito como reprovador.

— O médico-legista declarou o óbito às sete e quinze da noite de ontem. Isolamos a cena do crime, e desde então eu estou aqui de olho. Não é culpa minha se metade da equipe da perícia foi ao pub ontem à noite e, para ser franca, acho que alguém da Divisão de Homicídios devia ter vindo um pouco antes também. Há lugares bem melhores para se passar a noite.

A passos pesados, ela desceu as escadas que levavam ao porão. McLean ficou tão atônito com a explosão que não pôde fazer nada além de segui-la.

Um cenário elaborado os recebeu ao chegarem à base da escadaria. Cabos grossos deslizavam pelo chão empoeirado em direção a vários holofotes potentes; caixas brilhantes de alumínio estavam abertas com seu conteúdo empilhado em volta; uma passarela portátil estreita fora montada no meio do corredor principal, mas ninguém a estava usando. Meia dúzia de peritos se ocupava guardando as coisas. Apenas uma pessoa notou a chegada deles.

— Tony. O que foi que você fez para irritar Jayne McIntyre logo no início de suas novas funções?

McLean abriu caminho entre a poeira e os equipamentos até o fundo do porão. Angus Cadwallader estava ao lado de um buraco enorme na parede, de onde vinha uma forte iluminação. O patologista parecia inquieto, diferente de seu modo alegre e irreverente de ser.

— Irritar? — McLean se curvou para olhar dentro do buraco. — O que você tem para mim dessa vez, Angus?

Do outro lado, estendia-se um cômodo grande e circular, com a parede lisa e branca. Quatro holofotes tinham sido montados, todos voltados para o centro da sala e para baixo, como se seu objeto fosse alguma estrela promissora dos palcos. Com braços e pernas abertos e esticados, dissecada e brutalizada, era improvável que ela fosse receber aplausos.

— Não é uma visão agradável, é? — Cadwallader pegou um par de luvas de borracha do bolso do macacão e o entregou a McLean. — Vamos ver mais de perto?

Eles passaram pela abertura estreita aberta na parede, e McLean sentiu instantaneamente a temperatura cair. Os ruídos da equipe de peritos cessaram, como se ele tivesse fechado uma porta. Olhando para trás, ele sentiu uma vontade súbita de sair do cômodo oculto, não tanto por medo, mas pela pressão em sua cabeça, que o forçava para longe. Superando isso com alguma dificuldade, ele voltou a atenção para o corpo.

Ela era jovem. McLean não tinha certeza de como sabia, mas algo na estrutura pequena do corpo dava a entender que aquela foi uma vida interrompida antes que tivesse realmente se iniciado. Seus braços estendidos numa paródia de crucificação; pregos de ferro preto martelados em suas palmas, com as cabeças entortadas para impedi-la de movê-las. O tempo deixara sua pele seca como couro, repuxando suas mãos em forma de garras, o rosto transformado numa expressão de pura agonia. Ela usava um vestido simples de algodão com estampa floral que tinha sido puxado acima de seus seios. A propósito, McLean notou o quanto a roupa parecia datada, mas o detalhe logo se perdeu conforme ele assimilava todo o resto.

Seu abdômen tinha sido aberto com um corte preciso que ia do meio das pernas até o meio dos seios, a pele e os músculos torcidos como uma flor apodrecendo. As costelas brancas apareciam em meio à cartilagem escura e seca, mas nada restava de seus órgãos internos. Mais abaixo, suas pernas estavam bem separadas, os quadris desarticulados, de modo que os joelhos quase tocavam o chão. Sua pele havia se retesado como carne seca sobre os músculos murchos, cada osso claramente visível até os pés delgados, pregados no chão como as mãos.

— Meu Deus. Quem poderia fazer uma coisa dessas? — McLean se virou, olhando para as paredes nuas em volta, acima das luzes. Em seguida para os holofotes, como se olhar para a claridade fosse apagar a imagem de sua mente.

— Talvez uma pergunta mais pertinente fosse quando isso foi feito. — Cadwallader, que se abaixava do outro lado do corpo, pegou uma caneta-tinteiro bem cara e usou-a para apontar várias partes dos restos mortais da garota. — Como dá para ver, algo evitou sua deterioração, permitindo que uma mumificação natural ocorresse. Os órgãos internos foram retirados, provavelmente descartados em algum outro lugar. Vou ter que fazer alguns exames depois de levá-la para o necrotério, mas não acredito que tenha sido morta há menos de 50 anos.

McLean se levantou, estremecendo de leve por causa do frio. Ele queria desviar o olhar, mas seus olhos não paravam de ser arrastados para o corpo a seus pés. Ele quase sentia a agonia e o terror que a garota tinha passado. Ela estava viva, pelo menos no início dessa provação. Disso ele tinha certeza.

— É melhor mandar uma equipe removê-la — disse ele. — Não sei se os peritos vão conseguir algo de útil do piso, mas vale a pena tentar.

Cadwallader assentiu e saiu do cômodo, desviando do entulho de tijolos que se espalhara quando o operário fizera o primeiro buraco. A sós com a morta, McLean tentou imaginar como devia ser o lugar quando ela morreu. As paredes eram de gesso branco; o teto, uma abóboda de tijolos pintados de branco, com seu cume bem acima do cadáver. Se fosse uma capela, ele esperaria encontrar um altar bem do lado oposto ao vão da porta fechado com tijolos, mas não havia nenhuma ornamentação ali.

Os holofotes lançavam sombras estranhas sobre as tábuas escuras de madeira do piso, fazendo com que parecessem quase ondular quando McLean se levantou, aguardando que alguém retornasse. Ele achou as formas hipnóticas, glifos curvos a intervalos regulares num círculo amplo, talvez quase a 1 metro da parede. Balançando a cabeça para se livrar da ilusão, ele saiu do alcance da iluminação central dos holofotes e parou de repente. Sua sombra tinha se movido, planando no chão, em quatro tons diferentes. Mas o padrão do piso havia permanecido sólido embaixo dele.

Curvando-se, ele examinou mais de perto as tábuas do piso. Estavam polidas e lustrosas, apenas levemente empoeiradas, como se o cômodo tivesse ficado hermeticamente fechado até a parede ser aberta. A luz dos holofotes o confundia, então ele pegou uma lanterna no bolso e apontou-a para os padrões no piso. Eram escuros, quase indistinguíveis da madeira. Emaranhados elaborados de linhas, que engrossavam e afinavam conforme se entreteciam para formar uma complexa espiral. A borda de um círculo gravado no piso corria em duas direções. Ele a seguiu no sentido anti-horário, notando mais cinco marcas intrincadas, todas equidistantes. A linha entre a primeira e a última fora cortada pelo entulho caído do vão da porta emparedada.

Pegando seu bloco, McLean tentou fazer esboços básicos dos sinais, observando sua relação com a posição da morta. Eles se alinhavam perfeitamente com as mãos e os pés esticados, a cabeça e o ponto central entre as pernas.

— O senhor está pronto para a remoção do corpo?

McLean teve um sobressalto, virou-se e viu Bob Rabugento espiando pelo buraco aberto na parede.

— Onde está o fotógrafo? Dá para você pedir para ele voltar aqui outra hora?

Bob se virou e gritou algo que McLean não conseguiu entender direito. Um instante depois, um homem baixo enfiou a cara dentro do cômodo. McLean não o reconheceu; outro novo recruta da perícia.

— Olá. Tirou fotos do corpo?

— Sim — respondeu ele com um sotaque de Glasgow, sucinto e meio impaciente. Muito justo. Ele também não queria estar ali.

— Fotografou alguma dessas marcas do piso? — McLean apontou para a mais próxima, mas a expressão intrigada do fotógrafo respondeu a sua pergunta. — Aqui, veja. — Ele gesticulou com o dedo para que o homem entrasse e apontou para o chão com a lanterna. Por um instante fugaz ele viu uma coisa, que logo sumiu.

— Não estou vendo nada. — O jovem se agachou para olhar. McLean sentiu um cheiro forte de sabonete e percebeu que foi o primeiro odor que sentiu depois de ter entrado ali.

— Bem, de qualquer modo, pode fotografar o piso? Todo o trecho em volta do corpo. Assim distante da parede. Em close.

O fotógrafo fez que sim, olhando nervosamente para a figura silenciosa no centro da sala, e depois se concentrou no trabalho. O disparador do flash da câmera estalava e soltava um lamento entre cada recarga, pequenas explosões de luz no cômodo. McLean se endireitou e agora concentrava sua atenção na parede. Comece pelo corpo e vá se expandindo. Através da proteção fina das luvas, sentiu o gesso frio, depois virou a mão e bateu na superfície. Soava uniforme e sólida, como pedra. Indo um pouco para o lado, bateu novamente. Ainda sólido. Olhando sobre o ombro, ele foi dando a volta até ficar na direção da cabeça da garota. Dessa vez os nós de seus dedos produziram um som oco.

Ele bateu de novo e, sob a luz confusa da lanterna e das sombras lançadas pelos holofotes, a parede pareceu arquear sob a pressão. Virando a mão, ele empurrou devagarzinho, sentindo-a ceder sob seus dedos. Então, com um estalo semelhante a ossos quebradiços, um painel de uns 30 centímetros de comprimento e metade disso de altura ruiu da parede. O painel ocultava um pequeno nicho, e algo molhado cintilava lá dentro.

McLean pegou novamente a lanterna e dirigiu o raio de luz para dentro do nicho. Havia um fino anel de prata sobre um pedaço dobrado de pergaminho, e atrás, conservado num vidro, como uma amostra numa sala de aula de biologia, havia um coração humano.

5

— É o melhor que podemos conseguir?

Reclamando sem parar, Bob Rabugento andava de um lado para o outro na minúscula sala que haviam conseguido para trabalhar. McLean estava parado no meio, sem dizer nada. Pelo menos havia uma janela, embora desse para os fundos do prédio. Do lado oposto, um quadro branco ainda exibia as anotações de uma investigação anterior, com nomes há muito esquecidos circulados e depois riscados. A pessoa que os escrevera tinha levado os marcadores e o apagador. Havia duas mesinhas, uma abaixo da janela e outra no meio do cômodo, mas fazia muito tempo que todas as cadeiras tinham sido levadas.

— Eu gosto bastante. — McLean roçou o sapato no carpete manchado e se encostou no único aquecedor, que expelia calor mesmo que lá fora o sol estivesse assando as ruas. Ele se abaixou para girar o termostato até zero, mas o frágil invólucro de plástico quebrou em sua mão. — Mas vamos precisar fazer algo em relação às instalações.

Uma batida na porta os distraiu. McLean a abriu, e lá estava um rapaz equilibrando duas caixas num joelho enquanto tentava alcançar a maçaneta. Ele usava um terno novo em folha, e seus sapatos estavam tão lustrosos que podiam servir de espelho. Seu rosto recém-barbeado era uma lua cheia rosada, e o cabelo ruivo-claro cortado rente ao crânio mais parecia a barba por fazer de um adolescente.

— Inspetor McLean?

McLean assentiu, esticando os braços para pegar a caixa de cima antes que seu conteúdo se esparramasse pelo chão.

— Detetive MacBride — disse o rapaz. — A superintendente-chefe McIntyre me enviou para ajudar em sua investigação, senhor.

— Qual?

— Humm... Ela não falou. Só disse que o senhor ia precisar de uma mãozinha.

— Bem, não fique aí parado na porta deixando todo o calor sair. — McLean largou a caixa na mesa mais próxima enquanto MacBride entrava. Ele colocou sua caixa ao lado da outra e olhou em volta.

— Não há cadeiras — comentou o policial.

— Parece que Sua Majestade nos mandou um detetive com olhos de águia, inspetor — afirmou Bob Rabugento. — Nada passa em branco para esse aí.

— Não ligue para o sargento Laird. Ele só está com inveja por você ser tão mais novo que ele.

— Hãã... Certo — hesitou MacBride.

— Você tem um primeiro nome, detetive MacBride?

— Humm... Stuart, senhor.

— Muito bem, então seja bem-vindo à equipe, Stuart. Nós dois.

Meio boquiaberto, o rapaz desviou o olhar de McLean para Bob Rabugento e vice-versa.

— Bem, não fique aí parado como se tivesse levado um tapa na bunda. Vá e nos arranje umas cadeiras, moleque. — Bob Rabugento quase afugentou o policial da sala, fechando a porta depois que ele saiu antes de cair na gargalhada.

— Vá com calma, Bob. Não vamos conseguir muito mais ajuda em qualquer um dos dois casos. E ele é bom. Pelo menos deve ser. Foi o primeiro da turma a se tornar detetive.

McLean abriu uma das caixas, tirou uma pilha grossa de pastas e colocou-as na mesa: arrombamentos não resolvidos dos últimos cinco anos. Ele suspirou; a última coisa que queria fazer era chafurdar em relatórios intermináveis de bens roubados que nunca seriam recuperados. Olhando para o pulso, ele se lembrou de que havia esquecido de dar corda no relógio pela manhã. Tirando-o, começou a girar o pino minúsculo.

— Você tem horas, Bob?

— Três e meia. Sabe, já existem esses relógios modernos, extravagantes, com baterias. A gente não precisa dar corda. O senhor podia pensar em comprar um.

— Era do meu pai. — McLean afivelou a pulseira no punho e verificou se o celular estava no bolso. Estava, mas morto.

— Imagino que você não esteja a fim de dar um pulo no necrotério municipal, não é?

Bob Rabugento balançou a cabeça. McLean sabia como o velho sargento era com cadáveres.

— Deixe pra lá, então. Você e o novato do detetive MacBride podem começar a olhar esses antigos relatórios de roubo. Veja se conseguem encontrar algum padrão que tenha escapado a dezenas de outros detetives. Enquanto isso, vou dar uma palavrinha com um homem sobre um cadáver mumificado.

O ar vespertino estava denso e quente quando ele descia a ladeira em direção a Cowgate. O suor grudava sua camisa nas costas, e McLean ansiava por uma brisa fresca. Normalmente, podia-se confiar no vento para que a vida se tornasse suportável, mas fazia vários dias que não circulava uma brisa sequer pela cidade. No desfiladeiro que era a rua, sombreada por prédios altos dos dois lados, o calor era estagnado e sem vida. Foi um alívio abrir a porta do necrotério municipal e entrar no frescor do ar-condicionado.

Angus Cadwallader já o estava aguardando quando McLean entrou na sala de necropsia. Ele deu uma olhada avaliadora no inspetor.

— Calor lá fora?

McLean assentiu.

— Um forno. Está tudo pronto?

— O quê? Ah. Sim. — Cadwallader se virou e chamou a assistente. — Tracy, está pronta?

Uma moça baixa, robusta e com jeito alegre olhou de trás de um balcão entulhado no fundo da sala, empurrou a cadeira para trás e se levantou. Ela usava um jaleco verde e pegou um par de luvas de látex enquanto ia andando para a mesa de dissecação. Um lençol branco cobria o cadáver, que formava um pequeno montículo, esperando para revelar seus segredos.

— Certo, é melhor a gente começar então. — Cadwallader pegou um vidrinho no bolso. McLean reconheceu o preparado, uma mistura de creme para pele e cânfora, destinada a anular o cheiro de putrefação. O patologista olhou para o vidro, depois para McLean, cheirou e o recolocou no bolso.

— Acho que não vamos precisar disso hoje.

McLean testemunhara muitas necropsias ao longo de sua carreira. Não que se sentisse confortável com elas, mas também já não lhe davam as ânsias de vômito de antes. De todas as vítimas de assassinato, desastres e pessoas azaradas que ele vira nessa mesa, o cadáver mumificado da moça talvez fosse o mais estranho. Para começo de conversa, ela já tinha sido aberta, mas Cadwallader ainda examinava cada centímetro de sua estrutura frágil, murmurando observações num microfone pendurado acima. Finalmente, quando ele concluiu que sua pele não ofereceria mais dicas sobre a causa da morte, ele foi para a parte que McLean mais detestava. O lamento agudo da serra nos ossos sempre lhe dava aquela mesma sensação provocada por unhas arranhando um quadro negro. Além disso, demorava muito e acabava com aquele som horrível do topo do crânio sendo cortado como a casca de um ovo cozido.

— Interessante. Parece que o cérebro foi removido. Aqui, Tony. Veja.

Preparando-se, McLean fez a volta. Com a cabeça cortada, a morta só parecia menor e mais jovem. A cavidade dentro do crânio era fosca, raiada com sangue seco e fragmentos de osso da serra, mas estava completamente vazia.

— Pode ter apodrecido?

— Na verdade não. Por causa do estado de todo o resto. Eu esperava que tivesse se atrofiado um pouco, mas foi removido. Provavelmente pelo nariz; é como os antigos egípcios faziam.

— Então, onde está?

— Bem, temos essas amostras, mas nenhuma me parece ser um cérebro. —- Cadwallader apontou para quatro vidros de amostras que estavam em cima de um carrinho de aço inoxidável.

McLean reconheceu o coração que tinha visto no dia anterior, mas preferiu não arriscar um palpite sobre os outros órgãos. Dois outros vidros estavam dentro de recipientes de plástico branco para evitar que seu conteúdo vazasse pelas rachaduras. Tudo tinha sido descoberto em pequenos nichos, simetricamente dispostos em volta do corpo da jovem. Em cada nicho havia outros itens também, outras peças do quebra-cabeça a ser montado.

— E esses pedaços partidos? — McLean olhava para um amontoado helicoidal marrom-acinzentado dentro de um vidro. — Não poderia ser o cérebro?

— É difícil saber diante do estado em que se encontram. Mas eu arriscaria um palpite de que um pedaço é um dos rins, e, um pulmão. Vou fazer uns exames para ter certeza. Seja o que for, o vidro tem a forma errada para abrigar o cérebro. Você já devia saber disso, Tony. Já te mostrei tantas vezes. Além disso, se realmente saiu pelo nariz, estaria bastante avariado. Não faria sentindo enfiá-lo num vidro para preservá-lo.

— Bom argumento. Há quanto tempo você calcula que ela tenha morrido?

— Essa é difícil. A mumificação não era para ter acontecido de jeito nenhum; a cidade é úmida demais, mesmo num porão lacrado. Ela devia ter apodrecido. Ou, pelo menos, ter sido comida por ratos. Mas está perfeitamente conservada, e duvido que eu consiga encontrar vestígios das substâncias químicas necessárias para se fazer isso. Tracy pode fazer mais alguns exames e enviaremos uma amostra para datarem o carbono; talvez a gente tenha sorte com isso. Por outro lado, a julgar pelo vestido, eu diria que foi há pelo menos 50, 60 anos. Qualquer coisa melhor que isso fica por sua conta.

McLean pegou o tecido fino que estava no carrinho com os vidros de amostra e o levantou para a luz. Havia manchas marrons na metade de baixo, e a renda delicada em volta do pescoço e nas mangas havia puído em tiras fininhas que flutuavam no ar. Era um leve vestido de noite, um traje de passeio em vez de algo que uma moça pudesse usar no cotidiano. A estamparia floral desbotada parecia barata; virando-o, ele viu uns dois remendos costurados à mão na bainha. Não havia etiqueta da confecção. Era o vestido de uma garota pobre querendo impressionar. Mas ao voltar a olhar para seu corpo retorcido e dissecado, ele ficou bem ciente de que não sabia mais nada sobre ela.

6

A porta do edifício estava destrancada outra vez, semiaberta e apoiada por um pedaço de lajota quebrada de calçamento. McLean pensou em trancá-la, mas decidiu o contrário. A última coisa que desejava era ser acordado pelos estudantes do apartamento do primeiro andar, apertando todas as campainhas do interfone às quatro da manhã até que alguém os deixasse entrar. Estava muito quente para que vagabundos ficassem procurando um lugar para passar a noite, e mesmo uma dúzia deles não deixaria as escadas cheirando pior. Franzindo o nariz por causa do cheiro de urina deixado por alguns gatos, ele subiu os degraus de pedra até o último andar.

A secretária eletrônica piscava com uma única mensagem quando ele fechou a porta e largou as chaves na mesa. Ele apertou o botão e escutou seu antigo colega de apartamento sugerindo um encontro no pub. Se não fosse pela luz piscando, ele poderia ter achado que era uma mensagem antiga — Phil ligava pelo menos duas vezes por semana, com a mesma sugestão. Só ocasionalmente ele chegava a aceitar. Sorrindo, foi para o quarto e se despiu, jogou as roupas no cesto de roupa suja e foi para o banheiro. Uma longa chuveirada fria lavou o suor do dia, mas não conseguiu limpar o que estava em sua memória. Enquanto se secava e vestia uma camiseta e calças largas de algodão, pensava em sair para dar uma corrida ou talvez ir à academia. Uma hora de exercício pesado poderia ajudar, mas ele não queria a companhia de executivos controladores. Precisava da companhia de gente tranquila e divertida, mesmo que só ficasse de fora, observando. Afinal de contas, talvez a ideia de Phil não fosse tão má. Calçando sapatos confortáveis, ele pegou as chaves, fechou a porta e foi para o pub.

Todo mundo concordava que o The Newington Arms não era o melhor lugar para beber em Edimburgo, mas o fato de ser o mais próximo de sua casa compensava. McLean passou pelas portas de vaivém, preparando-se para ser atacado pelo barulho e pela fumaça, mas em seguida lembrou que os sábios do parlamento de Holyrood tinham proibido o fumo. Ainda havia barulho, mas sem dúvida isso seria o próximo alvo de proibição. Ele pediu uma Deuchars e olhou em volta à procura de rostos conhecidos.

— Oi, Tony! Aqui. — O chamado coincidiu com um hiato quando a jukebox pausou entre as seleções. McLean localizou de onde vinha, um grupo de pessoas acotoveladas em torno de uma mesa junto à grande janela que dava para a rua. Pelo jeito, estudantes do doutorado. Como líder de todos, chamando-o com um gesto do dedo, o professor Phillip Jenkins irradiava um sorriso estimulado pela cerveja.

— Como vão as coisas, Phil? Dá para ver que está com seu harém hoje. — McLean se sentou no espaço aberto no banco pelas estudantes, que se espremeram mais um pouco para o lado.

— Não posso reclamar — Phil alargou o sorriso. — O laboratório teve a renovação de seus fundos por mais três anos. E um aumento também.

— Parabéns. — McLean levantou sua cerveja em um gesto de saudação e bebeu enquanto seu velho amigo o presenteava com histórias de biologia molecular e da política do financiamento particular. Dali, a conversa divergiu para todo tipo de assunto inconsequente, um típico bate-papo no pub. De vez em quando ele participava, mas na maior parte do tempo se contentava em só ficar sentado escutando. Por algum tempo, conseguiu se esforçar e esquecer toda a loucura, a mutilação, o trabalho. Era diferente de sair com os colegas da delegacia depois do turno; aquele era um tipo diferente de relaxamento, o que geralmente significava cabeça pesada na manhã seguinte.

— Então, Tony, o que você anda fazendo? A gente não tem visto você por aqui.

Ao olhar para a moça à sua frente, a que havia falado, McLean tinha quase certeza de que seu nome era Rachel e de que ela estava escrevendo sua tese de doutorado sobre algo que quase certamente ele não conseguiria soletrar. Ela se parecia um pouco com a perita que estava na cena do arrombamento e no assassinato de Smythe, só que uns dez anos mais nova e com um cabelo ruivo de brilho intenso que poderia se dever tanto à farmácia quanto à natureza. Até mesmo as alunas de doutorado pareciam impossivelmente jovens hoje em dia.

— Ora, ora, Rae. Você não pode sair interrogando um inspetor de polícia desse jeito. Você pode ser presa. Talvez ele te algeme. — Phil sorriu para o copo, um sorriso travesso que fazia McLean se lembrar muito bem dos muitos anos em que eles tinham morado juntos.

— De qualquer maneira, não posso discutir investigações em andamento — disse McLean. — E vocês não iriam querer saber. Confiem em mim.

— Horripilantes, não?

— Não tanto assim. Não é como o *CSI* ou qualquer outra bobagem que passa na televisão hoje em dia. A maioria se trata de arrombamentos enfadonhos e furtos na rua. E isso acontece até demais. De qualquer modo, eu já não faço muitas investigações de fato. Esse é o problema de ser inspetor. A gente acaba dirigindo os outros, calcula as horas extras, equilibra os orçamentos. Olha para o quadro geral. Acho que não é muito diferente daquilo que Phil anda fazendo.

McLean não sabia direito por que tinha mentido, mesmo que só fosse meia mentira. Agora que ele era inspetor havia muito mais papéis a preencher e muito menos trabalho braçal a fazer. Talvez tivesse mentido porque fora ao pub para se afastar do trabalho, mas por algum motivo a pergunta estragou o momento. Ele não conseguia tirar da cabeça os olhos mortos de Barnaby Smythe; não conseguia esquecer a agonia no rosto da moça.

— Acho que vou pegar mais uma. — Ele levantou o copo e quase engasgou ao entornar mais do que esperava. Ninguém pareceu notar aquele instante enquanto ele fugia para o bar.

— Para um policial, você é um péssimo mentiroso, inspetor-detetive McLean.

McLean se virou do balcão para ver quem havia falado e percebeu que estava espremido em meio ao aglomerado de gente, sem poder recuar mesmo que quisesse. Ela tinha mais ou menos a altura dele, cabelo louro cor de palha cortado na altura do pescoço — um corte chanel, se é que ele havia acertado a terminologia. Algo era familiar em sua fisionomia, mas ela era mais velha que o emaranhado de estudantes fazendo aquela balbúrdia em volta de Phil.

— Desculpe. Eu te conheço?

A expressão intrigada que devia estar estampada em seu rosto provocou-lhe um sorriso, que faiscou maliciosamente em seus olhos.

— Sou Jenny, lembra? Jenny Spiers. Irmã da Rae? Nós nos conhecemos na festa de aniversário de Phil.

A festa. Agora ele se lembrava. Um monte de estudantes ficando terrivelmente bêbados com vinho barato e Phil sendo cortejado como algum Rei Artur moderno. McLean havia deixado uma garrafa de uísque bem caro, tomou um copo de alguma coisa que lhe causou arrepios e foi embora cedo. Tinha sido no dia em que eles foram chamados num edifício em Leith. Vizinhos reclamando de um cachorro que estava fazendo um estardalhaço. Mal dava para culpar o pobre animal, cuja dona tinha morrido na cama há pelo menos duas semanas, e não sobrara muito da velha que valesse a pena comer. Era bem possível que McLean tivesse conhecido essa mulher na festa, mas era difícil superar a imagem de carne mastigada e ossos roídos apodrecendo num colchão afundado.

— Jenny, é claro. Desculpe, eu estava longe.

— Acho que ainda deve estar. E não é um lugar bacana. Um dia ruim no trabalho?

— Um pouco mais que isso. — McLean captou o olhar do bartender e acenou. — Quer tomar alguma coisa?

Jenny deu uma olhada para o outro lado do bar, para as estudantes que riam das piadas do professor, e não pareceu levar muito tempo para decidir onde preferia ficar.

— Claro, vinho branco. Obrigada.

Um silêncio desconfortável, preenchido pelo barulho, pairou entre eles enquanto as bebidas eram servidas. McLean tentou olhar para sua companhia inesperada sem ser óbvio. Ela era bem mais velha que a irmã. O cabelo louro era raiado por fios brancos que ela não se preocupara em esconder. Também não parecia usar nenhum tipo de maquiagem, e suas roupas eram simples, talvez um pouco fora de moda. Não estava vestida para uma noitada, como as pessoas que a acompanhavam. Nenhuma pintura nem postura agressiva.

— Ah, então Raquel é sua irmã — disse ele, bem ciente do quanto soava idiota.

— É, o pequeno e perfeito erro de mamãe e papai. — Jenny sorriu com a piada pessoal. — Parece ter atraído os olhares do seu amigo Phil. Vocês dividiam um apartamento, não é?

— Na época da faculdade. Faz muito tempo. — McLean deu um gole em sua cerveja e observou Jenny bebericar o vinho.

— Será que vou precisar arrancar a história de você?

— Eu... Não. Desculpe. Você me pegou num mau momento. Não vou ser a melhor das companhias agora.

— Ah, não sei. — Jenny fez um sinal de cabeça para o bando de estudantes desordeiras que encorajava seu professor a se comportar de modo cada vez mais imbecil. — Dada a alternativa, eu sempre fico com o mal-humorado e introvertido.

— Eu... — McLean ia começar a se lamentar, mas foi interrompido por uma vibração nada familiar no bolso da calça. Pegou o celular bem a tempo de ver uma ligação perdida do hospital. Enquanto olhava, confuso, para o aparelho, a tela sumiu, morrendo completamente. Apertar botões ativou alguns lampejos e rangidos fracos, mas nada mais. Recolocando-o no bolso, ele se voltou novamente para Jenny.

— Será que você poderia me emprestar seu celular? A bateria do meu está sempre morrendo.

— Alguém anda com pensamentos negativos sobre você. Isso drena a vida de qualquer aparelho eletrônico que você use. — Jenny remexeu na bolsa e tirou um smartphone fininho, que entregou a ele. — Pelo menos é o que meu ex diria, mas ele é maluco. Ligação do trabalho?

— Não, do hospital. Minha avó. — McLean achou o teclado e digitou o número de cabeça. Já tinha ligado para lá tantas vezes e conhecia todas as enfermeiras tão bem que só levou alguns instantes para lhe passarem para a enfermaria certa. O telefonema se encerrou em questão de segundos.

— Preciso ir. — McLean devolveu o telefone e foi para a porta. Jenny fez menção de segui-lo, mas ele a impediu. — Está tudo bem. Ela está bem, mas preciso vê-la. Fique e termine seu vinho. Diga a Phil que eu ligo para ele no fim de semana.

McLean abriu caminho pela multidão alegre sem olhar para trás. Afinal, ele era um péssimo mentiroso.

A parte de trás da cabeça do motorista cascateava em dobras carnudas desde o topo careca até os ombros, sem pescoço definível, dando-lhe uma aparência de algo curiosamente derretido. Sentado no banco de trás do táxi, desejando que o homem não falasse, McLean olhava pelo arco aberto do descanso de cabeça para seus pelos eriçados na pele de porco. As luzes dos postes piscavam alaranjadas conforme avançavam rapidamente pela cidade à meia-noite em direção ao hospital, a vista raiada por uma chuva repentina soprada pelo Mar do Norte. Ainda sentia o toque da chuva na pele só de ir até o ponto de táxi, ficando com o cabelo úmido e o casaco cheirando a cachorro velho.

— Quer a recepção principal ou as entradas A e E? — O taxista falava com sotaque inglês, possivelmente do sul de Londres. Bem distante de casa. Sua voz livrou McLean de algo que poderia ser sono. Olhando pelo para-brisa sujo, ele viu o hospital maciço, cintilando e molhado.

— Está bem aqui. — Ele entregou uma nota de 10 libras e deixou o troco com o motorista. Atravessar a pé o estacionamento quase deserto foi o suficiente para despertá-lo, mas não para clarear sua cabeça. Ontem mesmo ele estivera aqui visitando-a, e agora ela se fora? Ele devia estar triste, não é? Então como não sentia nada?

Os corredores nos fundos do hospital estavam sempre silenciosos, mas a essa hora da noite até parecia que o lugar tinha sido evacuado. McLean se flagrou andando com cuidado para não fazer barulho, a respiração superficial e os ouvidos atentos para qualquer som. Se tivesse escutado alguém vindo, talvez até tivesse tentado se esconder num nicho qualquer ou num almoxarifado. Foi quase um alívio chegar despercebido à enfermaria dos pacientes em coma. Sem saber ao certo por que estava tão relutante em encontrar alguém, abriu a porta e entrou.

Cortinas finas isolavam o leito de sua avó dos outros residentes, algo que ele nunca tinha visto. Os bips e zumbidos ainda estavam lá, mantendo todos os outros vivos, mas a pulsação do lugar parecia diferente. Ou seria apenas algo em sua cabeça? Inspirando fundo, como se estivesse para mergulhar no oceano, McLean puxou a cortina e entrou.

As enfermeiras tinham retirado todos os tubos e fios, haviam levado os aparelhos, mas deixaram sua avó. Ela estava imóvel na cama, os olhos encovados fechados como se estivesse dormindo, as mãos cruzadas sobre a barriga em cima das cobertas. Pela primeira vez em 18 meses, ela se parecia um pouco com a mulher de quem ele se lembrava.

— Sinto muitíssimo.

McLean se virou e viu uma enfermeira parada no vão da porta. A mesma que falara com ele antes, a que cuidara de sua avó por todos esses longos meses. Jeannie, era esse seu nome. Jeannie Robertson.

— Não sinta — disse ele. — Ela nunca iria se recuperar. Realmente, foi melhor assim. — Ele voltou a se virar para a mulher morta na cama, vendo sua avó pela primeira vez em 18 meses. — Se eu continuar dizendo isso a mim mesmo, posso até acabar acreditando.

7

Era de manhã bem cedo, e um aglomerado de oficiais se reunia na entrada de uma das maiores salas de ocorrências. McLean pôs a cabeça para dentro e viu o caos que sempre marcava o início de uma grande investigação. Um quadro branco limpo ocupava toda a extensão de uma parede, e alguém escrevera "Barnaby Smythe" com um marcador preto. Policiais uniformizados arrumavam mesas e cadeiras, um técnico conectava computadores. Duguid não estava à vista.

— O senhor está ajudando nesse caso? — McLean olhou para o lado. Um policial de ombros largos abria caminho entre o ajuntamento, carregando uma grande caixa de papelão lacrada com a fita preta e amarela característica das evidências. Andrew Houseman, ou Grande Andy para os amigos, era um policial competente e um jogador de rúgbi ainda melhor. Se não fosse por uma infeliz contusão no início de sua carreira, é provável que estivesse jogando na seleção do país agora em vez de estar prestando serviços para Dagwood. McLean gostava dele; o Grande Andy podia não ser brilhante, mas era eficiente.

— O caso não é meu, Andy — respondeu ele. — E você sabe o quanto Dagwood gosta da minha ajuda.

— Mas você esteve na cena do crime. Em disse que você estava lá.

— Em?

— Emma. Emma Baird? Você sabe, a nova técnica da perícia. Bem alta, cabelo preto espetado, sempre parece que pôs muito delineador.

— Ah, sim. Vocês dois estão tendo um caso, é? Eu só não queria me indispor com sua namorada, Andy.

— Não, não. Eu só fui até a Central pegar essas evidências da cena do crime. — O homenzarrão corou, levantando um pouco a caixa para ilustrar o que dizia. — Ela disse que o tinha visto na casa de Smythe e que esperava que pegasse o cretino doente que matou o velho.

— Eu? Sozinho?

— Bem, tenho certeza de que ela quis dizer todos nós.

— Claro que sim, Andy. Mas essa investigação terá que prosseguir sem mim. Foi designada a Dagwood. Além disso, de todo modo, tenho meu próprio homicídio para solucionar.

— Ah, é, eu soube. De arrepiar.

McLean estava prestes a responder, mas uma voz estrondosa no corredor anunciou a chegada do inspetor-chefe. Ele não pretendia ser sugado para outra investigação, especialmente uma que fosse dirigida por Charles Duguid.

— Preciso ir, Andy. A superintendente-chefe quer me ver e não dá para deixá-la esperando. — Ele passou pelo homenzarrão e foi em direção à sua central de operações enquanto o que parecia ser metade dos policias da região se enfileirava para a reunião matinal sobre o assassinato de Barnaby Smythe.

Era bom ver a alocação dos recursos ser dividida de modo tão uniforme. Mas, afinal, Smythe era um homem importante, um benfeitor da cidade, um membro proeminente da sociedade. A garota morta, por sua vez, não fora encontrada em seu porão por mais de cinquenta anos.

Bob Rabugento não estava visível quando McLean chegou à salinha; era cedo demais para isso. Contudo, MacBride estava firme no trabalho. Ele dera um jeito de conseguir três cadeiras e, mais milagrosamente, um laptop. Tirando os olhos da tela, ele olhou para McLean, que entrava.

— Como vai indo, policial? — Ele tirou o paletó e o pendurou atrás da porta. O aquecedor abaixo da janela ainda expelia ar quente.

— Eu quase terminei de olhar esses relatórios de arrombamento, senhor. Creio que possa ter localizado algo.

McLean puxou uma cadeira. Uma das rodinhas estava faltando.

— Mostre.

— Bem, esses são apenas casos comuns, pelo que pude ver. Sem muita habilidade, provavelmente viciados alimentando seus vícios, e tivemos sorte com a perícia. — MacBride pegou a pilha de relatórios de um lado da escrivaninha e os recolocou na caixa de papelão. — Mas esses aqui... Bem, acho que pode haver uma conexão entre eles. — Ele levantou uma pilha fina de pastas, umas quatro ou cinco talvez, e deixou-a cair de volta na mesa.

— Continue.

— Todos esses assaltos são habilidosos. Não foi apenas um tijolo jogado na vidraça, nenhum sinal de entrada forçada. Todos tinham sistemas de alarme que foram desativados, e em cada um dos casos o ladrão só levou pequenos itens de grande valor.

— Que estavam guardados em cofres?

— Não, senhor. O arrombamento do cofre é um fator novo. Mas há outro fator comum. Em todos esses casos, o dono da casa tinha morrido recentemente.

— Recentemente quando?

— Bem, questão de um mês. — MacBride fez uma pausa, como se estivesse tentando decidir se dizia algo ou não. McLean ficou quieto.

— Certo, um dos assaltos aconteceu oito semanas depois que a senhora morreu. Mas os outros quatro ocorreram no espaço de duas semanas. Semana passada houve um no dia do funeral. Preciso verificar os outros e comparar com as datas do enterro, mas não temos essas informações arquivadas.

— O funeral da Sra. Douglas foi anunciado no jornal, e seu obituário já tinha sido publicado antes. — McLean pegou as pastas e olhou para os nomes e datas na frente. O mais recente, com exceção do caso que eles estavam investigando, fora há quase um ano; o mais antigo, há cinco. Todos ainda estavam em aberto. Sem solução. Todos sob o olhar atento de seu inspetor-chefe predileto. Ele duvidava que Duguid sequer se lembrasse de seus nomes.

— Vamos ver se conseguimos mais detalhes. — Ele devolveu as pastas para MacBride. — Descubra mais alguma coisa sobre essas pessoas. Tiveram obituário? Os funerais foram anunciados? E nesse caso, em que jornais?

— E sobre os alarmes? — perguntou MacBride. — Não é fácil burlar esses sistemas.

— Bem observado. Certo. Precisamos saber onde essas pessoas morreram. Em casa, no hospital, numa clínica de repouso?

— Acha que nosso ladrão chegou assim tão perto? Não seria muito arriscado?

— Não se a vítima estiver morta antes que ele realize o assalto. Pense nisso. Se o nosso ladrão trabalha numa geriatria, ele conseguiria seduzir o idoso, adquirir sua confiança e ouvir suas confidências. Depois que a vítima tivesse lhe contado tudo que era preciso saber, ele só precisaria esperar que a pessoa morresse.

Ainda enquanto falava, ele se deu conta de que aquela possibilidade não era convincente, mas uma batida na porta impediu McLean de aprofundar seu pensamento. Era uma sargento uniformizada que deslizava a cabeça para dentro da sala, como se não quisesse se comprometer, temendo ser acometida por um destino terrível.

— Ah, senhor, achei que poderia encontrá-lo aqui. A superintendente-chefe gostaria de ter uma palavra.

McLean se levantou devagar e pegou seu paletó amassado enquanto a sargento desaparecia.

— Primeiro vamos trabalhar sob o ângulo do obituário. Depois passe para o familiar mais próximo. Quem quer que tenha sido interrogado quando deram queixa do arrombamento. Descubra o quanto essas pessoas eram conhecidas. Quando Bob chegar, vocês dois podem entrar em contato com todos que estão nessas pastas, vejam se há algo em comum. É melhor eu ir e ver o que Sua Majestade deseja. Ah, e Stuart?

O jovem detetive tirou os olhos da pasta aberta e olhou para cima.

— Muito bom.

McLean se lembrava de Jayne McIntyre de quando ela era uma ambiciosa sargento andando rapidamente na esteira da promoção. Mesmo naquela época, ela arrumava tempo para seus subalternos em hierarquia. Não socializava muito com os colegas, preferia andar com os inspetores e o chefe de polícia, mas se alguém precisasse de sua ajuda, podia contar com ela. É sempre prudente não pisar nas pessoas enquanto se sobe a escada, para o caso de encontrá-las de novo na descida. McLean não achava que isso seria um problema para McIntyre, tanto por ela ser respeitada por todos como por se encaminhar para o topo. Ela tinha apenas oito anos a mais que ele e, contudo, ali estava, superintendente-chefe, dirigindo a delegacia. Havia poucas dúvidas de que ela assumiria o supercargo de subdelegada-chefe quando o atual se aposentasse dali a 18 meses. Ela entendia a política, sabia como impressionar as pessoas importantes sem pieguices. Talvez essa fosse sua maior habilidade, e McLean não invejava o sucesso que isso lhe trouxera. Ele só não desejava ser captado pelo seu radar.

— Ah, Tony. Obrigada por vir. — McIntyre se levantou quando McLean bateu na porta aberta. Isso já era um mau sinal. Ela deu a volta na escrivaninha, com a mão estendida para ser apertada. Ela era baixa, talvez tivesse a altura mínima para um oficial. Com o longo cabelo castanho puxado para trás num coque agressivo, ele pôde ver fios brancos começando a aparecer em suas têmporas. A base em volta dos olhos não ocultava as rugas quando ela sorria.

— Desculpe não ter vindo mais cedo, eu tive uma noite meio difícil.

— Sem problema. Sente-se. — Ela foi para uma das duas poltronas que havia no canto do gabinete espaçoso e se sentou também. — O inspetor-chefe Duguid falou comigo hoje de manhã. Ele me contou que você passou pela cena do crime de Barnaby Smythe na outra noite.

Então era disso que se tratava. Ciúme profissional é uma coisa terrível.

— Eu estava na vizinhança, vi que algo tinha acontecido e achei que poderia ajudar. Eu cresci naquela área, conheço alguns dos moradores. O inspetor-chefe Duguid me convidou para ver a cena.

McIntyre assentia enquanto McLean falava, os olhos dela nunca se desviando do rosto dele. Quando estava com ela, ele sempre se sentia como um estudante bagunceiro sendo repreendido pela diretora. Sem aviso, ela se levantou e foi até um aparador baixo de madeira do outro lado da sala, onde havia uma máquina de café.

— Café? — McLean fez que sim. McIntyre tirou uma medida de pó de café de um vidro e, colocando num filtro, derramou a quantidade exata de água exigida para duas xícaras e ligou a máquina.

— Barnaby Smythe era um homem importante na cidade, Tony. O assassinato dele provocou muito temor nas camadas mais superiores. Há questões sendo levantadas no Palácio de Holyrood. A pressão está aumentando. Precisamos de um resultado para esse caso, e rápido.

— Tenho certeza de que o inspetor-chefe Duguid será muito eficiente. Vi que ele já está com uma equipe bem substancial ajudando na investigação.

— Não é suficiente. Preciso dos melhores investigadores nesse caso, e preciso que colaborem uns com os outros. — Um líquido marrom ralo começou a pingar da máquina na jarra de vidro abaixo.

— A senhora quer que eu participe da investigação?

McIntyre voltou à sua mesa, pegou um arquivo e o abriu diante dele. Ali havia umas duas dúzias de fotografias grandes, em cores, tiradas na biblioteca de Barnaby Smythe. Closes mostravam seu peito aberto, seus olhos mortos vidrados e o queixo sujo de sangue, as mãos pousadas nos braços da poltrona, suas entranhas empoçadas no colo. McLean ficou contente por ainda não ter comido.

— Já vi tudo isso — disse ele enquanto McIntyre servia duas canecas de café, levava para eles e se acomodava novamente na poltrona.

— Ele tinha 84 anos. Ao longo de sua vida, Barnaby Smythe contribuiu mais para essa cidade do que qualquer outra pessoa de que eu me lembre e, mesmo assim, alguém fez isso a um homem dessa idade. Quero que você descubra quem foi e por quê. E preciso que faça isso antes que decidam retalhar outro cidadão proeminente.

— E Duguid? Ele vai ficar feliz de me ter na equipe? — McLean deu um gole em seu café, em seguida desejando que não tivesse feito isso. Estava quente, mas fraco, e o gosto era de água suja.

— Eu não usaria a palavra feliz, Tony. Mas Charles é um investigador antigo. Ele não vai permitir que animosidades pessoais interfiram em algo tão importante. Gostaria de pensar que você também é assim.

— É claro.

McIntyre sorriu.

— Então, como estão indo seus outros casos?

— O policial MacBride tem uma boa teoria sobre o arrombamento. Ele supõe que haja uma ligação com diversos outros anteriores, de até cinco anos atrás. Ainda não temos a identidade da garota morta, mas o patologista acha que o crime ocorreu há uns sessenta anos. Vou me encontrar com o construtor mais tarde.

McLean falou rapidamente de seus casos, mas percebeu que a superintendente-chefe mal o ouvia. Esse era o espetáculo: fingir interesse, fingir ser sua amiga. Isso era um bom sinal, pois significava que ela achava que ele lhe poderia ser útil. Porém, McLean não era tão burro a ponto de não ler as entrelinhas. Ele estava no caso Smythe porque havia a possibilidade de fracassar. Poderia haver outros assassinatos de pessoas proeminentes, ou pior, o assassino poderia sumir e nunca ser encontrado. Mas se desse errado, a culpa não seria da superintendente-chefe McIntyre. Nem seria o inspetor-chefe Duguid quem arcaria com as consequências. Não, ele estava sendo convidado a participar da investigação para que a Polícia de Lothian e Borders tivesse alguém descartável para jogar aos lobos, se isso viesse a ser necessário.

8

Dois minutos depois de conhecer Tommy McAllister, McLean concluiu que não gostava do sujeito.

O fato de seus dois oficiais não estarem por lá quando ele se liberou do gabinete da superintendente não ajudou em nada. Ele perdeu vários minutos procurando por eles antes de lembrar que os mandara falar com as primeiras vítimas dos arrombamentos. A delegacia estava quase deserta, o que dava a impressão de que todos tinham sido convocados para a investigação Smythe, mas ele acabou encontrando uma jovem policial e convenceu-a de que seria de seu interesse conseguir uma viatura para ele. Agora ela estava parada no canto da sala, segurando seu bloco de anotações, visivelmente nervosa. Teria que trabalhar nisso se quisesse virar detetive.

— Gostaria de um café, inspetor? Policial? — McAllister sentava-se recostado numa cadeira de escritório de couro preto com espaldar alto e, sem dúvida, achava que ela o tornava importante. Estava de terno, mas o paletó tinha sido jogado sobre um arquivo próximo. A camisa estava amassada, e o suor escurecia o algodão em torno das axilas. A gravata frouxa e as mangas dobradas davam a impressão de que ele estava relaxado, mas McLean podia ver o nervosismo em seus olhos e pelo jeito como ele movimentava os dedos e quicava os pés.

— Não, obrigado — respondeu McLean. — Não vamos ficar muito tempo. Eu só queria esclarecer alguns fatos sobre a casa em Sighthill. O Sr. Murdo está?

McAllister franziu o cenho à menção do nome. Inclinou-se para a frente e apertou um botão no antigo interfone em sua mesa.

— Janette, você poderia chamar Donnie? — Tirando o dedo do botão, ele olhou de novo para o inspetor, jogando a cabeça para trás. — Ele deve estar em algum lugar lá no pátio.

Uma voz feminina, abafada pelo vidro, soou no alto-falante, pedindo que Donnie Murdo comparecesse ao escritório. McLean olhou em volta, sem ver nada particularmente fora do lugar. Era abarrotada, cheia de arquivos. Avisos de segurança, contas, notas adesivas e outros detritos cobriam as paredes. Num dos cantos, balizas e outros equipamentos de vigilância se amontoavam.

— Quem é o proprietário da casa? — perguntou McLean.

— Eu. Comprei como investimento. — McAllister voltou a se reclinar na cadeira com uma expressão de orgulho no rosto desgastado.

— Há quanto tempo a comprou?

— Faz uns 18 meses. Janette pode lhe fornecer todos os detalhes. Levou bastante tempo para obter a licença da Secretaria de Planejamento. Foi-se o tempo em que se podia fazer o que queria, bastava conhecer as pessoas certas. Mas agora é tudo na base dos comitês, revisões e apelos. Está chegando a um ponto em que a pessoa mal consegue sobreviver, se é que o senhor me entende.

— Claro que sim, Sr. McAllister.

— Tommy, por favor, inspetor.

— De quem comprou a casa?

— Ah, de um novo banco que acabou de se estabelecer na cidade. Mid-Eastern Finance, acho que é o nome. Não sei bem por que queriam vendê-la. Devem ter decidido que era hora de sair da especulação imobiliária e voltar para o mercado de ações. Não pense que a casa ficou muito tempo nas mãos deles. — McAllister se inclinou novamente e esmurrou o botão do interfone. — Janette, pegue para mim a papelada da Farquhar House. — Ele não esperou pela resposta.

— Foi uma certa mudança de rumo para o senhor, não? — questionou McLean. — Reformar uma casa antiga, quero dizer. O senhor fez sua fortuna construindo todos aqueles caixotes em Bonnyrigg e Lasswade, não foi?

— Foi isso mesmo, sim. Bons tempos aqueles. Mas está ficando difícil encontrar loteamentos baratos nos arredores da cidade hoje em dia, entende? As pessoas lamentam, dizem que estamos acabando com o campo, e depois reclamam que os preços da moradia estão estratosféricos. Não dá para se ter tudo, não é mesmo, inspetor? Ou construímos mais casas ou não haverá o suficiente para todos, e então os preços sobem.

— Então por que não demolir a casa antiga e construir um edifício no lugar?

McAllister estava para responder quando uma batida na porta o interrompeu. Ela se abriu, e um homem carrancudo ficou ali parado, sem saber o que fazer.

— Entre, Donnie, sente-se. Não fique acanhado. — McAllister não se levantou. Donnie Murdo olhou para McLean e depois para a policial com uma expressão contida. Ele era um homem que havia burlado a lei muitas vezes na vida. Tinha uma postura defensiva, ombros caídos, braços soltos ao lado, as pernas ligeiramente flexionadas, como que preparadas para correr ao menor sinal. Suas mãos eram enormes, e nos nós dos dedos liam-se as palavras AMOR e ÓDIO tatuadas.

— Aqui está a pasta que você pediu, Tommy. — A secretária que os recebera antes passou apressada e deixou uma pasta grossa na mesa. Olhou para McLean com silenciosa reprovação e saiu altivamente do escritório, fechando a porta.

— Você estava trabalhando na velha casa em Sighthill anteontem à noite, Donnie? — McLean observou os olhos do mestre de obras se dirigirem para o patrão. McAllister estava ereto agora, os braços sobre a escrivaninha. O assentimento foi quase imperceptível.

— Tava. Tava lá, sim.

— E o que exatamente estava fazendo lá?

— Bem, a gente tava limpando o porão, sabe. Ia fazer uma academia de ginástica lá.

— A gente? Achei que você tinha dito que estava sozinho quando descobriu a sala oculta.

— Ah, bem, eu tava. Verdade. Tipo, os moleques tavam ajudando mais cedo. Mas eu mandei eles pra casa. Eu só tava lá, tipo, limpando. Acabando o serviço para eles poderem começar o reboco de manhã.

— Deve ter sido um choque e tanto ver o corpo daquele jeito.

— Eu num vi muito, entende? Só a mão, só isso. Foi quando liguei pro Sr. McAllister aqui. — Donnie inspecionou as mãos, limpou as unhas, os olhos baixos para evitar contato visual.

— Obrigado, Donnie. Você ajudou bastante. — McLean se levantou e estendeu a mão para o mestre de obras, que pareceu momentaneamente sobressaltado e depois a apertou.

— Posso lhe ajudar em mais alguma coisa, inspetor? — perguntou McAllister.

— Se eu pudesse ficar com uma cópia da escritura seria útil. Preciso fazer um rastreio e tentar saber quem era o proprietário daquela casa quando a pobre garota foi assassinada.

— Está tudo aí. Por favor, leve. — Com a palma voltada para cima, McAllister fez sinal para a pasta, mas não se levantou da cadeira. — Se não estiver a salvo com a polícia, então com quem vai estar, hein?

McLean pegou a pasta e a entregou à policial.

— Bem, muito obrigado pela sua colaboração, Sr. McAllister. Vou providenciar para que receba isso de volta o mais rápido possível.

Ele fez menção de sair, e só então McAllister se levantou.

— Inspetor?

— Sim, Sr. McAllister?

— O senhor não sabe quando poderemos voltar à obra, sabe? O projeto já ficou bem atrasado. Está me custando mais dinheiro a cada dia e não podemos fazer nada.

— Vou falar com o pessoal da perícia e ver o que podemos fazer. Não deve levar mais de um ou dois dias, com certeza.

Lá fora, McLean entrou no carro pelo lado do passageiro, deixando que a policial dirigisse. Até chegarem à estrada, ele não disse nenhuma palavra.

— Ele está mentindo, sabe.

— McAllister?

— Não. Quer dizer, sim. Ele é um especulador imobiliário, e eles estão sempre ocultando alguma coisa. Mas nesse momento a única coisa que deseja é ter acesso à obra novamente. Estou me referindo ao mestre de obras, Donnie Murdo. Ele pode ter estado na obra naquela noite, mas não estava trabalhando. Pelo menos não estava levantando um martelo. Suas mãos eram muito lisas. Acho que ele não pega no pesado há anos.

— Então foi outra pessoa que descobriu o corpo? Quem?

— Não sei. E é provável que também não seja relevante para o assassinato. — McLean abriu a pasta e começou a folhear a confusão aleatória de documentos e alvarás. — Mas pretendo descobrir.

— Você nunca liga a droga do seu celular? — Uma veia gorda pulsava na têmpora direita do inspetor-chefe Duguid; nunca um bom sinal. McLean pegou o telefone no bolso e o abriu. A tela estava apagada; apertar o botão não surtiu qualquer efeito.

— A bateria descarregou de novo. Já é a terceira esse mês.

— Bem, agora você é inspetor. Tem seu próprio orçamento. Então compre um aparelho novo. De preferência, que funcione. Pode até pensar num via satélite.

McLean jogou o celular de volta no bolso e depois entregou a pasta para a policial Kydd, que o acompanhara até a construtora de McAllister e que agora parecia querer fugir antes de ser arrastada para uma discussão entre dois oficiais superiores.

— Por favor, leve isso para o detetive MacBride. E diga-lhe para não perder. Não quero acabar endividado com Tommy McAllister de jeito nenhum.

— Quem é McAllister? Outro de seus informantes duvidosos? — Por trás do ombro de McLean, Duguid olhou para a policial que se retirava, sem dúvida questionando por que ela não estava trabalhando em sua investigação.

— Ele é o proprietário da casa onde encontraram o corpo da garota.

— Ah, sim. Seu ritual de sacrifício antigo. Eu soube. Deve ter sido bem na sua rua, não é? Os ricos e suas perversões indecorosas.

McLean ignorou a provocação. Já ouvira coisas piores.

— Por que me chamou?

— Esse caso Smythe. Imagino que já tenha falado com Jayne, então sabe o quanto é importante que se tenha um resultado, e rápido.

McLean assentiu, notando o uso informal que Duguid fez do nome da superintendente-chefe.

— Bem, a necropsia é em meia hora, e quero você lá. Quero que esteja a par de todas as informações da perícia assim que as conseguirmos; que ataque o problema a partir disso. Vou interrogar os empregados, tentar descobrir quem poderia ter algum ressentimento contra alguém como Smythe.

Fazia sentido dividir a investigação desse modo. McLean estava resignado com o fato de ter que trabalhar com Duguid e decidiu que talvez fosse melhor tentar e começar com o pé direito.

— Sobre a outra noite, senhor. Desculpe por ter metido o nariz lá; não foi adequado, eu sei. Essa investigação é sua.

— Não se trata de uma competição, McLean. Um homem está morto e seu assassino está solto pelas ruas. Isso é a única coisa que importa neste momento. Contanto que você apresente resultados, vou tolerá-lo na minha equipe. OK?

Um preço alto para diminuir as diferenças entre eles. McLean assentiu de novo, sem confiar que sua boca falaria apenas as palavras que Duguid devia ouvir e não as que ele estava pensando.

— Bom. Agora vá até o necrotério e veja o que o necrófilo do seu amigo Cadwallader descobriu.

* * *

Tracy tirou os olhos da escrivaninha para ver McLean entrar, deu-lhe um sorriso e voltou ao seu jogo de paciência no computador.

— Ele ainda não voltou. Vai ter que esperar — disse ela com os olhos na tela.

McLean realmente não se importava. Observar cadáveres sendo cortados normalmente não tinha muita graça, mas o prédio tinha um ar-condicionado que funcionava.

— Vocês já receberam algum resultado sobre a garota morta? — perguntou ele.

Com um suspiro, ela desligou a tela e se virou para uma bandeja de papéis abarrotados.

— Deixe eu ver... — Ela folheou a confusão e pegou uma única folha. — Está aqui. Humm. Há mais de cinquenta anos.

— Só isso?

— Bem, não. Ela foi morta há menos de trezentos anos, mas como foi há mais de cinquenta, não conseguimos calcular com mais precisão. Pelo menos não usando carbono.

— Então como isso funciona?

— Agradeça aos americanos. Eles começaram a fazer testes nucleares na década de 1940, mas as coisas aconteceram mesmo na década de 1950. Encheram a atmosfera de isótopos não naturais. Estamos cheios deles, você e eu. Todo mundo vivo depois de 1955, mais ou menos, também está. E quando essas pessoas morrem, os isótopos começam a se decompor. Isso pode ser usado para nos dizer há quanto tempo a morte ocorreu, mas só até meados da década de 1950. A coitadinha da sua garota morreu antes.

— Entendo — mentiu McLean. — E quanto à conservação? O que foi usado para isso?

Tracy mexeu na bandeja até pegar outro maço de papéis.

— Nada.

— Nada?

— Nada que a gente tenha conseguido detectar. Pelo resultado dos exames, ela simplesmente secou. Pode acontecer, Tony. Especialmente se todo o sangue e todos os fluidos corporais forem retirados. — McLean se virou quando Cadwallader entrou na sala. Ele entregou um saco de papel pardo para a assistente.

— Abacate e bacon. Não tinha sobrado nenhum de pastrami.

Tracy pegou o saco, deu uma espiada e retirou uma baguete comprida e escura. Aquela visão fez o estômago de McLean roncar, e ele se deu conta de que não comera nada o dia todo. Lembrando-se em seguida do motivo para estar ali, decidiu que talvez fosse melhor ficar sem comer.

— Você está aqui por alguma razão específica ou só passou para dar em cima da minha assistente? — Cadwallader tirou o casaco, pendurou-o na porta e vestiu um conjunto cirúrgico limpo.

— Barnaby Smythe. Me disseram que você vai examiná-lo essa tarde.

— Pensei que o caso fosse do Dagwood.

— Smythe tinha uma porção de amigos poderosos. Acho que McIntyre colocaria todos os oficiais no caso se achasse que isso o resolveria mais rápido. Pressão de cima.

— Deve ter havido pressão mesmo; só assim ela o colocaria com aquele velho infeliz de novo.

O corpo os aguardava na sala de necropsia, deitado numa mesa de aço inoxidável e coberto com um lençol brilhante de borracha. McLean se sentou o mais distante possível enquanto Cadwallader se pôs a trabalhar em Barnaby Smythe, terminando o serviço que o assassino tinha começado. O patologista era meticuloso em seu trabalho ao examinar a carne pálida e firme e inspecionar o ferimento aberto.

— As condições de saúde do sujeito são excepcionalmente boas para a idade dele. O tônus muscular sugere que ele se exercitava regularmente. Nenhum sinal de contusão nem marcas de cordas, o que indica que ele não foi amarrado enquanto estava sendo cortado, algo coerente com a cena em que foi encontrado. As mãos não apresentam cortes nem lesões, ele não se debateu nem tentou resistir ao agressor.

Ele prosseguiu em direção à cabeça e ao pescoço de Smythe, abrindo a cicatriz que ia de orelha a orelha.

— A garganta foi cortada com uma faca afiada, que provavelmente não era um bisturi. Pode ter sido um estilete retrátil. Há uma laceração, que indicaria que o corte foi feito da esquerda para a direita. A se julgar pelo ângulo de entrada, o assassino foi para trás da vítima, que estava sentada, segurou a lâmina com a mão direita e... — Ele fez um movimento do corte com a mão.

— Foi isso que o matou? — perguntou McLean, tentando não imaginar como devia ter sido a sensação.

— Provavelmente. Mas com tudo isso ele devia morrer. — Cadwallader gesticulou em direção ao longo talho que ia do ventre ao peito. — O único jeito de seu coração ainda estar bombeando sangue depois de alguém cortá-lo desse jeito seria se ele estivesse anestesiado.

— Mas os olhos estavam abertos. — McLean se lembrou do olhar vidrado.

— Ah, é possível anestesiar alguém completamente e a pessoa ainda ficar lúcida, Tony. Mas não é fácil. De qualquer modo, não posso dizer com precisão o que foi usado nele até ver o resultado dos exames de sangue. Devo ter essa informação até o fim do dia ou amanhã cedo, o mais tardar.

O patologista voltou ao corpo e começou a remover os órgãos. Um por um, foram retirados, inspecionados, colocados em baldes brancos de plástico que pareciam ter contido sorvete de framboesa numa vida anterior e, finalmente, entregues a Tracy para serem pesados. Com uma inquietação crescente, McLean observava Cadwallader examinando um par brilhante de pulmões, apertando-os com os dedos enluvados, quase numa carícia.

— Que idade tinha Barnaby Smythe? — perguntou Cadwallader, erguendo uma coisa marrom e escorregadia. McLean pegou seu bloco e percebeu que não havia anotado nenhuma informação útil sobre o caso.

— Não sei. Era velho. No mínimo 80 anos.

— Sim, foi o que pensei. — O patologista colocou o fígado num balde de plástico e o pendurou na balança. Murmurou algo a meia-voz. McLean conhecia esse murmúrio e sentiu uma pontada na boca do estômago que não tinha nada a ver com fome. Ele conhecia muito bem aquela sensação de pavor, de descobrir muitas complicações no que deveria ser uma parte bem objetiva da investigação. E Duguid iria culpá-lo, mesmo não sendo culpa dele. Matem o mensageiro.

— Mas tem algum problema. — Não era uma pergunta.

— Ah, é provável que não. Acho que só estou imaginando coisas. — Cadwallader descartou sua preocupação com um gesto de indiferença da mão cheia de sangue. — É que é lamentável. Ele deve ter se esforçado muito durante a vida toda para se manter em forma e saudável, e então um cretino do mal retalha o cara desse jeito.

9

A central de operações do caso Smythe parecia uma colmeia em atividade quando McLean passou pelas portas abertas ao voltar do necrotério. Numa olhada rápida, ele pôde ver uma dúzia de policiais uniformizados digitando informações em computadores, fazendo ligações e ocupados de modo geral, mas nenhum sinal de Duguid. Agradecendo por essas pequenas coisas, continuou pelo corredor e, a caminho da pequena sala que confiscara para sua investigação, ele só parou para convencer uma máquina a lhe dar uma garrafa de água gelada. Abriu a tampa da garrafa e ingeriu metade de seu conteúdo em três longos goles. O líquido atingiu seu estômago em cheio, fazendo-o roncar quando ele abriu a porta.

Bob Rabugento estava sentado a uma das mesas, com as mãos apoiando a cabeça enquanto lia o jornal. Ele olhou para McLean e, culpado, pegou uma pasta parda do relatório.

— O que tem aí, Bob?

— Hã... — Bob olhou para a pasta e virou-a 180 graus para poder ler o que estava escrito. Quando acabou de virá-la, percebeu que estava olhando para o verso. — É um relatório sobre um arrombamento na casa de uma Sra. Doris Squires. Em junho do ano passado. Eu e o garoto fomos ver o filho dela hoje de manhã. Ele ficou bem surpreso de ter notícias da gente. Quis saber se tínhamos encontrado as joias roubadas da mãe.

— Onde está o policial MacBride? — McLean olhou em volta, mas não havia onde se esconder.

— Eu o mandei buscar uns donuts. Ele deve estar chegando a qualquer minuto.

— Donuts? Com esse calor?

McLean tirou o paletó e o pendurou atrás da porta. Tomou o restante da água, sentindo-se levemente tonto quando o líquido gelado lavou sua garganta. Num salto, seus pensamentos retornaram a Barnaby Smythe. Uma lâmina cortando sua carótida, o sangue derramando em seu corpo destroçado. Ciente de que estava morrendo. Ele balançou a cabeça na tentativa de expulsar a imagem. Talvez comer um pouco fosse uma boa ideia, afinal.

— Conseguiu algo de útil com o Sr. Squires? — perguntou McLean.

— Depende do que o senhor quer dizer com útil. Acho que dá para afirmar que a velha Sra. Squires não divulgou o código do alarme para ninguém.

— Então quer dizer que eles tinham um sistema de alarme?

— Ah, sim. Alarmes Penstemmin, sistema remoto. Todos os assobios e campainhas que se pode esperar. Mas a Sra. Squires era cega e meio gagá. Ela nunca soube o código. Era o filho que sempre o acionava. E ela morreu em casa, dormindo. O assalto aconteceu cerca de duas semanas depois. No dia em que ela foi enterrada. Saiu uma nota no jornal, e um obituário também.

— Então não foi um cuidador. Ainda assim, era um sistema de alarme Penstemmin. Acho que é melhor darmos uma verificada neles. Veja na Central quem é o nosso contato na empresa.

A reclamação de Bob Rabugento por lhe darem mais trabalho foi interrompida por uma batida na porta. Antes que qualquer um deles pudesse fazer alguma coisa, a maçaneta girou e a porta se abriu, revelando uma grande caixa de papelão flutuando no ar. Um exame mais apurado mostrou que a caixa tinha pernas com calças azuis embaixo. Mãos pequenas a seguravam pelas bordas, e uma voz feminina abafada veio de trás.

— Inspetor McLean?

McLean pegou a caixa. Atrás dela, a policial Alison Kydd estava parada com o rosto corado, tomando fôlego.

— Obrigada, senhor. Não sei se eu conseguiria carregar isso por muito mais tempo.

— O que é isso, Alison? — perguntou Bob, levantando-se enquanto McLean largava a caixa na mesa, sobre a Sra. Squires.

— A perícia mandou. Disseram que fizeram todos os exames possíveis e não apareceu nada.

A caixa aberta revelou um monte de sacos de provas, todos caprichosamente fechados e rotulados; os itens encontrados nos nichos ocultos juntamente com pastas grossas de relatórios forenses e as fotografias da cena do crime. Os recipientes de vidro com os órgãos ainda estavam no necrotério, mas havia as fotos e os laudos dos exames, confirmando que todos pertenciam à garota. McLean levantou o primeiro saco que tirou da caixa e viu um simples alfinete dourado de gravata e um cartão dobrado. Folheou as fotos até encontrar a que exibia os dois itens posicionados na frente de um vidro rachado.

— Nós temos todas as outras fotos da cena? — perguntou ele. Bob deu a volta na mesa arrastando os pés, curvou-se no canto e voltou a se endireitar com um estalo das articulações e uma pasta grossa. Passou-a para McLean, que a abriu, expondo dúzias de fotos impressas em folhas A4 brilhantes. — Certo. Vamos tentar colocar tudo isso em ordem. Policial... Alison, pode nos ajudar aqui?

A policial pareceu ficar meio acanhada.

— Eu devia estar trabalhando na central de operações do caso Smythe, senhor.

— E eu devia estar olhando os relatórios forenses, mas é provável que isso aqui seja mais divertido. Não se preocupe. Não vou deixar Dagwood importuná-la.

Eles já tinham tirado todos os sacos da caixa e os arrumado no chão com as respectivas fotografias quando o detetive MacBride voltou, segurando um saco pardo oleoso cheio de donuts. Havia seis nichos na sala oculta, e cada um continha um órgão diferente e conservado, juntamente com um cartão dobrado onde havia uma única palavra escrita em tinta preta, além de outro item. O alfinete de gravata estava com o vidro que continha os remanescentes meio desmanchados dos rins da garota e acompanhado pela palavra "Jugs". Depois de colocar os sacos de provas em cima da foto tirada no nicho, McLean reuniu os próximos itens da caixa: uma foto de um fígado em perfeito estado de conservação, uma caixinha prateada de comprimidos contendo resíduos de aspirina e outro cartão com a palavra "Wombat". Em seguida, veio a foto do vidro rachado que continha os pulmões, uma abotoadura com uma pedra preciosa incrustada e a palavra "Toots"; depois, com o baço bem-conservado, uma caixinha japonesa entalhada contendo alguns flocos de rapé seco e a palavra "Professor". Outro vidro de amostra ilesa vinha a seguir, contendo os ovários e o útero da garota morta. Fora encontrado com um par de óculos de aros metálicos e a palavra "Grebo". Por fim, colocado num nicho alinhado com a cabeça da garota, seu coração, a palavra "Capitão" e uma cigarreira fina de prata.

Um silêncio perturbador pairou na sala quando as últimas peças do quebra-cabeça foram dispostas. Dos seis vidros de amostras, dois tinham sido misteriosamente danificados. Teriam sido colocados nos nichos assim? Teria sido intencional ou apenas uma coincidência?

McLean se levantou, os joelhos estalando em protesto.

— OK. Quem quer ser o primeiro?

Uma longa pausa, como numa sala de aula quando o professor faz uma pergunta capciosa.

— Poderiam ser apelidos? — Foi a policial Kydd quem quebrou o silêncio com voz hesitante.

— Prossiga — disse McLean.

— Bem, são seis. Seis itens pessoais. Seis órgãos tirados da vítima. Seis pessoas?

McLean estremeceu. Fazia sentido que houvesse mais de uma pessoa envolvida no assassinato, pois de outro modo teria sido muito difícil ocultá-lo. Mas seis?

— Acho que você tem razão. Deve haver algum motivo tortuoso para isso; só Deus sabe qual. Mas se havia seis pessoas envolvidas e elas precisavam estar associadas ao ritual de algum modo, se cada uma delas deixou uma lembrança própria e levou uma parte da garota...

— Isso é... repugnante. Por que alguém faria uma coisa dessas? — questionou Bob Rabugento.

— A tribo Fore da Papua-Nova Guiné comia seus mortos. — Todos os olhos se viraram para MacBride, que ficou com as faces coradas diante da súbita atenção.

— O que isso tem a ver, cara?

— Bem, não sei. Eles acreditavam que, comendo alguém, a pessoa adquiria sua força e poder. Eles faziam grandes banquetes nos funerais e todos comiam um pedaço do corpo. O líder e os homens mais importantes pegavam as partes melhores, e as mulheres e crianças ficavam com as vísceras e o cérebro.

— Como você sabe disso, Stuart? — perguntou McLean.

— Bem, eles começaram a morrer dessa doença misteriosa. Acho que chamavam de kuru. Isso quase os dizimou. Os cientistas supõem que um dos ancestrais contraiu uma forma de doença da vaca louca. Sabe, a Doença de Creutzfeldt-Jakob? E quando foi comido, isso passou para a próxima geração.

— Um monte de informações inúteis. Que relevância isso tem para a coitadinha da garota assassinada, hein? Ninguém a comeu, não é? — perguntou Bob.

— Bem, se cada um pegou um pedaço dela, talvez a ideia fosse... sei lá... adquirir um pouco de sua juventude ou algo assim.

— Isso parece meio forçado — disse Bob Rabugento.

— Vá com calma, Bob. Nesse momento, não temos a menor ideia do motivo para a morte da garota. Estou aberto a sugestões, não importa o quão absurdas possam parecer. Mas acho que, antes de tudo, devemos concentrar nossos esforços nas provas físicas. — McLean pegou o último item da caixa, que era o vestido de estamparia floral, bem-dobrado, como se estivesse para ser colocado numa prateleira da Marks & Spencer's. — Vamos ver se não conseguimos precisar um pouco mais a época de sua morte.

O inspetor-chefe Charles Duguid estava parado no meio da central de operações do caso Smythe, dirigindo os trabalhos como um maestro diante de uma orquestra particularmente inepta. Oficiais relutantes o abordavam em busca de aprovação para seus atos e, com frequência, eram ridicularizados. McLean ficou observando da porta por um instante, cogitando se a coisa toda não correria com mais tranquilidade se Duguid não estivesse lá.

— Não, não perca seu tempo com isso. Preciso de pistas sólidas em vez de simples especulações. — O inspetor-chefe olhou para o lado e viu McLean. — Ah, inspetor. — Ele deu um jeito de fazer a palavra soar como um insulto. — Que bom que veio. E, policial Kydd, talvez fosse melhor perguntar ao seu chefe antes de sair por aí ajudando em outras investigações.

McLean estava prestes a defender a policial, mas ela baixou a cabeça num pedido de desculpas e saiu apressada para se reunir aos colegas que trabalhavam diante dos computadores. Ele lembrava bem demais como Duguid liderava seu pessoal. Intimidação e gritos eram prioridade em sua lista. Qualquer policial com senso de autopreservação logo aprendia a aceitar aquilo e nunca retrucar.

— Então? Como foi a necropsia?

— O mais provável é que a morte tenha ocorrido em decorrência do corte na garganta. O Dr. Cadwallader não tem certeza, mas acha que Smythe pode ter sido anestesiado antes que o abrissem. Não há sinal de luta e nada que sugira que ele tenha sido amarrado. Como ele não estava morto até depois de lhe retirarem o baço, deve ter sido sedado de alguma forma.

— O que significa que o assassino devia ter algum grau de conhecimento médico — concluiu Duguid. — Sabemos o que foi usado?

— Os exames de sangue devem ficar prontos até o fim da tarde, senhor. Não posso fazer muito mais até então.

— Bem, vá atrás deles, cara. Não podemos nos dar ao luxo de perder um instante sequer. O chefe de polícia está o dia inteiro me telefonando, querendo saber das novidades. A imprensa vai começar a noticiar essa morte hoje à noite e nós precisamos estar por cima.

Quer dizer que era importante solucionar o caso rapidamente para evitar constrangimentos para o chefe de polícia, e não porque havia um maluco à solta, que gostava de cortar pedaços dos órgãos das pessoas e colocá-los em suas bocas? Um conjunto interessante de prioridades.

— Vou cuidar disso imediatamente, senhor — disse McLean, virando-se para ir embora.

— O que você tem aí? Alguma coisa importante? — Duguid apontava para o saco que McLean segurava; seu tom de voz era o de um homem que se agarra a qualquer oportunidade. McLean se perguntou se o dia de interrogatórios tinha resultado em poucas informações. Ou talvez o inspetor-chefe simplesmente não soubesse por onde começar.

— É o caso Sighthill. É o vestido que a garota usava quando foi morta. — Ele levantou o saco plástico, mas Duguid não o pegou. — Vou mostrar a alguém que talvez saiba quando foi feito para descobrir a época da morte com um pouco mais de exatidão.

Por um instante, McLean achou que Duguid fosse gritar com ele do modo como fazia quando ele ainda era sargento. O rosto do inspetor-chefe enrubesceu, e uma veia começou a pulsar na lateral de sua testa. Com um esforço visível, ele se acalmou.

— Bom. Sim, claro. Mas não se esqueça do quanto este caso aqui é importante. — Ele fez um gesto para a sala com uma das mãos. — As chances são de que seu assassino tenha morrido há muito tempo. Temos que encontrar um que está vivo.

Ele não lembrava quando a loja tinha sido aberta. Provavelmente em meados da década de 1990. Era confuso, pois parecia um daqueles lugares que sempre estivera ali. A Clerk Street era cheia delas, atendendo aos estudantes mais pobres, os quais somavam mais da metade dos habitantes da área. A loja era especializada em roupas usadas, especialmente vestidos de festa e trajes de noite confeccionados numa época em que a qualidade era importante. McLean tinha ido até lá algumas vezes à procura de algo diferente dos ternos escuros produzidos em série, que eram seu uniforme diário desde que passara nos exames para ser investigador. Mas nada lhe atraíra. Na verdade, era tudo meio artificial. No final das contas, ele fora a um alfaiate e fez dois ternos sob medida. Um deles ainda estava pendurado no armário, sem ter sido usado, o outro fora para o lixo após uma cena de crime particularmente sangrenta que desafiara até a lavagem a seco mais cara. Agora ele usava ternos baratos das lojas de departamentos e convivia com o péssimo caimento.

A mulher no balcão usava um traje de melindrosa dos anos 1920, com um longo boá de penas que devia deixá-la com muito calor nesse fim de verão. Ela o fitou com desconfiança quando ele se aproximou. Era de duvidar que muitas pessoas de sua idade fizessem compras ali. E pouquíssimos homens.

— Você sabe alguma coisa sobre essas roupas? — Ele acenou para as araras, com tudo enfileirado por décadas. — Os estilos, a época em que foram usadas?

— O que deseja saber? — O sotaque estragava o efeito provocado por seu traje. De perto, conseguiu perceber que era uma garota, não uma mulher. Ela não devia ter mais de 16 anos, mas a roupa a envelhecia.

— Quando isso aqui foi feito, possivelmente. Ou pelo menos quando deve ter sido usado. — McLean colocou o saco de provas sobre o balcão. A vendedora o pegou e virou.

— Está querendo vender? A gente não pega esse tipo de coisa.

McLean mostrou sua identidade de policial.

— Estou fazendo uma investigação. Isso foi encontrado na cena de um crime.

A vendedora largou o saco como se fosse uma cobra viva.

— Vou chamar a mamãe. Ela entende mais dessas coisas que eu. — A jovem se precipitou para o fundo da loja e desapareceu atrás das araras. Poucos instantes depois, outra mulher saiu de lá. Era mais velha, embora não tanto quanto as roupas que usava, que talvez tivessem sido mais adequadas um século atrás. E havia algo muito familiar nela.

— Você é Jenny. Jenny Spiers, não é? Quase não a reconheci com essas roupas.

— Tudo bem. Nós todas nos vestimos com nossas décadas favoritas. Devia ver a Rae quando pôs suas roupas hippies. Por falar nisso, como vai sua avó?

McLean olhou em volta, vendo as diferentes épocas expostas ali. Não dava para imaginar as coisas que atualmente saíam das fábricas da Índia e de Bangladesh sobrevivendo para substituir aquelas dali a duas décadas.

— Eu não me dei conta de que você trabalhava aqui. — Aquilo soou meio patético ainda enquanto ele falava. Evitava uma pergunta como um político.

— Na verdade, sou a proprietária. Está fazendo dez anos. Bem, tecnicamente o dono é o banco, mas... — Jenny deixou a frase pela metade, constrangida. — Mas o senhor não veio aqui para bater um papo, não é, inspetor?

— Sério, me chame de Tony, por favor. Eu queria saber se você pode me dizer alguma coisa sobre este vestido. — Ele levantou novamente o saco plástico.

— Posso abrir o saco? — perguntou Jenny. McLean fez que sim e observou-a puxando o vestido com cuidado e colocando-o aberto sobre o balcão para uma inspeção minuciosa. Seus dedos pausaram com um leve tremor quando ela viu as manchas desbotadas de sangue.

— Foi feito em casa — disse ela por fim. — Costurado à mão por alguém que tinha muita habilidade com agulha e linha. É bem provável que a renda tenha sido comprada, mas é difícil dizer. Tem o corte bem semelhante a algo que tenho aqui. Espere aí um pouquinho. — Ela foi para o fundo da loja, andando por corredores estreitos entre duas fileiras de vestidos envoltos em plástico e pendurados em araras altas. Mãos rápidas passaram pelas roupas até pousarem numa delas, que Jenny levou até o balcão com ar de triunfo.

— Esse é um vestido de passeio do fim da década de 1930. Algo que as garotas ricas da sociedade usavam antes da guerra. O vestido que você tem aqui é bem parecido, quase como se tivesse sido copiado. Só que o tecido é mais barato e, como eu disse, foi feito à mão. Além disso, não tem etiqueta, o que sugere que foi feito por alguém que não tinha recursos para comprar roupas.

— Então, quando é que ele pode ter sido feito? Quanto tempo pode ter sido usado?

— Bem, não pode ter sido feito nesse estilo muito antes de 1935. As bainhas eram mais baixas antes, e o decote seria outro. Foi bem usado, tem um remendo muito bem feito nas costas e o tecido está mais fino em alguns lugares. Eu diria que devia ter uns dez anos. As mulheres tinham que fazer durar e remendar durante os anos de guerra.

Em meados da década de 1940 então, no fim da Segunda Guerra. McLean avaliou as chances de alguém ligado ao assassinato ainda estar vivo.

10

Ele já estava no meio do saguão de entrada da delegacia quando o sargento de plantão acenou para ele parar.

— Conhece um sujeito chamado Jonas Carstairs?

McLean pensou. O nome era familiar.

— Bem, ele ligou o dia todo e deixou recados.

— O que ele queria?

— Algo sobre sua avó. Como vai a jovem senhora, por falar nisso? Alguma melhora?

O sangue sumiu de seu rosto. Não que ele tivesse exatamente esquecido; havia isolado a enfermidade dela por tanto tempo que ainda não tivera tempo de assimilar sua morte. Ele tinha conseguido se esquivar da pergunta com Jenny Spiers, mas não havia segredos numa delegacia de polícia, não por muito tempo, de qualquer modo. Além disso, é claro, o melhor meio de informar todo mundo era contando ao sargento de plantão. Se ele dissesse que era segredo então, a notícia correria mais rapidamente.

— Ela faleceu ontem à noite.

— Nossa, Tony. Então o que você está fazendo vindo trabalhar?

— Sei lá. Na verdade, vou fazer o quê? Não foi algo repentino nem nada assim. — Apesar de que, de certo modo, foi. Ele tinha se acostumado tanto com ela lá, em coma no hospital. Sempre soube que mais cedo ou mais tarde ela morreria, e houve até momentos em que desejou que fosse mais cedo. Porém, esperava que houvesse sinais de que ela estava partindo. Achava que teria tempo para se preparar.

— Ele deixou um número? Esse Carstairs?

— Sim, e pediu que ligasse assim que possível. Sabe, não seria nada mau se você ligasse seu celular de vez em quando.

McLean pegou o celular no bolso. Ainda estava morto.

— Eu ligo, mas a bateria está sempre descarregando.

— Que tal um aparelho via satélite então? Não sei por que vocês detetives acham que não deveriam usá-los.

— Tenho um em algum lugar, Pete, mas é ainda pior. Nada segura uma carga a menos que esteja ligado na tomada. Isso meio que põe em xeque o conceito de um celular, de fato.

— Bem, é verdade. Consiga um troço que funcione, tá? — O sargento entregou a McLean um papel com um nome e um número e com um zunido abriu a porta para ele entrar.

McLean tinha um gabinete só para ele; uma das vantagens de ser inspetor. Era um lugar desolador, com uma única janela que dava para o edifício ao lado e deixava passar muito pouca luz. A maior parte do espaço disponível era ocupada pelos arquivos ainda cheios, com as anotações dos casos de seu antecessor, mas algum gênio da geometria também conseguira enfiar uma escrivaninha ali dentro. Em cima havia uma pilha de pastas com um post-it amarelo colado na primeira delas onde se lia "Urgente" sublinhado três vezes. Ele as ignorou, contornando a escrivaninha para se sentar. Pegando o telefone, digitou o número, sempre olhando o relógio. Estava meio tarde para o horário comercial, mas ele não sabia se aquele número era de um escritório.

— Carstairs Weddell, em que posso ajudá-lo? — A presteza da resposta e o tom educado da recepcionista desaceleraram seus pensamentos. McLean reconheceu o nome da firma de advocacia que cuidava dos assuntos de sua avó desde o AVC. Ele se sentiu meio bobo por não ter se lembrado antes.

— Ah. Hãã. Olá. Eu gostaria de falar com o Sr. Jonas Carstairs, por favor. — Anteriormente, ele só falara com um funcionário, Perkins ou Peterson, algo assim. Parecia estranho que o sócio majoritário o procurasse.

— Quem gostaria, por favor?

— McLean. Anthony McLean.

— Um momento, inspetor. Já vou transferir a ligação. — Mais uma vez ele era abordado por alguém que sabia mais a seu respeito do que o contrário. Não teve tempo para mais nada além de ficar surpreso. A breve música foi interrompida por um clique.

— Inspetor-detetive McLean, Jonas Carstairs falando. Senti muito ao saber sobre o falecimento de sua avó. Esther foi uma grande mulher em seu tempo.

— Suponho que a conheceu, Sr. Carstairs?

— Jonas, por favor. E sim, eu a conhecia há muito tempo. Por mais tempo do que atuo como seu advogado. É sobre isso que gostaria de falar com você. Ela me indicou como testamenteiro. Será que você poderia dar uma passada no meu escritório para resolver algumas coisas?

— Claro. Pode ser amanhã? Está ficando tarde e eu não dormi na noite passada. — McLean esfregou os olhos, percebendo o quanto estava exausto.

— Sem dúvida. Eu entendo. E não se preocupe com as providências, já está tudo acertado. Vai sair um anúncio no *Scotsman* de amanhã; é provável que façam um obituário também. E Esther não queria um funeral na igreja, então será um serviço simples em Mortonhall. Assim que conseguirmos reservar um horário eu o informo. Quer que eu organize o velório? Sei muito bem o quanto vocês, oficiais da lei, podem ser ocupados.

McLean mal assimilava o que estava sendo dito. Ele já tinha pensado nas muitas coisas que precisavam ser feitas agora que sua avó realmente tinha morrido, mas havia tanta coisa em sua cabeça que era fácil se perder. O vestido de passeio com sua estamparia floral, bem seguro no saco de provas, estava sobre a mesa diante dele e, por um instante, McLean não se lembrou do porquê estava ali. Precisava comer e depois dormir.

— Sim, por favor — respondeu ele por fim. Então agradeceu ao advogado, combinou de ir a sua firma às dez horas da manhã seguinte e desligou. O sol do fim de tarde pintava de ocre o edifício lá fora, mas pouco de sua luz entrava no pequeno gabinete. Estava muito abafado e, ao se recostar na cadeira para espreguiçar, descansando a cabeça na parede fria atrás, McLean fechou os olhos por um instante.

Ela está nua como um recém-nascido, uma coisa magrela com braços e pernas que são puro osso. O cabelo escorrido cai da cabeça esquelética, os olhos encovados nas órbitas. Andando em sua direção, ela estende os braços, implorando que ele a ajude. Então tropeça, e um corte aparece em sua barriga, abrindo-se desde o ventre até o meio dos seios. Ela para e agarra as entranhas que começam a cair no chão, colhendo-as de volta com um braço, o outro ainda estendido para ele. Ela continua seguindo em frente, mais devagar agora, os olhos escuros suplicantes.

Ele quer desviar o olhar, mas fica imobilizado. Nem consegue fechar os olhos. A única coisa que consegue fazer é observá-la cair de joelhos, derramando as entranhas no chão, ainda tentando rastejar até ele.

— Inspetor.

Sua voz é dor. E enquanto ele a ouve, o rosto dela começa a mudar, a pele ressecando, ficando ainda mais repuxada sobre os ossos das faces. Os olhos retraem-se ainda mais, e os lábios se curvam numa paródia de sorriso.

— Inspetor!

Ela está bem ao seu lado agora, a mão livre se estendendo para o ombro dele. A outra se esforça para manter os intestinos em seu interior, como uma dona de casa solitária que atende a campainha do carteiro fechando seu roupão. Partes dela começam a cair; seus rins, o fígado, o baço.

— Tony, acorde!

McLean abriu os olhos de repente, quase caindo da cadeira conforme sua percepção voltava do sonho para a realidade. De pé, ao lado da escrivaninha, estava a superintendente-chefe McIntyre, olhando para ele com um misto de irritação e solicitude na expressão.

— Agora você dorme no trabalho? Não era esse o tipo de comportamento que eu esperava quando o recomendei para promoção.

— Desculpe, senhora. — McLean fez um leve gesto com a cabeça, tentando desalojar a imagem perturbadora da garota estripada. — É o calor. Só fechei os olhos por um instante. Eu... — Ele parou de falar ao perceber que McIntyre tentava reprimir um sorriso.

— Estou brincando, Tony. Você parece acabado. Devia ir para casa descansar. — Ela se sentou na beira da escrivaninha. Havia lugar para mais uma cadeira na sala, mas estava cheia de caixas com pastas empilhadas. — O sargento Murray me contou sobre sua avó. Sinto muito.

— Na verdade, faz muito tempo que ela morreu. — McLean se sentiu um pouco incomodado com a superintendente-chefe quase em cima dele. Sabia que devia se levantar, mas fazer isso agora seria ainda mais inconveniente.

— Talvez, mas agora você tem que lidar com isso, Tony. E eu sei que sente falta dela.

— A senhora sabe que meus pais morreram quando eu tinha 4 anos, não é? Minha avó me criou como se eu fosse meu pai. Deve ter sido duro para ela ficar comigo como uma lembrança dele.

— E para você? Nem posso imaginar como deve ter sido, perder pai e mãe tão novinho.

McLean se inclinou sobre a mesa, esfregando os olhos. Isso era uma velha ferida já curada. Ele realmente não queria ficar cutucando as cicatrizes. No entanto, a morte de sua avó faria exatamente isso. Talvez aquela fosse mais uma razão para ele achar difícil aceitar que ela realmente havia partido.

Ele estendeu as mãos para o saco de provas com o vestido floral, mais para mantê-las ocupadas do que por qualquer outro motivo.

— Conseguimos fixar a época da morte para meados da década de 1940.
— Como? — McIntyre olhou para ele, confusa.
— A garota morta na casa em Sighthill. O vestido devia ter uns dez anos e não pode ter sido feito antes de 1935. Os dados de carbono dataram sua morte para antes de 1950. O melhor palpite é que tenha ocorrido em torno do fim da Segunda Guerra.
— Então, as chances são de que o assassino já esteja morto.
— Assassinos. Plural. Supomos que foram seis. — McLean resumiu a investigação até o momento. Sentada na beirada da escrivaninha, McIntyre o escutava em silêncio. Ainda não havia muitas informações.
— E Smythe?
A pergunta o desconcertou.
— Acha que há uma ligação?
— Não, não. Desculpe. Eu me referi à investigação do caso Smythe. Como estamos indo com isso?
— O patologista confirmou que ele foi assassinado e que a provável causa da morte foi perda de sangue. Ainda estou aguardando o resultado dos exames toxicológicos. A pessoa que fez isso deve ter usado algum anestésico poderoso. Só isso vai reduzir nossa lista de suspeitos. Duguid se concentrou nos interrogatórios; ainda não tive tempo de ficar a par disso.
— Tudo bem. Podemos reunir todas as informações na reunião de amanhã. Mas quero que você se concentre em Smythe o máximo possível. As pistas que levam ao assassino da sua moça não vão se apagar ainda mais agora. Não depois de sessenta anos.
É claro que isso fazia sentido, era muito mais importante pegar um assassino que cometera um crime há apenas 24 horas. Então por que ele sentia necessidade de se concentrar na morte da garota? Seria apenas por que ele não gostava de trabalhar com Dagwood? McLean reprimiu um bocejo, tentando não olhar para a pilha de papéis sobre a mesa que exigiam sua atenção urgente, sublinhado três vezes. Eles tinham a aparência suspeita de serem formulários de horas extras e despesas a serem ratificadas com seu orçamento para o trimestre. Ele começou a estender a mão para a pasta de cima, mas McIntyre o impediu. Sua mão era macia, mas o segurou com firmeza.
— Vá para casa, Tony. Durma cedo. Vai se sentir renovado de manhã.
— Isso é uma ordem, senhora?
— É sim, inspetor.

11

A mente dele é um redemoinho de confusão. Ele não conhece essa cidade, não entende o idioma hostil que eles falam. Sente-se mal até o âmago de seu ser. A respiração está entrecortada, e cada inspiração arranha sua garganta, o peito arde. Antes ele era forte, disso ele sabe, mesmo que não consiga se lembrar do próprio nome. Conseguia carregar vários sacos de cereais de uma só vez, limpava um campo inteiro numa tarde sob o sol quente. Agora, suas costas estão curvadas, as pernas fracas e vacilantes. Quando foi que ele ficou velho como o pai? O que aconteceu com sua vida?

Vem um barulho de um prédio próximo. Suas vidraças altas estão foscas, mas ele consegue ver as sombras coloridas das pessoas que se movimentam lá dentro. A porta principal se abre e uma moça sai cambaleante, seguida de perto por mais duas. Elas riem, conversando, usando palavras que ele não reconhece. Embriagadas e alegres, elas não o veem observando do outro lado da rua. Os saltos altos de seus sapatos ressoam na calçada a cada andar vacilante, as minissaias no meio das coxas, blusas curtas mostrando a carne flácida e branca.

Ele tem vislumbres de memória. Alguém fazendo coisas terríveis. Mais carne branca sendo cortada com uma faca afiada. Sangue brotando do corte. Ira diante de uma antiga injustiça. Algo escuro, molhado e escorregadio por baixo. Essas lembranças não são dele. Ou talvez sejam. Ele já não sabe o que é real.

O ar está quente; um pesado cobertor úmido abaixo do escuro céu noturno. As luzes alaranjadas dos postes refletem nuvens foscas acima, projetando tudo com uma luz infernal. Ele está suado, e a cabeça lateja ao ritmo do coração. A garganta fica repentinamente seca, e agora ele sabe o que é o prédio do outro lado da rua.

O ruído o apunhala quando ele empurra a porta pesada. Ele é envolvido pelo cheiro de corpos sujos, desodorante, perfume, cerveja e comida. Há centenas de pessoas de pé, sentadas, gritando umas com as outras para serem ouvidas acima da música desafinada que permeia tudo. Ninguém parece notá-lo quando ele se mistura à multidão.

Ele olha para as mãos, tão familiares. São mãos que construíram paredes, acariciaram amantes, seguraram um bebezinho cujo nome está tão esquecido quanto o seu próprio. São mãos com uma crosta de sangue seco, que grudou nas dobras e embaixo das unhas curtas. São mãos que brandiram uma faca. Que violaram outro homem completamente. Mãos que buscaram vingança para todos os erros cometidos contra ele e os seus.

Ele vê o aviso, entende uma palavrinha nesse lugar estrangeiro. Terá sido o mal-estar que o enfraqueceu ou as imagens terríveis que inundam sua mente que o levam para lá? Seja o que for, ele está no banheiro, curvado sobre o vaso, vomitando. Ou, pelo menos, tentando. Nada além de arquejos secos, o estômago vazio.

Ele pega papel, seca o rosto e as mãos, dá descarga. Quando se levanta, o mundo parece se inclinar perigosamente. Ele está ofegante, sem saber de nada. Há outras pessoas no banheiro, rindo dele. Movimentando-se à sua volta como valentões no pátio da escola. Ele não consegue se concentrar, lembra-se apenas da sensação terrível de segurar a faca, da energia que o atravessou ao usá-la, da fúria justiceira. Consegue senti-la de novo, pesada na palma da mão.

Eles não estão rindo agora. Um silêncio caiu sobre o lugar. Até a batida monótona da música lá fora foi suspensa. Ele olha em volta, percebendo pela primeira vez o grande espelho à sua frente. É difícil distinguir qualquer coisa além das imagens de carnificina que lhe preenchem a mente. Mas ele consegue ver um homem que não reconhece, abatido e macilento, usando roupas imundas, os cabelos emaranhados e grisalhos. Fascinado, apavorado, ele observa o homem estendendo a mão. No punho cerrado está uma faca curta, com a lâmina voltada para dentro, em direção à sua garganta exposta. Ele fez isso antes, ele pensa, ao sentir o toque bem-vindo do aço frio em sua carne.

O espelho é borrifado com sangue.

12

A delegacia encontrava-se em alvoroço quando McLean chegou na manhã seguinte. Um curry para viagem e muitas horas de sono o deixaram se sentindo bem melhor do que no estado de zumbi acéfalo do dia anterior. Ainda faltava meia hora para a reunião sobre o caso Smythe, e ele esperava usar esse tempo para adiantar um pouco o extraordinário trabalho burocrático. Ao se aproximar da central de operações do caso, a caminho das escadas, ele ouviu a voz inconfundível de Dagwood ribombar pela porta aberta.

— Que maravilha. Não consigo deixar esses vagabundos de fora e, quando vêm aqui, são todos uns lunáticos...

Ele deu uma olhada pela porta, esperando captar os ânimos na sala antes de entrar. O inspetor-chefe aproveitou o mesmo instante para interromper sua conversa com dois sargentos uniformizados e olhar em volta.

— Ah, McLean. Que bom que você chegou cedo. Pode ajudar na arrumação.

— Arrumação, senhor? — McLean deu uma olhada na sala e viu os policiais ocupados guardando as coisas em caixas, tirando fotografias das paredes e apagando os quadros brancos.

— Sim, Tony. Nós pegamos o cara ontem à noite. Não há dúvidas sobre a culpa dele, as digitais estavam espalhadas pela biblioteca de Smythe.

— O senhor pegou o assassino? — McLean achava difícil conciliar o ponto a que eles tinham chegado na investigação ontem à noite com o que Duguid estava lhe dizendo. Esperava não estar boquiaberto. — Como?

— Bem, eu não diria exatamente pegar — disse o inspetor-chefe. — Esse cara entrou num pub ali perto da Praça St. Andrew por volta das onze da noite de ontem. Foi ao sanitário e cortou a garganta. Foi até com a mesma faca que usou em Smythe.

— Ele está bem?

— Não, é claro que não está bem, seu idiota. Morreu. Acha que estaríamos tirando tudo isso da sala se ele estivesse nas celas aguardando interrogatório?

— Não, senhor. Claro que não. — McLean observou a desmontagem da central de operações prosseguir apressadamente. — Quem era?
— Um imigrante ilegal. Seu nome era Akimbo ou coisa parecida. Nunca sei como a gente deve pronunciar esses nomes estrangeiros.
— Quem o identificou?
— Uma mulher da perícia; acho que se chama Baird. A busca de digitais não obteve resultados, mas ela teve a brilhante ideia de tentar o registro dos imigrantes ilegais. Esse sujeito devia estar preso. Ele estava para ser deportado para o Fuzistão ou seja lá de onde veio.

McLean tentou ignorar o racismo gratuito de Duguid. O inspetor-chefe era um lembrete de tudo o que havia de errado na corporação. Quanto antes o homem se aposentasse, melhor.

— Acho que a superchefe vai ficar contente e, sem dúvida, o chefe de polícia também. Eu sei que havia muita pressão para um resultado rápido.
— Isso mesmo. Razão pela qual precisamos do relatório pronto e na mesa de Jayne até o fim do dia. Não creio que o promotor público vá querer levar isso adiante, mas precisamos seguir os procedimentos. Você terá que assistir à necropsia, só para garantir que não haja surpresas desagradáveis. Mas a prova é irrefutável. Ele tinha o tipo sanguíneo de Smythe nas roupas. Tenho certeza de que os resultados do DNA vão confirmar. É o nosso homem.

Ah, que ótimo. Outra oportunidade de assistir a um cadáver sendo cortado.

— A que horas será a necropsia, senhor? — McLean olhou para o relógio. Eram sete da manhã.
— Às dez, acho. É melhor você dar uma ligada e confirmar.
— Às dez. Eu tenho um compromisso... — Mas McLean se interrompeu. Sabia que não fazia sentido reclamar com Duguid. Só provocaria uma de suas tiradas. — Vou reagendar.
— Faça isso, McLean.

A pequena central de operações estava vazia quando McLean finalmente deu um jeito de escapar de Duguid e se encaminhar para o fundo da delegacia. O jornal de Bob Rabugento estava numa das duas mesas; o detetive MacBride empilhara as pastas caprichosamente na outra. Ele deu uma rápida passada de olhos por elas; os relatórios de arrombamentos nos últimos cinco anos. Post-its apareciam entre as folhas. Bem, pelo menos alguém tinha trabalhado.

As fotografias dos órgãos e dos outros artefatos da cena do crime de Sighthill estavam pregadas na parede, arrumadas num círculo da forma como tinham sido encontradas. No meio havia uma fotografia grande do corpo retorcido e violado da garota. Ele ainda olhava para ela quando a porta se abriu.

— Bom dia, inspetor. Soube da notícia? — O detetive MacBride parecia ter se esfregado no banho até ficar rosa. Seu cabelo ainda estava um pouco úmido, e seu rosto liso e redondo detinha uma expressão de esperança e entusiasmo inocente.

— Notícia? Ah, o assassino de Smythe. Não acha meio estranho?

— Como assim, senhor?

— Bem, por que o sujeito faria isso? Por que ele entrou na casa de um velho e o retalhou? Por que jogou um pedaço do baço dentro da boca do velho? E por que se matou poucos dias depois?

— Bem, ele era um imigrante ilegal, não era?

McLean se encolerizou.

— Não me venha com isso, por favor. Eles não estão vindo para estuprar nossas mulheres nem roubar nossos empregos, você sabe disso. Já basta ter que ouvir esse tipo de bobagem vindo de Dagwood.

— Não foi o que eu quis dizer, senhor. — O rosto de MacBride ficou ainda mais rosado, os lóbulos das orelhas quase encarnados. — Eu quis dizer que ele podia ter algum ressentimento contra Smythe, que era presidente do Conselho de Apelações da Imigração.

— Ele era? Como é que você sabe disso?

— Alison... Hã, a policial Kydd me contou, inspetor.

Foi a vez de McLean sentir o calor do constrangimento.

— Desculpe, Stuart. Não tive a intenção de ser ríspido com você. O que mais você sabe sobre Smythe que eu perdi?

— Bem, inspetor, ele tinha 84 anos, mas ainda trabalhava todos os dias. Fazia parte do conselho de uma dúzia de empresas diferentes e controlava as ações de pelo menos duas empresas de biotecnologia recém-abertas. Ele se encarregou do banco de seu pai logo depois da guerra e fez com que se transformasse numa das maiores instituições financeiras da cidade antes de vendê-lo pouco antes da explosão da bolha das pontocom. Desde então, ele vinha se ocupando basicamente com a fundação de instituições de caridade para as mais diversas causas. Tinha três funcionários permanentes em sua residência da cidade, que estavam de folga na noite em que ele foi morto.

Pelo jeito, isso não era incomum; muitas vezes ele os dispensava à noite para poder ficar sozinho.

McLean escutou um pouco mais da história resumida, observando que o policial parecia ter memorizado todos os detalhes. Exceto pela tênue ligação com imigração ilegal e repatriação, não havia absolutamente nada que relacionasse Smythe ao homem que o matara.

— Qual era mesmo o nome do assassino?

Dessa vez, MacBride pegou seu bloco e passou a língua pela ponta do dedo antes de folhear as páginas.

— Jonathan Okolo. Pelo jeito ele era da Nigéria. Pediu asilo há três anos, mas a proposta foi rejeitada. Segundo os registros, estava detido numa unidade de segurança até abril, "aguardando repatriação". Ninguém sabe direito como ele fugiu, mas alguns outros sumiram de lá de um ano para cá.

— Você tem os nomes deles?

— Não, senhor. Mas tenho certeza de que posso conseguir. Por quê?

— Na verdade, não sei. Duguid vai querer se livrar dessa história o mais cedo possível. É bem provável que o chefe de polícia e todo o pessoal do alto escalão também fiquem satisfeitos em deixar tudo como está. Se eu tivesse meio cérebro, faria o mesmo. Mas estou com a sensação incômoda de que essa não foi a última vez que ouvimos falar em Jonathan Okolo. Eu não me importaria de estar um passo adiante no jogo quando esse nome surgir novamente.

— Vou dar uma investigada, inspetor. — MacBride fez uma anotação em seu caderninho e o guardou. McLean pensou no que poderia ter acontecido com seu bloco; é provável que estivesse lá em cima, em seu gabinete. Com toda a papelada que não sairia de sua mesa por conta própria.

— O que tem planejado para hoje, Stuart?

— O sargento-detetive Laird e eu vamos interrogar algumas dessas vítimas de arrombamento, inspetor. Assim que ele chegar.

— Bem, Bob Rabugento sempre funcionou melhor no turno da noite. — Pela expressão de MacBride, McLean percebeu que ele nunca ouvira ninguém se referir ao sargento como Bob Rabugento. — Quer saber, Stuart? Quando ele chegar, diga-lhe que pode fazer esses interrogatórios sozinho. Ele pode levar um policial junto, caso se sinta solitário. Quero que você passe a próxima hora pesquisando o que puder sobre Okolo e seus amigos. Depois nós dois vamos até Cowgate, assistir ao Dr. Cadwallader abrir o cara.

— Humm, preciso mesmo ir, inspetor? — A fisionomia corada de MacBride empalideceu, ficando esverdeada.

— Você já assistiu a necropsias antes, não?

— Sim, senhor. Umas duas. É por isso que eu preferia fazer alguma outra coisa.

Ele encontrou seu bloco de anotações onde o deixara, embaixo do saco de provas que continha o vestido estampado da garota morta. McLean o guardou no bolso, relembrando a si mesmo de levar o vestido de volta para a central de operações lá embaixo. O papel com o número de Carstairs ainda estava ao lado do telefone. Ele ligou para lá, remarcando o encontro para mais tarde, ligou o computador e puxou a pilha de papéis para mais perto. Ele entendia a necessidade de prestar contas e de todos os procedimentos, mas só queria que alguém pudesse fazer isso por ele.

Era um trabalho que entorpecia a mente, exigindo muita concentração para que ele pensasse em outras coisas enquanto o realizava. E durante todo o tempo, ele podia ver o vestido com o canto do olho. Finalmente, ao chegar na metade da pilha, ele pegou seu bloco, empurrou a cadeira para trás e folheou as páginas.

De imediato veio à sua mente os estranhos padrões circulares que vira na sala do porão, ou que, pelo menos, achava que vira. Eles sugeriam que o assassinato tinha sido alguma forma de sacrifício ritualístico, mas os nichos ocultos haviam revelado pistas ainda mais óbvias e tentadoras. Então, ele se concentrou nos nomes, nos órgãos conservados e nos itens pessoais. Mas, como seu velho mentor sempre lhe dissera, geralmente a solução estava nas coisas menos óbvias. McLean olhou o relógio; eram nove e meia. Desligou o computador, pegou o vestido e voltou para sua salinha de operações. Bob Rabugento estava lá, novamente lendo o jornal. O detetive MacBride se concentrava na tela de seu laptop, batendo furiosamente nas teclas.

— Bom dia, inspetor. — Bob Rabugento dobrou o jornal e o enfiou numa caixa embaixo da mesa.

— Bom dia, Bob. Você tem as fotos da cena do crime?

Bob Rabugento olhou para MacBride, mas, sem obter resposta, ele mesmo teve que ir pegar a caixa no canto. Colocou-a na mesa e tirou um punhado de impressões em papel brilhoso.

— O que o senhor está procurando?

— Deve haver uma série de fotos do piso a uns 30 centímetros da parede.
— Ah, sim, eu fiquei imaginando por que o fotógrafo tinha tirado essas. — Bob Rabugento remexeu um pouco mais na caixa e tirou outro punhado de fotos. Começou a colocá-las na mesa, indicando de vez em quando os números impressos no verso.
— Fui eu que pedi. — McLean analisou a primeira foto, depois a próxima e a seguinte. Pareciam todas iguais; com os contrastes esmaecidos por causa do flash, o piso estava liso, com a madeira sem nenhum de seus traços característicos. Ele pegou seu bloco e olhou para as formas que desenhara. As formas que ele sabia que tinha visto.
— Isso é tudo o que temos? — perguntou ele a Bob depois de analisar cada foto e não conseguir nada.
— Pelo que eu sei...
— Bem, procure a equipe da perícia e confirme, OK? Estou procurando por fotos do piso que mostram marcas como essas. — Ele mostrou ao sargento as imagens em seu bloco.
— Será que o detetive MacBride não pode fazer isso? — reclamou Bob. — O senhor sabe que ele é muito melhor com toda essa coisa técnica do que eu.
— Sinto muito, Bob. Ele vai me acompanhar. — McLean se virou para o policial. — Terminou aí?
— Quase, inspetor. Só um instante. — MacBride bateu numas duas teclas e depois fechou o computador. — Vou dar uma passada rápida na impressora e pego isso quando sairmos. A menos que o senhor prefira que o sargento Laird o acompanhe na necropsia? — Havia esperança em sua voz.
McLean sorriu.
— Acho que Bob acabou de tomar café da manhã, Stuart. E não faço a mínima questão de saber o que ele comeu.

13

— Esta é a terceira vez em 48 horas, inspetor. Se eu não soubesse, diria que está me perseguindo. — Tracy, a assistente do Dr. Cadwallader, os aguardava enquanto eles entravam no necrotério. — Quem é seu acompanhante bonitão?

— Este é o detetive MacBride. Vá devagar, é a primeira vez dele. — McLean ignorou o rubor de MacBride. — O doutor está? — perguntou.

— Está se arrumando — disse Tracy. — Pode ir.

Nada tinha mudado muito na sala de exames desde o dia anterior. Apenas o corpo deitado na mesa era diferente. O patologista os cumprimentou quando eles entraram.

— Oi, Tony. Já vi que você ainda não sabe delegar. Normalmente, quando a gente manda um subalterno fazer algo é porque não pretende ir junto. Por que acha que Dagwood o mandou?

— Por que este lugar o faz lembrar muito de casa.

— É verdade. — Cadwallader riu. — Vamos começar?

Como se estivesse esperando pela deixa, Tracy apareceu, saindo da salinha que servia de escritório. Usava o traje cirúrgico e longas luvas de borracha e empurrava um carrinho de aço onde havia todo tipo de instrumento de tortura. McLean podia sentir a tensão do detetive MacBride ao seu lado, balançando-se de leve.

— O sujeito é do sexo masculino, africano, tem 1,85m. Imagino que tenha quase 60 anos.

— Quarenta e quatro. — A voz de MacBride estava um pouco mais aguda que o normal e ainda não houvera nenhum corte.

— Como? — Cadwallader pôs a mão sobre o microfone pendurado acima da mesa.

— Ele tinha 44 anos, doutor. É o que diz na ficha. — MacBride levantou o maço de folhas que pegara na impressora a caminho do necrotério.

— Bem, não parece. Tracy, este é o corpo certo?

A assistente verificou seus papéis e a etiqueta no pé do morto e, em seguida, foi até o arquivo, abriu umas duas gavetas e espiou lá dentro antes de voltar.

— Sim — disse ela. — Jonathan Okolo. Trazido tarde da noite ontem. Identificado pelas digitais de sua ficha na imigração.

— Que estranho. — Cadwallader se virou para o paciente. — Se ele só tem 44 anos, detesto pensar no tipo de vida que teve. OK, vamos continuar. — Ele prosseguiu, examinando o corpo minuciosamente. — Suas mãos são ásperas, as unhas cortadas bem rentes. Ele tem duas cicatrizes recentes que combinam com lascas em suas palmas e seus dedos. Trabalhador braçal de algum tipo, embora não dê para imaginar que fosse muito eficiente, dado o estado de sua saúde. Ah, vejamos aqui. — O patologista voltou a atenção para a cabeça do morto, penetrando com o fórceps no cabelo grisalho e crespo que começava a rarear. — Um vidro de amostra, por favor, Tracy. Se não estou enganado, isso é gesso. O cabelo está cheio disso.

Com o canto do olho, McLean notou um movimento e se virou para ver MacBride fazendo anotações rápidas. Sorriu; tudo isso seria digitado e apresentado para eles dentro de um dia, mas um pouco de entusiasmo nunca faz mal. Além disso, poderia distrair o policial do que estava por vir.

Havia certa elegância no modo como um patologista habilidoso abria um corpo. Cadwallader talvez fosse o melhor que McLean já observara. A destreza de seu toque e as brincadeiras silenciosas com sua assistente tornavam todo o processo suportável. Mesmo assim, ele ficou contente quando tudo acabou e o trabalho de costurar o corpo começou. Aquilo era um sinal de que podiam sair da sala, o que por sua vez significava que logo iriam embora.

— Qual é o veredito, Angus? Vai conseguir salvá-lo? — McLean viu a brincadeira provocar um início de sorriso, mas que logo foi substituído por uma expressão preocupada.

— Fico surpreso de que ele tenha vivido tempo suficiente para matar Smythe, quanto mais a si mesmo — declarou Cadwallader.

— Como assim?

— Ele tem um enfisema avançado, cirrose aguda no fígado, e os rins estão comprometidos. Só Deus sabe como um coração com tantas cicatrizes podia bater com regularidade suficiente para lhe permitir andar.

— Está sugerindo que ele não matou Smythe? — Um calafrio percorreu a espinha de McLean.

— Ah, matou sim. Suas roupas estavam ensopadas com o sangue dele, e há traços embaixo de suas unhas. Esse estilete combina perfeitamente com o corte na vértebra do pescoço. Sem dúvida, ele é o seu homem.

— Ele podia ter tido um cúmplice? — McLean sentiu uma vaga dor na boca do estômago. Sabia que se tornaria impopular só de mencionar a possibilidade, mas não podia ignorá-la.

— Você é o detetive, Tony. Você que me diz.

14

A Carstairs Weddell ocupava uma grande casa em estilo georgiano na extremidade oeste da cidade. Enquanto as firmas de advocacia mais modernas e progressistas tinham se mudado para os prédios de escritórios da Lothian Road ou mais para adiante em direção a Gogarburn, essa pequena sociedade resistira às marés da mudança. McLean se lembrava de quando, não fazia muito tempo, todas as antigas empresas familiares de Edimburgo, os advogados e corretores da bolsa de valores, financiadores e importadores de artigos finos tinham seus escritórios nas grandes casas antigas do extremo oeste da cidade. Agora as ruas estavam cheias de restaurantes, butiques, academias desportivas e apartamentos caros. Os tempos mudavam, mas a cidade sempre se adaptava.

Ele chegou uma hora mais cedo, mas a secretária lhe disse que achava que não seria problema. Deixou-o esperando numa recepção elegante, mobiliada com confortáveis poltronas de couro e com as paredes repletas de retratos de homens sisudos. Mais parecia um clube de cavalheiros, mas pelo menos estava fresco em comparação ao calor que aumentava lá fora.

— Inspetor McLean. Que bom vê-lo de novo. — McLean se virou para a voz. Não ouvira a porta se abrir, mas agora um homem de cabelos brancos e óculos de aros metálicos finos estava à sua frente com a mão estendida. Ele a apertou.

— Sr. Carstairs. Nós já nos conhecemos? — Havia algo de familiar nele. Sempre era possível que estivesse no tribunal em algum caso em que McLean foi apresentar provas, é claro. Talvez ele tivesse sido interrogado por um advogado.

— Creio que sim. Embora já faça uns bons anos. Esther costumava dar festas maravilhosas, mas parou na época em que você foi para a faculdade. Nunca descobri por quê.

McLean se lembrou das muitas pessoas que sempre iam à casa de sua avó. A única coisa que conseguiu recordar sobre a maioria delas foi o fato de serem muito velhas. Mas, afinal, sua avó também era, o que não tornava aquilo surpreendente. Jonas Carstairs estava velho agora, mas teria sido jovem demais para ter feito parte daquela turma.

— Acho que ela sempre quis ficar reclusa, Sr. Carstairs. Só achava que conhecer pessoas seria bom para mim. Quando saí de casa e me mudei para Newington, ela parou de recebê-las.

Carstairs assentiu, como se isso fizesse todo o sentido.

— Por favor, me chame de Jonas. — Ele puxou um relógio de bolso do colete, abriu-o para ver a hora e depois o guardou de novo num movimento fluido, quase um hábito.

— O que você diria de irmos almoçar? Abriram um lugar aqui perto recentemente e ouvi dizer que é muito bom.

McLean pensou na pilha de papéis que o esperava em sua escrivaninha e na garota, morta há tanto tempo que mais algumas horas não fariam diferença. Bob Rabugento estava encarregado da investigação do assalto, e MacBride estaria ocupado descobrindo informações sobre Jonathan Okolo. Na verdade, ele só iria atrapalhar.

— Acho uma boa ideia, Jonas. Mas como não estou aqui a trabalho, você vai ter que parar de me chamar de inspetor.

Não era o tipo de estabelecimento que McLean estava acostumado a frequentar. Recém-inaugurado e enfiado num porão, era bem movimentado, permeado pelo ruído brando de fregueses contentes que desfrutavam de um almoço sossegado. Eles foram conduzidos a uma pequena mesa próxima a uma janela que dava para o pequeno nicho abaixo do nível da calçada. Olhando para cima, McLean percebeu que podia ver as saias de todas as mulheres que passavam e voltou a se concentrar no cardápio.

— Ouvi dizer que eles fazem um bom peixe aqui — disse Carstairs. — Espero que o salmão selvagem esteja bom nesta época do ano.

McLean pediu o salmão, reprimindo a vontade de pedir batatas fritas para acompanhar e restringindo-se à água mineral com gás, que chegou numa garrafa azul em forma de lágrima com algo escrito em galês.

— No passado, os boticários guardavam venenos em vidros azuis. Assim, sabiam que não deviam bebê-los. — Ele se serviu de um copo cheio e ofereceu o mesmo ao advogado.

— Bem, Edimburgo tem sua boa cota de envenenadores, como não tenho dúvidas de que você sabe. Já esteve no Museu de Patologia do Surgeon's Hall?

— Uns dois anos atrás, Angus Cadwallader me mostrou. Quando eu ainda era apenas sargento.

— Ah, sim, Angus. Ele tem o hábito aflitivo de sair da sala no meio de uma necropsia.

Até a chegada dos pratos, eles conversaram sobre o trabalho policial, questões legais e os poucos amigos e conhecidos em comum que conseguiram identificar. McLean ficou um pouco decepcionado ao ver seu salmão cozido em vez de empanado e frito. Não que ele não apreciasse comida sofisticada; raramente tinha tempo para isso. Nem conseguia se lembrar da última vez que estivera num restaurante como aquele.

— Você não é casado, Tony? — A pergunta de Carstairs era bem inocente, mas provocou um silêncio desconfortável quando McLean se lembrou da última vez que estivera num restaurante como aquele. A companhia de então era muito mais jovem, mais bonita e não tinha a mínima ideia da pergunta que ele estava tomando coragem para fazer, uma pergunta que mudaria sua vida.

— Não — respondeu ele, ciente do tom de voz inexpressivo e incapaz de fazer algo a respeito.

— Está saindo com alguém?

— Não.

— Uma pena. Um rapaz como você devia ter uma esposa para cuidar dele. Tenho certeza de que Esther...

— Eu tive alguém. Há alguns anos. Ficamos noivos. Ela... ela faleceu — McLean ainda podia ver seu rosto, os olhos fechados, a pele tão lisa e branca quanto alabastro. Os lábios azuis e os cabelos pretos espalhados em volta dela, puxados pelo fluxo gelado e indolente do Water of Leith.

— Sinto muito. Não sabia. — A voz de Carstairs interrompeu suas reminiscências, e de algum modo McLean sabia que o velho advogado estava mentindo. Não podia haver muita gente na cidade que não soubesse da história.

— Você disse que precisava falar comigo sobre o testamento da minha avó — disse ele, agarrando-se ao primeiro assunto em que conseguiu pensar.

— Sim, de fato. Mas achei que seria melhor pôr os assuntos em dia com um velho amigo da família. É claro que não vai se surpreender ao saber que Esther deixou tudo para você. Ela não tinha mais ninguém para quem deixar.

— Para ser franco, nem pensei muito nisso. Estou tendo certa dificuldade para aceitar o fato de que ela morreu. Metade de mim ainda pensa que preciso dar uma parada no hospital para visitá-la hoje à noite.

Carstairs ficou calado, e eles continuaram comendo em silêncio por algum tempo. O advogado terminou seu prato e limpou o rosto com o guardanapo branco macio. Só então falou:

— O funeral será na segunda-feira, às dez horas da manhã, em Mortonhall. O anúncio saiu no *Scotsman* de hoje.

McLean assentiu, deixando o resto da refeição. Por mais deliciosa que estivesse, ele havia perdido o apetite.

De volta ao escritório, Carstairs o conduziu para uma sala ampla no fundo do prédio, que dava para um jardim bem-cuidado. Uma escrivaninha antiga ficava num canto da sala, mas o advogado indicou uma das poltronas de couro ao lado da lareira vazia para que McLean se sentasse antes de ocupar a outra. Isso o fez se lembrar de sua conversa com a superintendente no dia anterior. Uma informalidade formal. Uma pasta grossa atada com uma fita preta aguardava na mesa baixa de mogno que havia entre eles. Carstairs se inclinou, pegou a pasta e desatou a fita. McLean não pôde deixar de notar a agilidade e a graça com que ele se movia para um homem de sua idade. Como se fosse um ator mais jovem desempenhando o papel de um velho.

— Este é um resumo do espólio de sua avó quando de seu falecimento. Faz muitos anos que administramos seus bens. Na verdade, desde que seu avô morreu. Além da casa, ela tinha um grande portfólio de ações.

— É mesmo? — McLean ficou verdadeiramente surpreso. Ele sabia que a avó tinha uma vida confortável, mas ela nunca mostrara sinais de ser rica. Apenas uma senhora que herdara a residência da família. Uma médica que trabalhara muito e tinha uma boa aposentadoria.

— Ah, sim. Esther era uma investidora bem astuta. Algumas de suas recomendações surpreendiam até nosso departamento financeiro, mas ela raramente perdia dinheiro.

— Como eu não sabia de nada disso? — McLean não sabia se estava chocado ou irritado.

— Sua avó me deu uma procuração bem antes de sofrer o AVC, Anthony. — A voz de Carstairs estava baixa, apaziguadora, como se soubesse que as notícias que trazia podiam ser perturbadoras. — Ela também me pediu especificamente que não lhe revelasse seu patrimônio antes que ela morresse. Esther tinha uma mentalidade bem antiquada. Desconfio de que ela achava que você poderia se distrair de ter uma carreira se soubesse que iria herdar um grande patrimônio.

McLean não foi capaz de retrucar. Aquilo soava tanto como sua avó que ele conseguia visualizá-la, sentada em sua poltrona ao lado da lareira, fazendo uma pregação sobre a importância do trabalho. Ela tinha também um senso de humor travesso, e agora devia estar rolando de rir em algum lugar. Ele se surpreendeu ao descobrir um sorriso se formando ao pensar nela. Era a primeira vez em meses que ele se lembrava da avó como uma pessoa vibrante, viva, e não o vegetal em que se transformara.

— Você faz ideia de quanto esse patrimônio vale? — A pergunta soou mercenária aos seus ouvidos, mas ele não conseguiu pensar em outra coisa para dizer.

— A avaliação da propriedade foi uma estimativa aproximada feita pelo nosso departamento de transferência de imóveis. As ações foram cotadas de acordo com o fechamento do mercado no dia após sua morte. Obviamente, há uma porção de outros itens; imagino que a mobília e os quadros da casa tenham algum valor, e ainda há mais algumas coisas. Esther sempre teve olho clínico. — Carstairs pegou uma folha do topo da pasta e colocou-a na mesa, girando-a para que McLean pudesse ler.

Ele a pegou com dedos trêmulos, tentando assimilar todas as colunas e números, até seus olhos focarem num total sublinhado e em negrito embaixo.

— Caramba

Sua avó lhe deixara uma casa enorme e um portfólio de ações equivalente a mais de 5 milhões de libras.

15

A Central ficava quase no caminho de volta para a delegacia. Perto o bastante a ponto de McLean se sentir justificado a fazer o desvio. É claro que sua decisão nada tinha a ver com o fato de que quanto mais atrasasse seu retorno, maiores seriam as chances de não encontrar Duguid. Ele precisava falar com alguém sobre as fotografias da cena do crime, era isso. Pelo menos, foi o que disse a si mesmo.

Como de costume, a Divisão de Perícia Forense estava quase vazia. A recepcionista entediada apertou o botão que lhe permitiu a entrada para os corredores desertos, mas ali, pelo menos, o ar-condicionado funcionava. No porão, iluminado por janelas estreitas e altas, ele encontrou o laboratório fotográfico com a porta aberta e calçada por um banco de metal. Bateu, gritou um "olá" e entrou. A sala era permeada pelo zumbido baixo de um maquinário, cujas funções ele nem se atrevia a adivinhar. Um balcão de madeira corria ao longo da parede do fundo, sob as janelas altas, e nele havia uma fileira de computadores com enormes monitores de tela plana que tremeluziam e chiavam. Uma criatura solitária se debruçava diante de uma imagem embaçada no último deles. Ela parecia completamente absorta no que fazia.

— Olá? — chamou McLean outra vez, e então percebeu os fios brancos dos fones de ouvido. Aproximou-se devagar, tentando chamar a atenção da policial. Mas quanto mais se aproximava, mais podia ouvir a algazarra que vinha dos fones de ouvido. Não havia uma maneira fácil de fazer isso.

— Nossa! Quase me matou do coração. — A mulher pôs a mão no peito, tirou os fones de ouvido e os largou na mesa. Agora McLean a reconhecia. Emma Baird. Ela estava na cena do arrombamento procurando por impressões digitais, e também na casa de Smythe.

— Desculpe. Tentei gritar...

— Sim. Tudo bem. Acho que a música estava num volume meio alto. Em que posso ajudá-lo, inspetor? Não é sempre que um dos chefões desce aqui no porão.

— Aqui é mais fresco que minha central de operações. — McLean não reclamou de estar sendo chamado de veterano; por ser o inspetor de promoção mais recente, era tratado como novato com frequência. — Eu gostaria de saber se vocês têm os originais das fotos da cena do crime da casa em Sighthill.

— O sargento Laird mencionou alguma coisa a respeito. — Segurando o mouse, ela fechou várias janelas em uma rápida sucessão.

McLean teve a impressão de ver uma página de polegares da cena do crime de Smythe entre as imagens, mas antes que pudesse ter certeza, já havia passado. Depois a tela se encheu com uma série de fotos que pareciam idênticas.

— Quarenta e cinco imagens digitais em alta resolução de uma parte do chão. Me lembro de Malky reclamar disso, de que o senhor fez ele voltar à sala com o cadáver lá. Estranho mesmo. Não que ele não tenha fotografado dúzias deles esses anos todos, talvez centenas. Desculpe, estou falando bobagem. O que o senhor queria ver?

McLean pegou seu bloco e folheou as páginas até encontrar o primeiro esboço. Levou o pensamento de volta à cena, tentando se lembrar do que pedira ao fotógrafo para retratar em primeiro lugar.

— Eu vi umas marcas no piso próximas à parede que foi aberta. Eram assim. — Ele lhe mostrou o desenho. Ela clicou na primeira imagem e deu um zoom para que preenchesse a tela. Lá estava o piso liso de madeira, um pouco de entulho nos cantos, mas nenhuma marca, nenhum símbolo mágico.

— Não tenho dúvida de que foi aí que os vi. Será que o flash pode ter impedido que eles aparecessem?

— Vamos ver. — A perita clicou com o mouse, abrindo menus e fazendo seleções com uma velocidade impressionante. Estava totalmente à vontade com o programa que usava. A foto ficou cinza, desbotou, clareou, perdeu o contraste e depois ficou em negativo. Ainda assim, era basicamente a mesma coisa. Não havia qualquer diferença da versão original.

— Nada, sinto muito. Tem certeza de que não eram sombras? Os holofotes podem lançar umas sombras bem estranhas, especialmente num lugar fechado.

— Bem, acho que é possível. Mas o posicionamento me fez pensar que havia um círculo, com seis pontos marcados. E você sabe o que encontramos escondido nas paredes em cada um desses pontos.

— Hummm. Bem, eu posso tentar mais uma coisa. Puxe uma cadeira. Vai levar um ou dois minutos para processar.

— Obrigado... humm, Sra. Baird, não é? — McLean se acomodou na cadeira ao lado, notando que era muito mais confortável que qualquer uma de seu gabinete e fazia as da pequena central de operações parecerem bancos de madeira cheios de farpas. É óbvio que a Perícia Forense tinha um orçamento melhor para equipamentos que o Departamento de Investigação Criminal. Ou um contador mais criativo.

— Na verdade, senhorita. Mas ei, como o senhor sabe?

— Eu sou detetive. Descobrir essas coisas é o meu trabalho.

Ele notou o rosto dela corar um pouco sob o rebelde cabelo preto. Ela coçou o nariz batatinha num gesto inconsciente, automático, e os olhos dispararam de volta para a tela, onde uma ampulheta pouco convincente esvaziava seu conteúdo continuamente.

— Muito bem, então me diga, Sr. Detetive Sabichão. Se é tão observador, como é que não notou o aviso ali na porta que diz "somente entrada autorizada"?

McLean olhou para trás, para o outro lado da sala. A porta estava bem aberta para o corredor, mantida assim por uma cadeira colocada abaixo da maçaneta. Não havia nenhum aviso lá, apenas o número da sala — B12. Ele olhou de volta para ela, intrigado, e viu um sorriso largo.

— Te peguei. Ah, aqui, olhe só. — Ela voltou à tela, clicando o mouse novamente para focar num canto da foto recém-processada. — Vamos tentar acentuar... Isso, pronto. O senhor tinha razão.

McLean olhou para a tela, semicerrando os olhos diante da claridade. O que quer que a perita havia feito, deixara a maior parte da imagem quase branca. O entulho da parede aberta parecia flutuar acima do piso, delineado com linhas pretas finas e contrastantes. E logo além, em um tom bem claro de cinza sobre branco, era possível ver um pouco dos padrões circulares dos símbolos.

— O que você fez?

— O senhor entenderia se eu lhe contasse?

— Provavelmente não. — McLean olhou para o bloco de anotações e para a tela. Começara a duvidar do que tinha visto, e não estava gostando nem um pouco da linha de pensamento a que isso levava.

— Dá para fazer o mesmo em todas as outras fotos?

— Sim, claro. Bem, vou começar e depois peço para Malky fazer o restante quando ele voltar. Ele vai ficar satisfeito de não ter tirado todas essas fotos em vão.

— Obrigado. Você ajudou muito. Por um instante, achei que estivesse pirando.

— Bem, talvez esteja. O que quer que tenha feito essas marcas, não era para o senhor conseguir vê-las.

— Vou perguntar isso ao meu oftalmologista na próxima consulta para ter certeza. — McLean se levantou, guardou o bloco e fez menção de ir embora.

— Eu envio os arquivos para sua impressora. Já devem estar impressas quando o senhor chegar lá.

— Dá para fazer isso? — As maravilhas nunca cessavam.

— Sim, sem problema. É mais rápido que levar de carro. Mas de qualquer maneira, já vou encontrá-lo. O senhor vai ao pub com todo mundo, não vai?

— Pub?

— É, Duguid vai pagar uma rodada para todo mundo que estava na investigação do caso Smythe. Disseram que ele não costuma abrir a mão, então acho que o lugar vai ficar lotado.

— Dagwood pagando a bebida? — McLean abanou a cabeça em descrença. — Essa eu tenho que ver.

16

Como prometera a Srta., e não Sra., Baird, uma pilha de fotos recém-impressas aguardava McLean quando ele chegou à delegacia. Ele as levou para a central de operações do caso, que estava vazia e silenciosa no fim da tarde. Na parede, a garota morta ainda olhava para ele, soltando seu grito silencioso que já durava 60 anos, acusando-o de não fazer o bastante, de não descobrir quem ela era e quem a matara. Ele olhou para ela, depois para as fotos, cada uma quase completamente branca. Linhas pretas finas mostravam as bordas das tábuas do piso e ocasionais nós na madeira. Poucos distintos sob as luzes fluorescentes, padrões sinuosos em cinza-claro serpenteavam em cada foto.

McLean encontrou um pincel atômico de ponta fina e tentou dar continuidade aos padrões encontrados na primeira foto. Era quase impossível distingui-los, mas, à medida que ele trabalhava na pilha de fotos, as repetições ficaram mais óbvias, e a tarefa, mais fácil. Ele encostou as mesas na parede, tentando abrir o máximo de espaço possível no chão, e passou meia hora arrumando as fotos em círculo no centro da sala. Quando colocou a última peça do quebra-cabeça no lugar e olhou para o que havia feito, uma nuvem passou sobre o sol que se punha e o ar ficou subitamente frio.

Ele permaneceu parado no meio de um círculo complexo, formado por seis fios entrelaçados. Em seis pontos equidistantes da circunferência, eles se prendiam em nós fantásticos, formas impossíveis que quase pareciam se retorcer como serpentes diante dos seus olhos. Ele se sentiu acuado, o peito contraído, como se estivesse envolvido por uma faixa bem apertada. A luz ficou fraca, o burburinho constante da cidade lá fora se aquietou até quase o silêncio. Ele podia ouvir a respiração, o ar passando pelo nariz, sentir o coração batendo lenta e ritmicamente. Tentou mover os pés, mas estavam grudados no chão. Só conseguia mover a cabeça.

Foi tomado por uma sensação de pânico, um medo absurdo, e lentamente os fios começaram a se desemaranhar diante de seus olhos. De repente, a porta se abriu, e algumas das fotos saíram do alinhamento. A luz voltou. A pressão em seu peito desapareceu, e a cabeça ficou subitamente leve. Em algum lugar a distância, algo que soava como um uivo furioso ecoou na noite. Suas amarras invisíveis se desfizeram, e McLean cambaleou para a frente, sem equilíbrio, com a entrada da superintendente-chefe McIntyre.

— O que foi isso? — Ela ergueu um pouco a cabeça, como que para escutar um eco que nunca veio. McLean não respondeu, pois estava ocupado demais recuperando o fôlego. — Tudo bem, Tony? Até parece que viu um fantasma.

Ele se agachou e pegou as fotografias, começando com o símbolo intrincado a partir do qual desenvolvera os padrões. No papel brilhante, o desenho não passava de algumas linhas de tinta verde, mas olhar para aquilo ainda lhe provocava calafrios.

— Eu me levantei rápido demais, só isso — respondeu ele e, ainda enquanto falava, aquilo começou a fazer sentido.

— Bem, o que estava fazendo aí agachado?

McLean explicou sobre as fotografias, sobre as marcas que vira e em como elas o tinham levado aos nichos ocultos. Só não disse nada sobre sua estranha alucinação. De algum modo, ele não achava que a superintendente-chefe fosse ser muito simpática àquilo e, além disso, a alucinação já estava sumindo de sua memória, tornando-se pouco mais que uma vaga sensação de desassossego.

— Vamos dar uma olhada nisso.

McIntyre pegou as fotos, foi passando uma por uma e parou nas que mostravam os seis pontos marcados.

— Significam alguma coisa para a senhora?

— Realmente, não sei.

— Achei que poderia ser algum tipo de círculo de proteção.

— O quê?

— Você sabe, um círculo de proteção. Estrelas de cinco pontas, velas, esse tipo de coisa que prende o demônio quando o convocam.

— Eu sei o que é um círculo de proteção, só não tenho certeza de como se faz para prender um demônio. Há apenas um pequeno problema: eles não existem de fato fora da imaginação de romancistas baratos e fãs de *thrash-metal*.

— Eu sei. Deus sabe o quanto nosso trabalho já é bem difícil sem a intervenção de forças sobrenaturais. Mas só porque demônios não existem não significa que alguém não possa acreditar neles o bastante para matar.

— É, acho que você tem razão.

— Tentar rastrear o tipo de maluquice que originou isso não torna as coisas mais fáceis, acredite. — McLean esfregou os olhos e o rosto numa vã tentativa de afugentar um pouco o cansaço.

— Bem, se você quiser saber sobre círculos mágicos e adoração ao demônio, então precisa falar com a Madame Rose, que fica em Leith Walk.

— Hãã... Preciso?

— Acredite em mim. Não tem muita gente que entenda mais de ocultismo que a Madame Rose.

Pelo jeito que ela falava, McLean não podia de fato afirmar se ela estava tirando uma com a cara dele ou não. Se estivesse, então era preciso se lembrar de nunca jogar pôquer com a superintendente-chefe. McLean decidiu que, se ela fosse honesta com ele, ele também seria.

— Então é melhor eu ir vê-la. Ela pode ler a minha sorte.

— Faça isso, Tony. Mas por enquanto, isso pode esperar. — McIntyre reuniu as fotos e colocou-as na mesa com firmeza. — Não vim falar com você sobre evocação de demônios. Pelo menos, não desse tipo. Charles não sai do meu pé sobre o caso Smythe. Você mandou o detetive MacBride requisitar informações no Departamento de Imigração?

McLean não pedira exatamente isso, mas não iria punir o rapaz por sua iniciativa.

— Sim, mandei. Achei que fosse importante estabelecer o motivo e talvez confirmar isso com alguns dos detentos que estavam com Okolo. A necropsia dele levantou algumas questões complicadas.

— Razão pela qual você deveria fazer o que o inspetor-chefe Duguid pediu e esquecer isso. Sabemos que Okolo estava em processo de repatriação por mais de dois anos. Não é legal ser preso, especialmente se a pessoa acha que não fez nada de errado. Smythe era um visitante frequente, portanto todo mundo lá devia conhecê-lo. Okolo fugiu, foi atrás do homem que considerava responsável por sua tortura e o matou num desvario. Fim da história.

— Mas outros homens fugiram. E se tiverem a mesma ideia? E os outros membros do Conselho de Apelações da Imigração?

— Todos os outros fugitivos foram capturados e voltaram para a cadeia. Dois deles já foram repatriados. Okolo era um maluco solitário. Talvez nós o tenhamos levado à loucura, mas a questão não é essa. Não há nenhuma prova direta sugerindo que havia outra pessoa envolvida nesse homicídio.

Não tenho efetivo para isso e, francamente, acho que é uma perda de tempo prosseguir com essa investigação.

— Mas...

— Deixe pra lá, Tony. — McIntyre olhou para o relógio. — Aliás, por que você não está no pub? Não é sempre que Charles se oferece para pagar a bebida de todo mundo.

— O inspetor-chefe Duguid não me convidou. — Ainda enquanto falava, McLean notou que isso não parecia ser motivo suficiente.

— Ah, não seja um babaca pomposo. Eu vi o detetive MacBride e o sargento Laird indo pra lá mais cedo e eles nem estavam no caso. Praticamente todo o turno do dia foi. O que acha que os oficiais subalternos vão pensar de você, aqui isolado com suas fotos estranhas? Bom demais para ser visto com eles agora que se tornou inspetor?

Colocado desse jeito, McLean pôde ver o quanto estava sendo pouco razoável.

— Desculpe. Acho que às vezes eu me deixo envolver demais pelos casos. Realmente não gosto de pontas soltas.

— E essa é a razão para que seja um detetive, Tony. Mas não por mais de 12 horas por dia, pelo menos não na minha delegacia. E, sem dúvida, não no dia seguinte ao falecimento da sua avó. Agora vá ao pub. Ou vá para casa. Não ligo. Mas esqueça Barnaby Smythe e Jonathan Okolo. Amanhã nos preocupamos com o relatório para o promotor público.

O pub parecia uma convenção policial que deu errado. McLean ficou com pena dos frequentadores assíduos que não tinham nada a ver com a corporação, embora, ao olhar em volta, ele não conseguisse encontrar nenhum rosto que já não tivesse visto na delegacia mais cedo. Era óbvio que a festa estava indo bem; pequenos grupos haviam se formado e ocupado todas as mesas disponíveis, as amizades e alianças ficando claras, as inimizades e antipatias ainda mais. Duguid estava no bar, o que gerou um certo dilema para McLean. Ele não queria ficar numa posição em que o inspetor-chefe pudesse se recusar a lhe pagar uma bebida nem queria particularmente aceitar o que ele lhe oferecesse. Mas era meio estúpido ir até lá e não tomar uma cerveja.

— Aqui está o senhor. Eu estava começando a pensar que tinha fugido da gente. — McLean se virou e viu Bob Rabugento vindo do banheiro. Ele apontou para uma mesa num canto escuro, onde se encontrava um aglomerado de pessoas de aparência suspeita. — Estamos ali. Dagwood só deixou cinquenta paus no bar, o pão-duro. Não foi suficiente nem para meia caneca cada um.

— Não sei do que está reclamando, Bob. Você nem participou da investigação.

— Bem, essa não é a questão. Ninguém pode prometer pagar uma bebida para todo mundo e depois só pagar metade dela.

Eles chegaram à mesa antes que McLean tivesse tempo de argumentar. O detetive MacBride estava sentado no canto do outro lado, junto à policial Kydd. Bob abriu caminho, passando pelo volumoso Andy Houseman, e se acomodou no assento, deixando McLean se espremer no banco estreito ao lado da Srta., e não Sra., Baird.

— Já conhece Emma? Ela caiu das alturas vertiginosas de Aberdeen. — Bob Rabugento enrolou a língua para pronunciar o nome da cidade numa paródia ridícula do sotaque dórico.

— Ah, sim, nós já nos conhecemos. — McLean deslizou no banco.

— Quer dizer que conseguiu vir — disse Emma enquanto Bob Rabugento pegava uma caneca cheia de cerveja, entregava a McLean e em seguida pegava a única outra que restava na mesa.

— Pode virar essa, senhor.

— Saúde. — McLean levantou a caneca para todos e depois deu um gole. A cerveja estava gelada e tinha bastante espuma. Mais que isso não dava para dizer, pois o sabor era indistinguível.

— Recebi as fotos, obrigado — disse McLean para a perita.

— Faz parte do serviço. Serviram para alguma coisa? Eu não consegui enxergar nada ali além do branco.

— É... Serviram, sim. — McLean estremeceu, lembrando-se da estranha sensação de impotência, do estranho uivo de fúria. Parecia um sonho, ou era apenas sua imaginação passando todos os limites. Não, ele só tinha se levantado rápido demais depois de ter ficado agachado por tanto tempo.

— Vocês dois estão falando de trabalho? Estão, né? — Bob Rabugento abriu um sorriso triunfal com sua caneca vazia e deu um tapa no peito de MacBride. — Você me deve dez paus, moleque. Eu disse que o inspetor seria o último a chegar e o primeiro a pagar multa.

— Como assim? — perguntou Emma com uma ruga de preocupação na testa. McLean suspirou e tirou a carteira do bolso do paletó. Ele pagaria pela próxima rodada de qualquer maneira. Não era nada que não pudesse pagar.

— Falar de trabalho no pub não é permitido, sob pena de pagar multa. É uma velha tradição que vem desde que Bob Rabugento era só um patrulheiro, o que significa algum período entre as duas guerras, não é, Bob? — Ele puxou uma nota de 20 libras e bateu-a na mesa, ignorando os protestos de Bob Rabugento. — Stuart, faça as honras, por favor?

— Como? Por que eu?

— Porque é o mais novo.

Reclamando, o detetive MacBride saiu do seu canto aconchegante, pegou o dinheiro e foi para o bar.

— E vê se traz uma cerveja decente dessa vez.

Só um bom tempo depois foi que McLean acenou em despedida para um táxi cheio de policiais e peritos inebriados. Andy Peso Pesado tinha ido embora mais cedo, rumando para casa, para a mulher e o filho, deixando apenas Bob Rabugento para acompanhar McLean até a casa deste e, julgando pelo estado do sargento, dormir no quarto de hóspedes. Não seria a primeira vez e também não havia uma Sra. Bob esperando em casa: ela já tinha se mandado há muitos anos.

— Essa Emma é uma garota legal, não acha?

— Você não acha que está meio velho para se casar de novo, Bob? — McLean esperou o soco brincalhão no ombro e não se decepcionou.

— Não é para mim, seu imbecil. Estou falando de você.

— Eu sei, Bob, e sim, ela é legal. Tem um gosto estranho para música, mas isso é um detalhe insignificante. O que você sabe sobre ela?

— Só que se mudou para cá há poucos meses. Ela é de Aberdeen. — Bob enrolou a língua com seu terrível sotaque aberdeeneano outra vez.

— É, você já disse isso.

— Não tem muito mais para se saber. O pessoal da perícia tem Emma em alta conta, então ela deve ser boa no que faz. E é bem bom ter um rosto bonito por aqui em vez do monte de barangas de sempre.

Eles ficaram em silêncio por um tempo, seguindo pela rua um ao lado do outro, como um velho sargento grisalho e seu policial não tão jovem assim fazendo a ronda noturna. O ar estava fresco, o céu escuro com indícios alaranjados; não se podia mais ver as estrelas, tamanha a poluição luminosa. Sem avisar, Bob parou no meio de uma passada.

— Eu soube da sua avó, Tony. Sinto muito. Ela era uma grande mulher.

— Obrigado, Bob. Sabe, é difícil acreditar que ela realmente se foi. Eu sinto que deveria estar usando preto e arrancando os cabelos. Talvez chorar e ranger os dentes também pudesse fazer parte disso. Mas é estranho. Estou me sentindo mais aliviado que triste. Ela ficou em coma por tanto tempo.

— Você tem razão. É realmente uma bênção — Eles voltaram a andar, virando a esquina para a rua de McLean.

— Estive com o advogado dela hoje. Ela me deixou tudo, sabe. Uma soma bem polpuda.

— Nossa, Tony, você não vai deixar a corporação, vai?

A ideia não lhe ocorrera até aquele momento, mas McLean levou cinco segundos inteiros para responder.

— Meu Deus, claro que não, Bob. O que eu iria fazer? Além disso, se eu saísse, quem lhe daria cobertura enquanto você fica lá lendo o jornal o dia inteiro?

Eles chegaram ao prédio de McLean, e o inspetor notou aquela mesma pedra estrategicamente colocada para impedir o fechamento da porta.

— Você está bem para ir até sua casa, Bob? Ou quer dormir na cama de hóspedes?

— Não, vou dar uma caminhada, pegar um ar. Quem sabe eu até já esteja sóbrio quando chegar em casa.

— Tudo bem, então. Durma bem.

Seguindo pela rua, Bob Rabugento acenou sem se virar. McLean imaginou até onde ele chegaria antes de decidir pegar um táxi.

17

A Sistemas de Segurança Penstemmin ocupava uma grande área aterrada à beira do Forth, entre Leith e Trinity. O prédio propriamente dito era igual ao de um depósito moderno, sem características especiais. Podia ser uma loja de material de construção ou um *call centre*, embora esses geralmente não fossem cercados por arame farpado, sensores de movimento e mais câmeras de vigilância que um presídio comum. As paredes eram de um cinza de navio de guerra, e uma faixa de vidro fumê circundava o prédio abaixo dos beirais do enorme telhado raso. No canto mais próximo, a faixa estendia-se até o chão e formava uma pequena entrada.

O detetive MacBride estacionou o carro na única vaga marcada para "visitantes". O Vectra Vauxhall branco pareceu muito deslocado ao lado dos reluzentes BMWs e Mercedes. McLean observou que o diretor podia se dar ao luxo de ir trabalhar numa Ferrari nova em folha.

— Parece que estamos no ramo errado. — Ele atravessou o estacionamento, seguindo o policial e desfrutando do ar fresco da manhã que vinha do Firth. MacBride estava pálido, os olhos meio inchados pelos excessos da comemoração na noite anterior. Sem dúvida, os brindes de tequila que andara fazendo com a policial Kydd lhe roubaram a função de alguns milhões de neurônios. A princípio, ele parecia confuso, mas acabou percebendo a coleção de automóveis caros.

— Eu nunca imaginei que o senhor fosse um aficionado por carros, inspetor. Dizem que o senhor sequer tem um.

McLean ignorou a vontade de investigar "quem" disse isso. Havia coisas piores a serem ditas pelas costas.

— Err... não tenho, mas isso não significa que não entendo nada do assunto.

Após terem passado pela segurança no portão, ele precisaram confirmar a identidade por um interfone e uma câmera de vigilância antes de entrarem no prédio. Finalmente, foram recebidos por uma moça muito bem vestida, com cabelo agressivamente curto e um par de óculos de aros pesados retangulares, tão estreitos que ela devia ver o mundo como se estivesse espiando pela fenda de uma caixa de correspondências.

— Detetive MacBride? — Ela estendeu a mão para McLean.

— Hã... não. Eu sou o inspetor-detetive McLean. Este é o meu colega, o detetive MacBride.

— Ah, me desculpem. Courtney Rayne. — Todos trocaram apertos de mão e, em seguida, a moça os conduziu por uma série de portas até o centro do prédio. Era um lugar vasto e cavernoso, aberto para um teto alto apoiado por vigas em forma de teia de aranha. Aparelhos de ar-condicionado com potência industrial bombeavam um ar gélido no espaço imenso, fazendo McLean sentir um calafrio na espinha.

O salão era dividido em pequenos quadrados por divisórias de escritório. Em cada um, uma dúzia ou mais de pessoas sentavam-se diante de uma tela de computador com fones de ouvido nas cabeças, falando em pequenos microfones que pairavam diante de seus lábios como vespas de piquenique. O ruído era o de uma grande algazarra, pontuada por explosões ocasionais de movimentação quando um líder de equipe se alvoroçava na direção de uma ou outra estação de trabalho.

— Nosso centro monitora mais de 20 mil sistemas de alarme em toda a região central — disse a Srta. Rayne. McLean decidiu que definitivamente ela era uma "senhorita", mesmo que fosse casada.

— Eu não sabia que a Penstemmin era uma organização tão grande.

— Ah, nem todos os sistemas são da Penstemmin. Prestamos serviço de monitoramento para mais de vinte outras empresas menores. Os casulos daquela extremidade do salão se dedicam à região policial de Strathclyde, esses dois aqui estão monitorando todos os sistemas de alarme em Lothian e Borders.

— Casulos?

— É assim que chamamos nossas equipes, inspetor. Cada grupo é um casulo. Não me pergunte o motivo. Não tenho a mínima ideia.

A Srta. Rayne os conduziu pelo meio do grande salão por um corredor largo que separava as duas grandes cidades da Escócia, assim como sua antiga inimizade. McLean observou os trabalhadores de rostos pálidos em seus consoles. Conforme a mulher elegante passava, eles baixavam a cabeça, fingindo estar ocupados, mesmo que não estivessem fazendo nada antes. Não parecia um local de trabalho alegre; ele cogitou qual seria a rotatividade dos funcionários, se algum sairia dali ressentido e com informações confidenciais.

No outro lado do salão, uma escadaria levava a uma longa sacada. Escritórios com a frente envidraçada ocupavam todo o comprimento do prédio, sendo seus únicos ocupantes, sem dúvida, os donos dos carros reluzentes do estacionamento lá fora. Os pobres coitados do andar de baixo deviam vir para o trabalho de ônibus ou estacionar na rua, do lado de fora do complexo.

Tendo andado toda a extensão do prédio para chegar às escadas, agora eles faziam o percurso inverso em direção à parte frontal. McLean desconfiou de que havia um caminho mais rápido que os teria levado da recepção até esses escritórios, mas por algum motivo a Srta. Rayne quis lhes mostrar o grande salão. Talvez fosse apenas um modo de impressionar a força policial com seu profissionalismo; se esse fosse o caso, ela havia fracassado. McLean já estava cansado da Penstemmin e sequer dera início ao interrogatório.

Eles chegaram a uma porta grande em uma parede de vidro fosco, que formava um ângulo com a esquina do prédio. A guia deles parou por tempo suficiente para dar uma leve batidinha na porta e, em seguida, abri-la para anunciar a chegada deles.

— Doug? Estou aqui com o inspetor McLean do Departamento de Investigações Criminais da Lothian e Borders. Sabe? O policial que ligou?

— Quando McLean cruzou o vão da porta, o homem com quem ela falara já tinha se levantado de trás de uma escrivaninha imensa e começava a atravessar o grande espaço vazio de seu escritório. Esqueça os casulos; eles podiam encher aquela sala de água e manter meia dúzia de baleias ali dentro.

— Doug Fairbairn. Prazer em conhecê-lo, inspetor. Detetive. — Ele era só sorrisos, mostrando os dentes brancos num rosto bronzeado. Usava uma camisa solta com pesadas abotoaduras de ouro nos punhos e uma gravata com o nó caprichado no pescoço. O paletó estava pendurado no encosto da cadeira, e as calças do terno tinham sido feitas sob medida e custado caro para ocultar uma barriga crescente.

— Sr. Fairbairn. — McLean aceitou a mão estendida e sentiu o aperto firme. Fairbairn exalava autoconfiança. Ou arrogância, ainda era cedo para saber. — Aquela Ferrari lá fora é sua?

— Uma F430 Spider. Gosta de carros, inspetor?

— Quando eu era garoto, costumava ir a Knockhill assistir às corridas. Agora já não tenho tempo para isso.

— Ela é muito potente para Knockhill. Preciso descer para o sul para correr. Levei-a para o Ring ano passado. Por favor, sente-se. — Fairbairn gesticulou para um sofá e poltronas de couro cinza num estilo minimalista. — Em que posso ajudá-lo, inspetor?

Nenhuma oferta de chá com biscoitos. Apenas bom humor narcisista.

— Estou investigando uma série de assaltos a residências. Serviços profissionais, poderia se dizer. Com certeza nada a ver com arrombamento comum. Até o momento, temos apenas uma leve ligação entre eles. Mas nas últimas três ocorrências, a Sistemas de Segurança Penstemmin surgiu no caso. E em cada um deles, os alarmes foram burlados sem que ninguém percebesse.

— Courtney, o arquivo, por favor. — Fairbairn acenou com a cabeça para a executiva séria, que permanecera parada junto à porta. Ela saiu e retornou minutos depois com um único arquivo. — Suponho que isso seja sobre o recente assalto à casa do Sr. Douglas. Sem dúvida, muito lamentável, inspetor. Mas mandei fazer uma análise completa do sistema e nada sugere que o alarme foi mexido.

— Seu sistema registra quando o alarme é acionado, senhor? — O detetive MacBride estava com seu bloco e lápis a postos.

— Sim. O Sr. Douglas tinha um alarme da melhor qualidade. Consta em nosso sistema de computação que o alarme foi acionado às... — Fairbairn abriu o arquivo e puxou uma folha impressa — ...dez e meia da manhã na data em questão. Foi novamente desligado às duas e quarenta e cinco da tarde. O monitoramento registrou algumas oscilações eletrônicas nessa hora, mas não há nada de incomum nisso; o fornecimento de energia da cidade é notoriamente ruim.

— Será que alguém poderia ter se desviado do alarme? Sei lá, desativado a conexão do monitor?

— Sim, acho que é tecnicamente possível. Mas seria necessário ter acesso ao nosso computador central, que fica atrás de uma porta de aço de 30 centímetros de espessura no subsolo. Isso significa que a pessoa teria que vir aqui antes, o que posso lhe garantir que não é algo fácil. E seria preciso conhecer nossos sistemas de trás para a frente, além de saber as últimas senhas. Mesmo assim, é provável que deixasse rastros. Todo o nosso sistema foi testado pelos melhores especialistas em segurança de informática do ramo. É praticamente impossível enganá-lo.

— Quer dizer que se o sistema foi burlado, só pode ter sido um serviço interno? — McLean apreciou a expressão de pânico que suas palavras provocaram em Fairbairn.

— Isso não é possível. Nosso pessoal passa por uma avaliação rigorosa. E ninguém tem acesso a todas as partes do sistema. Nós nos orgulhamos muito de nossa integridade.

— É claro. O senhor pode me dizer quem instalou o sistema do Sr. Douglas?

Fairbairn passou os olhos no arquivo, folheando as páginas nervosamente. Agora já não parecia tão confiante.

— Carpenter — respondeu ele logo depois. — Geoff Carpenter. Ele é um dos nossos melhores técnicos. Courtney, por favor, veja se Geoff está de serviço na rua agora. Se não estiver, peça a ele que venha aqui.

A Srta. Rayne desapareceu mais uma vez da sala. O som abafado de uma conversa telefônica passou pela porta entreaberta.

— Imagino que o senhor queira falar com ele — disse Fairbairn.

— Com certeza ajudaria — respondeu McLean, olhando fixamente para o homem. — Diga-me, Sr. Fairbairn. A Srta. Rayne falou que vocês fornecem serviços de monitoramento para várias outras empresas de alarmes. Poderia me dar uma lista com os nomes?

— Essa é uma informação muito confidencial, inspetor. — Fairbairn teve um minuto de hesitação, brincando com os dedos de modo bem menos habilidoso que Bob Rabugento. Por fim, secou as palmas das mãos nas dispendiosas calças de seda. — Mas me atrevo a dizer que eu poderia dar-lhe essa informação. Afinal, trabalhamos em parceria com todas as forças policiais da Escócia.

— Vou facilitar as coisas. Os nomes Secure Home, Lothian Sistemas de Alarme e Subsisto Raptor significam alguma coisa para o senhor?

A expressão de nervosismo de Fairbairn aumentou.

— Eu... hã, quer dizer, sim, inspetor. Nós monitoramos as instalações de Edimburgo para essas três empresas.

— Há quanto tempo vocês prestam esse serviço para elas, Sr. Fairbairn?

— O detetive MacBride virou uma folha de seu bloco e passou a língua pela ponta do lápis. O rapaz andava assistindo a muitas séries policiais na TV, pensou McLean, mas era divertido observar o efeito.

— Ah, hã, deixe-me ver. Na verdade, nós compramos a Lothian há uns dois meses, mas dirigíamos as operações remotas deles há uns cinco anos.

A Secure Homes começou a usar nossos serviços no ano retrasado. A Subsisto Raptor entrou para o time há cerca de 18 meses. Posso ver as datas exatas, se quiserem. Imagino que essas sejam suas ocorrências semelhantes, não é?

— De fato, Sr. Fairbairn.

— Espero que o senhor não esteja tentando insinuar...

— Não estou insinuando nada, Sr. Fairbairn. Estou meramente seguindo uma linha de investigação. Não acho que sua empresa esteja sistematicamente tentando enganar seus clientes. Isso seria burrice. Mas há um vazamento em algum ponto do seu sistema e pretendo descobrir onde.

— É claro, inspetor. Não espero nada menos. Mas, por favor, perceba que nossa reputação é tudo. Se o fato de nosso sistema estar falhando se espalhar, estaremos fora do mercado em um ano.

— O senhor sabe que isso não é do meu interesse. Empresas como a sua facilitam muito nosso serviço, de modo geral. Mas vou pegar quem quer que esteja fazendo isso.

— Estou deixando passar alguma coisa, Stuart.

— Senhor?

— Uma coisa óbvia. Algo que eu deveria ter verificado desde o início.

— Bem, com certeza, Fairbairn não está nos contando tudo.

— Como? Não, não. Desculpe. Eu estava pensando na garota morta.

Eles seguiam pela Leith Walk, voltando para a delegacia. Distante da costa e cercado por prédios altos dos dois lados, o carro se tornava opressivo com o calor crescente. McLean estava com a janela aberta, mas a velocidade com que dirigia não ajudava a criar uma brisa significativa: o tráfego estava lento por conta de algo que acontecera mais adiante.

— Pegue a próxima esquerda. — McLean apontou para uma rua transversal estreita.

— Mas a delegacia fica logo ali em frente, inspetor.

— Não quero ir para a delegacia agora. Quero dar outra olhada no porão.

— Em Sighthill?

— Chegaremos lá muito mais rápido se você parar de fazer esse monte de perguntas idiotas.

— Sim, senhor, me desculpe. — MacBride levou o carro para a faixa dos ônibus, foi andando devagar e fez a curva. McLean se arrependeu de ser rís-

pido com ele, sem saber direito por que tinha ficado subitamente de mau humor.
— O que sabemos sobre essa garota?
— Humm, como assim, inspetor?
— Bem, pense nisso. Ela é jovem, pobre, usava o melhor que tinha. O que estava fazendo quando foi morta?
— Estava numa festa?
— OK, vamos trabalhar com essa ideia. Uma festa. vamos supor que a festa fosse na casa onde a encontramos. O que isso sugere?

Bateu um silêncio enquanto eles venciam o aglomerado de ruas em torno do Palácio de Holyrood.
— Que o dono da casa na época em que ela foi morta sabia do assassinato?
— E quem era o dono da casa?
— A casa pertencia ao banco Farquhar. O contrato de compra e venda mostra que eles a adquiriram em 1920 e a mantiveram até serem comprados pelo Mid-Eastern Finance há 18 meses.
— Tudo bem, eu vou refazer a pergunta. Quem morava na casa? E quem dirigia o banco Farquhar antes que fosse vendido?
— Não tenho certeza, inspetor. Alguém que se chamava Farquhar?

McLean suspirou. Sem dúvida, algo lhe escapava.
— Precisamos entrar em contato com a Mid-East Finance. Eles devem ter algum funcionário do antigo banco em sua folha de pagamento. Ou, pelo menos, devem ter registros de quem trabalhou lá. Veja se consegue marcar alguma coisa quando voltarmos para a delegacia.
— Quer voltar para lá agora, inspetor?
— Não, quero dar outra olhada na casa. Mais cedo ou mais tarde vou ter que deixar McAllister continuar seu trabalho. Eu sei que a perícia limpou tudo, mas preciso dar uma olhada lá mais uma vez.

Uma construção deserta os recebeu, os barracões móveis trancados. As janelas do andar térreo estavam fechadas com tapumes, e um cadeado pesado negava a entrada pela porta. McLean pediu que MacBride telefonasse pedindo uma chave e depois foi dar uma olhada no entorno para ver o que conseguia encontrar.

Incomum para uma casa desse tipo, a torre ficava nos fundos. A julgar pelo número de ardósias quebradas e gesso lascado caído no capim crescido do jardim, McLean imaginou que ninguém morava ali havia muitos anos. Trepadeiras tomavam conta das paredes úmidas, subindo até as janelas quebradas do primeiro andar, e o que no passado devia ter sido um gramado estava pontilhado por pequenas árvores jovens de um bosque próximo. O terreno era cercado por um muro alto de pedras com cacos de vidro no topo. O caminho bem-marcado levava a uma pequena entrada em arco. A velha porta de madeira estava afundada na vegetação, apodrecendo, e a brecha que sobrava estava fechada com mais tapumes. Era óbvio que Tommy McAllister era menos receptivo aos viciados e vândalos de Sighthill do que o banco Farquhar.

Levou apenas dez minutos para que chegasse um carro com as chaves; a jovem policial que montara guarda no lugar na noite em que o corpo tinha sido encontrado.

— O senhor vai terminar logo com este lugar? Porque estou com aquele Tommy McAllister no telefone três vezes por dia enchendo meu ouvido, dizendo estar pagando os operários para não fazerem nada. — Ela abriu o cadeado e guardou a chave no bolso.

— Vou me lembrar disso, policial, mas não estou conduzindo esta investigação para a conveniência do Sr. McAllister.

— É, eu sei disso, inspetor. Mas não é o senhor que tem que ouvir, é?

— Bem, se ele reclamar, diga para me procurar — disse McLean.

— Vou fazer isso, inspetor. E vou deixar que o senhor tranque a porta quando terminar. — Ela se virou, voltando para a viatura. McLean meneou a cabeça e entrou na casa antiga, dando-se conta de que não sabia o nome da policial.

Um cordão de isolamento da polícia bloqueava a entrada para o porão, mas ao passar por baixo da faixa e descer as escadas de pedra, McLean teve certeza de que alguém tinha estado ali limpado tudo. O entulho de gesso em volta do buraco que revelou a câmara oculta já não estava lá, restando apenas as lajotas limpas agora. Era possível que a perícia tivesse arrumado antes de ir embora.

Pegando sua lanterna, ele entrou pelo pequeno buraco. Parecia bem diferente, agora que o pobre corpo torturado fora removido. Lá estavam os seis buracos perfeitos, abertos com intervalos regulares em volta da parede lisa com reboco de gesso. Ele olhou para dentro de cada um, sem esperar ver muita coisa. Eram simples nichos abertos com a retirada de alguns dos tijolos que formavam todo o porão. Abaixo de cada um, um montinho de gesso e pedaços de madeira mostrava como tinham sido escondidos.

— Foi aqui que ela foi encontrada? — McLean se virou e viu MacBride parado na entrada, bloqueando a luz que vinha das lâmpadas nuas lá fora. McLean se deu conta de que o detetive não estivera na cena do crime antes.

— Isso mesmo, Stuart. Entre e dê uma olhada. Diga-me o que vê.

MacBride tinha uma lanterna maior, McLean notou. Podia ser parte do equipamento padrão do carro, mas ele duvidava. O detetive andou devagar pelo cômodo, apontando sua luz para o teto, depois para o chão com os quatro furinhos onde haviam martelado os pregos. Finalmente, concentrou-se nas paredes, correndo a mão pelo gesso.

— Usar gesso como reboco em uma sala circular é um pesadelo — disse ele. — Quem fez isso foi um gesseiro habilidoso.

McLean olhou para ele, depois para os nichos de novo e para o arco do vão original da porta, que fora fechado com tijolos para ocultar o crime horrendo. Como ele podia ter sido tão burro?

— É isso.

— Isso o quê?

— A obra que foi feita aqui. Para ocultar os nichos, fechar a entrada da porta... Seria necessário que um pedreiro fizesse isso.

— Bem, sim.

— E se continuarmos com a teoria do ritual, isso sugere homens cultos. E se vinham a festas em lugares como este, ricos também.

— E aí?

— Há sessenta anos, homens ricos não tinham hobbies como o da construção civil. Não saberiam distinguir uma colher de pedreiro de uma picareta.

— Não estou entendendo...

— Pense nisso, Stuart. Os órgãos estavam escondidos nos nichos, o que significa que a colocação do gesso aconteceu depois que a garota foi morta. Quem quer que tenha feito isso, teve que empregar alguém para terminar o serviço. E essa pessoa deve ter visto o que havia ali. Como você acha que os assassinos impediram o sujeito de falar sobre o que tinha visto?

— Eles o mataram depois que ele terminou o serviço?

— Exatamente. Eles não poderiam tê-lo deixado viver.

— Mas em que isso ajuda? Quer dizer, se ele está morto, então... Bem, é isso. E se eles ocultaram o corpo?

— Você está se esquecendo de uma coisa, Stuart. Não podemos começar a rastrear a garota através de pessoas desaparecidas porque não sabemos nada sobre ela. Ela podia ter sido uma nômade, uma estrangeira, qualquer coisa. Mas a pessoa que fez o reboco desta sala ocultou os nichos. Era um profissional, e provavelmente local.

— Mas não poderia ter sido um deles? Um dos seis, quero dizer.

McLean fez uma pausa, tendo seu trem dedutivo descarrilado pela lógica sem remorsos de MacBride. Então ele se lembrou dos itens colocados nos nichos. Uma abotoadura de ouro, uma cigarreira de prata, uma caixinha entalhada, um estojo de comprimidos e um alfinete de gravata. Apenas os óculos poderiam pertencer a um trabalhador na década de 1940, e mesmo naquela época seria improvável.

— É possível — cedeu ele. — Mas acho improvável. E por agora é a melhor linha de investigação que temos. Talvez tenhamos que percorrer o equivalente a vinte anos de registros, mas algo estará faltando sobre um gesseiro desaparecido. Descubra-o, e poderemos descobrir para quem ele trabalhou.

18

— Ah, Sr. McLean. Espere um minuto. Tenho um pacote para o senhor.

McLean aguardou na base da escadaria, tentando não inspirar o cheiro de mijo de gato. A velha Sra. McCutcheon devia estar sentada em seu pequeno hall, esperando que ele entrasse. Ela deixou a porta aberta enquanto desaparecia dentro do apartamento. Assim que ela se foi, um gato preto e magro veio espiar, mexendo a cabeça para cima e para baixo, farejando o ar. Por um instante, McLean teve a fantasia maluca de que a velha senhora era uma bruxa e que se transformara nessa criatura. Talvez ela tivesse o hábito de vagar à noite pelas ruas de Newington, espiando pelas janelas e vendo o que todos estavam fazendo. Com certeza, isso explicaria como sabia de tudo o que acontecia.

— Senti muito ao saber de sua avó. Ela era uma ótima pessoa. — A Sra. McCutcheon voltou segurando um pacote grande com as mãos enrugadas e trêmulas. O gato se enroscou nas pernas dela, ameaçando derrubá-la. Acabando assim com a teoria de McLean.

— Obrigado, Sra. M., é muita gentileza sua. — McLean pegou o pacote antes que ela o deixasse cair.

— Acredite, eu não sabia que ela tinha feito tanto na vida. E perder o filho daquele jeito e... Oh. — Os olhos da Sra. McCutcheon cruzaram com os dele por um instante, e em seguida ela os desviou para o chão. — Oh, desculpe. É claro, ele devia ser o seu pai.

— Por favor, Sra. M., não se preocupe com isso — disse McLean. — Afinal, faz muito tempo. Mas como a senhora soube?

— Ah, está no jornal. — Ela desapareceu outra vez dentro do apartamento e surgiu instantes depois com a edição do dia do *Scotsman*. — Tome, pode ficar com ele. Já li todo.

McLean agradeceu-a novamente e subiu a escadaria em caracol até o último andar, onde ficava seu apartamento. A secretária eletrônica piscava um grande número dois em vermelho; ele apertou o botão e largou o pacote e o jornal enquanto a pequena fita rebobinava.

"Ei, Tony, é o Phil. Guarde suas algemas e nos encontre no pub às oito. Jen me contou que você andou se vestindo de mulher e quero saber de todos os detalhes."

O aparelho fez um bipe e tocou a segunda mensagem.

"Inspetor McLean? Aqui é Jonas Carstairs. Só para confirmar que o funeral está marcado para o meio-dia de segunda. Ligue se precisar de qualquer coisa. Você tem meus números de casa e do celular. Ah, você deve receber um pacote neste fim de semana. São apenas as cópias de todos os documentos e outras coisas relativas ao espólio de sua avó. Achei que gostaria de dar uma olhada em tudo. Podemos discutir os detalhes depois."

McLean olhou para o pacote. Estava com o carimbo postal da Carstairs Weddell. Ele o abriu e tirou um maço grosso de papéis, ainda com um leve cheiro de copiadora. A folha de cima trazia as palavras "Últimas vontades e testamento" escritas numa letra cursiva ornamentada, e ele estava prestes a começar a ler quando a secretária apitou de novo.

— Por favor, me ajude. Por favor, me encontre. Por favor, me salve. Por favor. Por favor.

A voz lhe deu um calafrio na espinha. Era uma moça, talvez uma garota. Seu sotaque era estranho. Escocês, costa leste, mas não de Edimburgo. Ele olhou para a secretária eletrônica, cujo LED vermelho dizia "2". Duas mensagens. Ele acionou o play outra vez, esperando com impaciência que a fita rebobinasse. Veio a voz alegre de Phil, depois a de Jonas Carstairs Depois nada. O aparelho desligou.

Ele rebobinou e tocou as mensagens mais duas vezes. Ainda eram apenas duas. Então foi até o gabinete, pegou um minigravador velho e passou mais dez minutos procurando pilhas. Colocou a fita da secretária eletrônica nele e tocou desde o início. Havia sua mensagem inicial; será que sua voz realmente soava tão enfadonha? Depois, uma ligeira pausa seguida pela mensagem de Phil. Outra pausa e veio Jonas. Uma porção de velhas mensagens que ainda não tinham sido apagadas pelas novas, mas nada que se parecesse remotamente com o que ele ouvira antes. Ou com o que achou que ouvira. Depois, silêncio. Ele deixou tocar um pouco mais e adiantou a fita. O gravador tocaria qualquer coisa que tivesse sido gravada, mas em uma velocidade mais rápida. Isso lhe permitiria ouvir a garota. Mas só houve uma pausa e depois uma sucessão de mensagens muito antigas se prolongando por alguns minutos. E então silêncio.

Será que ele tinha imaginado aquilo? Se fosse esse o caso, parecia uma alucinação muito louca. Mesmo assim, a fita seguiu adiante em silêncio até chegar ao fim. Ele a tirou, virou e tocou de novo.

"Oi, esse é o telefone de Tony e Kirsty. Estamos muito ocupados consertando o mundo e combatendo o crime para responder agora. Você terá que se contentar em deixar uma mensagem depois do sinal."

Lentamente, McLean foi caindo de joelhos, os músculos das pernas já não aguentando seu peso. Ele mal tinha consciência do cômodo que o cercava, mas era um lugar mais escuro, indistinto. A voz dela. Quantos anos fazia que ele não ouvia a voz dela? Desde aquele último, profético e mentiroso "Até logo"? E durante todo esse tempo, ela estava nessa fita idiota.

Sem pensar, ele rebobinou e tocou a mensagem de novo. As palavras dela ecoaram no apartamento vazio, e por algum tempo foi como se o burburinho da cidade se desfizesse. Olhando em volta, ele viu os mesmos quadros velhos nas paredes; o tapete, meio puído agora, cobrindo as tábuas claras do piso; o console estreito ao lado da porta, onde ficavam o telefone e as chaves. Eles tinham comprado aquilo numa loja de materiais de demolição e antiquário de Duddingston. Phil a chamava de "loja de construção de ninho". Muito pouco havia mudado nesse apartamento desde a morte de Kirsty. Ela se fora de modo tão repentino que deixara até sua voz para trás.

A campainha do interfone sobressaltou McLean, tirando-o de sua melancolia. Por um instante, pensou em não responder, fingindo não estar. Era capaz de passar a noite toda escutando a voz dela e acreditando que ela pudesse voltar. Mas ele sabia que isso era impossível, vira seu cadáver frio deitado na lousa, vira seu caixão deslizar por trás da cortina final. Ele pegou o interfone.

— Sim?

Era Phil. McLean apertou a campainha que abria a porta, percebendo que os estudantes lá embaixo deviam ter parado de calçar a porta com pedras. Ele abriu a porta do apartamento e escutou o som de passos subindo as escadas. Mais de um par, portanto Phil devia ter trazido Rachel junto. Isso era estranho, pois seu antigo colega de apartamento sempre ia visitá-lo sozinho.

Eles irromperam porta adentro, Phil, Rachel e Jenny, rindo de alguma piada compartilhada na subida. A risada estancou com muita rapidez.

— Meu Deus, Tony, parece que você viu um fantasma. — Phil entrou no corredor como se ainda morasse lá; as duas moças ficaram no vão da porta, sem saber o que fazer. Por um instante, McLean se sentiu muito amargurado com a presença deles. Queria estar sozinho com sua infelicidade. Depois se deu conta do quanto estava sendo idiota. Kirsty se fora. Ele já se conformara fazia muito tempo. Ouvir a voz dela simplesmente o pegara de surpresa.

— Você só me pegou num mau momento, desculpe. Meninas, entrem. Fiquem à vontade. Eu sei que nem preciso dizer isso ao Phil. — Ele guardou o gravador no bolso e apontou para a porta da sala de estar, esperando que estivesse arrumada. Nem se lembrava da última vez em que estivera naquele cômodo. — Alguém quer uma bebida?

Era estranho ter mulheres no apartamento. McLean estava acostumado à companhia duvidosa de Bob Rabugento após comemorar o fim de uma investigação com muita bebida, e Phil aparecia de vez em quando, geralmente depois de terminar com uma de suas alunas, necessitando encontrar alívio numa garrafa de uísque. Mas ele não conseguia se lembrar da última vez que recebera visitas. Gostava de morar sozinho, preferia socializar no pub. Essa era a razão pela qual sua cozinha não tinha comida. Ele encontrou um pacote grande de amendoim torrado que se aproximava do primeiro aniversário de sua data de vencimento e estava perigosamente inchado, como a barriga de um morto.

— E aí, Tony? Se eu não soubesse, diria que você está tentando nos evitar. — McLean se virou e viu Phil parado no vão da porta.

— Só estou procurando algo para comer, Phil. — McLean abriu o armário da cozinha e mostrou-o ao amigo.

— Tony, sou eu. Aquele que dividia o apartamento contigo, lembra? Você pode conseguir enganar o psicólogo que lida com estresse no trabalho, mas eu conheço você há muito tempo. O que foi? É a sua avó?

McLean olhou para o pacote de documentos. Ele o largara na mesa da cozinha junto com os relatórios do arrombamento e uma pasta sobre a garota morta. Outro motivo para que ele não quisesse receber visitas. Nunca se sabia o que poderiam encontrar.

— Não, Phil, não é minha avó. Eu a perdi faz 18 meses. Já tive tempo suficiente para me conformar com isso.

— Então, o que está te incomodando?

— Logo antes de vocês chegarem, encontrei isso. — McLean tirou o minigravador do bolso, colocou-o no balcão da pia e apertou o play. O rosto de Phil perdeu a cor.

— Puxa, Tony, sinto muito. — Ele se sentou pesadamente numa das cadeiras da cozinha. — Eu me lembro dessa mensagem. Nossa, deve ter uns dez anos. Como é que...?

McLean começou a explicar, só então se lembrando da estranha voz da garota que o levara a analisar a fita da secretária eletrônica. Devia ter sido sua imaginação, mas agora aquilo se misturava às palavras de Kirsty num apelo desesperado de alguém morto havia muito tempo, que estava muito além do seu alcance. Ele estremeceu com a ideia.

— Tudo indica que um pouco de companhia vai te fazer bem, cara. — Phil ergueu o saco suspeito de amendoins, apertando sua intumescência antes de levá-lo até o lixo e largá-lo em suas profundezas vazias. — E se Rachel e eu vamos ajudá-lo a tomar sua extensa coleção de vinhos, vamos precisar de uma pizza.

— Então quer dizer que é sério, você e Rachel?

— Não sei. Talvez. Não estou ficando mais novo. E ela está me aguentando por muito mais tempo que a maioria. — Phil arrastou os pés, pôs as mãos nos bolsos e fez uma boa encenação de um estudante constrangido. McLean não conseguiu conter o riso e se sentiu imediatamente melhor. Quase no mesmo instante, a música explodiu na sala. A banda Blue Nile vociferando "Tinseltown in the Rain" em um volume muito alto, diminuído logo em seguida para algo ainda pouco aceitável. McLean se apressou até a sala, com a intenção de pedir a elas para baixar o som, mas então se lembrou das noites em que ficara acordado por causa dos estudantes lá de baixo. Era noite de sexta-feira; todo mundo no edifício, exceto a Sra. McCutcheon, devia estar se divertindo, e ela era surda feito um poste. Por que ele deveria se importar em fazer silêncio?

Rachel estava sentada sobre o braço do sofá, parecendo um pouco desconfortável, e se animou quando Phil entrou na sala logo atrás de McLean. Jenny estava agachada na frente da estante que ocupava toda uma parede, olhando a coleção de discos. De costas e com a música tocando alto, ela não percebeu a chegada deles.

— Como Tony é um eterno solteirão, não tem comida em casa, só bebida — anunciou Phil, falando mais alto que a música. — Então vamos pedir uma pizza.

— Achei que fôssemos ao pub — disse Rachel. Ao ouvi-la, Jenny olhou para cima e se virou. Depois, baixou o volume.

— Desculpe. Eu não deveria ter feito isso. Eu... — Ela ficou perturbada e corou.

— Tudo bem — disse McLean. — É preciso tocá-los de vez em quando, senão estragam.

— Acho que não conheço mais ninguém que tenha um toca-discos. E tantos discos. Devem valer uma fortuna.

— Isso não é um toca-discos, Jen — comentou Phil. — É um sistema de som Linn Sondek que vale um pouco mais que o PIB de uma pequena ditadura africana. Tony deve gostar muito de você. Ele cortaria as minhas mãos só de tocar nele.

— Ah, sai dessa, Phil. Eu bem sei que sempre que eu não estava você tocava aquele seu amado disquinho da Alison Moyet.

— Alison Moyet! Eu me sinto insultado, inspetor-detetive McLean. Sinto-me obrigado a desafiá-lo para um duelo.

— As armas de sempre?

— É claro.

— Então aceito o desafio. — McLean sorriu enquanto Jenny e Rachel pareciam confusas. Phil desapareceu da sala, voltando logo depois com duas esponjas do banheiro. Estavam ressecadas e cobertas por teias de aranha, intocadas havia muitos anos.

— Rachel será minha testemunha. Jen, você faria as honras para nosso anfitrião? — Phil se curvou, entregando a ela uma das esponjas. — No corredor, acho.

— Você está falando sério mesmo? — perguntou Rachel. Ao fundo, Neil Buchnan tinha começado a cantar "Stay", seus tons de lamento contrastando com a risada geral, que só aumentava.

— É claro que estou, milady. Minha honra foi abalada e agora preciso retomá-la. — Ele foi para o corredor a passos largos e McLean o seguiu.

— Hummm, o que vocês estão fazendo? — perguntou Jen enquanto Phil enrolava o tapete e o empurrava para um canto do longo e estreito corredor.

— Vamos duelar com as esponjas. Era assim que nós decidíamos nossas discussões quando éramos estudantes.

— Ai... Homens! — Ela revirou os olhos, entregando a arma e recuando para uma distância segura enquanto Phil assumia sua posição na porta da cozinha.

Eles estavam arrumando a bagunça quando a pizza chegou. McLean não tinha certeza de quem havia vencido, mas se sentia bem como não acontecia há vários dias. O detetive cético que havia nele percebeu que Phil planejara toda a situação. Normalmente, seu velho amigo aparecia mais tarde, provavelmente sozinho. Eles teriam ouvido música deprimente e tomado uísque, reclamando da vida e lamentando os terríveis efeitos de envelhecer. Trazendo as duas irmãs com ele, a coisa se transformara numa festa. Uma vigília por Esther McLean, e de certo modo sua avó a teria aprovado com entusiasmo.

O que ela teria pensado de Jenny, ele não tinha certeza. Ela era um pouco mais velha que a irmã, o que provavelmente a deixava com a mesma idade dele. Tinha trocado a roupa que usava na loja, usando agora algo mais casual: jeans e uma blusa branca. Sem a maquiagem que, sem dúvida, fazia parte de sua composição profissional, ela era bonita com suas feições ligeiramente cansadas. McLean não sabia bem por que não notara isso quando se encontraram antes. Talvez porque a iluminação do Newington Arms não ajudava muito; e mais possivelmente porque sua mente estava cheia de corpos mutilados.

— Um centavo por seus pensamentos. — O objeto de sua reflexão se inclinou, servindo-se de mais uma fatia. Phil e Rachel, animados, conversavam sobre algum filme que tinham visto.

— Hã? Ah, desculpe. Eu estava a quilômetros de distância.

— Deu para ver. Você não fica muito aqui, não é? Então, onde estava, inspetor? — Ela mencionou o cargo dele de brincadeira, mas isso o atingiu quase dolorosamente. Mesmo ali, com vinho, pizza e boa companhia, o trabalho permanecia como pano de fundo, sem nunca deixá-lo em paz.

— Só estava pensando se sua irmã vai transformar meu velho amigo num homem honesto.

— Ah, duvido. Ela sempre foi uma ótima influência para corromper corações.

— Será que eu deveria advertir Phil de alguma coisa?

— Acho que já é tarde demais.

— Você não se preocupa com o fato de ela estar se envolvendo com um homem mais velho?

— Não, ela sempre teve uma queda pelos amigos do nosso irmão mais velho, e é provável que Eric seja mais velho que você.

— Uma família com idades bem espaçadas, então.

— Rae foi o que se pode chamar de um acidente feliz. Eu tinha 10 anos quando ela nasceu, e Eric tinha 14. E você, Tony? Tem algum irmão escondido?

— Não que eu saiba. Tenho certeza de que minha avó teria me contado se houvesse algum outro McLean por aí.
— Ah, me desculpe. Isso foi insensível da minha parte. Phil me falou sobre... o falecimento dela. — Jenny se endireitou no assento, cruzando as mãos no colo, constrangida.
— De modo algum. Eu prefiro falar sobre ela a me desviar do assunto. Ela teve um AVC há 18 meses, entrou em coma e nunca se recuperou. A verdade é que faz mais de um ano que ela morreu, só que eu não podia enterrá-la e seguir adiante com a vida.
— Mas você gostava muito dela.
— Meus pais morreram quando eu tinha 4 anos. Acho que nunca ouvi minha avó reclamar por ter que me criar. Mesmo tendo perdido o filho. Ela sempre me apoiou, mesmo quando... — Ele foi interrompido pelo telefone tocando no hall. Por um instante, pensou em deixar por conta da secretária eletrônica, mas então se lembrou de que havia tirado a fita, e uma inundação de outras lembranças passou por sua cabeça. — Desculpe, é melhor eu atender. Pode ser do trabalho.

McLean olhou para o relógio ao atender o telefone. Já passavam das onze. Mal tinha visto o anoitecer...

— McLean. — Ele tentou não deixar que a irritação transparecesse em sua voz. Apenas um assunto justificaria uma ligação aquela hora.

— Não está irritado, está? — O som metálico do telefone só piorava a voz anasalada de Duguid. McLean pensou no que havia ingerido, talvez meia garrafa de vinho ao longo de três horas ou mais. Além disso, ele também tinha comido, o que era incomum.

— Não, senhor.

— Que bom. Eu mandei um carro ir até aí buscá-lo. Deve chegar a qualquer momento. — Como num passe perverso de mágica, a campainha tocou.

— Do que se trata, senhor? O que é tão importante que não pode esperar até amanhã? — Ele sabia que a pergunta era estúpida, mesmo enquanto a fazia. Talvez tivesse bebido um pouco além da conta.

— Houve outro homicídio, McLean. Isso é importante o suficiente para você?

19

A policial Kydd não falou nada durante o percurso, o que fez McLean desconfiar de que ela também não contava estar em serviço. Ele pensou em lhe pedir mais informações do que as obtidas por meio de Duguid, mas podia sentir a indignação exalando dela e não quis se oferecer como alvo.

Acabou que o destino deles ficava a poucos minutos de seu apartamento. Viaturas com luzes azuis giratórias incidindo nas pedras do calçamento da Royal Mile estavam paradas bem em frente à Catedral de Santo Egídio, e policiais uniformizados se esquivavam de boêmios curiosos que circulavam por ali naquela noite de sexta-feira a fim de saber o que estava acontecendo. A policial estacionou no meio da rua bloqueada por um cordão de isolamento, e McLean foi até o furgão da perícia, que estava parado de ré, o mais perto possível de uma ruela estreita entre duas lojas. Uma iluminação fraca mostrava uma fileira de lixeiras com rodinhas atrás de uma cerca e um portão de ferro fundido. Depois delas, alguns degraus de pedra levavam à porta de um edifício.

— Onde está o inspetor-chefe Duguid? — McLean mostrou sua identidade para um dos policiais, que desenrolava a fita azul e branca.

— Não faço ideia, senhor. Não o vi aqui. Os peritos e o doutor estão lá em cima. — O homem olhou para cima e apontou para o último dos cinco andares.

Que maravilha, pensou McLean. Típico de Dagwood enviá-lo para a cena do crime fora do horário do expediente em vez de se mexer. Ele passou pelo furgão da perícia e seguiu pela ruela, e estava prestes a entrar no edifício quando uma voz alta se destacou no burburinho noturno.

— Ei! Onde pensa que vai?

McLean parou, se virou e viu uma figura de macacão branco saindo da escuridão do furgão. Quando ela ficou sob a luz fraca do poste, ele reconheceu a Srta., e não Sra., Emma Baird, que quase deixou cair a sacola que segurava.

— Ah, me desculpe, inspetor. Eu não percebi que era o senhor.

— Tudo bem, Emma. Quer dizer que vocês ainda não acabaram de examinar o local, então? — Que burrice a dele; devia ter verificado antes de ir entrando.

— Pelo menos vista um macacão e luvas, inspetor. Os rapazes não vão gostar de ter que tirar amostras das roupas de todo mundo para tirarem conclusões por eliminação. — Ela voltou ao furgão e trouxe um traje branco. McLean se enfiou no macacão, colocou os invólucros brancos de papel nos sapatos e calçou as luvas de látex antes de seguir a moça pela escadaria estreita em caracol.

Um telhado de vidro iluminaria o amplo patamar no alto das escadas durante o dia. A essa hora da noite, duas luminárias de parede cumpriam essa função, cada uma ao lado da porta de cada um dos apartamentos. Ambas estavam abertas, e manchas de sangue nas paredes brancas não permitiam que ele soubesse em qual delas deveria entrar. McLean optou por continuar seguindo a técnica da perícia, mas ela parou diante de uma porta e apontou para a outra.

— Vou tirar as digitais da testemunha para eliminação, inspetor. O seu corpo está lá.

Sentindo-se um idiota por não saber nada sobre a cena do crime nem sobre o assassinato propriamente dito, McLean assentiu em agradecimento, virou-se e atravessou o patamar. Ouviu vozes baixas dentro do apartamento e espiou pela porta. O sargento Andy Houseman estava parado no corredor. Não usava macacão.

— Andy, o que tem aí pra mim? — McLean fez uma careta quando o sargento grandão teve um sobressalto.

— Santo Cristo, o senhor quase me mata de susto. — O homenzarrão olhou em volta, viu quem era e relaxou. — Graças a Deus, enfim um detetive. Eu não saí da droga do rádio nas últimas duas horas.

— Bem, eu só recebi a ligação há uns vinte minutos, Andy. Então não me culpe. Eu devia estar de folga neste fim de semana.

— Desculpe, inspetor. É só que... Bem, eu fiquei preso aqui durante todo esse tempo, e não é legal ficar num lugar assim.

McLean olhou em volta da entrada do apartamento. Tinha uma decoração cara, com o mobiliário antigo atravancando o espaço. As paredes estavam cobertas com uma mistura eclética de pinturas, tendendo para o estilo moderno. Uma mais próxima chamou sua atenção, e ele foi olhar mais de perto.

— É um Picasso, inspetor. Pelo menos, eu acho. Não sou um especialista.
— Tudo bem, Andy. Suponha que eu não saiba absolutamente nada sobre este crime. Conte o que aconteceu.
— Eu e o policial Peters estávamos patrulhando a High Street quando recebemos o chamado. Deve ter sido por volta das nove. Arrombamento e ataque violento. Viemos até este endereço e encontramos o portão e a porta da frente abertos. Seguimos em frente e encontramos o Sr. Garner no patamar do último andar vestindo um roupão.
— Sr. Garner?
— O vizinho, inspetor. Ele e o Sr. Stewart eram bons amigos. Bem, se quiser saber minha opinião, eu diria que talvez fossem um pouco além disso, mas não é da minha conta.
— Sr. Stewart? — McLean estava se sentindo um completo idiota e praguejou contra Duguid por se encontrar nessa situação.
— A vítima, inspetor. Sr. Buchan Stewart. Ele está ali. — O sargento apontou para a única porta aberta no corredor, mas não fez nenhuma menção de se aproximar.
— Tudo bem, Andy. Eu assumo daqui em diante. Mas não vá muito longe. Ainda preciso de um resumo informativo. — McLean observou o sargento sair do apartamento e então entrou no cômodo.
Foi o cheiro que ele sentiu primeiro. Estava ali, pairando todo o tempo, mas lá fora não era possível senti-lo. Havia um cheiro ferroso e forte de sangue recém-derramado. O cômodo era o gabinete de um homem abastado, repleto de mais móveis antigos e arte moderna. O Sr. Buchan tinha sido eclético; ali havia objetos para todos os gostos. Mas nada disso lhe serviria agora.
Ele estava sentado numa cadeira estilo Queen Anne de frente para o cômodo. Antes usava pijamas e um roupão de veludo comprido, mas alguém havia tirado suas roupas e colocado-as caprichosamente em cima da escrivaninha. Os pelos crespos grisalhos de seu peito estavam manchados de sangue, que vertia do ferimento aberto em sua garganta de orelha a orelha. A cabeça estava inclinada para trás, olhando cegamente para o teto de gesso ornamentado, e havia mais sangue em volta da boca, pingando no queixo.
— Ah, McLean. Já era hora de aparecer um detetive. — Os olhos do inspetor voltaram-se para o colo do morto, e de repente ele notou o patologista

e seu assistente de macacões brancos agachados no chão. O Dr. Peachey não era seu favorito entre os especialistas forenses da cidade.

— E uma boa-noite para o senhor, doutor. — Cautelosamente, ele deu um passo em frente, ciente da poça de sangue que se espalhava numa mancha escura em volta da cadeira de Buchan Stewart. — Como está o paciente?

— Faz uma hora e meia que estou aqui esperando que um de vocês aparecesse para podermos remover o corpo. Onde você se meteu?

— Eu estava em casa, com uns amigos, tomando vinho e comendo pizza. Recebi a ligação exatamente há meia hora, doutor. Sinto muito que tenham estragado sua noite, mas não foi só a sua. Acho que o Sr. Stewart aqui também não está muito animado com o decorrer dos acontecimentos. Então por que simplesmente não me conta o que houve, hein?

O Dr. Peachey o fitou com olhos semicerrados, com uma feroz ponderação expressa no rosto pálido. Teria sido mais fácil com Angus, pensou McLean. Azar o meu pegar o Dr. Bolchevique.

— A causa mais provável da morte foi uma enorme perda de sangue. — O Dr. Peachey falava com frases curtas, ligeiras. — A garganta da vítima foi cortada com uma lâmina afiada. O resto do corpo não mostra sinais de lesão imediata. Exceto pelos genitais. — Ele se levantou e recuou para o lado para que McLean pudesse ver melhor. — O pênis e o escroto foram removidos.

— E sumiram? O assassino os levou? — McLean sentiu o peso da pizza em seu estômago e o vinho azedar. O Dr. Peachey pegou um saco de provas que estava ao lado de sua maleta e ergueu-o para que ele o visse. O conteúdo se parecia muito com os miúdos encontrados em embalagens a vácuo no interior de um peru de Natal.

— Não, deixou aqui. Mas os colocou na boca da vítima antes de ir embora.

20

Timothy Garner era frágil e estava abalado. Sua pele tinha aquele aspecto translúcido que só pode ser visto nas pessoas muito velhas, como se fosse papel de arroz cobrindo músculos amarelados e veias azuladas. A policial Kydd estava sentada com ele no apartamento bem-arrumado e ergueu o olhar, esperançosa, quando McLean entrou na sala. Ele acompanhara a remoção do corpo de Buchan Stewart para o necrotério, vira os peritos guardarem tudo e irem embora, levando todas as lixeiras de rodinhas para fora. Alguém iria se divertir. O sargento Houseman estava organizando meia dúzia de policiais para interrogar os moradores dos andares de baixo, restando apenas a testemunha que avisara sobre a ocorrência.

— Sr. Garner, sou o inspetor-detetive McLean. — Ele mostrou a identidade, mas o velho não olhou. Estava com o olhar perdido, as mãos acariciando lentamente as dobras de seu roupão sobre as coxas. — Será que você poderia providenciar uma xícara de chá, policial?

— Sim, senhor. — A policial se levantou como se alguém tivesse lhe espetado um garfo no traseiro e saiu apressadamente do cômodo. A companhia do Sr. Garner não devia estar sendo das mais agradáveis. McLean ocupou o assento dela ao lado do velho.

— Sr. Garner, preciso fazer umas perguntas. Posso voltar depois, mas seria melhor fazermos isso agora. Enquanto a memória ainda está fresca.

O velho não esboçou qualquer reação, não ergueu o olhar. Só continuou acariciando as coxas, lentamente. McLean colocou os dedos sobre uma das mãos de Garner, interrompendo-o. O toque pareceu quebrar o possível transe em que ele se encontrava. Ele olhou em volta, focando o inspetor pouco a pouco. As lágrimas brotaram sob as pálpebras inchadas e enrugadas.

— Eu o chamei de cretino traidor. Isso foi a última coisa que eu disse a ele. — Sua voz era fraca e aguda, o leve sotaque de Morningside contrastando com as palavras ríspidas.

— O senhor conhecia bem o Sr. Stewart?

— Ah, sim. Buchan e eu nos conhecemos em meados da década de 1950, sabe. Somos sócios desde então.

— E qual é o ramo de negócio?

— Antiguidades e obras de arte. Buchan tem um olho clínico, inspetor. Ele sabe reconhecer um talento e parece sempre conhecer os rumos do mercado.

— Deu para notar isso no apartamento. — McLean olhou em volta da sala de Garner. Era bem-mobiliada, mas não com a mesma opulência da de seu sócio. — E o senhor? Como colaborava para a sociedade?

— Homens brilhantes precisam de seus contrastes, inspetor, e Buchan Stewart é um homem brilhante. — Garner engoliu em seco, seu pomo de adão saliente movendo-se no pescoço fino e enrugado. — Eu deveria dizer que ele *era* um homem brilhante.

— Pode me contar sobre o que vocês discutiram?

— Buchan estava escondendo alguma coisa de mim, inspetor. Disso eu tenho certeza. Apenas nesses últimos dias, mas eu o conhecia há bastante tempo.

— E achou que ele o estava traindo? Fazendo negócios com outro homem?

— Pode chamar assim, inspetor. Desconfio de que havia outro homem envolvido.

— O homem que o matou, talvez?

— Não sei. Pode ser.

— O senhor viu esse homem?

— Não. — Garner balançou a cabeça, como se estivesse reforçando a resposta mentalmente, mas havia incerteza em sua voz. McLean ficou calado, deixando a dúvida fazer seu trabalho. — Não posso esperar que entenda, inspetor. O senhor ainda é novo. Talvez, quando tiver a minha idade, vai saber do que estou falando. Buchan era mais que meu sócio. Nós éramos...

— Amantes? Isso não é crime, Sr. Garner. Não mais.

— Sim, mas ainda existe a vergonha, não é? Ainda existe a maneira como as pessoas nos olham na rua. Sou um homem reservado, inspetor. Guardo as coisas para mim mesmo. E atualmente estou velho demais para me interessar por sexo. Achava que Buchan também estivesse.

— Mas agora acha que ele andava se encontrando com alguém? Outro homem?

— Eu tinha certeza disso. Por que outro motivo ele andaria tão misterioso? Por que ficaria irritado e querendo me mandar viajar?

McLean ficou quieto por um tempo. No silêncio, ele ouviu uma chaleira fervendo, o tinido de uma colher na porcelana.

— Conte-me o que viu essa noite, Sr. Garner. Como encontrou o Sr. Stewart?

O velho fez uma pausa. Suas mãos reiniciaram o movimento rítmico, mas ele cerrou os punhos para impedi-las.

— Havíamos tido uma discussão. Hoje à tarde. Buchan queria que eu saísse da cidade por umas duas semanas. Vai ter uma grande feira de arte em Nova York e ele achou que me faria bem ir. Chegou a providenciar as passagens, hotel, tudo. Mas eu me aposentei do negócio há alguns anos. Disse a ele que não tinha forças para viajar para tão longe, quanto mais para participar de um leilão quando chegasse lá. Falei que preferia ficar e que ele fosse. Ele sempre teve muito mais energia que eu.

— Então vocês discutiram. Mas o senhor voltou ao apartamento dele mais tarde para conversar, não é? — McLean viu que o homem começava a se afastar do assunto e gentilmente o trouxe de volta.

— Como? Ah, sim. Devia ser umas nove da noite, talvez nove e quinze. Não gosto de deixar uma briga sem solução, e eu tinha dito algumas palavras ríspidas. Achei melhor ir até lá e me desculpar. Às vezes ficávamos acordados até tarde, tomando um pouco de conhaque e falando do mundo. Eu tenho uma chave do apartamento, então pude entrar. Mas não precisei; a porta estava escancarada. Senti um cheiro ruim. Como se o esgoto estivesse entupido, transbordando. Então entrei e... Ah, Deus...

Garner começou a chorar. A policial Kydd escolheu esse momento para voltar, segurando uma bandeja com três xícaras de porcelana e um bule de chá.

— Eu sei que é difícil, Sr. Garner, mas, por favor, tente se acalmar e me conte o que viu. Se servir de consolo, falar geralmente ajuda a diminuir o choque.

O velho fungou, aceitando a xícara de chá com as mãos trêmulas e dando um gole no líquido leitoso.

— Ele estava lá sentado, nu. Achei que estivesse fazendo alguma coisa consigo mesmo. Não entendi por que estava tão imóvel ou por que olhava para o teto. Então, vi o sangue. Não sei como não vi logo. Estava por toda parte.

— O que o senhor fez então? Tentou ajudar o Sr. Stewart?

— Como? Ah. Sim. Eu... Quer dizer, não. Fui até ele, mas vi que estava morto. Acho que disquei o número da polícia. Depois disso, só sei que um policial chegou aqui.

— O senhor tocou em alguma outra coisa além do telefone?

— Eu... eu acho que não. Por quê?

— A perita que esteve com o senhor antes pegou suas impressões digitais para que possamos separá-las de quaisquer outras que encontremos no apartamento do Sr. Stewart. É útil para nós saber por onde o senhor esteve.

— McLean levou a xícara aos lábios. Garner fez o mesmo e deu um longo gole. O velho estremeceu enquanto o chá quente lhe descia pela garganta, com aquele enorme pomo de adão descendo e subindo a cada vez que ele engolia o líquido. Eles ficaram em silêncio por mais algum tempo; McLean pôs sua xícara de volta na bandeja e notou que a policial Kydd também não tomara seu chá.

— O senhor vai ter que ir à delegacia dar um depoimento para a gente. Não agora, pode ser amanhã — acrescentou ele quando o velho fez menção de se levantar. — Posso mandar um carro para buscá-lo e trazê-lo de volta. Que tal às dez horas da manhã?

— Sim, sim. É claro. Pode ser mais cedo, se quiser. Acho que não vou conseguir dormir muito hoje.

— Tem alguém que possamos chamar para lhe fazer companhia? Tenho certeza de que poderíamos deixar um policial. — McLean voltou-se para Kydd e recebeu um olhar desmotivado.

— Não, vou ficar bem, tenho certeza. — O Sr. Garner voltou a pôr as mãos nas coxas, mas apenas para se levantar. — Acho que vou tomar um banho. Isso geralmente me ajuda a dormir.

— Obrigado. O senhor foi muito prestativo. — McLean se levantou com muito mais facilidade e ofereceu a mão para o velho. — Um policial vai ficar do lado de fora do apartamento do Sr. Stewart a noite toda. Se o senhor tiver alguma preocupação, informe-o e ele pode passar um rádio para a delegacia.

— Obrigado, inspetor. Muito atencioso da sua parte.

O patamar do lado de fora do apartamento do Sr. Garner estava silencioso. A porta em frente continuava aberta, mas não havia sinal de ninguém lá dentro. McLean desceu as escadas e chegou à rua, onde alguns policiais ainda estavam ocupados. Ele se aproximou do sargento Houseman, que guarnecia a barreira fora do portão; o furgão da perícia há muito se fora.

— Como foi com os outros moradores?

Andy Peso Pesado pegou seu bloco de anotações.

— A maior parte dos apartamentos está vazia. Parece que pertencem a uma empresa de aluguéis. Quem os ocupa geralmente são executivos estrangeiros ou gente do gênero. O térreo tem dois apartamentos com moradores; nenhum tinha ouvido nada até chegarmos. Ah, e há um apartamento no subsolo também. O morador chegou em casa com a namorada faz uma meia hora e foi meio mal-educado quando lhe dissemos que ele não poderia entrar sem escolta. O sargento Gordon ficou com o nariz sangrando, e o Sr. Cartwright vai passar um tempinho em uma cela.

— Embriaguez e desordem?

— Posse de drogas, inspetor. Provavelmente com intenção de traficar. Seria de se pensar que carregando meio quilo de haxixe a pessoa fosse evitar a polícia.

— É verdade. Aliás, você estava certo.

— Estava? Sobre o quê?

— Buchan Stewart e Timothy Garner. Mas era um relacionamento estranho. Morando em apartamentos separados bem na frente um do outro.

— O mundo está cheio de gente estranha, inspetor. Às vezes, acho que sou a única pessoa normal que existe.

— De fato, Andy. — McLean deu uma olhada no relógio. Eram quase duas da madrugada. — Acho que fizemos tudo o que era possível por aqui. Deixe dois homens de guarda. Temos uma testemunha potencial. Não quero que nosso assassino volte para tentar silenciá-lo.

— Então, o senhor não acha que ele é um suspeito? Garner?

— Não, a menos que seja um ótimo ator. A intuição me diz que há algo aqui além de uma desavença entre amantes que acabou mal, mas Garner não se encontra em estado de ser interrogado hoje à noite. Também acho que ele não ficaria muito bem numa cela. — McLean olhou para as janelas lá em cima, que derramavam luz na noite. — Ele não vai sair correndo de lá. É melhor deixar que se acalme um pouco e eu falo com ele de manhã. Informe ao sortudo que for montar guarda que ele está lá. Se ele quiser ir a algum lugar, conseguiremos um policial que o acompanhe, OK?

— O senhor está certo. — Andy Peso Pesado saiu andando, gritando ordens para os poucos policiais que restavam na cena. McLean se virou para a policial Kydd, que reprimiu um bocejo.

— Achei que você estivesse no turno diurno.

— Estou.

— Então como é que aliciaram você para essa tarefa?

— Eu estava usando uma das salas de interrogatório da delegacia para estudar, inspetor. Meus pais geralmente não são dos mais silenciosos. É melhor ficar em outro lugar às sextas à noite se a gente quiser um pouco de paz.

— Deixe que eu adivinhe. Duguid a encontrou e mandou me buscar. Alguma ideia de por que ele mesmo não pôde vir?

— Eu preferia não dizer, inspetor.

McLean parou de interrogar a policial. Não era culpa dela que os dois tivessem suas noites de folga estragadas. Mais cedo ou mais tarde ele descobriria por que o caso lhe tinha sido entregue.

— Bem, agora vá para casa dormir. E não se preocupe, pode chegar um pouco mais tarde amanhã. Eu acerto isso com o sargento que estiver de serviço, faço um malabarismo com a escala.

— Obrigada, inspetor. — A policial deu um sorriso cansado. — Precisa de uma carona para casa?

— Não, obrigado. — McLean olhou para a High Street. Ainda havia pessoas caminhando por ali mesmo tão tarde. Gente saindo do pub, outros dos clubes noturnos, as lanchonetes de hambúrgueres e kebabs fazendo bons negócios na madrugada. A cidade nunca dormia de fato. E em algum lugar havia um assassino com as mãos sujas de sangue. Um criminoso que cortara uma parte de sua vítima e a enfiara em sua boca. Bem como no caso de Barnaby Smythe. Um imitador? Coincidência? Ele precisava de tempo, ar e distância para pensar em tudo isso. — Acho que vou andando.

21

Sábado devia ter sido seu dia de folga. Não que ele tivesse planos, mas, independente de qualquer coisa que pretendesse fazer, estar no seu gabinete da delegacia às oito e meia da manhã não encabeçava sua lista de opções. Não depois de menos de quatro horas de sono. McLean passava o olho nas fotos digitais da cena do crime do caso Stewart no computador. Seria preciso imprimi-las; era impossível trabalhar com elas na tela minúscula. Selecionando todo o lote, ele as enviou para a impressora do corredor, esperando que, só para variar, tivesse papel e tinta suficientes.

Felizmente sua casa estava vazia quando ele chegou, depois de andar dois quilômetros e meio ao voltar do apartamento de Buchan Stewart. Não que ele não gostasse de companhia, mas preferia se perder numa multidão. O contato face a face, sem a justificativa de sua persona profissional, simplesmente gerava muitas possibilidades e dificuldades para que fosse algo verdadeiramente prazeroso. Mesmo que ele não tivesse acabado de voltar da cena de um crime violento, ele preferia a própria companhia. Apenas ele com seus fantasmas.

— Ah, Tony, eu estava mesmo esperando encontrá-lo aqui agora de manhã.

Sobressaltado, McLean se virou e viu Jayne McIntyre vindo pelo corredor em sua direção. Seu uniforme não estava muito elogiável e, despropositadamente, ele cogitou se ela tinha engordado.

— Senhora?

— Obrigada por pegar o caso Stewart ontem à noite. — Ela se posicionou ao lado dele enquanto os dois caminhavam.

— Eu realmente fiquei pensando por que não havia mais ninguém para pegá-lo.

— Ah. Sim. Bem, o inspetor-chefe Duguid queria o caso, mas assim que soube do que se tratava, tive que insistir para que ele passasse para outra pessoa.

— Por quê?

— Buchan Stewart é... era tio dele.

— Ah.

— Então, você realmente deveria se sentir lisonjeado por ele tê-lo escolhido para conduzir a investigação. Eu sei que vocês dois nem sempre estão de acordo.

— É uma maneira educada de dizer isso, senhora.

— Bem, no meu trabalho é preciso ter diplomacia. E tenho que garantir que meus oficiais superiores possam trabalhar juntos. Faça um bom trabalho, Tony, e tenho certeza de que Dagwood vai relevar qualquer coisa que tenha contra você.

Era a primeira vez que ele ouvia McIntyre usar o apelido do inspetor-chefe. Ele sorriu diante de sua tentativa de compartilhar um tom conspiratório com ele, mas ela não tinha entendido a natureza da animosidade entre os dois. Ele não gostava de Duguid porque o inspetor-chefe era um investigador desleixado. Duguid não gostava dele porque sabia disso.

— O que descobriu até agora? — perguntou McIntyre.

— Ainda é cedo, na verdade. Mas estou pendendo para ciúmes como motivação. Nada óbvio foi roubado, portanto não foi assalto. E Stewart estava nu, o que sugere que podia estar esperando por sexo. Ele era homossexual, e é possível que tivesse encontrado um novo parceiro recentemente. Eu o apontaria como nosso principal suspeito. Se tivesse que dar um palpite, eu diria que é um homem mais jovem, talvez muito mais jovem.

— Alguma testemunha? Câmeras de vigilância?

— Ninguém no edifício viu nada. O detetive MacBride está verificando as fitas de ontem à noite, mas há meio que um ponto cego na câmera. Esperamos afunilar um pouco as coisas depois que o patologista nos der a hora mais precisa da morte.

— E o homem que ligou para avisar à polícia?

— Timothy Garner. Morava ao lado. Era sócio de Stewart há muitos anos, uma parceria comercial e, hã, pessoal.

— Pode ter sido ele?

— Não creio. Simplesmente não parece esse tipo de caso. Ele deve vir prestar depoimento mais tarde, mas acho que talvez eu vá interrogá-lo em casa. Ele vai ficar mais à vontade lá.

— Boa ideia. Isso também vai ajudar a manter a discrição. Desconfio de que o inspetor-chefe Duguid apreciaria isso. — McIntyre lhe deu uma piscada conspiratória. — Viu, Tony, é possível ser diplomático, basta se esforçar.

* * *

A mancha de sangue na parede da escadaria parecia mais clara e menos assustadora à luz do dia que entrava pelo teto de vidro acima. Um policial montava guarda do lado de fora do apartamento de Buchan Stewart. Ele parecia entediado de dar dó, mas se reanimou quando viu o inspetor subindo as escadas. A policial Kydd vinha atrás, mais uma vez servindo de motorista.

— Alguém entrou ou saiu, Don? — perguntou McLean.

— Nem uma espiada, inspetor.

— Bom. — Ele bateu na porta do apartamento de Garner. — Sr. Garner? É o inspetor McLean.

Nenhuma resposta. Ele bateu com um pouco mais de força.

— Sr. Garner? — McLean se virou de novo para o policial. — Ele não saiu, não é?

— Não, senhor. Estou aqui desde as sete e ninguém se moveu. O Phil... o policial Patterson esteve aqui antes e disse que o apartamento estava silencioso como um túmulo.

McLean bateu de novo, depois experimentou a maçaneta, que abriu para um hall escuro.

— Sr. Garner? — Um calafrio percorreu sua espinha. E se o velho tivesse morrido de infarto? Ele se virou para a policial Kydd. — Venha comigo — disse ele e entrou.

O apartamento estava silencioso, exceto pelo tique-taque de um antigo relógio no corredor. Enquanto McLean foi para a sala onde havia interrogado Garner de madrugada, a policial Kydd seguiu por um corredor estreito que devia levar à cozinha. O velho não estava na poltrona onde eles o deixaram nem em seu gabinete, em outra porta que dava para o hall. O cômodo estava bem-arrumado, a escrivaninha vazia, exceto por uma luminária de vidro verde, que estava acesa e virada para baixo, iluminando uma folha de papel.

Ele atravessou o gabinete, a cabeça acelerada. Curvando-se, leu as palavras escritas à caneta.

Eu matei minha alma gêmea, meu amor, meu amigo. Eu não pretendia, mas o destino quis assim. Eu já não podia viver com ele, mas agora descobri que não posso viver sem ele. A quem encontrar essa nota...

Um grito contido ecoou pelo apartamento silencioso. McLean saiu correndo do gabinete.

— Policial?

— Inspetor! Aqui.

Ele atravessou apressadamente o hall e seguiu pelo corredor estreito, mas sabia o que encontraria. A policial Kydd estava parada na porta do banheiro, o rosto branco, os olhos arregalados. Ele a tirou gentilmente do caminho e passou.

Timothy Garner tinha tomado seu banho. E depois cortara os pulsos com uma navalha.

22

— Isso foi rápido, Tony. Acho que você até bateu o recorde do Duguid.

Era segunda de manhã, e McIntyre havia se sentado na beirada da escrivaninha; além da cadeira que McLean já ocupava não havia outro lugar onde se sentar no gabinete. Para variar, ela parecia satisfeita; afinal, nada como um resultado rápido para elevar as estatísticas de crimes solucionados. Era uma pena que ele não conseguia compartilhar de seu entusiasmo.

— Mas não acho que tenha sido ele.

— Ele não deixou uma confissão?

— Sim, deixou um bilhete.

McLean pegou uma foto impressa em A4, tudo que tinha das últimas palavras de Timothy Garner, e a entregou a McIntyre. A perícia levara a original para "fazer testes". Ele poderia ter-lhes dito que não se dessem ao trabalho; a caligrafia comprovaria que tinha sido escrita por Garner. O papel não teria impressões digitais que não fossem do morto, mas a análise do líquido que manchara o último parágrafo podia muito bem revelar que tinham sido suas lágrimas.

— "Eu matei minha alma gêmea, meu amor, meu amigo." Que parte disso não é uma confissão? Você já disse que eles tinham brigado porque Garner achava que Stewart estava dando umas escapulidas. Foi um ataque brutal, é verdade, mas os crimes passionais geralmente são assim. Depois, ao se dar conta do que tinha feito, ele não conseguiu conviver com isso.

— Não sei. Não parece certo. E as palavras dele, tão floreadas. Ele podia simplesmente estar se culpando por não estar lá com Stewart quando o crime aconteceu.

— Ah, qual é? Ele tinha um motivo, tinha a arma.

— Tinha? A perícia não conseguiu encontrar a faca que fez aquele corte na garganta de Stewart. Disseram apenas que era afiada feito uma navalha.

— Deixe isso pra lá, Tony. OK? Você já viu as fitas das câmeras de vigilância na hora do crime. Ninguém entrou nem saiu do edifício na meia hora anterior ou posterior da hora da morte. Não houve testemunhas, e a pessoa que tinha mais probabilidade de ter cometido o crime confessou. Não esqueça mais com isso, não é necessário.

McLean se recostou na cadeira desconfortável e olhou para sua chefe. Ela tinha razão, é claro. Timothy Garner era a escolha mais óbvia de suspeito.

— E as impressões digitais? Nem todas combinaram com as de Garner.

— Isso porque estavam tão borradas que não combinariam com as de ninguém. E traços do sangue de Stewart foram encontrados na pia de Garner, onde ele lavou as mãos. As roupas também estavam respingadas. É provável que também tivessem encontrado vestígios na banheira se ele não a tivesse enchido com o próprio sangue. — McIntyre largou a cópia do bilhete suicida na mesa de McLean junto com a pasta fina de papel pardo que trouxera; o relatório do assassinato de Buchan Stewart. — Encare esse fato, Tony. Seu relatório praticamente diz que Garner matou Stewart e depois cometeu suicídio, e é isso que vai para a promotoria. Caso encerrado.

— Esse caso está sendo abafado para que Duguid não tenha que explicar ao mundo sobre seu tio gay? — Assim que acabou de falar, McLean já sabia que não deveria ter dito aquilo. McIntyre se retesou e levantou da escrivaninha, endireitando o uniforme.

— Vou fingir que não ouvi isso, inspetor-detetive. Do mesmo modo como estou ignorando o fato de que você deixou Garner em casa sozinho quando ele deveria ter vindo para as celas ou, no mínimo, ter ficado em companhia de um oficial. Agora assine esse relatório e saia daqui. Creio que você tem um funeral para ir, não é? — Ela se virou e saiu.

McLean suspirou, puxando a pasta fina. Podia sentir as orelhas ardendo por causa da repressão e sabia que perdera a boa vontade da superintendente, pelo menos pelos próximos dias. Mas ele não conseguia deixar de pensar que havia algo mais na morte de Buchan Stewart. Assim como não conseguia deixar de se culpar pelo suicídio de Timothy Garner. Ele deveria ter insistido para que alguém passasse a noite com o idoso. Droga, ele devia ter levado o homem em custódia como suspeito. Por que, exatamente, não fizera isso?

Ao olhar pela janela, percebeu que o céu claro da manhã deixava os edifícios atrás da delegacia envoltos numa sombra escura. Ele reprimiu um bocejo, se espreguiçou até que os músculos e as articulações das costas começassem a protestar. Era para ter passado o fim de semana de folga, mas em vez disso aqueles dias foram longos, além de entediantes por conta da espera pelos laudos da necropsia de Buchan Stewart e os relatórios da perícia e das impressões digitais. Tudo apontava para Garner como sendo o culpado e, mesmo assim, McLean não conseguia aceitar. Algo na boca do seu estômago se contorcia quando ele se lembrava de estar sentado com o velho, tocando sua mão para despertá-lo do transe, escutando sua história. Ele tinha 80 anos, estava frágil. Como teria tido forças para matar? E também para mutilar um homem daquele modo.

No fim, não importava. A superintendente-chefe McIntyre tinha dito para encerrar o caso. Talvez ela estivesse tentando proteger Duguid ou tivesse sofrido pressão de um ponto mais elevado na cadeia alimentar. Não importava. A menos que pudesse mostrar uma prova irrefutável de um terceiro agente envolvido no crime; no que interessava a todos, o crime estava solucionado. Um grande ponto positivo para as estatísticas anuais e, além disso, uma investigação barata. Todo mundo feliz. Exceto pelo coitado do velho Buchan Stewart, deitado numa laje fria com sua virilidade num saco plástico ao lado. Exceto por Timothy Garner, lívido e sangrando feito um animal abatido.

Exceto por ele.

Deixando essa ideia de lado, ele abriu a pasta, olhando para o relógio na parede. Nove horas, faltavam trinta minutos para que o carro fosse buscá-lo. Ele ligou o computador e começou a digitar. Se McIntyre queria uma investigação superficial, ele não iria perder muito tempo nisso.

Ele está confuso, faminto e ansioso. A dor de cabeça dificulta a concentração, impede que ele se lembre de quem é. Suas mãos estão em carne viva, esfregadas quase até os ossos de tanto serem lavadas, e ainda assim ele se sente sujo. Nada mais consegue deixá-lo limpo.

Havia um lugar onde ele costumava ir todos os dias. Lá havia água e comida. As imagens passam por sua mente, e uma permanece. Mãos sendo esfregadas com sabonete sob uma torneira de água morna. O ritual de dedos deslizando ritmicamente uns entre os outros, de palmas se esfregando, polegares massageando. Ele conhece esse lugar, e fica perto. Ele precisa ir até lá, onde consegue se limpar.

As ruas são como desfiladeiros, prédios altos se erguendo nos dois lados, bloqueando a luz, mas deixando o calor concentrado, como num forno. Os carros passam fazendo barulho, os pneus tamborilam nas pedras do calçamento. Eles o ignoram e são por ele ignorados. Ele tem um destino agora e, quando chegar lá, tudo vai ficar bem. Só é preciso lavar as mãos.

Da rua, uma escadaria conduz para cima. É como uma montanha para suas pernas exaustas, destroçadas pela dor. O que será que ele tem feito para se sentir assim? Por que não consegue se lembrar de onde esteve? Por que não consegue se lembrar de quem é?

A porta é de vidro e desliza com sua aproximação, como se ele fosse terrível demais para ser encarado. O cômodo atrás dela é iluminado e arejado, mais frio que o calor fétido lá fora. Inseguro, ele pisa no chão lustroso, olha em volta, tentando se lembrar de onde estão aquelas torneiras, aquele sabonete. Ele olha para as mãos, assustando-se subitamente com elas, com o que são capazes de fazer. Então as enfia no bolso, e sua mão direita sente uma coisa sólida e lisa, agarrando-a instintivamente.

Alguém está falando com ele, uma voz insistente que ele não entende. Ele olha em volta, o cômodo fica claro demais de repente, a luz parece apunhalar sua vista. Uma mulher está sentada atrás de uma mesa, o rosto branco, os olhos grandes. Ele acha que deveria conhecê-la. Atrás dela, homens de roupas brancas estão parados como marionetes com os fios cortados. Ele acha que deveria conhecê-los também. Então tira a mão do bolso com a intenção de acenar para eles, de mostrar a eles as mãos manchadas, de lhes garantir que a única coisa que deseja é se lavar. Mas o objeto liso e sólido vem junto, trazendo uma lembrança.

Então ele sabe o que precisa fazer.

23

O Crematório Mortonhall provavelmente não trazia lembranças alegres para muita gente. Talvez os jardineiros que cuidavam do terreno se orgulhassem de seu trabalho, e os funcionários que se moviam com tanta eficiência entre os enlutados durante as sessões de cremação de meia-hora pudessem ter uma satisfação mórbida com relação à própria competência e educação. Mas para todos os outros, era um lugar de pesar, do último adeus. McLean o visitara com uma frequência excessiva, em função do trabalho, para que esse lugar o comovesse muito. Em vez disso, ele percebia com olho clínico como havia mudado pouco ao longo dos anos.

Não houve um grande comparecimento ao velório de sua avó. Diante da idade dela e da tendência de McLean a ficar sozinho, não era de surpreender. Phil e Rachel sentavam-se com ele na frente da sala, e Jenny também viera, o que era inesperado, mas não indesejável. Bob Rabugento estava lá, o único representante da Polícia de Lothian e Borders, além de Angus Cadwallader, que chegara no último minuto e ficara lá atrás. Jonas Carstairs sentava-se impassível, com cabeça erguida, olhando para o nada enquanto um celebrante tentava dizer palavras de consolo sobre uma mulher que ele não havia conhecido. Uns poucos amigos idosos que McLean tinha reconhecido sentavam-se em grupos. O fato de tão poucas pessoas terem ido se despedir dela deveria ter incomodado o inspetor, mas ele se deu conta de que se sentia reconfortado por pelo menos alguém ter aparecido. E, é claro, podia se consolar com a ideia de que sua avó tinha vivido mais do que quase todos os amigos dela.

A cerimônia foi piedosamente rápida, e então as cortinas se fecharam em torno do caixão, sem se unirem totalmente a ponto de ocultar sua passagem pela esteira motorizada para o ato final da cremação. Ele se lembrou da primeira vez que estivera ali. Um menino de 4 anos, perplexo, observando duas caixas de madeira, apenas vagamente ciente de que seus pais estavam lá dentro e se perguntando por que não acordavam. Sua avó estava ao seu lado, segurando sua mão e tentando servir de consolo enquanto lamentava a própria perda. Com seu modo cuidadoso, lógico, ela lhe explicara toda essa coisa de morte. Ele entendia por que ela fizera isso, mas não ajudou. Quando as cortinas começaram a se fechar, ele esperava ver uma porta se abrindo para uma fornalha, ver as chamas saltarem em direção a sua nova fonte de combustível. Os pesadelos ficaram com ele por anos.

Eles saíram pelas portas da frente; um grupo grande já se reunia nos fundos, ansioso para despachar o próximo morto. Lá fora, a manhã esquentava, o sol tinha se elevado sobre as árvores altas que cercavam o local. McLean apertou as mãos de todos e agradeceu-lhes a presença, algo que não levou mais do que cinco minutos. Ele notou que Jenny Spiers ficou atrás, sem querer entrar na fila. No final, ele é que foi até ela.

— Que generosidade a sua ter vindo.

— Para ser franca eu não sabia se devia vir. Afinal, não cheguei a conhecer sua avó. — Jenny arrumou uma mecha rebelde de cabelo. Pelas suas roupas, ela parecia ter saído da loja e ido direto para lá. Um modelo meio mórbido, como cabia ao evento, mas provavelmente o tipo de coisa que a avó de McLean teria usado para ir a um funeral quando tinha uns 20 anos. Teria essa escolha sido proposital? De qualquer maneira, caía-lhe bem.

— Sempre digo que essas coisas são para os vivos, não para os mortos. Se você não tivesse vindo, a média de idade das pessoas presentes teria ficado em três dígitos.

— Não é tão mau assim. Rae está aqui, e ela só tem 26.

— Bom argumento — disse McLean. — Vai nos acompanhar numa xícara de chá e um sanduíche de atum? — Ele fez um gesto com a cabeça para o Balm Well do outro lado da rua e depois dobrou o braço para que ela lhe desse o seu. Vários idosos de ternos e vestidos escuros tentavam se esquivar do tráfego com o intuito de ir comer e beber na última recepção da falecida Esther McLean. Juntos, os dois os ajudaram a atravessar a rua e a entrar no pub.

Jonas Carstairs organizara um velório decente; uma pena que tivesse superestimado os números ao encomendar tanta coisa. McLean notou que, além disso, os velhos não tinham muito apetite. Ele só esperava que o pub conseguisse encontrar alguém a quem alimentar com as sobras. Pagar por isso não o incomodava tanto quanto a ideia de que tudo acabaria indo para o lixo. Sua avó também teria ficado horrorizada, caso ainda se importasse.

Ele deixou Jenny com a irmã e Phil e fez as honras da casa para o pequeno grupo com o máximo de boa vontade que conseguiu. A maioria deles disse as mesmas coisas sobre sua avó; uns poucos mencionaram os pais dele. Era um dever que ele precisava cumprir, mas era também um fardo e, para ser bem franco, ele preferia estar no trabalho, ajudando o detetive MacBride a dar conta de uma pilha de relatórios sobre pessoas desaparecidas, tão antigos que ninguém se dera ao trabalho de digitalizá-los. Ou tentando descobrir quem tinha morado e dado festas na Farquhar House na década de 1940.

— De modo geral, acho que as coisas correram muito bem. — McLean desviou sua atenção do último amigo de sua avó, que estava numa cadeira de rodas e cujo nome ele havia se esquecido quase no mesmo instante em que tinha sido mencionado, e se levantou para encarar Jonas Carstairs. O advogado segurava um copo grande de uísque e tomou um bom gole.

— Talvez a quantidade de gente tenha sido superestimada, não é? — questionou McLean. Uma expressão meio assustada apareceu no rosto de Carstairs. Ele olhou para trás e, por alguma razão inexplicável, McLean teve a sensação de que estava procurando por alguém em vez de estar pensando nos números. Como se tivesse esperado outra pessoa que não havia comparecido.

— É sempre difícil fazer essas estimativas. — Carstairs tomou outro gole da bebida.

— Procurando por alguém em particular?

— Às vezes me esqueço de que o menino virou um inspetor-detetive. — Carstairs sorriu sem alegria. — Havia alguém. Bem, ele podia ter vindo. Talvez não tenha ficado sabendo.

— Alguém que eu conheço?

— Ah, duvido muito. É uma pessoa que sua avó conheceu antes de se casar com seu avô. Eles eram próximos. — Carstairs balançou a cabeça. — Pelo que eu sei, talvez ele tenha morrido há muitos anos.

McLean estava para perguntar o nome desse amigo há muito perdido, mas outra coisa lhe ocorreu ao mesmo tempo.

— O senhor prestou algum serviço para o banco Farquhar?

Carstairs engasgou de leve com o uísque.

— Por que está perguntando?

— Ah, é só um caso em que estou trabalhando. Estou tentando descobrir quem morava na Farquhar House no fim da Segunda Guerra.

— Bem, isso é muito fácil. Era o velho Farquhar. Menzies Farquhar. Ele abriu o banco na virada do século. Eu conheci o filho dele, Bertie. Você deve ter ouvido falar nele.

McLean fez que não com a cabeça.

— Creio que não.

— Não lembro quanto tempo faz isso, é claro. Antes mesmo de você ter nascido. Coitado do Bertie. — Carstairs meneou a cabeça. — Ou talvez eu devesse dizer "o idiota do Bertie". Ele bateu com o carro num ponto de ônibus e matou meia dúzia de pessoas. Acho que as coisas teriam ficado piores para a família se ele não tivesse tido a decência de se matar também. No entanto, o velho Farquhar nunca mais foi o mesmo depois disso. Ele fechou a Farquhar House e se mudou para Borders. Pelo que sei, a casa ficou vazia desde então.

— Não por muito tempo. Um construtor a comprou. Vai transformá-la num prédio de apartamentos de luxo ou coisa parecida.

— É mesmo? — Carstairs fez menção de dar outro gole, mas percebeu que já tinha terminado. Ele largou o copo com cuidado numa mesa próxima, tirou um lenço branco do bolso do paletó e enxugou de leve os lábios. — Quem iria querer fazer isso? Quer dizer, aquela localização não é das mais desejáveis, é?

— Não, realmente não é.

— Sr. Carstairs?

McLean se virou com a interrupção. Um homem de terno escuro estava parado a uma distância conveniente atrás dele, com os olhos fixos no advogado.

— Não dá para esperar, Forster?

— Acredito que não. O senhor pediu para ser informado se ele entrasse em contato.

Carstairs se retesou, assumindo a expressão sobressaltada de uma corça que está sendo caçada. Ele se recuperou rapidamente, mas não o bastante para que McLean não notasse.

— Algum contratempo?

— No escritório, sim. — Carstairs apalpou o paletó como se procurasse alguma coisa, viu o copo vazio na mesa ao lado, pegou-o como que para terminar a bebida e então pareceu se dar conta do que estava fazendo. — Um cliente muito importante. Sinto muitíssimo, Tony, mas vou ter que ir.

— Não se preocupe. Agradeço que tenha vindo. Depois de todo o trabalho para organizar tudo. — McLean apertou a mão de Carstairs. — Eu gostaria muito de conversar mais. É óbvio que conhecia minha avó melhor que eu. Posso ligar para o senhor?

— É claro, Tony. A qualquer hora. Você tem o meu número. — Carstairs sorriu ao dizer essas palavras, mas enquanto o advogado saía, McLean não conseguiu deixar de lado a sensação de que ele falava da boca para fora.

24

Com o fim do funeral, havia um longo percurso até sua casa, mas McLean recusara o carro que Carstairs pusera à disposição dele. Preferia a solidão, a oportunidade de pensar ao som do ritmo de seus pés na calçada. Foi só depois de estar andando há meia hora que McLean percebeu que eles o levavam em direção à casa de sua avó, e não de volta ao apartamento de Newington. Fez menção de mudar de direção e depois parou. Ele não voltara lá desde o dia em que haviam encontrado o corpo de Barnaby Smythe.

Antes do AVC, McLean costumava ir à casa de sua avó para pedir conselhos, obter ajuda para problemas que não conseguia resolver por conta própria. Geralmente, ela abordava o assunto de modo a levá-lo a solucioná-lo por si mesmo, mas ele sempre dava valor à opinião dela. Depois de sua ida para o hospital, a casa perdera o atrativo. Ele ia lá porque era preciso. Verificar os medidores, recolher a correspondência, saber se houvera algum arrombamento. No entanto, sempre cumprira essa tarefa. Agora que sua avó virara cinzas, voltar à casa dela — dele assim que a documentação ficasse pronta e que o governo abocanhasse sua porção de impostos — parecia a coisa certa a fazer. Talvez até o ajudasse com alguns dos muitos problemas intratáveis que nem uma longa caminhada conseguia resolver.

A tarde se tornou noite, e longe do centro da cidade o ruído foi definhando até se transformar num zunido distante. Quando ele virou na rua onde ficava a casa, era quase como estar no campo. Os grandes plátanos que rachavam a calçada também abafavam o barulho da cidade e escureciam a luminosidade da noite de verão. A maioria das casas era uma massa volumosa recuada da rua com seu jardim maduro. Apenas alguns sinais ocasionais de vida, o bater de uma porta, uma voz saindo por uma janela aberta, lhe mostravam que ele não estava completamente sozinho. Por algum tempo, um gato preto acompanhou seu passo do outro lado da rua, esperando até ter certeza de que McLean o vira antes de sumir atrás de um muro alto no instante em que ele chegou ao seu destino.

O ruído familiar do cascalho sob seus pés na entrada de carros o tranquilizou. Adiante, a casa parecia morta, vazia, como um fantasma se erguendo da grama crescida, mas, assim que ele saiu da rua, sentiu o odor familiar do seu lar. McLean entrou pela porta dos fundos, foi direto para o painel do alarme e digitou o código para desativar todos os sensores. Ao ver o logotipo da Penstemmin, lembrou-se de que ainda precisava entrevistar o funcionário que instalara o alarme da velha Sra. Douglas. Outro caso que ele não estava nem próximo de solucionar.

Era cômico ver a quantidade de financeiras dispostas a oferecer empréstimos e cartões de crédito aos mortos. Ele folheou a pilha de correspondência que se acumulara na porta da frente nos poucos dias desde a última visita, separou as poucas cartas que pareciam ser importantes e destinou o resto à lixeira. O vestíbulo estava escuro com a noite que caía, mas, quando ele foi até a biblioteca, o fulgor vermelho-alaranjado do sol poente refletido nas nuvens altas pintava o aposento.

McLean passou alguns minutos tirando todos os lençóis brancos que cobriam a mobília, dobrando-os e deixando-os empilhados ao lado da porta. A escrivaninha da sua avó ficava num canto, com a tela plana do monitor e o teclado parecendo incompatíveis com a mobília antiga. Os advogados tinham cuidado dos assuntos principais, o que o deixara bem contente, mas a certa altura ele teria que verificar as pastas dela, tanto as físicas quanto as eletrônicas. Deixar tudo em ordem. Só de pensar nisso, ele ficou exausto.

Ele se serviu de uma boa dose do decantador de cristal que havia no armário-bar engenhosamente oculto atrás de um painel de livros falsos, e então percebeu que a água engarrafada tinha, pelo menos, 18 meses. Cheirou o gargalo; parecendo OK, ele pôs um pouco em seu uísque e deu um gole no líquido âmbar claro. De Islay, sem dúvida. E forte. Acrescentando mais água, ele se lembrou do apreço de sua avó por Lagavulin e cogitou se esse era um dos uísques não diluídos da Malt Whisky Society. Fazia tempo que ele não tomava nada tão refinado.

Segurando o copo, McLean se sentou numa das poltronas de couro com espaldar alto diante da lareira vazia. A biblioteca estava quente, pois aquelas janelas compridas retinham todo o sol da tarde. Esse sempre fora seu aposento favorito. Era um santuário, um refúgio de paz e silêncio, onde ele podia escapar da loucura da cidade lá fora. Com a cabeça encostada no couro macio da poltrona, McLean fechou os olhos e deixou o cansaço tomar conta de si.

* * *

Acordou numa completa escuridão. Por um instante, não sabia onde se encontrava, mas em seguida se lembrou. McLean estava prestes a acender a luminária na mesa ao lado, com as cartas e o uísque inacabado, quando se deu conta do que o acordara. Ele ouvira um barulho, um rangido levíssimo nas tábuas, mas tinha certeza de que o ouvira. Havia alguém dentro da casa.

Ele ficou imóvel, aguçando os ouvidos e tentando ignorar as batidas fortes do coração. Será que havia imaginado aquilo? A casa era velha e cheia de tábuas rangentes que se movimentavam e gemiam com a mudança de temperatura. No entanto, ele estava acostumado a esses ruídos. Este era diferente. Ele expirou e reteve a respiração, sentindo a casa em torno de si. Será que ele tinha fechado direito a porta dos fundos? Era um trinco, ele sabia, mas e se não estivesse fechado?

Uma coisa metálica tilintou na porcelana. Havia dois grandes vasos decorativos no vestíbulo. McLean quase conseguiu visualizar um intruso furtivo tocando em um deles, a mão com anéis. Agora que estava focado no som, conseguiu ouvir mais: uma respiração baixa, o roçar de roupas soltas; o toque suave de um objeto sólido sendo largado cuidadosamente numa superfície de madeira. Os ruídos eram intencionais, baixos mais por hábito que por planejamento. Quem quer que estivesse no vestíbulo, esperava que a casa estivesse vazia. Ele olhou para a porta, espiando pela lateral da poltrona. Nenhuma luz entrava pela fresta de baixo, portanto, a pessoa do outro lado se orientava pelo toque ou estava usando algum aparelho de visão noturna. Ele calculou que fosse o último caso, e isso lhe sugeriu um plano.

Havia pouca luminosidade na biblioteca. Suas paredes revestidas de livros não refletiam a luz fraca que vinha da rua, mas que era suficiente para que ele distinguisse os móveis grandes. Além disso, ele sabia onde ficavam as tábuas soltas, uma na porta e outra junto à lareira. McLean tirou os sapatos e, em máximo silêncio, deu a volta e foi até a porta. Conseguiu ouvir mais ruídos do intruso se movendo metodicamente pelo corredor. Ele aguardou com paciência, imóvel, com a respiração superficial e regular.

O intruso pareceu levar uma eternidade para chegar à biblioteca, mas por fim McLean viu a maçaneta girar. Esperou até a porta estar entreaberta. Uma cabeça, pouco distinguível por causa dos óculos especiais que usava, esgueirou-se pela fresta. Com um estalido, McLean acendeu a luz.

— Argh! Idiota!

A criatura estava mais próxima do que McLean esperava, com as mãos indo para os óculos pesados, na tentativa de arrancá-los antes que o aparato de visão noturna lhe queimasse as retinas. Sem esperar que ele se reorientasse, McLean avançou e o agarrou pela frente da camiseta, puxando-o com força ao mesmo tempo em que estendia um pé para a frente. Os dois caíram no chão com McLean por cima, lutando para dar uma chave de braço no ladrão.

— Polícia. Você está preso.

Dizer isso nunca funcionava, mas os advogados insistiam. McLean levou uma cotovelada dolorida no estômago, que lhe tirou o fôlego. O ladrão dava chutes, arqueava as costas, ainda lutando com uma das mãos para tirar os óculos de visão noturna. Ele era forte, magro sob a camiseta justa e os jeans, tudo preto, e relutava em ficar quieto. McLean pressionou o pescoço dele, pôs o joelho em suas costas, bem como havia aprendido na academia de polícia. Não lhe serviu muito com o ladrão esperneando feito um saco de enguias. Ele foi se virando até encarar McLean como um amante, flexionando os joelhos de um modo que com certeza era anatomicamente impossível.

—Ufff! — Os pés tiraram o ar dos pulmões de McLean, que, empurrado, bateu numa das poltronas, rolou e se pôs de pé em seguida enquanto o intruso saltava para a porta.

— Ah, não, você não vai fugir. — McLean se projetou para a frente, pegando o homem num movimento perfeito de rúgbi. O impulso combinado os jogou para a frente muito rápido, e ouviu-se um som terrível, o da cabeça do ladrão batendo na quina da porta aberta. Ele caiu como se tivesse sido desligado, e McLean, sem conseguir parar, aterrissou com todo o peso em cima dele, de cara na bunda do ladrão.

Ele se levantou com certa dificuldade, arfando e tossindo, agarrou os braços do intruso e torceu-os nas costas.

— Você está preso, porra — disse ele, ofegante, mas agindo de acordo com as normas. O homem estava frio, seus dispendiosos óculos de visão noturna amassados num lado da cabeça e um grande ferimento brotando no rosto.

25

Era terça-feira de manhã, e a sala de interrogatório 3 estava abafada, mal arejada. Não havia janelas, apenas uma abertura junto ao teto que devia permitir a entrada de ar fresco, mas não o fazia. Uma mesa de tampo branco posicionava-se perfeitamente no meio com algumas marcas de cigarro na fórmica. Uma cadeira de plástico fora aparafusada no chão do lado oposto da porta estreita, distante o suficiente da mesa para que seu ocupante não apoiasse os cotovelos confortavelmente. Ele tentara várias vezes e agora se recostava, com os punhos algemados no colo.

McLean ficou olhando para ele por algum tempo, sem dizer nada. Até então, o ladrão se recusara a dizer seu nome, o que era um inconveniente. O sujeito era jovem, devia ter em torno de 30 anos, e estava em boa forma. McLean tinha um belo roxo na lateral direita do corpo, resultado da luta com o ladrão no chão, mas não era nada em comparação ao estrago no rosto do outro.

A porta se abriu e Bob Rabugento entrou. Trazia uma bandeja com duas canecas de chá e um prato de biscoitos. Apoiando-a na mesa, ele passou uma caneca para McLean, pegou a outra para si e mergulhou um biscoito amanteigado no líquido leitoso e quente.

— E eu? Não ganho nada? — O sotaque do jovem ladrão era nitidamente de Glasgow, fazendo com que parecesse um pivete da periferia pobre. Mas McLean sabia que qualquer um que tivesse habilidade de abrir uma fechadura e a ideia de usar óculos de visão noturna estava um nível acima do drogado comum que arromba casas por aí.

— Deixa eu pensar... — McLean fingiu refletir por um instante, dando um gole em seu chá. — Não, não ganha. É assim que funciona. Você colabora e nós somos legais.

— Que tal um cigarro então? Estou sufocando aqui.

McLean apontou para o aviso de *proibido fumar* preso na parede. O efeito de seu gesto foi meio prejudicado pelos riscos com caneta que apagavam a palavra "proibido".

— Uma das poucas coisas boas a vir de Holyrood. É proibido fumar em qualquer lugar deste prédio. Até mesmo nas celas. E você vai passar um bom tempo lá se não colaborar.

— Vocês não podem me deixar preso aqui. Conheço meus direitos. Quero ver um advogado.

— Aprendeu isso na TV, foi? — perguntou Bob Rabugento. — Acha que sabe tudo sobre a polícia porque assiste a algum seriado tipo *The Bill*? Não haverá advogado nenhum até que a gente decida que você vai ter um. E quanto mais tempo você ficar enchendo nosso saco, mais tempo isso vai levar. — Ele pegou mais um biscoito e deu uma mordida, lançando um monte de farelos no chão.

— Certo. Vamos começar pelo que sabemos. — McLean tirou o paletó e o pendurou no encosto da cadeira. Tirou também um par de luvas de látex no bolso e vestiu-as lentamente, estalando a borracha e puxando-a nos dedos. Durante todo o tempo, o ladrão o observava com os olhos cinza arregalados.

— Você foi encontrado ontem à noite na casa da falecida Sra. Esther McLean. — O inspetor-detetive se curvou e pegou uma caixa de papelão, largando-a na mesa. Tirou de dentro uma sacola de lona pesada, envolta em plástico. — Estava com esta sacola e usando isto. — Ele tirou da caixa os óculos de visão noturna quebrados e colocou-os sobre a mesa. Eles também estavam num saco de provas transparente. — Dentro da sacola, encontramos vários itens furtados da casa — continuou ele, erguendo um conjunto de ornamentos de prata que antes estava num armário de vidro no vestíbulo. Era estranho manipular os pertences da sua avó desse jeito, mesmo que estivessem embrulhados. — Você também carregava um conjunto de ferramentas para abrir fechaduras, um estetoscópio, uma furadeira elétrica de alta potência e roupas que um homem da sua idade geralmente usa numa boate. — Ele depositou os objetos na mesa. — Ah, e essas chaves; imagino que sejam da sua casa. E também tem as chaves de um BMW, mas meu colega, o detetive MacBride, levou-as à concessionária mais próxima para verificar o código e localizar o proprietário pela base de dados.

Como se fosse uma deixa, houve uma batida na porta, que se abriu numa fresta pela qual MacBride esgueirou a cabeça.

— Tenho algo para o senhor, inspetor — disse ele, entregando-lhe um papel e outro saco de provas. McLean leu e sorriu.

— Hm, Sr. McReadie, parece que, afinal, não precisaremos da sua colaboração. — Ele olhou para o ladrão, buscando sinais de desconforto e, sem dúvida, os encontrou. —Bob, leve-o de volta para as celas lá embaixo. E diga ao sargento de plantão que nada de cigarros, OK? — Ele pegou o saco de provas com as chaves e enfiou-o no bolso. — Stuart, convoque uns dois policiais e me encontre lá na frente. Vou providenciar um mandado de busca.

Para um ladrãozinho, o Sr. Fergus McReadie tinha se dado muito bem. Seu endereço era um grande depósito convertido em prédio residencial na região das docas de Leith. Vinte anos antes, aquela área era um antro de prostituição e tráfico de drogas, mas com a realocação do Scottish Office e do Iate Real *Britannia*, Leith estava em alta. A julgar pelos carros estacionados em suas vagas, os imóveis também não eram baratos.

— Veja só como vive o outro lado, hein, inspetor? — disse MacBride quando eles pegaram o elevador para o último andar, o quinto. A porta se abriu para um corredor imaculado com apenas dois apartamentos. O de McReadie era o da esquerda.

— É, nem dá para chamar de edifício, não cheira a mijo de gato. — McLean apontou para a outra porta. — Veja se os vizinhos estão em casa. Se tivermos alguma sorte, eles podem saber um pouco sobre a outra vida do nosso ladrão.

Enquanto o policial tocava a campainha na porta da direita, McLean entrou no apartamento de McReadie. Era um espaço muito amplo, feito um hangar, com antigas vigas de madeira atravessando o teto. As portas de carregamento tinham sido transformadas em janelas inteiriças, que davam para as docas e para o rio Forth. Um canto do salão formava uma cozinha aberta e, na extremidade, uma escada em espiral levava até a estrutura do telhado e um dormitório. Abaixo dele, duas portas sugeriam um espaço mais dividido.

— OK, pessoal. Estamos procurando por qualquer coisa que possa ser um bem roubado, qualquer informação sobre o Sr. McReadie. — Ele ficou parado no meio do salão enquanto a policial Kydd e Bob Rabugento começavam a investigar o local, abrindo portas e olhando embaixo de almofadas. Uma enorme tela de plasma dominava uma parede, e abaixo dela havia prateleiras de DVDs. McLean olhou alguns dos títulos, e a maioria era de filmes de mangá japonês e kung-fu. Enfiados numa extremidade, estavam todos os filmes de *A pantera cor-de-rosa*. As embalagens estavam gastas, como se tivessem sido usadas muitas vezes. Exceto pela última, que ainda estava embrulhada com um plástico.

— Senhor?

McLean se virou e viu MacBride parado na porta aberta. Havia uma mulher atrás dele com os longos cabelos louros despenteados, como se tivesse acabado de acordar, e olhos arregalados observando os policiais dando busca no apartamento. Ele foi até ela.

— Esta é a Srta. Adamson — começou MacBride, parecendo meio atordoado. — Ela mora no apartamento em frente.

Mais de perto, McLean pôde ver que a Srta. Adamson usava apenas um roupão longo de seda e estava descalça.

— O que está acontecendo? Onde está Fergus? Algum problema com ele? — A voz dela era baixa, grave por causa do sono, e com um leve traço de sotaque americano misturado ao de Edimburgo.

— Srta. Adamson, sou o inspetor-detetive McLean. — Ele mostrou sua identificação, mas ela não parecia conseguir focá-la. — Desculpe incomodá-la, mas será que poderia responder algumas perguntas?

— Claro. Acho que sim. Eu não estou encrencada, não é?

— De modo algum. Estou interessado no que sabe sobre seu vizinho, Fergus McReadie.

— Certo. Venha até lá em casa e eu vou fazer um café.

O apartamento da Srta. Adamson era menor que o de McReadie, mas ainda bem grande. Ela deu a volta pelo balcão de aço inoxidável que separava a cozinha do restante da casa enquanto se ocupava com grãos de café e moedor. Não demorou para que o ar se enchesse de um aroma poderoso.

— Então, o que foi que Fergus aprontou, inspetor? Sempre achei que havia algo meio sinistro nele.

McLean se acomodou num dos bancos altos que havia ao longo do balcão, sentindo a inquietude do detetive MacBride atrás dele.

— Não posso falar nada até que ele seja indiciado, mas nós o pegamos em flagrante, Srta. Adamson.

— Vanessa, por favor. Só meu empresário me chama de Srta. Adamson.

— Vanessa, então. Diga, faz tempo que conhece Fergus McReadie?

— Ele já morava aqui quando me mudei, faz uns dois anos. Eu o encontrava no elevador, nós nos cumprimentávamos. Sabe como é. — Ela passou o café, serviu-o em três canecas e se virou para pegar uma caixa grande de leite desnatado da enorme geladeira atrás. McLean não pôde deixar de notar que, além de umas garrafas de champanhe, estava praticamente vazia. — Ele tentou me dar uma cantada umas duas vezes, mas não faz meu tipo. Muito nerd, e o sotaque dele me irrita demais.

— Você sabe o que ele faz da vida? — McLean aceitou o café que ela lhe ofereceu, sem entender bem o motivo pelo qual MacBride estava tão relutante em se adiantar e pegar o dele.

— Acho que ele é uma espécie de perito em segurança de computadores. Uma vez ele tentou me explicar. Acho que o erro foi meu de convidá-lo para a festa. Ele deu a impressão de que era algo glamoroso, como se passasse a vida tentando arrombar bancos e tal. Sabe, só para mostrar aos clientes onde estavam seus pontos fracos. Mas fiquei com a impressão de que na maior parte do tempo ele ficava na frente de um computador olhando para números passando na tela.

Deram uma leve batida na porta. McLean olhou para trás e viu a policial Kydd no vão. O olhar dela foi de McLean para Vanessa, e suas sobrancelhas se ergueram. Ele voltou a olhar para sua anfitriã, pensando no que poderia estar lhe escapando.

— Ah, por favor, entre, policial. Tem muito mais café aqui. — A Srta. Adamson se curvou para pegar outra xícara, e McLean desviou o olhar quando o roupão se abriu, revelando talvez mais do que deveria.

— Muita gentileza sua, senhora — disse a policial, sem sair do vão da porta. — Mas creio que o inspetor precisa ver o que encontramos.

— Nada de descanso para quem trabalha muito, não é verdade? — McLean saiu do banco. — Detetive MacBride, fique aqui e consiga o máximo de detalhes que puder sobre o nosso ladrão. Vanessa, obrigada pela ajuda. Se não se importa, volto depois para tomar o resto do café.

— Claro, inspetor. Isso deve ser a coisa mais emocionante que aconteceu comigo em todo o verão. Quem sabe vou ter que interpretar uma policial uma hora dessas. É uma ótima oportunidade para pesquisa.

Ao se virar para sair, McLean teve quase certeza de ver a policial Kydd balbuciar em silêncio, questionando "Vanessa?" para MacBride, mas a expressão dela retornou à sua aparência "não-muito-irritada" de sempre antes que ele pudesse ter certeza. Ele a seguiu, atravessou o corredor e voltou para o apartamento de McReadie. Uma das duas portas na outra extremidade estava aberta.

— Eu estou por fora de alguma coisa, policial? — perguntou McLean enquanto eles atravessavam o espaço imenso.

— O senhor não a reconheceu, inspetor? Vanessa Adamson? Ela ganhou um Bafta ano passado pelo papel numa série de época da BBC. Foi indicada ao Oscar por aquele filme com o Johnny Depp.

Ele não tinha visto nem a série, nem o filme, mas, agora que pensava a respeito, já a vira nos noticiários. McLean sentiu as pontas das orelhas queimarem. Não era de admirar que ela parecesse familiar.

— É mesmo? Eu achava que ela fosse mais alta.

Ele fugiu de seu constrangimento passando pela porta que levava a um gabinete espaçoso, iluminado por uma única janela que ia do piso ao teto. Uma escrivaninha com tampo de vidro apoiava um laptop e um telefone, nada mais. Bob Rabugento estava sentado numa cadeira de couro preto de escritório, girando-a de um lado para o outro.

— Encontrou alguma coisa, Bob?

— Acho que vai gostar disso, senhor. — Ele se levantou e esticou a mão para um livro na prateleira mais alta atrás de si. Ao puxá-lo, toda a estante deu um estalo e se moveu para a frente, deslizando lateralmente em seguida por um trilho silencioso. Atrás, havia outra estante, dessa vez de vidro, e iluminada por cima e por baixo. As prateleiras estavam cheias de uma quantidade espantosa de joias.

— Como você descobriu isso? — McLean contornou a escrivaninha para ver os objetos.

— Eu estava olhando os títulos, inspetor. Vi um que o próprio McReadie tinha escrito. Pensei em dar uma olhada, ver se era uma biografia. Só que ele não tinha escrito coisa nenhuma. Era só uma brincadeirinha pessoal.

— Bem. Nota dez pela observação. Onze pela sorte.

— Tem uma coisa ainda melhor, inspetor. Achei isso também. — Bob pegou dois jornais da cesta de papéis embaixo da escrivaninha. Números do *Scotsman* da semana anterior. Ele abriu os dois sobre a mesa. Um tinha sido deixado aberto na página dos anúncios, o outro na dos obituários. Ambos estavam com círculos em caneta. McLean reconheceu a fotografia em preto e branco granulada de sua avó, tirada há quarenta anos. Bob Rabugento abriu o sorriso raro que lhe rendera o apelido tantos anos antes.

— Acho que esse pode ser o nosso homem dos obituários, inspetor.

26

— McLean! Onde você se meteu ontem de manhã? Por que não atendia o telefone?

O inspetor-chefe Duguid vinha andando pelo corredor em sua direção com o rosto corado e os punhos cerrados. McLean teve que fazer um esforço para se lembrar do que estava fazendo, pois muita coisa tinha acontecido desde então. Logo tudo se encaixou.

— Eu estava de folga, inspetor. Estava no funeral da minha avó. Se tivesse falado com a superintendente-chefe McIntyre, ela, sem dúvida, teria dito. Ela também podia ter avisado que eu cheguei cedo para terminar o relatório sobre a morte do seu tio e o suicídio do assassino.

O rosto corado de Duguid ficou fantasmagoricamente branco de um instante para o outro. Seus olhinhos de porco se arregalaram, e as narinas se dilataram como se ele fosse um touro escarvando o chão com as patas, pronto para atacar.

— Nem sonhe em comentar isso aqui, McLean. — A voz de Duguid sibilou entre lábios comprimidos, e ele olhou em volta, nervoso, para ver se alguém tinha ouvido. Havia alguns policiais indo e vindo, mas eles tinham senso de autopreservação suficiente para evitar contato visual com o inspetor-chefe. Se escutaram algo, não demonstraram.

— O senhor queria alguma coisa? — McLean manteve a voz firme e no mesmo tom. Tudo que não precisava era de Duguid vociferando em cima dele depois do excelente início de dia.

— É claro que sim. Um lunático chamado Andrew entrou num escritório movimentado do centro da cidade e cortou a própria garganta com uma navalha. Quero que você descubra quem ele era e por que fez isso.

— Não tem mais ninguém disponível? Eu já estou sobrecarregado e...

— Você não saberia o significado de estar sobrecarregado, McLean. Pare de se queixar e faça o trabalho que é pago para fazer.

— Claro, inspetor. — McLean mordeu a língua na tentativa de não discutir. Quando Duguid estava num ataque de raiva, não adiantava. — Quem iniciou as investigações?

— Você. — Duguid olhou para o relógio. — Na próxima meia hora, se for minimamente sensato. O sargento que foi atender o chamado deixou um relatório na sua mesa. Você lembra onde fica sua mesa, não é inspetor? Em seu gabinete? — E com esse comentário sarcástico, ele saiu andando, resmungando baixinho.

Só então Bob Rabugento saiu de seu esconderijo atrás da copiadora.

— Santo Cristo. O que será que mordeu esse cara?

— Sei lá. Deve ter descoberto que o tio deixou todo o dinheiro para algum órgão protetor dos animais ou coisa parecida.

— O tio? — Então Bob não havia escutado.

— Deixe pra lá, Bob. Vamos descobrir alguma coisa sobre esse suicídio. A perícia vai levar algum tempo para analisar todas aquelas joias. Não podemos relacionar nada aos outros arrombamentos por enquanto.

— E McReadie? O senhor quer fazer uma acusação formal contra ele?

— Acho que deveria, mas você sabe que ele vai conseguir um advogado esperto para soltá-lo por fiança antes do fim do dia. Você viu o apartamento dele. O cara tem dinheiro saindo pelos ouvidos; pode comprar a liberdade e sabe disso.

— Então, vou deixar a situação como está até o último minuto. É melhor ver com o sargento de plantão quando foi que o senhor o registrou aqui.

Bob Rabugento saiu para a recepção, e McLean foi para seu gabinete. Em cima de uma pilha imensa de folhas de ponto, uma pasta fina continha uma única página impressa, relatando o aparente suicídio do Sr. Peter Andrews. Havia os nomes e endereços de uma dúzia de testemunhas, todas funcionárias da mesma empresa de administração financeira, a Hoggett Scotia. O próprio Andrews tinha trabalhado lá. Pelo jeito, ele havia entrado na recepção, dando a impressão de que dormira com as mesmas roupas por dois dias, puxado uma navalha do bolso e cortado a garganta. Isso tinha acontecido há quase 24 horas, e a polícia ainda não havia feito absolutamente nada.

McLean suspirou. Investigar o suicídio não apenas prometia ser uma tarefa infrutífera como ele também encararia hostilidade e raiva por ter levado tanto tempo para agir. Que maravilha!

Pegando o telefone, ele discou o número do necrotério. A voz melodiosa de Tracy atendeu.

— Vocês receberam um suicida ontem? De nome Andrews? — perguntou McLean depois que ela tentou seu flerte usual.

— Sim, no meio da manhã. O Dr. Cadwallader estava planejando trabalhar nele no fim da tarde. Por volta das quatro.

McLean agradeceu, disse que a veria lá e desligou. Olhou novamente para as anotações; pelo menos o endereço não ficava muito distante e daria para ir andando. Os interrogatórios antes, depois a necropsia. Com um pouco de sorte, quando ele voltasse, as joias encontradas no apartamento de McReadie já teriam retornado da perícia. Assim eles poderiam se divertir tentando identificá-las nas listas de itens roubados.

Ele pegou a pasta, ignorando a pilha de folhas de ponto que precisavam ser assinadas, e saiu à procura do detetive MacBride.

— Você tem enchido a gente de trabalho essa semana, Tony.

McLean fez uma careta para o patologista.

— Boa tarde para você também, Angus. Aliás, obrigado por ter ido ontem.

— Imagine. Sua mocinha me ensinou algumas coisas. O mínimo que eu poderia fazer era garantir que ela partisse bem. — O patologista já estava com seu avental e as longas luvas cirúrgicas. Eles entraram na sala de necropsia, onde Peter Andrews estava deitado na glória de sua palidez na mesa de aço inox. Fora a garganta aberta, ele parecia estranhamente limpo e tranquilo. Seu cabelo estava despenteado e era grisalho, mas a fisionomia parecia jovem. McLean lhe daria uns 40 anos. Era difícil saber num cadáver tão lívido.

Cadwallader iniciou os trabalhos com uma inspeção minuciosa do corpo, procurando por sinais de lesão, abuso de drogas ou enfermidade. McLean observava, escutando apenas parte dos comentários feitos em voz baixa, pensando no que poderia levar um homem a cometer suicídio de um modo tão violento. Era praticamente impossível entender os processos falhos de pensamento que faziam o suicídio parecer melhor que a vida. Ele já se deparara com o desespero, mais de uma vez, porém sempre imaginava a angústia e o temor das pessoas que encontrariam seu corpo, as cicatrizes mentais que poderia deixar. Talvez essa fosse a diferença entre o suicida e o deprimido; para se matar é necessário não se importar mais com o que os outros sentem.

Se esse fosse o caso, Andrews parecia um bom candidato, afinal. Segundo seu chefe, ele fora um executivo impiedoso. McLean não entendia muito bem as idas e vindas da administração de investimentos, mas o bastante para saber que, ao decidir retirar as ações de uma carteira, Andrews podia muito bem destruir uma empresa. Embora essa agressividade pudesse torná-lo o tipo de homem capaz de se matar, todos os outros aspectos de sua vida davam a impressão de que ele tinha tudo pelo qual valesse a pena viver. Não era casado, não tinha nenhuma namorada que o prendesse. Era rico e bem-sucedido, trabalhava em algo que parecia gostar. Na verdade, ninguém da Hoggett Scotia tinha algo ruim para falar sobre ele. McLean ainda interrogaria os pais dele, que moravam em Londres e viriam para o norte à tarde.

— Ah, que interessante. — A mudança no tom de voz de Cadwallader interrompeu os pensamentos de McLean. Olhando para cima, ele viu que o patologista começara o exame interno.

— O que é interessante?

— Isso. — Ele apontou para a reluzente confusão de entranhas. — Ele está com câncer, bem, por toda parte. Tudo indica que começou nos intestinos, mas se espalhou por todos os órgãos. Caso não tivesse se matado, teria morrido dentro de um ou dois meses. Nós sabemos quem era o médico dele? Ele devia estar num tratamento sério.

— Pacientes de quimio não costumam perder o cabelo? — perguntou McLean.

— Boa observação, inspetor. Acho que é por isso que você é um detetive e eu apenas um patologista. — Cadwallader se inclinou para perto da cabeça do morto, pinçou alguns fios de cabelo e colocou-os num prato metálico que sua assistente segurava. — Faça uma análise espectrográfica nisso, Tracy. Estou inclinado a apostar que ele não usava nenhuma medicação mais forte que ibuprofeno. — Ele se virou de novo para McLean. — A quimio deixa outras mudanças mais sutis no corpo, Tony, e este homem não tem nenhuma.

— Será que ele recusou o tratamento?

— Não vejo o que mais poderia ter sido. Ele devia saber o que estava acontecendo. Caso contrário, por que se matar?

— De fato, Angus. Por quê?

27

Duguid não estava no campo de visão de McLean quando este retornou à delegacia. O inspetor-detetive fez uma prece silenciosa em agradecimento e correu para a pequena central de operações lá embaixo. O calor saía fervendo pela porta aberta devido ao efeito combinado do sol vespertino na janela e do aquecedor gorgolejando com o termostato emperrado no máximo. O detetive MacBride e Bob Rabugento tinham tirado seus paletós e suas gravatas. O suor brilhava na testa de MacBride enquanto ele digitava em seu laptop.

— Stuart, uma hora dessas me lembre de perguntar como conseguiu essa máquina.

MacBride desviou os olhos da tela.

— Mike Simpson é meu primo — disse ele. — Eu perguntei se ele tinha alguma coisa sobrando por lá.

— Como? Nerd Simpson? O cara da TI forense?

— O próprio. E ele não é tão nerd assim, inspetor. Só parece.

— É, e quando ele fala eu entendo cada palavra, mas de alguma forma o significado de todas elas juntas numa frase me escapa completamente. Quer dizer que ele é seu primo, hein? — Isso podia ser útil. Já fora útil, a julgar pelo estado do laptop que MacBride estava usando, que até parecia novo. — Você pediu que ele desse uma olhada no computador de McReadie?

— Ele está trabalhando nisso agora. Acho que nunca o vi tão empolgado. Pelo jeito, McReadie é uma espécie de deus da comunidade hacker aqui de Edimburgo. Usa o apelido Clouseau.

McLean se lembrou dos DVDs de *A pantera cor-de-rosa* na coleção do ladrão. Todos muito manuseados, exceto o último.

— Fico surpreso que ele tenha escolhido esse nome. Seria de se pensar que ele se identificaria mais com o personagem de David Niven.

A expressão de MacBride descrevia com eloquência sua total falta de compreensão.

— A *pantera cor-de-rosa*, policial — explicou McLean. — David Niven fez o papel de Sir Charles Lytton. Um cavalheiro ladrão.

— Ah, tá. Eu achava que fosse um personagem de desenho animado.

McLean balançou a cabeça e se virou, os olhos batendo nas fotografias da garota morta ainda fixadas na parede atrás de Bob.

— Isso me fez lembrar de uma coisa. Você chegou a alguma conclusão sobre aquele pedreiro desaparecido?

MacBride bateu em mais umas teclas antes de responder.

— Desculpe, inspetor. Falei com o pessoal da Desaparecidos, mas os registros do computador só vão até a década de 1960. Para qualquer coisa mais antiga, preciso ir até os arquivos. Pretendia fazer isso hoje à tarde.

— Pedreiro? — perguntou Bob.

— Ideia de Stuart, na verdade. — McLean gesticulou com a cabeça para MacBride, que ficou com o rosto e as orelhas vermelhos. — Nossos assassinos eram homens cultos, não saberiam como erguer uma parede de tijolos e nem fazer gesso. Mas alguém precisou fazer isso para cobrir aqueles nichos e vedar o cômodo. Devem ter precisado de um pedreiro para isso.

— Mas nenhum pedreiro daria cobertura àquilo — disse Bob. — Quer dizer, ele deve ter visto o corpo. E os recipientes de vidro também. Eu teria me recusado. Teria feito o maior escândalo.

— Ah, mas você não é um operário nascido no início do século XX, Bob. Sighthill era pouco mais que uma aldeia naquela época, o povo se submetia ao proprietário de terras local como se fosse o rei deles. E talvez nossos assassinos tenham ameaçado a família dele. Essas pessoas não eram exatamente escrupulosas.

— O proprietário?

— O solar pertencia a Menzies Farquhar, que fundou o banco Farquhar.

— Então o senhor acha que foi ele? Que ele pressionou algum pedreiro local para lacrar a sala e, depois que o sujeito terminou, se livrou dele? — Bob Rabugento parecia cético, para dizer o mínimo, e, enquanto esboçava a teoria, McLean não pôde culpar o velho amigo. O que parecera óbvio na atmosfera perturbadora da cena do crime soou como absurdo no calor da minúscula central de operações. Era menos convincente que uma desculpa inventada por um colegial, mas era tudo que tinham.

— Não Menzies Farquhar, mas pode ter sido o filho dele, Albert. — McLean relembrou a breve conversa que tivera com Jonas Carstairs no velório. Poderia ser tão fácil? Não. Nunca era. — Mas por enquanto é tudo muito circunstancial. Nós realmente não sabemos nada sobre a família e sabemos menos ainda sobre alguém que possa ter trabalhado para ela mais ou menos na época da guerra. É improvável que alguém ainda esteja vivo. Com certeza não restou nenhum Farquhar para prendermos, se é que foram eles. De qualquer forma, eu gostaria de, pelo menos, pôr um nome na nossa vítima, e nossa melhor aposta no momento é um pedreiro desaparecido. — Ele se virou de novo para MacBride. — Stuart, quero que você vasculhe tudo o que puder sobre Menzies e Albert Farquhar. Depois que tiver feito isso, pode ir ajudar Bob nos arquivos.

— Ah, é? E o que eu vou fazer lá? — O velho sargento foi claramente evasivo, como se já não soubesse.

— Vai pesquisar todas as investigações não solucionadas de pessoas desaparecidas em busca de um pedreiro que morava na área de Sighthill. De 1945 a 1950 deve ser suficiente. Se não encontrarmos nada, ampliamos o período.

— Desde 1945? O senhor deve estar brincando. — Bob Rabugento parecia apavorado.

— Você sabe que eles guardam registros ainda mais antigos, Bob.

— Sei, no porão, em caixas enormes e empoeiradas.

— Bem, então leve um policial para ajudá-lo — sugeriu McLean no mesmo instante em que a policial Kydd bateu na porta aberta. — Está vendo, nem vai precisar procurar por um.

— Inspetor? — O olhar da policial vagou de Bob Rabugento para McLean e voltou para Bob, franzindo o cenho de preocupação.

— Esqueça — disse McLean. — Em que posso ajudá-la?

Ela entrou na sala, puxando um carrinho cheio de caixas de papelão.

— É sobre os itens confiscados no apartamento de McReadie, inspetor. A perícia já analisou tudo. Pelo jeito são mais puros que a alma do detetive Porter, seja lá o que isso signifique.

— Ele é testemunha de Jeová, policial. Ainda não tentou convertê-la?

— Humm, não senhor. Acho que não. E também tenho um recado da recepção. Eles tentaram ligar para a sua sala, mas ninguém atendeu e o seu celular está caindo direto na caixa postal.

McLean pegou o celular. Tinha certeza de que o deixara carregando durante a noite. A tela estava apagada agora, e apertar o botão para ligá-lo não mudou nada.

— A droga da bateria descarregou de novo. Por que eles não ligaram direto para cá? Não, esqueça. — Ele olhou para o telefone solitário na mesa ao lado do laptop. Até podia funcionar, mas ele nunca tinha visto ninguém usá-lo. — Qual é o recado?

— Tem um Sr. Donald Andrews querendo ver o senhor. Algo sobre identificar o filho.

— Ah, droga. — McLean jogou seu celular para MacBride. — Pode nos emprestar o seu aparelho via satélite, detetive? Preciso voltar ao necrotério.

Donald Andrews não se parecia muito com o filho. A face angulosa e um nariz pontudo afinavam suas feições como se ele tivesse passado tempo demais numa ventania. Ele usava o cabelo bem curto, um pouco grisalho nas têmporas. Tinha olhos azuis brilhantes e penetrantes e falava com um sotaque dos arredores de Londres. McLean recrutou um carro com motorista para levá-los ao necrotério. Deixou o policial aguardando no carro, na esperança de que não levassem muito tempo.

Tracy preparara o corpo para o reconhecimento. Estava totalmente coberto em cima de uma mesa dentro da salinha, ao lado da sala de exames. Quando chegaram, ela os conduziu até lá e puxou com cuidado a mortalha, mostrando a cabeça do morto mas ocultando o corte na garganta. Donald Andrews ficou parado em silêncio por vários minutos, olhando para o rosto lívido, e depois se virou lentamente para McLean.

— O que é isso? — perguntou ele. — O que aconteceu com o meu filho?

— Sinto muito, senhor. Este é o seu filho, Peter Andrews, não é? — McLean sentiu um súbito aperto no estômago.

— Eu... sim... Quer dizer, acho que é. Mas posso ver o resto do corpo, por favor. — Não era uma pergunta.

— Não sei se o senhor vai querer ver. Ele...

— Eu sou cirurgião, caramba! Sei muito bem o que fizeram com ele.

— Desculpe. Eu não me dei conta disso. — McLean assentiu para Tracy, que puxou o resto da mortalha. É bem provável que tivesse sido ela a costurar o corpo depois do término da necropsia feita pelo Dr. Cadwallader. McLean ficou impressionado com sua habilidade e eficiência, mas não havia como ocultar o fato de que Peter Andrews tinha sido cruelmente retalhado. Enquanto a maioria dos pais teria ficado apavorado, Donald Andrews puxou um par de óculos e se inclinou para inspecionar o filho mais de perto.

— É ele — declarou após alguns minutos. — Ele tem uma marca de nascença e duas cicatrizes. Isso eu reconheceria em qualquer circunstância. Só não entendo o que aconteceu com ele. Como ele ficou assim?

— Como assim? É assim que ele estava ao morrer. — McLean engoliu em seco. — O senhor foi informado de como ele morreu, não foi?

— Sim, e acho difícil de acreditar. Peter tinha seus defeitos, mas depressão não era um deles.

— O senhor sabia que ele estava com câncer terminal?

— Como? Mas é impossível!

— Quando foi a última vez que o senhor viu seu filho?

— Em abril. Ele foi para Londres, para a maratona. Ele corria todos os anos, levantava fundos para o hospital infantil.

McLean olhou para o corpo nu retalhado deitado na mesa. Ele sabia que todo tipo de pessoa entrava em maratonas; alguns levavam dias caminhando ao longo do percurso em vez de correr. Peter Andrews dava a impressão de que teria precisado pegar um táxi no meio do caminho. Suas pernas estavam fracas, a coluna, torta. A sutura dificultava a análise de seu estado antes da necropsia, mas McLean se lembrava de uma pequena pança.

— Ele devia dar muita importância a esse hospital para fazer tal esforço. Ele levantou muito dinheiro?

— Não era pelo dinheiro, inspetor. Ele fazia isso pela corrida. Hoje em dia é preciso ter o apoio de uma instituição de caridade para conseguir um lugar na maratona de Londres.

— Desculpe, o senhor está dizendo que seu filho era um corredor assíduo?

— Desde que tinha uns 15 anos. Ele quase se profissionalizou. — Donald Andrews estendeu a mão e afagou o cabelo do filho morto. Lágrimas brilharam em seus olhos acusatórios. — Ele terminou a última corrida em duas horas e meia.

28

O toque pouco familiar do aparelho via satélite em seu bolso o distraiu quando ele voltava a pé para a delegacia.

— McLean — atendeu ele, depois de se lembrar de como usar o aparelho. Era mais volumoso e mais complicado que um celular, mas a bateria não tinha descarregado. Ainda não, pelo menos.

— Ah, alô, inspetor. Eu estava pensando se conseguiria falar com você por telefone. — McLean reconheceu a voz do advogado de sua avó.

— Sr. Carstairs, eu ia telefonar para o senhor. Sobre Albert Farquhar.

Uma pausa, como se o advogado tivesse sido pego de surpresa.

— É claro. Na verdade, estou ligando por outro motivo. Estou com todos os documentos da sua avó em ordem; só preciso que você assine alguns formulários e depois poderemos dar início ao tedioso processo de transferência de contratos e propriedades e assim por diante.

McLean olhou para o relógio. A tarde estava passando rápido, e havia uma montanha de papéis em sua mesa antes que ele conseguisse chegar à interessante tarefa de selecionar os troféus de McReadie.

— No momento estou muito ocupado, Sr. Carstairs.

— Tenho certeza disso, Tony, mas até inspetores-detetives precisam comer em algum momento. Será que estaria interessado num jantar? Digamos, às oito horas? Assim você poderá assinar os papéis e destrinchamos o resto. Esther também me incumbiu de lhe entregar várias mensagens pessoais depois que ela morresse. Não me pareceu muito adequado fazer isso no funeral. E posso contar tudo sobre Bertie Farquhar se quiser, embora seja um assunto desagradável.

Provavelmente aquela seria a melhor oferta do dia e evitaria uma quentinha a caminho de casa perto da meia-noite; pelo visto, tudo estava se encaminhando para isso. E se ele pudesse descobrir um pouco mais sobre Farquhar, bem, isso era quase como trabalho.

— Muito gentil da sua parte, Jonas.

— Às oito, então?

— Combinado.

Carstairs o relembrou de seu endereço e desligou no instante em que McLean chegava à delegacia. Ainda segurava o aparelho na tentativa de descobrir como desligá-lo. Ele abriu a porta.

— Ora, milagres nunca deixam de acontecer — disse o sargento da recepção. — Um inspetor-detetive com um aparelho via satélite.

— Não é meu, Pete, peguei emprestado de um policial. — McLean sacudiu o aparelho, apertou os botões, mas nada adiantou. — Como é que se desliga essa droga?

Lá embaixo o caos imperava na pequena central de operações. As caixas que a policial Kydd levara em seu carrinho estavam empilhadas por todo canto, algumas abertas, outras ainda lacradas. No meio do turbilhão, MacBride estava ajoelhado com um maço de papéis, folheando-os esperançoso.

— Está se divertindo, Stuart? — McLean olhou para o relógio. — Na verdade, você já não devia ter ido para casa?

— Pensei em adiantar a identificação dessas peças, inspetor. — MacBride ergueu um saco plástico transparente, que continha um ovo de ouro com pedras preciosas de rara vulgaridade.

— Bem, tenho que fazer uma horinha aqui. Me passe uma dessas folhas e te dou uma força. Já teve algum sucesso?

MacBride apontou para uma pequena pilha de itens em cima da mesa.

— Esses constam na lista da Sra. Douglas. E, segundo o inventário, estavam na prateleira de baixo, bem à direita, um ao lado do outro. Estou trabalhando na hipótese de que McReadie fazia as coisas metodicamente. Afinal, ele é um especialista em informática.

— Parece uma boa estratégia. — McLean comparou as etiquetas das caixas com sua lista. — Então, essa deve ser a prateleira de cima, da direita para a esquerda; seu primeiro roubo. Major Ronald Duchesne.

Ele abriu a caixa e tentou identificar os sacos plásticos ali dentro com os itens relatados como roubados. Era improvável que estivessem todos ali; McReadie devia ter vendido as peças que não lhe interessavam, e as vítimas de roubo geralmente acrescentavam coisas à lista dos bens roubados. Mas a caixa não continha nenhum item da lista, nem de longe. Depois de ter tirado todos os objetos e colocado-os no chão à sua volta, McLean estava prestes a recolocá-los na caixa e passar para a próxima quando notou mais um saco lá dentro. Pegou-o e ergueu-o na direção da luz.

Um calafrio percorreu sua espinha.

As imagens ampliadas dos seis itens encontrados nos nichos com os órgãos conservados da garota morta estavam presas nas paredes. Nesse instante, ele se concentrou na foto de uma única abotoadura de ouro entalhada e incrustada com um rubi grande. No fundo do saco plástico de provas estava sua gêmea idêntica.

29

Ela não consegue entender o que há de errado consigo mesma. Tudo começou... quando? Ela não consegue lembrar. Houve uma gritaria, pessoas correndo. Ela tinha ficado assustada, até meio enjoada. Mas então um vazio recaiu sobre tudo, até sobre sua mente.

Vozes sussurravam nos seus ouvidos, repreendendo-a e consolando-a, impulsionando-a a seguir em frente. De algum modo, ela andou muitos quilômetros, mas não se lembra da distância. Apenas uma dor nas pernas, nas costas, na boca do estômago. Está com fome, com muita fome.

Ela sente o cheiro, e isso a puxa como se fosse uma corda. Ela se sente impotente para resistir ao chamado, mesmo que em vez dos pés sinta cicatrizes ensanguentadas nas pernas. Há pessoas passando, cuidando de seus afazeres. Ela sente vergonha de ser vista, mas de qualquer modo a ignoram, desviando à medida que ela segue cambaleante. Apenas outra bêbada idiota.

Ela fica com raiva por suporem essa fraqueza nela. Tem vontade de bater nelas, de machucá-las, de lhes mostrar o quanto suas mentes são pequenas. Mas as vozes a acalmam, detêm sua raiva e a armazenam para mais tarde. Ela não se pergunta o que "mais tarde" significa, apenas caminha em direção ao cheiro.

É como um sonho. Ela salta de uma imagem imóvel para a próxima, sem qualquer transição tediosa entre elas. Está numa rua movimentada; está numa travessa tranquila; está parada diante de uma casa grande recuada da rua; está lá dentro.

Ele a vê ali, parada, e vai até ela. É velho, mas tem um andar jovial ao vir em sua direção. Em seguida, os olhos dele encontram os seus e algo morre nela. Há uma arrogância na postura dele que desperta sua raiva mais uma vez. As vozes sussurrantes viram um tumulto, uma fúria incontrolável. Lembranças ocultas por toda uma vida brotam como flores negras, fedorentas e pútridas. Velhos suando e arremetendo, a dor envolvendo-a. Faça isso parar. Deus, por favor, faça isso parar. Mas nunca para. Continua, noite após noite. Eles faziam coisas com ela. Ele fazia coisas com ela, agora ela tem certeza, mesmo que tenha se esquecido de tudo o que sempre foi.

    Agora ela segura uma coisa fria, sólida e afiada. Não faz ideia de como chegou lá, de onde está, de quem é. Mas sabe por que foi até ali e o que deve fazer.

30

— Onde está McReadie? Em que cela? — McLean irrompeu no gabinete do sargento de plantão como uma explosão. O sargento tirou os olhos da caneca de chá para ver que barulheira era aquela, e todos os funcionários da administração que também estavam no plantão noturno se viraram.

— McReadie? Ele foi embora faz umas duas horas.

— O quê?

— Sinto muito, inspetor, nós retardamos o máximo possível, mas tínhamos que acabar indiciando-o por roubo. Assim que fizemos isso, o advogado dele chegou aqui feito um raio. Não havia motivo para negar a fiança.

— Droga. Preciso falar com ele.

— Não dá para esperar até amanhã, inspetor? Se o senhor sair correndo atrás dele, ele pode alegar importunação. Não quer que ele se safe por um detalhe técnico, quer?

McLean tentou se acalmar. Isso podia esperar. A garota não ia ficar mais morta do que já estava.

— Tem razão, Bill — disse ele. — Desculpe ter entrado desse jeito.

— Tudo bem, inspetor. Mas já que está aqui, será que daria para fazer alguma coisa com aquela pilha de folhas de ponto em sua mesa? É que o fim do mês está chegando e precisamos desses dados para fechar a folha de pagamento.

— Vou cuidar disso — prometeu ele, saindo da sala de plantão. Mas em vez de ir para seu gabinete, voltou para a central de operações segurando o saco de provas. MacBride ainda estava lá, examinando outra pilha de caixas.

— Já encontrou?

— Está aqui em algum lugar, inspetor. Ah, achei. — O policial se endireitou, segurando outro saco de provas que também continha uma abotoadura ornamentada e com pedra preciosa. Ele a passou para McLean, que segurou as duas lado a lado. Não havia dúvida de que eram um par, embora a que tinha sido encontrada no nicho do porão estivesse mais limpa e menos arranhada, como se a pessoa que a deixara lá tivesse continuado a usar a outra. Até que acabou na coleção do Sr. Fergus McReadie.

Ele deu uma olhada no relógio. Faltavam quinze minutos para as oito. Nenhum deles dois devia estar na delegacia agora. Era frustrante estar tão perto e ainda assim ter que esperar. Contudo, o sargento de plantão estava certo; ele não podia procurar McReadie logo depois de ele ter sido solto sem que isso parecesse importunação. Não depois de ter levado tanto tempo para indiciar o sujeito. Seria preciso esperar até de manhã.

— Como vai seu primo Mike com o computador? — perguntou McLean.

— A última coisa que eu soube é que ele esperava decifrá-lo até amanhã.

— OK, vá para casa, Stuart. A gente termina isso amanhã. Nem sei o que você está fazendo aqui até tão tarde.

O policial corou sob o esfregão de cabelos louros e murmurou alguma coisa sobre estar esperando que alguém terminasse o turno às nove.

— Bem, então, como um agrado especial, você vai poder fazer um trabalho de supervisão para variar.

— Sério? — A fisionomia de MacBride se iluminou como se o Natal tivesse se antecipado.

— Sim. Suba para o meu gabinete e preencha as folhas de ponto. Eu assino amanhã quando chegar. — McLean não esperou para ouvir o agradecimento do policial.

Era uma curta caminhada a partir da delegacia, passando por Inverleith e pela área de Colonies. O sol havia se posto por trás dos edifícios e da névoa formada pela poluição em algum ponto a noroeste, mas ainda estava claro. A escuridão mesmo só chegaria dali a umas duas horas, pelo menos nessa época do ano. Eles pagariam por isso no inverno, é claro.

Ao longo do Water of Leith, os prédios geminados estilo georgiano davam lugar a grandes casas conforme ele se aproximava do Jardim Botânico. O endereço que Carstairs lhe dera ficava num prédio imponente de três andares numa rua estreita, bloqueada numa das extremidades para impedir que se tornasse um desvio para o tráfego. Era agradavelmente silenciosa e limpa, afastada da avenida principal, e lembrou-o da rua onde ficava a casa de sua avó, no outro lado da cidade. Edimburgo é cheia desses bolsões de requinte, ocultos silenciosamente entre bairros menos salutares.

Ao andar em direção à casa, McLean viu de relance uma moça, embriagada antes mesmo que a noite tivesse começado, cambaleando pela calçada a uma boa distância dele. Com o Festival Fringe a pleno vapor, não era tão estranho ver gente daquele jeito a qualquer hora, então ele não deu importância a ela. Um caminhão pesado que passou roncando pela rua transversal chamou sua atenção momentaneamente e, quando ele olhou de volta, ela tinha sumido. Tirando a imagem da cabeça, ele subiu os poucos degraus de pedra que levavam à entrada da casa de Carstairs e ergueu a mão para tocar a campainha.

A porta já estava aberta.

A distância, um relógio bateu as horas. McLean entrou, calculando que Carstairs o esperava. Podia até ter deixado a porta aberta de propósito. No pequeno vestíbulo havia um suporte para guarda-chuvas com três deles e duas bengalas. Uma fileira de sobretudos estava pendurada em ganchos ornamentados de ferro fundido. Outra porta, também aberta, levava à sala principal.

— Sr. Carstairs? — McLean elevou o tom de voz a um volume imediatamente inferior ao de um grito. Ele não fazia ideia de onde seu anfitrião estaria numa casa tão grande. Foi recebido pelo silêncio ao pisar no chão de quadrados pretos e brancos. Estava mais escuro ali, com a luz entrando pelas janelas altas do fundo e indo apenas até o meio da escadaria, por causa de uma árvore lá fora.

— Sr. Carstairs? Jonas? — Ele olhou em volta, notando os painéis de madeira escura, a lareira, vazia agora, mas sem dúvida bem-vinda pelos convidados no inverno. Grandes pinturas a óleo de cavalheiros sisudos se alinhavam nas paredes; um lustre ornamentado pendia do teto alto. Havia um cheiro estranho.

Era um cheiro que ele sentira recentemente, e enquanto abria caminho em sua memória, McLean se flagrou olhando para o piso xadrez. Uma trilha escura serpenteava o caminho que ia da entrada até uma porta entreaberta à esquerda da sala principal. Ele a seguiu, tomando cuidado para não pisar em cima.

— Jonas? Você está aqui? — McLean disse essas palavras, mas já sabia a resposta. Ele cutucou a porta com o pé e ela se abriu facilmente, apoiada nas dobradiças silenciosas, bem lubrificadas, liberando um cheiro forte de ferro quente e fezes. Foi preciso pegar um lenço e tapar o nariz e a boca para impedir a ânsia de vômito.

O cômodo era um pequeno gabinete, forrado de livros e com uma escrivaninha antiga arrumada no centro. Sentado atrás dela, com a cabeça voltada para o teto, estava Jonas Carstairs, com a metade inferior agradecidamente sombreada pela escrivaninha. A parte superior do corpo estava nua e grotescamente ensanguentada.

31

Quando a primeira viatura chegou cinco minutos depois, McLean estava sentado nos degraus de fora da casa, respirando o ar fresco da cidade e tentando não pensar no que tinha visto. Deixou os dois policiais tomando conta da área, ciente de que a porta dos fundos estava trancada, e continuou a esperar pela chegada do médico-legista. Enquanto isso, o furgão da perícia chegou ruidosamente na rua, e meia dúzia de homens desembarcou. Ele se surpreendeu com o prazer que teve ao ver o rosto sorridente de Emma Baird, com a câmera digital já fora do estojo e pendurada no pescoço. Então, ele se lembrou de que ela iria tirar fotos.

— O senhor tem outro cadáver para nós, inspetor? Isso está se tornando um hábito, não é?

McLean respondeu com uma risada pouco convincente, observando os peritos vestirem seus macacões brancos de papel e pegarem suas pastas na parte de trás do furgão.

— Em que você tocou? — perguntou-lhe o perito mais antigo, passando-lhe um macacão.

— Na porta de entrada, na porta interna e na dos fundos. Tive que usar o telefone também. Para chamar a polícia.

— Inspetores não recebem celulares?

— A bateria descarregou. — McLean tirou o celular do bolso, acenou para o perito e guardou-o de volta. Depois começou a vestir o macacão. Enquanto se aprontavam, um velho Golf chegou chacoalhando, estacionou no meio da rua e vomitou um homem enorme num terno que mal lhe servia. Ele pegou uma maleta médica no assento do passageiro e saiu andando feito um pato. O Dr. Buckley era um camarada amável, contanto que não fizessem perguntas idiotas para ele.

— E aí, onde está o corpo?

— O senhor vai ter que pôr o macacão, doutor — observou McLean, sabendo que isso lhe renderia um cenho franzido, e não se decepcionou. Houve uma correria para encontrar um macacão que servisse, mas finalmente eles conseguiram entrar na casa. Ele os conduziu diretamente ao gabinete. Como se fosse possível, o cheiro tinha piorado. Moscas preguiçosas zumbiam em volta do corpo.

— Ele está morto — declarou o Dr. Buckley, sem sequer entrar no aposento, e se virou para ir embora.

— Só isso? O senhor nem vai examiná-lo? — perguntou McLean.

— Não é minha função, e o senhor sabe disso, inspetor. Posso ver daqui que ele teve a garganta cortada. A morte deve ter sido instantânea. O Dr. Cadwallader poderá lhe dar mais detalhes quando chegar. Boa noite.

McLean ficou olhando o homem gordo sair da casa e se virou para a equipe de peritos.

— Tudo bem, creio que vocês podem começar pelo gabinete, mas não toquem no corpo até o patologista chegar.

Eles entraram como um pequeno, mas eficiente grupo de formigas. O flash da máquina fotográfica de Emma disparou bem quando McLean finalmente entrou. A primeira coisa que ele observou foi a pilha de roupas, caprichosamente dobrada sobre o assento de uma poltrona de couro no canto. Camisa, paletó, gravata. Ele olhou de novo para o corpo e notou que estava despido da cintura para cima. Indo para trás da escrivaninha, fez uma careta ao ver as entranhas derramadas no colo do advogado, caindo no piso brilhoso de tábuas corridas. A cadeira estava um pouco recuada da escrivaninha, e ele estava sentado ereto, quase como se estivesse posando, com as mãos caídas nos lados. O sangue escorrera pelos braços nus e pingava da ponta dos dedos, formando duas poças abaixo. Uma faca de cozinha japonesa de lâmina curta estava sobre a escrivaninha diante dele, suja de sangue.

— Santo Cristo, Tony. O que aconteceu aqui?

McLean se virou e viu Angus Cadwallader parado na porta, já vestindo um macacão de papel e com Tracy atrás dele, parecendo nervosa.

— Isso lhe parece familiar, Angus? — McLean deu um passo para o lado, deixando que o patologista visse melhor.

— Superficialmente sim. É obvio que é uma cópia dos homicídios de Smythe e Stewart. — Cadwallader se curvou perto do corpo, tocando o corte na garganta de Carstairs com os dedos enluvados. — Mas não dá para dizer o que aconteceu primeiro aqui, o corte na garganta ou a evisceração. Também não consigo ver se há algo faltando. Ah, o que é isso? — Ele se endireitou, forçando a abertura da boca do cadáver. — Um saco, por favor,

Tracy, e o fórceps. — Cadwallader pegou o instrumento e começou a pescar. — Não seria de se pensar que caberia todo aqui. Ah, não, foi cortado ao meio. Isso explica.

— Explica o quê, Angus? — McLean reprimiu um arroto. Minha nossa, como seria constrangedor vomitar. Afinal, ele não era nenhum policial iniciante que via seu primeiro cadáver. O problema é que tinha vindo até aqui para jantar com Carstairs.

— Isso, inspetor, é o que nós, médicos, chamamos de fígado. — Cadwallader ergueu uma tira comprida, viscosa, marrom-arroxeada de tecido pendurada em seu fórceps, e depois a soltou no saco que a aguardava. — Seu assassino cortou uma tira dele e a enfiou na boca da vítima. Não posso afirmar que seja dele, mas não imagino outro motivo para retalhá-lo desse jeito. — Ele apontou para a confusão que antes tinha sido o abdome e o peito de Carstairs. — Vamos levá-lo para o necrotério. Vamos ver os segredos que ele tem para nos revelar.

32

— Sinto muito, Tony, mas vou ter que passar a investigação para o inspetor-chefe Duguid.

McLean estava parado diante da mesa da superintendente-chefe McIntyre, sem prestar muita atenção nela, mas também não totalmente relaxado. Ela o chamara no momento em que ele chegara à delegacia naquela manhã, bem cedo, após uma noite de sono agitado e de pesadelos horríveis. Ele cerrou os dentes, reprimindo a réplica que teve vontade de fazer, querendo se acalmar. Perder a paciência com sua chefe nunca iria ajudá-lo.

— Por quê? — perguntou ele enfim.

— Porque você é muito próximo de Carstairs.

— Como? Eu mal conhecia o homem.

— Ele era o testamenteiro da sua avó. Pelo que entendo, você é o único beneficiário dela. Ele foi ao funeral. Você foi lá para jantar com ele. Em resumo, ele era um amigo da família. Não posso deixar que isso ponha em risco uma investigação muito importante. Você faz ideia do que Carstairs fez por esta cidade enquanto estava vivo?

— Eu... Não.

— Bem, muita gente importante está me ligando desde as cinco da manhã para me contar. O chefe de polícia jogava golfe com ele; o primeiro-ministro o convidava para pescar nas férias; ele foi consultado durante a redação da Constituição do novo Parlamento.

— Por que Duguid? O inspetor-chefe Powell não pode pegar o caso? Ou algum dos outros inspetores?

— Charlie é um detetive altamente experiente, Tony. E impressionou todo mundo ao lidar com o caso Smythe.

Exceto a mim, pensou McLean.

— Mas ele simplifica demais as coisas.

— E você as complica desnecessariamente. É uma pena que vocês não possam trabalhar juntos. Neutralizariam um ao outro.

— Então é isso. Não vou ter nada a ver com o caso?

— Não exatamente. Quero que você colabore com o que puder, mas não vai conduzir isso. Além do mais, há um lado mais premente da investigação com que você pode trabalhar. Você esteve na cena do crime de Smythe e foi o primeiro a ver Carstairs após o homicídio. Quais você acha que são as chances de que as semelhanças sejam simples coincidência?

— Mas sabemos que o assassino de Smythe morreu. Ele se matou menos de 24 horas depois.

— Exatamente. E não liberamos os detalhes do homicídio para a imprensa. A reportagem só disse que ele foi brutalmente atacado. O que significa que quem matou Carstairs teve acesso aos relatórios detalhados da cena do crime. É um vazamento que não posso tolerar. Descubra-o, Tony, e interrompa-o.

— Humm. Isso não é serviço para pessoal especializado?

McIntyre esfregou a têmpora com a mão cansada.

— Você realmente quer que eles vejam tudo que você, Duguid e todo mundo do Departamento de Investigações andaram fazendo nos últimos não sei quantos meses? Podemos chegar a isso, Tony, mas por enquanto quero alguém em quem eu possa confiar para começar a investigação.

Ela observa o sol nascente com reverência, um grande círculo vermelho repleto de energia no horizonte a leste que a preenche com seu calor. As vozes cantam para ela sobre grandes feitos, e ela sabe que é seu instrumento de vingança. Foi bom fazer o trabalho deles.

Ela olha para as mãos manchadas de sangue e sente de novo o calor e a umidade da pele do homem; o vermelho brotando enquanto a faca partia a carne, revelando a vida pulsante abaixo. Ela a segurara, cortara e o forçara a comer. Sua última refeição na Terra antes que ela arrancasse sua alma para que as vozes devorassem.

Porém, ela está cansada, muito cansada. E a fome ainda percorre seu estômago. A dor nas pernas é constante, as costas se retorcem em agonia a cada passo. As vozes ainda a consolam, impulsionando-a a seguir adiante. Há mais trabalho a fazer, mais vingança a cumprir. Afinal, ele não foi o único a profaná-la. Os outros também devem pagar.

Contudo, é difícil, tão difícil, cumprir a ordem deles. Se pelo menos ela pudesse alcançar o sol. Só para extrair um mínimo de sua força imensurável para si. Aí sim poderia obedecer às vozes. E ela anseia pela emoção de obedecê-las. Não quer nada mais além disso. Como ela ansiou a vida toda para ser o instrumento da vingança...

De alguma forma, ela está no topo do mundo. O vento assobia ao seu redor como uma multidão gritando alarmada. Ela ignora. Só o que existe é ela, o sol e as vozes que ela quer servir.

Abrindo bem os braços, ela salta para o céu.

33

A estação Waverly geralmente era movimentada. Com o Festival Fringe em seu auge, era um pesadelo de mochilas circulando, táxis buzinando e turistas perdidos. Junte a isso uma ambulância, algumas viaturas de polícia e uma interrupção no andamento de todos os trens, e o caos está completo.

McLean assistia a tudo isso da passarela que ligava a escadaria da Princes Street, ao lado do hotel Balmoral, a Market Street do outro lado. Antes da construção da ferrovia, havia ali um lago fétido, cheio dos dejetos e esgoto da Cidade Velha. Às vezes, ele desejava que o deixassem fluir novamente.

Dessa vez, o Dr. Buckley havia chegado antes dele à cena do crime. O sujeito corpulento estava curvado sobre os trilhos, analisando um amontoado amassado. Mais de perto, McLean percebeu que aquilo tinha sido um ser humano, possivelmente do sexo feminino. A queda da Ponte Norte, passando pelo teto de vidro reforçado da estação e acabando no caminho do trem noturno saído de King's Cross, não deixara muito para ser analisado.

— Essa vítima também está morta?

O médico olhou para cima.

— Ah, inspetor. Achei mesmo que o senhor iria aparecer. Sim, ela está morta. Provavelmente a coitada morreu assim que atingiu o vidro.

McLean procurou por algum policial que parecesse estar encarregado da situação. Dois deles estavam ocupados mantendo os curiosos a distância, mas não havia mais nenhum à vista.

— Quem foi que o chamou? — perguntou ele ao médico.

— Ah, foi o sargento Houseman. Ele estava aqui um minuto atrás. Acho que foi o primeiro a chegar.

— Onde ele se meteu agora?

— Sou médico, não detetive, inspetor. Acho que ele foi falar com o gerente da estação.

— Desculpe, doutor. Tem sido uma manhã frustrante.

— Ah, nem me fale. Ah. Olhe ele aí.

Andy Peso Pesado abria caminho entre a multidão, seguido de perto por Emma e sua máquina fotográfica. Os dois saltaram na plataforma e atravessaram os trilhos.

— Andy, será que não dá para pôr algo sobre ela — disse McLean, enquanto flashes de câmeras de celulares disparavam em volta. — Não estou gostando desses necrófilos na plataforma.

— Já providenciei, inspetor. — Andy Peso Pesado apontou para o local onde dois funcionários da ScotRail se debatiam com um abrigo usado em manutenções. Eles pareciam relutantes em se aproximar, e no final McLean e o sargento tiveram que posicioná-lo sozinhos. Baird começou a fotografar a cena, e McLean teve um súbito e terrível pensamento. Ela era a fotógrafa oficial da perícia. Quem mais teria fácil acesso às fotografias da cena do crime do homicídio de Barnaby Smythe?

Simplesmente qualquer um das centenas de policiais que Duguid arrastara para o caso e qualquer um dos funcionários da área administrativa que tivesse tido um motivo para ir à central de operações durante a curta investigação. Ele tirou a ideia da cabeça.

— Qual é o caso? — perguntou ele.

— Não tenho muito a contar, inspetor. Faz cerca de meia hora que aconteceu. Estou com dois policiais lá em cima na ponte anotando nomes de testemunhas, mas não tem muita gente preparada para admitir que estava olhando. Parece que ela subiu no parapeito e saltou. Azar o dela ter atingido o vidro e tê-lo quebrado e, pior ainda, que o trem estivesse entrando na estação bem na hora. Que chances ela teria, hein?

— Mínimas, eu diria. E as testemunhas aqui embaixo?

— Bem, uma delas é o maquinista. Havia algumas pessoas na plataforma, mas isso aqui está o maior caos. A mesma quantidade de pessoas que saiu correndo também se aproximou para olhar.

— É, eu sei. Bem, faça o melhor que puder, OK? Veja se consegue arrumar alguma sala para fazer os interrogatórios. Não acredito que a gente consiga muita coisa com as testemunhas, mas é preciso seguir o regulamento.

— O gerente da estação está arrumando uma sala para a gente, inspetor. Seria bom se eu tivesse mais uns dois policiais, tudo bem?

— Ligue para a delegacia e peça que enviem qualquer um que seja bobo o suficiente para estar lá sem fazer nada. Eu confirmo as horas extras. Precisamos removê-la antes que a cidade toda pare.

McLean se ajoelhou ao lado do amontoado de ossos quebrados que tinha sido um ser humano. Ela usava o que pareciam ser roupas de escritório: saia de algodão bege na altura do joelho; uma blusa que tinha sido branca, cuja renda expunha a ponta do sutiã; um blazer com ombreiras, uma das quais havia se rasgado e soltado longos fios sintéticos. Suas pernas estavam nuas, fraturadas e cortadas, mas tinham sido recentemente depiladas. Ela usava botas de couro preto de cano curto e salto alto, do tipo que estivera na moda no final da década de 1980 e que sem dúvida estava voltando. Era impossível saber como tinha sido seu rosto; a coluna estava torcida muito além do ponto em que havia se partido, e a cabeça estava enfiada no cascalho áspero entre os dormentes. O sangue manchava seus longos cabelos avermelhados, assim como as mãos.

— Nossa! Como eu detesto essas pessoas que pulam.

McLean olhou para cima enquanto Cadwallader se agachava ao seu lado. O patologista parecia cansado ao olhar para o cadáver, examinando sua pele exposta com os dedos enluvados. Abaixando-se, ele espiou por baixo do arco de sua coluna retorcida.

— Tudo bem removê-la? — perguntou McLean. Cadwallader se levantou, esticando-se feito um gato.

— Claro. Daqui não posso lhe dizer nada além de que ela morreu antes de arrumar todos esses ferimentos. Não há perda de sangue suficiente. Algumas pessoas morrem ainda antes de chegar ao chão. — Ele olhou para cima. — Ou, nesse caso, ao teto. Com um pouco de sorte, ela foi uma dessas.

McLean se virou e assentiu para o motorista da ambulância, que aguardava. Ele desceu com uma maca e um ajudante. Juntos, eles ergueram a morta, tirando-a de sua pequena cova. Ele ficou aliviado por nenhuma parte dela ter caído quando eles puseram o corpo num saco preto e o fecharam com zíper. Emma Baird deu um zoom no entalhe que ficou no cascalho, o flash da máquina alvejando-o com a luz. O patologista tinha razão, não havia sangue manchando o chão, apenas óleo. Uma plantinha minúscula com uma única flor amarela crescia ali no meio.

— Onde está o trem? — perguntou ele para ninguém em particular. Um homem baixo surgiu, alvoroçado; tinha uma mecha oleosa de cabelo ralo penteada sobre a careca e um bigode praticamente como o de Hitler. Usava o casaco laranja fosforescente da segurança e segurava um walkie-talkie.

— Brian Alexander. — Ele estendeu a mão gorda para McLean. — Sou o gerente de operações. Ainda vai demorar muito, inspetor?

— Uma mulher está morta, Sr. Alexander.
— Sim, eu sei. — Ele teve a decência de parecer um pouco envergonhado. — Mas eu tenho 10 mil vivos esperando pelos trens.
— Bem, por favor, me mostre o que a atingiu.
— Está logo ali, inspetor. — O Sr. Alexander apontou para os trilhos em direção à Inglaterra. Cerca de 20 metros adiante, um trem intermunicipal vermelho estava levemente inclinado para o lado, seus vagões fazendo uma curva. Deste ângulo, dava a impressão absurda de estar com um pneu furado.
— Tivemos que dar ré. A sorte é que ele estava quase parando, de qualquer modo. Já faz quase trinta anos que trabalho na ferrovia e posso garantir que um trem em movimento não deixa muito de um corpo.

McLean andou até a locomotiva. Ele nunca tinha se dado conta do quanto eram grandes. De perto, ela se agigantava, cheirando a calor e óleo diesel. Uma pequena mancha de sangue no vidro da frente marcava o ponto em que a mulher tinha atingido o para-brisa em cheio. O mais provável é que tivesse caído nos trilhos e depois sido arrastada para o local de seu último descanso. Ele se virou e gritou.

— Srta. Baird!

Ela foi correndo.

— Fotos, por favor. — Ele apontou para a frente do trem. — Tente pegar uma que mostre o ponto de impacto.

Enquanto a fotógrafa da perícia trabalhava, McLean notou que o Sr. Alexander olhava o relógio. Cadwallader se aproximou no mesmo instante, avaliando o trem.

— Aqui também não há muito sangue. — Ele olhou para o teto de vidro acima e para a vidraça quebrada. — Podemos ir até lá?

— Sim, é só me seguir. — O gerente de operações os conduziu até o fim da plataforma, de volta para o edifício central. Emma tirou mais algumas fotos e se apressou para acompanhá-los quando eles entraram por uma porta lateral onde se lia "Somente pessoal autorizado". Subiram um lance estreito de escadas e pararam no topo junto a outra porta trancada enquanto o Sr. Alexander procurava pela chave certa.

Pisar no teto da estação era uma experiência estranha. Era uma vista completamente nova da cidade, que dava para a parte inferior da Ponte Norte e para o subsolo do hotel North British. McLean sempre se referia a ele como North British, o antigo nome, e não Balmoral, o novo. No que lhe dizia respeito, Balmoral era um castelo em Aberdeenshire.

Um parapeito de ferro fundido ladeava a passagem sobre o teto de vidro. Parecia uma gigantesca estufa vitoriana, mas o vidro era mais grosso, reforçado e opaco. A vidraça quebrada ficava ao lado da passagem, para alívio de McLean. Ele não estava disposto a confiar que o vidro suportaria seu peso, mesmo que fosse forte o suficiente. Fracassara uma vez, e isso era frequente.

Cadwallader se ajoelhou ao lado do buraco, olhando para os trilhos abaixo.

— Nenhum sangue aqui — disse ele por fim, enquanto Baird tirava mais fotos; ela era muito eficiente. McLean ergueu os olhos para o parapeito da ponte, tentando calcular a altura.

— Terminamos por aqui? — perguntou o Sr. Alexander. McLean concluiu que realmente não gostava do homem, mas estava ciente também de que a estação precisava voltar a funcionar o mais rápido possível. Não queria levar uma bronca de McIntyre quando a ScotRail apresentasse uma queixa.

— Angus? — Ele olhou para o patologista.

— Calculo que foi o impacto aqui que a matou. Deve ter fraturado o pescoço. Os cortes devem ter sido feitos pelo trem. Se ela já estivesse morta ao bater nele, isso explicaria o pouco sangue no chão.

— Posso ouvir um "mas" vindo aí — disse McLean.

— Bem, se ela não sangrou muito depois de ser atingida pelo trem e aqui quase não há fragmentos de pele, então por que ela está com o cabelo e as mãos sujas de sangue?

34

McLean deixou Bob Rabugento na estação Waverly para coordenar a investigação e foi andando de volta para a delegacia entre a multidão de turistas e consumidores alegremente ignorantes, pensando no malabarismo que estava fazendo com as várias investigações sob sua responsabilidade. Eram todas importantes; contudo, por mais que tentasse, era sempre a garota morta no porão que ficava com a maior parte de sua atenção. Na verdade, não fazia sentido, pois, afinal, era um caso encerrado. As chances de encontrar alguém vivo para pagar por sua morte eram muito escassas. Mesmo assim, o fato de que a injustiça que ela sofrera tivesse durado tanto tempo tornava tudo muito pior. Ou talvez fosse o fato de ninguém parecer se importar com a necessidade dele de investigar mais o caso.

— Preciso ver McReadie, descobrir de onde ele furtou aquela abotoadura. Arrume um carro e vamos fazer uma visita ao nosso ladrão.

O detetive MacBride, que estava concentrado no trabalho, batendo nas teclas de seu reluzente laptop na central de operações, parou, fechou a pasta que estava digitando e fez uma pausa antes de responder.

— Hã... Pode ser imprudente, inspetor.

— Por que, Stuart?

— Porque o advogado do Sr. McReadie já entregou uma queixa formal, alegando que seu cliente foi vítima de força indevida ao ser preso e que ele ficou detido sem uma acusação formal por mais tempo que o necessário.

— Ele o quê? — McLean quase explodiu de raiva. — O cretino arromba a casa da minha avó no dia do funeral e acha que pode se safar dessa sem mais nem menos?

— É, eu sei. Ele não vai se safar dessa, mas talvez seja melhor o senhor ficar afastado por um tempo.

— Estou investigando um homicídio, policial. Ele tem uma informação que poderia me levar ao assassino. — McLean olhou para MacBride, vendo o desconforto evidente em sua fisionomia. — De qualquer modo, quem contou isso a você?

— A superintendente McIntyre, inspetor. Ela me pediu para dizer ao senhor para ficar longe de McReadie, para seu próprio bem. — Ele levantou as mãos em um gesto de defesa. — Essas foram as palavras dela, inspetor, não as minhas.

McLean esfregou a testa com a mão cansada.

— Ótimo. Isso é realmente ótimo. Você está com as abotoaduras aí?

MacBride remexeu nos papéis em cima da mesa, depois passou os dois sacos de provas para McLean, que os meteu no bolso do paletó e se encaminhou para a porta.

— Então venha — disse ele.

— Mas eu achei... McReadie...

— Não vamos encontrar Fergus McReadie, Stuart. Pelo menos não agora. Há outro modo de conseguirmos isso.

Douglas & Footes, joalheiros de Sua Majestade a Rainha, ocupavam uma loja com uma fachada pouco atraente na extremidade oeste da George Street. Dava a impressão de estar lá desde antes de James Craig projetar a Cidade Nova. Sua única concessão aos males da modernidade era que, apesar do anúncio de "aberto", a porta estava trancada. Agora era preciso tocar uma campainha para poder entrar. McLean mostrou seu distintivo, e eles foram levados para uma saleta nos fundos que podia ter sido a despensa de um mordomo numa antiga mansão campestre na virada do século XIX. Eles esperaram alguns minutos em silêncio e depois foram cumprimentados por um senhor idoso, que usava um terno preto de risca de giz, igualmente datado, com um avental de couro fino amarrado na cintura.

— Inspetor McLean, que prazer vê-lo. Senti muito ao saber de sua avó. Uma senhora muito inteligente, além de ser dotada de ótimo gosto.

— Obrigado, Sr. Tedder. Muito gentil de sua parte. — McLean apertou a mão estendida. — Acho que ela gostava de vir aqui, pois sempre reclamava que as lojas da cidade já não eram como antes, mas que o bom serviço era garantido na Douglas & Footes.

— Fazemos o melhor possível, inspetor. Mas não creio que tenha vindo aqui para trocarmos elogios.

— Na verdade, não. Eu gostaria de saber se o senhor é capaz de me dizer alguma coisa sobre isso. — Ele tirou os sacos de provas do bolso e entregou-os ao joalheiro. O Sr. Tedder olhou para as abotoaduras dentro do plástico, levou-as para um balcão próximo e acendeu uma luminária grande.

— Posso retirá-las?
— Claro, mas, por favor, não as troque.
— Acho que seria improvável. São bem diferentes.
— O senhor quer dizer que não formam um par?

O Sr. Tedder tirou um pequeno monóculo do bolso, encaixou-o no olho e se curvou sobre a primeira abotoadura, virando-a entre os dedos. Um minuto depois, colocou-a de volta no saco e repetiu o processo com a outra.

— Sim, formam um par — concluiu ele por fim. — Mas uma foi usada com regularidade e a outra é quase nova.

— Então como o senhor sabe que formam um par? — perguntou MacBride.

— As características são as mesmas em cada uma. E, por acaso, feitas por nós, em 1932. Finíssimo trabalho artesanal, sob encomenda. Devem ter sido parte de um conjunto dado a um jovem cavalheiro, com capas para botões de camisa e possivelmente um anel de sinete combinando.

— O senhor faz ideia de quem o levou?

— Bem, deixe-me ver, 1932. — O Sr. Tedder esticou um braço para uma prateleira empoeirada cheia de livros contábeis encadernados em couro, percorreu as lombadas com os dedos até achar o que estava procurando e puxou um volume fino.

— Não eram muitos que encomendavam peças no início da década de 1930. A Depressão, entende? — Ele colocou o livro no balcão, abriu-o com cuidado por trás e consultou um índice feito numa escrita caprichada, a tinta levemente desbotada pelo tempo. Seu dedo passava pelas linhas com muito mais rapidez do que McLean conseguia ler a caligrafia estreita e angulosa. Então ele parou e folheou as páginas uma por uma até encontrar o que procurava.

— Ah, sim. Aqui está. Anel de sinete de ouro. Par de abotoaduras de ouro, incrustadas com rubis redondos. Um conjunto combinando com seis capas de botões de camisa, também de ouro e rubis. Foram vendidos a um Sr. Menzies Farquhar de Sighthill. Ah, sim, é claro, o banco Farquhar. Bem, eles não sofreram muito no período entreguerras. Se estou bem lembrado, faturaram alto com o rearmamento.

— Então isso pertencia a Menzies Farquhar? — McLean pegou as abotoaduras em seus sacos.

— Bem, foi ele quem as comprou. Mas aqui diz que deveria haver uma inscrição gravada no estojo. "A Albert Menzies Farquhar, ao completar a maioridade, 13 de agosto de 1932."

— Quero dar uma palavrinha com você, McLean. No meu gabinete.

McLean parou de repente. Duguid saiu da sala de McIntyre bem quando ele e MacBride passavam. Ele se virou lentamente para encará-lo.

— É urgente? Porque eu tenho uma nova pista importante sobre o crime ritualístico em Sighthill.

— Tenho certeza de que alguém morto há sessenta anos pode muito bem esperar mais um ou dois dias por justiça, inspetor. — O rosto de Duguid estava corado, nunca um bom sinal.

— Ah, mas os assassinos não estão ficando mais jovens. Eu gostaria de pegar pelo menos um deles antes que morra.

— Mesmo assim, é importante.

— Certo, inspetor. — McLean se virou para MacBride e lhe entregou os sacos com as abotoaduras. — Leve de volta para a central de operações, Stuart. E veja o que consegue descobrir sobre Albert Farquhar. Deve haver um relatório sobre a morte dele.

MacBride pegou os sacos e saiu apressado pelo corredor. McLean o observou apenas por tempo suficiente para reforçar o que dissera e depois seguiu Duguid até a sala dele. Era muito maior que seu espaço minúsculo, com duas cadeiras confortáveis e uma mesa baixa. Duguid fechou a porta para o corredor vazio e silencioso, mas não se sentou.

— Quero saber a natureza exata de sua relação com Jonas Carstairs — disse ele.

— Como assim? — O cômodo pareceu se encolher à medida que McLean se retesava, de costas para a porta agora fechada.

— Você entendeu muito bem o que eu perguntei, McLean. Você foi o primeiro a chegar à cena, você encontrou o corpo. Por que Carstairs o convidou para ir à casa dele?

— Como o senhor sabe que ele fez isso?

Duguid pegou um papel em sua mesa.

— Porque tenho aqui a transcrição de uma conversa telefônica entre vocês dois. Uma conversa, devo acrescentar, que aconteceu poucas horas antes da morte dele.

McLean começou a perguntar como Duguid tinha chegado à transcrição, mas em seguida lembrou que a ligação de Carstairs tinha sido encaminhada da delegacia para o aparelho de MacBride. É claro que teria sido gravada.

— Se o senhor leu a transcrição, então sabe que Carstairs queria que eu assinasse alguns papéis relativos aos bens da minha falecida avó. Suponho que tenha me convidado para jantar porque percebeu que tenho dificuldade de encontrar tempo livre para passar no escritório dele durante o dia.

— Isso parece um comportamento normal para um advogado? Ele poderia simplesmente ter enviado os papéis para cá para você assinar.

— É um comportamento normal para um dos principais sócios de um prestigiado escritório de advocacia entregar pessoalmente os documentos referentes ao testamento, senhor? O senhor esperaria que ele fosse ao funeral? O Sr. Carstairs era um velho amigo da minha avó. Imagino que ele encarava como um dever pessoal garantir que todos os assuntos dela ficassem em ordem.

— E essas mensagens que sua avó confiou a ele — Duguid leu no papel. — Do que se tratam?

— Isso é um interrogatório formal, senhor? Porque se for, não deveria estar sendo gravado? E não deveria haver outro oficial presente?

— É claro que não é droga nenhuma de interrogatório formal, cara! Você não é um suspeito. Só quero saber as circunstâncias da descoberta do corpo. — O rosto de Duguid ficou vermelho.

— Não sei o que as últimas vontades da minha avó e o testamento dela têm a ver com isso.

— Não sabe? Bem, talvez possa explicar por que Carstairs mudou o próprio testamento há uns dois dias.

— Francamente, não faço ideia do que o senhor está falando. Eu vi esse homem pela primeira vez há uma semana. Mal o conhecia.

Duguid largou a folha da transcrição na mesa e pegou outro papel. Era a fotocópia da primeira página de um documento legal, as letras borradas pelo fax. No alto da folha estavam o número do fax e o nome do remetente: Carstairs Weddell Advogados.

— Então por que você acha que ele deixou toda a fortuna dele para você?

35

Bob Rabugento lia o jornal, pés em cima da mesa entre os sacos de provas, quando McLean finalmente voltou para sua minúscula central de operações.

— Está tudo bem, inspetor? Até parece que encontrou uma larva na sua maçã.

— Como? Ah, não. Está tudo bem, Bob. Só estou um pouco chocado, só isso. — Ele contou a novidade ao sargento.

— Caramba. Com certeza o senhor está numa maré de sorte. Acha que poderia me emprestar um trocado?

— Não tem graça, Bob. Ele deixou tudo para mim, com exceção dos ativos do escritório. Por que ele faria isso?

— Sei lá. Talvez não tivesse mais ninguém a quem deixar. Talvez sempre tenha tido uma queda pela sua avó e decidiu deixar tudo para você em vez de deixar para um abrigo de animais.

Uma queda pela sua avó. As palavras de Bob trouxeram de volta uma lembrança reprimida pela agitação dos últimos acontecimentos. Uma série de fotografias num quarto vazio. Um homem que não era seu avô e que, no entanto, parecia-se muito com seu pai. Muito com ele próprio. Será que aquele poderia ter sido um jovem Carstairs? Será que...? Não. Sua avó nunca teria feito isso. Teria?

— Mas ele só mudou o testamento na semana passada — afirmou McLean, respondendo a própria pergunta e a de Bob. Tentou se lembrar das poucas conversas que havia tido com o velho advogado desde aquele primeiro telefonema, no dia seguinte à morte de sua avó. Ele fora muito simpático, quase como um tio a princípio. Mas no funeral parecia distraído, esperando alguém. Depois, a estranha conversa à tarde, pouco antes do assassinato. O que significava tudo isso? Que mensagens sua avó teria deixado para Carstairs lhe entregar após sua morte? Ou seria alguma coisa que o próprio Carstairs queria dizer? Algo havia desconcertado o velho homem. Agora McLean nunca saberia o quê.

— Não sei do que está reclamando, senhor. Não é sempre que se ganha dinheiro de um advogado.

McLean tentou sorrir da piada, mas foi difícil.

— Onde está MacBride?

— Ele foi até o *Scotsman*. Algo a ver com pesquisar os arquivos.

— Foi descobrir alguma coisa sobre Albert Farquhar. Bom. E como estamos indo com McReadie?

Bob Rabugento largou o jornal, tirou os pés de cima da mesa e se sentou direito.

— Encontramos os itens de cinco roubos que estávamos investigando. Nem tudo que foi relacionado como roubado está aqui, mas temos o suficiente para deixar McReadie de molho por um bom tempo. O pessoal do TI também conseguiu analisar o computador dele. Acho que ele não vai conseguir se safar dessa, nem com um advogado de primeira.

— Ótimo. E a abotoadura? O TI já conseguiu um endereço para essa peça?

Bob remexeu numa pilha de sacos na escrivaninha e pegou um maço fino de papéis, que folheou até encontrar o que procurava.

— Isso foi roubado de um endereço em Penicuik faz uns sete anos. De uma Srta. Louisa Emmerson.

— Sabemos se foi dada queixa do roubo?

— Vou verificar, inspetor. — Bob foi até o computador e bateu em algumas teclas. — Não há nada nesse endereço na base de dados.

— Achei que não houvesse. Consiga um carro para nós, Bob. Me deu vontade de dar um passeio pelo campo.

A cidadezinha de Penicuik ficava aninhada num vale a uns 15 quilômetros ao sul da cidade e era cortada ao meio pelo sinuoso rio Esk. McLean tinha vagas lembranças de viagens de fim de semana a Borders com seus pais, de parar no Giapetti para tomar sorvete em passeios a caminho de locais históricos. As frias edificações antigas o entediavam muito, mas ele adorava ficar no banco de trás do carro de seu pai, vendo a inóspita paisagem do campo passar, adormecendo ao ritmo dos pneus no macadame e do zunido do motor. Além disso, ele também adorava o sorvete. A cidadezinha havia crescido desde então, avançando pelas encostas e para o norte em direção ao quartel do Exército. A rua principal tinha sido fechada para carros, e fazia muito tempo que o Giapetti sumira para dar lugar a um supermercado impessoal.

A casa que eles procuravam ficava um pouco fora da cidade, na estrada da velha igreja que ia para Pentland Hills. Afastada da rua e em um amplo espaço verde, cercada por árvores antigas, ficava a casa de arenito vermelho-escuro, com janelas altas e estreitas e telhado inclinado; provavelmente uma casa paroquial da época em que se esperava que os reverendos tivessem dúzias de filhos. Quando o carro entrou pelo longo caminho de cascalho e parou na frente de uma sólida entrada de pedras, um alvoroço de cachorrinhos saiu em disparada da porta, todos agitados e latindo alto.

— Será que é seguro? — perguntou Bob Rabugento quando McLean começou a abrir a porta do carro. Um mar de focinhos úmidos e ganidos animados o recebeu.

— A gente só deve se preocupar quando eles não fazem nenhum barulho, Bob. — Ele se curvou e ofereceu a mão em sacrifício para ser cheirada e lambida. O sargento permaneceu onde estava, com o cinto apertado e a porta bem fechada. — Não ligue para os cachorros, só mordem quando estão com fome.

McLean olhou para cima e viu uma senhora corpulenta de galochas e saia de tweed. Devia ter quase 60 anos e segurava uma tesoura de podar com uma das mãos; no outro braço carregava uma cesta de madeira.

— São dandie dimmonts, não é? — Ele afagou a cabeça de um dos cachorrinhos.

— Isso mesmo. É bom conhecer alguém que tenha um pouco de instrução. Em que posso ajudá-lo?

— Sou o inspetor-detetive McLean. Da Polícia de Lothian e Borders. — Ele pegou seu distintivo e esperou enquanto a mulher colocava os óculos, que estavam pendurados numa corrente no pescoço, e olhava primeiro para a fotografia minúscula e depois de um jeito meio desconcertante para ele. — Faz tempo que mora aqui, Sra...?

— Johnson, Emily Johnson. Não me surpreende que não me reconheça, inspetor. Já faz... o quê? Mais de trinta anos desde a última vez que o vi?

Quase 33 anos; ele nem havia completado 5 anos. E já velava os pais num canto do Cemitério Mortonhall. Nossa! Como o mundo podia ser pequeno às vezes.

— Eu achava que a senhora tivesse se mudado para Londres depois do acidente de avião. — Era uma informação aleatória que ele tivera muitos anos depois, naquela fase difícil da adolescência, quando, obcecado pela morte dos pais, ele coletava toda e qualquer informação possível sobre eles e sobre as outras pessoas que tinham morrido no avião.

— O senhor está certo. Eu me mudei. Mas sete anos depois, herdei este lugar. Estava ficando cansada de Londres e me pareceu a hora ideal para sair de lá.

— E nunca se casou de novo? Sabe, depois...

— Depois que meu sogro matou meu marido e os seus pais naquele avião idiota dele? Não. Não tive estômago para passar por tudo aquilo de novo. — Uma expressão sombria passou pela fisionomia da mulher, o semblante fechado. — Mas o inspetor não veio aqui para falar de reminiscências. Nem esperava me encontrar. Então o que o traz?

— Um assalto, Sra. Johnson. Logo depois que uma Srta. Louisa Emmerson morreu nesta casa.

— Louisa era prima de Toby. Era casada com Bertie Farquhar. O velho Menzies comprou esta casa para eles como presente de casamento. Dá para imaginar isso? Ela tirou o nome do marido quando Bertie morreu. Isso deve ter sido no início da década de 1960. Foi tudo meio confuso, de fato. Ele tomou um porre daqueles e acabou batendo em um ponto de ônibus. Ela ficou morando aqui sozinha até morrer. Eu só descobri depois que ela tinha deixado a casa para mim. Acho que não havia mais ninguém na família para quem passar.

— Isso quer dizer que os pertences de Albert Farquhar estavam aqui?

— Ah, sim. A maioria ainda está. Os Farquhar nunca precisaram vender nada para pagar suas contas, se é que o senhor me entende.

McLean olhou para a casa enorme e depois para uma construção mais baixa, erguida separadamente; uma antiga cocheira. Uma Range Rover novinha em folha deixava o nariz à mostra numa garagem ampla. O dinheiro simplesmente jorrava para algumas pessoas, que de tão ricas nem notavam quando eram assaltadas. Será que ele era assim? Ficaria assim?

— A senhora sabia que a casa tinha sido assaltada?

— Minha nossa, não. Quando foi isso?

— Há sete anos. No dia 14 de março. No dia em que a Srta. Emmerson foi enterrada.

— Bem, é a primeira vez que ouço falar disso. Não tomei posse da casa até julho daquele ano; foi preciso correr atrás de uma montanha de documentos. Aliás, foi isso que me trouxe de volta à Escócia, e uma vez aqui, percebi o quanto estava detestando Londres. — A Sra. Johnson fez uma pausa para puxar o fôlego e depois semicerrou os olhos. — Mas como sabe que houve um assalto, inspetor?

— Pegamos o ladrão tentando roubar outra casa. Ele mantinha os registros de onde estivera e recordações de cada serviço.

— Que burrice a dele. O que ele levou daqui?

— Uma série de pequenos itens, inclusive uma abotoadura de ouro que temos certeza de que pertenceu a Albert Farquhar.

— E isso é importante?

— Pode ser uma pista para solucionar um homicídio especialmente bárbaro.

— Parece que vocês já se conheciam. O senhor conseguiu o que procurava?

McLean se concentrava na estrada, dirigindo o carro de volta para a cidade. Bob Rabugento não saíra do carro durante toda a conversa.

— A Sra. Emily Johnson era casada com Andrew Johnson, cujo pai, Tobias, pilotava o avião que bateu no Ben MacDui quando iam de Inverness para Edimburgo, matando a si mesmo, o filho e meus pais em 1974. — Ele colocou os fatos com simplicidade, pensando no porquê de eles sempre voltarem para assombrá-lo. — A última vez que eu a vi foi no dia do funeral deles.

— Caramba. Quais são as chances de uma coisa dessas acontecer?

— Maiores do que você pensa, Bob. — McLean explicou as relações tortuosas que ligavam a atual proprietária da casa a Bertie Farquhar.

— Então, o senhor acha que Farquhar é seu homem?

— Um deles. Perguntei a Sra. Johnson se ela reconhecia o apelido "Toots", mas não significa nada para ela. No entanto, falou que daria uma procurada no sótão em busca de fotos antigas e outras coisas. E ela me deu outra informação interessante.

— Ah, é? Qual?

— Farquhar e Tobias Johnson eram velhos amigos. Serviram no Exército juntos durante a Segunda Guerra. Em alguns grupamentos especiais baseados na África Ocidental.

Depois disso, eles ficaram em silêncio, descendo e virando para Roslin com sua capela enigmática e passando pelo depósito da Ikea, que mais parece uma caixa azul, o estacionamento lotado de consumidores vorazes. Depois, seguiram por baixo do viaduto e pela Burdiehouse até finalmente subirem a colina em direção a Mortonhall e Liberton Brae e entrarem na cidade. Ao passar pela entrada do crematório, McLean freou de repente e entrou feito uma flecha pelos portões, provocando buzinadas do carro que vinha atrás. Bob Rabugento se segurou no painel, os pés no chão do carro.

— Santo Cristo! Custava avisar?

— Desculpe, Bob. — McLean parou numa vaga do estacionamento, desligou o motor e jogou as chaves para seu passageiro. — Leve o carro de volta para a delegacia, OK? Preciso fazer uma coisa aqui.

36

McLean ficou olhando o carro partir e então foi à procura do gerente. Pouco depois, ele saía do prédio do crematório para o terreno que o cercava segurando uma pequena urna de cerâmica. Ele não levou muito tempo para encontrar o local que procurava e sentiu uma pontada de culpa por não visitá-lo há pelo menos três anos. A lápide estava com uma leve inclinação, provavelmente pela ação das raízes das árvores. Tinha o nome de seu avô e as datas. Depois de um breve espaço estavam os nomes de seu pai e de sua mãe, com dois anos separando suas datas de nascimento, mas as mortes ocorridas no mesmo dia. No mesmo instante, quando o avião onde estavam se chocou contra uma montanha ao sul de Inverness. Ele gostava de pensar que seus pais estavam de mãos dadas quando isso aconteceu, mas na verdade, mal os conheceu.

Alguém cavara um pequeno buraco uniforme na base da lápide, e por um instante McLean ficou ultrajado com o fato de o local do último descanso de seus pais ter sido violado desse modo. Em seguida, deu-se conta do que o levara até ali e olhou para a urna. Era simples, funcional e sem ornamentos decorativos. Bem como a mulher cujos restos ela continha. Ele reprimiu a vontade de abrir a tampa e espiar o conteúdo. Isso era sua avó, reduzida a um montinho de cinzas, mas ainda assim sua avó. A mulher que o criara, que o alimentara e educara, que o amara. Ele achava que já tinha se conformado com a morte dela há muito tempo, ao aceitar que ela nunca se recuperaria do AVC. Mas diante do túmulo com os nomes na lápide e aquele espaço aguardando pelo dela, ele finalmente entendeu que ela se fora.

Quando McLean se ajoelhou e colocou a urna no buraco, o chão estava seco embaixo da copa das árvores. A terra tinha sido amontoada ao lado e coberta com um pedaço de lona verde, para que a visão do solo nu não aborrecesse os enlutados. Sem dúvida, alguém viria mais tarde e taparia o buraco, mas isso lhe pareceu errado. Desrespeitoso. MacLean procurou uma pá em volta, mas a pessoa que tinha cavado o buraco levara consigo as ferramentas. Então, ele levantou a lona e, com as próprias mãos, transferiu a terra seca e macia de volta para o buraco.

— Ela era uma grande mulher, Esther Morrison.

McLean se levantou e se virou num movimento rápido, o que lhe provocou uma pontada de dor que subiu pela coluna até o pescoço. O cavalheiro idoso estava parado atrás dele, com um sobretudo preto, apesar do calor de agosto. Ele segurava um chapéu escuro de aba larga numa das mãos nodosas e se apoiava numa bengala com a outra. O cabelo era branco e grosso, mas foi seu rosto que chamou a atenção de McLean. Feições orgulhosas e fortes no passado tinham sido deformadas por algum acidente terrível e agora eram uma profusão de tecido cicatrizado, com enxertos malfeitos. Era uma fisionomia que seria difícil de esquecer, com aqueles olhos penetrantes, o rosto desfigurado. No entanto, por mais que fosse familiar, McLean não conseguia atribuir-lhe um nome.

— O senhor a conheceu, Sr...? — perguntou ele.

— Spenser. — O homem tirou uma luva de couro e estendeu a mão. — Gavin Spenser. Sim, eu conheci Esther. Faz muito tempo. Até cheguei a pedi-la em casamento, mas Bill me venceu e ganhou esse prêmio.

— Em toda a minha vida, acho que nunca ouvi ninguém se referir ao meu avô como Bill. — Ele limpou as palmas na roupa e apertou a mão oferecida. — Anthony McLean — acrescentou.

— Ah, sim, o policial. Ouvi falar de você.

— O senhor não foi ao funeral.

— Não, não fui. Faz anos que moro no exterior. Na maior parte do tempo, na América. Só fiquei sabendo anteontem.

— Como foi que conheceu minha avó?

— Nós nos conhecemos na universidade em... hã... deve ter sido em 1933. Esther era a estudante de medicina brilhante com quem todo mundo queria ser visto. Ela partiu meu coração quando preferiu ficar com Bill, mas isso é uma história antiga.

— E, mesmo assim, o senhor fez toda essa viagem para lhe prestar suas homenagens?

— Ah, sim, é claro. O detetive. — Spenser sorriu, seu rosto marcado se enrugando de modo estranho. — Na verdade, eu tinha uns assuntos a tratar. Sabe como é: quando se delega, sempre se perde o dobro do tempo para ajeitar as coisas que não foram feitas direito.

— Conheço algumas pessoas assim, mas a maioria dos meus colegas de trabalho é confiável.

— Bem, o senhor é um homem de sorte, inspetor. Hoje em dia eu tenho a impressão de que passo a maior parte do tempo corrigindo os erros dos outros. — Spenser deu uma risadinha e depois tirou do bolso um estojo fino de prata. De dentro retirou um cartão e o entregou a McLean. — Esse é o meu endereço em Edimburgo. Devo ficar na cidade por cerca de uma ou duas semanas. Me procure e poderemos conversar sobre... a sua avó, OK? Quem diria.

— Eu adoraria — respondeu McLean, apertando a mão do homem novamente.

— Bem, agora preciso ir — disse Spenser, recolocando o chapéu na cabeça. — Tenho que ver uns negócios. De qualquer forma, o senhor deve querer ficar um pouco a sós aqui. — Ele saiu andando com uma agilidade e leveza surpreendentes para um homem de sua idade, balançando a bengala ao ritmo de um assobio dissonante.

McLean pegou uma carona com uma viatura policial na frente da delegacia de Howdenhall. O policial que dirigia se ofereceu para levá-lo até o centro da cidade, mas ele sabia que só haveria uma grande pilha de folhas de hora extra para ele assinar. Resultado do fechamento da estação Waverly por uma manhã. Ele precisava de tempo para pensar, de um pouco de espaço, e por isso pediu que o policial o deixasse na Grange e foi andando pelo resto do caminho até a casa de sua avó. Com o celular ainda se recusando a manter a bateria carregada por mais de meia hora, havia uma chance de que ele ficasse em paz por algum tempo. Mais tarde pagaria por isso, é claro, mas não era sempre assim?

No instante em que ele abriu a porta dos fundos, percebeu que algo estava diferente. Os pelos de sua nuca se arrepiaram. Havia um cheiro que ele não conseguiu identificar, talvez um vestígio de perfume de alguém que havia passado por ali recentemente. Ninguém deveria ter estado ali desde a vinda da equipe que levara McReadie para a delegacia. Ele trancara a casa depois disso e não havia tido mais tempo de voltar. Assim como não havia tido tempo de mandar trocar as fechaduras. E McReadie era um homem livre agora. E um homem livre ressentido. Droga. McLean permaneceu imóvel em silêncio, atento ao mais leve sinal de que alguém pudesse estar dentro da casa, mas não ouviu nada.

Ele seguiu seu olfato, farejando aquele odor quase imperceptível. Estava mais forte no vestíbulo, mas ele não conseguiu sentir nada na biblioteca nem na sala de jantar. Lá em cima, ele se movimentava sem fazer ruído na casa vazia, olhando para dentro dos cômodos, que estavam imutáveis desde a última vez em que ele os vira e, ainda assim, completamente diferentes. Seu quarto, o lugar onde ele tinha crescido, estava exatamente igual ao das suas lembranças. A cama parecia estreita demais para um sono confortável, e aqueles pôsteres desbotados na parede eram constrangedores, mesmo que estivessem em grandes molduras com vidros. A mobília pesada, a cômoda, o guarda-roupa, tudo estava em seu lugar, mas a cadeira de madeira, que devia estar enfiada embaixo da escrivaninha, parecia meio puxada para fora, num leve ângulo. Será que ele a deixara assim? Quanto a isso, quando foi a última vez que esteve ali?

O cheiro estava mais forte no banheiro — ainda fraco, mas o suficiente para remexer numa vaga memória. No reflexo, ele pôs a mão no bolso do paletó em busca de luvas de látex para vestir antes de tocar em algo. Sem encontrar um par, ele usou o lenço e as pontas dos dedos para não alterar possíveis digitais. O armário do banheiro tinha tudo que McLean pudesse necessitar para passar uma noite na casa, embora ele não tivesse bem certeza de há quanto tempo aquela escova de dentes estava ali. Encontrou um vidro de analgésicos de alguns anos atrás, quando ele ficara com a avó para se recuperar do ferimento a tiro que o promovera a sargento, mas, além disso, nada que valesse a pena ser mencionado. Apenas aquele cheiro.

McLean levantou a tampa do vaso, mas nada havia ali além de água parada com os anéis de limo mostrando onde havia evaporado ao longo dos meses. Instintivamente, ele fez menção de dar a descarga, mas parou, com uma terrível certeza esgueirando-se para sua mente. Uma leve camada de pó cobria a borda da banheira e o assento do vaso, mas a tampa da caixa acoplada estava limpa e brilhante. Ele voltou ao quarto e pegou outro lenço, o cheiro forte do cedro e da naftalina anulando completamente o outro odor mais sutil. Usando os dois lenços para proteger os dedos, ele levantou a tampa da caixa, colocou-a no chão e olhou para dentro.

Nada. O que ele estava pensando? Que alguém se daria ao trabalho de plantar algo na casa da sua avó? Para tentar incriminá-lo? Era apenas a pressão do trabalho. Paranoia provocada pelo cansaço.

Só quando foi pegar a tampa de porcelana é que ele notou que ela não ficava uniformemente pousada no chão. Ele a virou devagar.

Um pacote envolto em plástico marrom estava preso com fita adesiva na parte de dentro.

37

— Uau, inspetor. Que palacete o senhor tem aqui.

O detetive MacBride ficou parado no vestíbulo, olhando para a ampla escadaria e a cúpula de vidro no teto, dois andares acima. McLean o deixou de olhos arregalados por um instante e se virou para Bob Rabugento com um sussurro.

— Tem certeza de que é uma boa ideia envolvê-lo nisso? — perguntou.

— Acha que ele não é de confiança, inspetor? É um bom rapaz.

— Não é isso — disse McLean, embora tivesse suas reservas.

Ele realmente deveria ter envolvido a Divisão de Narcóticos, a superintendente-chefe e mais ninguém. Mas se deixasse os canais competentes tomarem conta do caso, ele seria, no mínimo, suspenso dos casos em aberto por tempo previsível. Até seu nome ficar limpo. E mesmo assim isso ficaria pendurado em seu pescoço pelo resto da carreira: o inspetor-detetive com um quilo de cocaína escondido na caixa do vaso sanitário. Seria muito melhor que um número mínimo de pessoas tomasse conhecimento disso, e ele mesmo faria a investigação, embora já tivesse uma boa ideia de quem estava por trás disso.

— Estou mais preocupado com o futuro dele como detetive se vazar que ele esteve aqui.

— Ah, e eu não conto mais? — Bob Rabugento fingiu uma expressão ofendida. — Não se preocupe com o garoto. Ele se ofereceu para vir.

McLean olhou de novo para o jovem detetive, pensando no que tinha feito para conquistar tal lealdade.

— Vou dar um jeito de compensá-lo. De compensar vocês dois — disse McLean. Bob Rabugento riu e lhe deu um cutucão nas costelas.

— Certo, inspetor. Então, onde é? Estamos aqui perdendo um tempo precioso, poderíamos estar bebendo.

— Lá em cima. — McLean foi na frente. Os três passaram pelo quarto e entraram no banheiro. A tampa da caixa com seu pacote suspeito estava no chão, intocada.

— Você conseguiu um kit para ver as impressões digitais? — perguntou McLean quando Bob Rabugento lhe entregou as luvas de látex.
— Deve chegar a qualquer minuto — respondeu Bob. Como que seguindo a deixa, a campainha tocou.
— Quem é?
— Deve ser Em — disse Bob.
— Em? Emma Baird? Você contou a ela?
— Ela é especialista em impressões digitais e pode pegar um kit sem levantar suspeitas. Além disso, se encontrar alguma coisa, é capaz de verificar na base de dados. E ela é nova no departamento. Não tem queixas de ninguém nem formou alianças. Pelo menos por enquanto.

A campainha tocou de novo e, apesar do toque ser o mesmo de antes, deu a impressão de insistência, como que exigindo ser atendida. McLean gostou ainda menos de envolvê-la nessa história do que tinha gostado de envolver o detetive MacBride, mas confiava em Bob Rabugento. Com exceção do evidente engano que a Sra. Bob tinha sido, ele geralmente era intuitivo. E era verdade que eles precisavam de alguém que tivesse conhecimento forense. Então, McLean foi atender a porta.

— Eu não sabia que inspetores eram tão bem-pagos. Posso entrar? — Emma usava roupas esportivas, jeans desbotados e uma camiseta larga. Ela trazia a bolsa da máquina fotográfica pendurada no ombro, sem conseguir segurar direito o estojo velho e pesado do kit de impressões digitais.

— Obrigado por vir. Eu agradeço muito. Aqui, deixe eu ajudar com isso. — McLean pegou o estojo e conduziu-a para as escadas. Os passos de Emma reverberavam no piso ao segui-lo. Virando-se, ele viu que ela usava botas pretas de caubói; não era exatamente o traje que o regulamento pedia para a cena do crime.

— Bob disse que era urgente. Eu devia ter me trocado?
— Não, você está bem assim. Eu só não sabia que você fazia o tipo dançarina country. — McLean sentiu as pontas das orelhas se avermelharem.
— É por aqui. — Ele começou a subir as escadas.
— Direto para o quarto. Gosto de homens assim, sem rodeios. — Emma olhou para a cama quando eles passaram. — Só é um pouco estreita para o meu gosto. — No banheiro, Bob Rabugento estava com o pacote aberto e olhava para o conteúdo com uma expressão intrigada.

— Parece cocaína, inspetor. Não dá para ter certeza sem um kit de teste, mas a menos que o senhor tenha o hábito de guardar seu talco na caixa do vaso sanitário, é o mais provável. Mas isso é muita grana. Vale milhares de libras. Quem gastaria isso só para incriminá-lo?

— Estou aberto a sugestões, mas alguém que tem um apartamento de luxo em Leith aparece em primeiro lugar na minha lista de suspeitos.

— Bem pensado. Vamos ter que descobrir de onde veio isso, o que significa que vai ser encontrado em algum lugar no sistema.

— Talvez não — retrucou Emma. — Eu posso testar uma amostra sem que ela fique registrada. Tem gente no laboratório me devendo alguns favores e podemos fazer isso como um teste de calibragem.

— Você faria isso por mim? — McLean não sabia bem por que ela decidira ficar ao seu lado, mas estava muito agradecido mesmo assim.

— Claro, mas tem um preço.

— Você tem algo em mente? — Ele olhou para o pacote bem-feito no chão ao lado da caixa acoplada do vaso sanitário. Havia certas coisas que ele não faria, mesmo que isso significasse colocar seu emprego em risco, mesmo que sua liberdade estivesse em jogo. Emma seguiu o olhar dele e deu uma risada.

— Que tal um jantar?

McLean se sentiu tão aliviado por ela não estar a fim da droga, que levou um tempo para se dar conta do que Emma havia pedido. Ao seu lado, Bob Rabugento reprimiu uma risada, e MacBride pareceu nitidamente desconfortável. Provavelmente não era assim que ele imaginara o trabalho de detetive.

— Tudo bem, mas não hoje, desculpe. A menos que você considere pizza e cerveja dividida com esses dois condenados como jantar.

— Não era bem isso que eu tinha em mente.

— É, eu achei que não.

Já passava da meia-noite quando eles acabaram de vasculhar a casa de cima a baixo. Não se contentando em esconder a cocaína na caixa do vaso sanitário, o benfeitor desconhecido de McLean também escondera um saco de dinheiro na caixa d'água do sótão; usou notas de dez e vinte, chegando a milhares de libras não marcadas, numa embalagem à prova d'água.

Emma detectara meia dúzia de digitais parciais, a maioria em torno da porta dos fundos e no banheiro. Um promissor borrão parcial saiu do branco cintilante da porta que levava ao sótão, perto de uma cabeça de prego que poderia ter rasgado uma luva de látex. Aparentemente tinham tentado limpá-lo com um pano áspero, o que levantou suspeitas. A casa estava cheia de digitais, a maioria de McLean.

— Este lugar tem alarme, não tem? — perguntou Emma quando eles se sentaram à mesa da cozinha para comer pizza e tomar as últimas garrafas de cerveja da adega. Como praticamente tudo o que havia na casa, elas estavam vencidas há 18 meses, mas ninguém pareceu se importar.

— Tem, mas não estou muito convencido de que serve para alguma coisa. Pelo que eu soube, a Penstemmin está meio confusa, tentando descobrir o que McReadie fez com o sistema deles. Estou começando a achar que nunca deveria ter pegado esse cretino.

Bob Rabugento se recostou na cadeira, soltando o ar num longo suspiro.

— Acha que ele o odeia tanto assim para fazer tudo isso? Santo Cristo, o cara não é pobre, mas isso é ir meio longe demais, não é?

— Consegue pensar em mais alguém?

O silêncio que recaiu sobre a mesa foi suficiente como resposta.

— Bem, a primeira coisa que vou fazer amanhã é comparar aquela impressão parcial com as dele. — Emma olhou para o relógio de pulso. — Quer dizer, hoje. É melhor eu ir andando. — Ela se levantou e McLean a acompanhou até a porta.

— Obrigado, Emma. Eu sei que você se arriscou para me ajudar.

— Com certeza, mas eu conheço viciados em cocaína e você não faz o tipo. E quanto ao dinheiro, sendo dono disso aqui, para que iria precisar?

— Bem, é, espero não ter que provar isso para mais ninguém. Sei que você entende o quanto isso poderia ser inconveniente caso se espalhasse Para todos nós.

Ela sorriu, enrugando um pouco os cantos dos olhos.

— Não se preocupe, meus lábios são um túmulo, mas você está me devendo um jantar, e é melhor que seja com velas.

Bob Rabugento e MacBride se juntaram a ele na porta enquanto ela partia com o carro.

— É melhor ter cuidado com essa aí — disse Bob. — Ela tem uma reputação, sabe.

— Foi você que a trouxe aqui. — McLean começou a dizer, mas viu o sorriso se abrindo no rosto de Bob e parou. — Vão andando vocês dois. Vão para casa.

* * *

Ele observou o carro deles sumindo na noite, depois voltou para a cozinha. A cocaína e o dinheiro estavam na mesa com a pizza. Enquanto as sobras serviriam como café da manhã mesmo frias, o restante era um problema. McLean viu as horas no relógio da parede; era tarde, mas não muito. Não para isso. Afinal, para que serviam os amigos se não desse para acordá-los no início da madrugada?

O telefone tocou três vezes antes de ser atendido. Phil parecia um pouco sem fôlego; McLean preferiu não especular: seu ex-colega de apartamento tinha a lendária fama de detestar exercícios físicos.

— Phil, desculpe ligar tão tarde, mas preciso te pedir um favor. — McLean segurou o tijolo de cocaína embrulhado em filme de PVC. — Eu queria saber se poderia usar aquele incinerador de última geração que você tem no seu laboratório.

Rachel estava com Phil quando eles se encontraram na porta dos fundos do complexo de laboratórios, o que surpreendeu McLean. Ele não tinha dúvidas de que ela estava na casa do amigo quando ele ligou, mas com certeza não havia necessidade de ter ido junto. A essa hora da madrugada, ela estaria mais confortável enfiada na cama, mesmo que sozinha.

— Obrigado por isso, Phil. — McLean colocou a sacola no ombro. Era surpreendente o quanto um quilo de cocaína e 50 mil libras em notas não marcadas podiam pesar. Ainda mais quando estavam sendo carregados pelas ruas da cidade no início da madrugada. Ele tinha pensado em pegar um táxi, mas depois decidiu que era melhor ter o mínimo possível de testemunhas.

— Nem sei do que se trata — disse Phil. — Você nos deixou em suspense, Tony.

— Bem, podemos entrar? — Ele gesticulou para a porta com a cabeça, ansioso para se afastar da luzinha sempre presente das câmeras de segurança.

— Sim, claro. — Phil digitou um código no teclado ao lado da porta, que abriu de maneira cortês. Lá dentro, os fundos e os almoxarifados do laboratório estavam na penumbra. Eles subiram dois lances de escada em silêncio, atravessaram uma sala cheia de maquinário caro, que emitia um zunido constante, e finalmente entraram no gabinete de Phil. Só depois que a porta se fechou McLean começou a relaxar um pouco. Ele largou a sacola sobre a escrivaninha e contou a história.

— Humm, será que você não deveria fazer essa denúncia à polícia? — Rachel quebrou o silêncio desconfortável que se fez depois que ele terminou.

— Na melhor das hipóteses, eu seria suspenso por seis meses enquanto o pessoal encarregado da ética profissional me investiga. Mesmo que não encontrem nada de inconveniente, vou ficar conhecido pelo resto da minha carreira como o policial que tinha um quilo de cocaína e 50 mil libras escondidos em casa.

— Não é tão mau assim, é? — perguntou Phil.

— Você não conhece a polícia, Phil. E esse tipo de coisa fica na sua ficha para sempre, não importa o resultado da investigação. Eu também não tenho nenhum segredo sujo a esconder, mas isso não significa que eles não vão encontrar alguma coisa. Se isso foi deixado na casa da minha avó, então deve haver mais no meu apartamento. Provavelmente, várias pessoas que telefonam para fazer uma denúncia diriam todo o tipo de coisas para fazer a polícia perder tempo, e no fim acabariam sendo mentiras.

— Mas... por quê? — Rachel se afastou da parede onde estava encostada, abriu a sacola e pegou o maço de dinheiro.

— Não faço ideia. — McLean deu de ombros, talvez de modo um pouco teatral. — Mas eu devo ter incomodado alguém.

— Então, você quer queimar isso? — perguntou Phil. — Quer queimar 50 mil libras em notas não marcadas?

— Quero destruir a droga, isso com certeza. Preferia que o dinheiro fosse junto. Para ser franco, não sei se foi roubado ou não. As cédulas não estão marcadas, mas e se houver algo além disso?

— Só me parece um grande desperdício. E se realmente as notas não forem localizáveis? Se o dinheiro nunca fosse achado e usado para te incriminar, isso deixaria a pessoa que as plantou puta da vida.

McLean olhou para o dinheiro nas mãos de Rachel. Ele fora até lá para destruir tudo, sequer precisava daquele dinheiro. Porém, ele poderia servir para outras pessoas, e haveria certa ironia se ele conseguisse se safar dessa.

— Tudo bem. Me dê algumas notas. — O dinheiro estava bem-embrulhado e ainda soltou uma poeira cinza onde Emma procurara por digitais. Ele o abriu cuidadosamente e tirou o primeiro maço envolvido por uma tira de papel. — Rachel, dá para você anotar alguns números de série?

Eles levaram dez minutos até McLean ter certeza de que tinha números suficientes. Ele puxou um maço de notas ao acaso para mandar verificar uma possível falsificação e depois embrulhou todo o fardo novamente e o entregou a Phil. Rachel entregou a ele a folha com os números de série.

— Vou mandar verificar isso para saber se foi roubado — disse ele. — Também vou me certificar de que são verdadeiras. Até lá, ninguém deve tocar nessas notas. Esconda-as num lugar onde saiba que não serão encontradas acidentalmente. Você não quer ser pego em posse de dinheiro suspeito. Se o resultado for limpo, vocês podem usá-lo para pagar pelo casamento.

— Você não quer esse dinheiro? — perguntou Phil.

— Não, na verdade não. Aliás, parabéns.

— Como?

— Pelo noivado. Notei que você não negou quando mencionei o casamento.

— Phil, era para ser segredo até eu terminar meu doutorado. — O rosto de Rachel ficou vermelho de fúria e ela deu um tapinha no ombro dele.

— Não se preocupe, Rachel. Não vou abrir a boca até você fazer o anúncio oficial. — McLean sorriu, sentindo-se alegre pela primeira vez em 24 horas. — Agora vamos queimar essa droga.

38

O dia já clareava o céu quando McLean entrou pela porta do edifício em Newington. Seus olhos estavam ardendo pela falta de sono, que também o deixara esgotado e irritado. Queimar um quilo de cocaína, mesmo num incinerador projetado para o descarte seguro de substâncias biológicas perigosas, levou um tempo surpreendentemente longo. Isso, junto com o fato de ter tido que encontrar um lugar adequado para esconder o dinheiro até poder encontrar vestígios de sua origem, o deixara sem dormir. Sua esperança era de que a caminhada pela cidade o reanimaria, mas em vez disso ele só se sentia pior.

— Seu amigo o encontrou?

McLean se sobressaltou com a voz e, ao se virar, viu a velha Sra. McCutcheon parada no vão da porta entreaberta na base da escadaria que levava para os outros apartamentos. Ele não estava a fim de bater papo com a fofoqueira do prédio, só queria tomar um banho e talvez dormir por umas duas horas antes de ir trabalhar. Deu um sorriso automático para ela, assentindo e se sentindo culpado ao seguir direto para a escada. Só então assimilou o que ela havia dito.

— Meu amigo?

— Quando foi? Anteontem à noite, acho. Bem tarde, mas vocês policiais estão sempre indo e vindo a qualquer hora.

Anteontem à noite. Quando alguém plantou as provas na casa da sua avó. Não muito depois de Fergus McReadie ter sido solto sob fiança. Não muito depois de Jonas Carstairs ter sido assassinado.

— A senhora falou com ele, Sra. McCutcheon? Ele disse o nome?

— Ah, não. Eu só estava na sala fazendo meu tricô. Sabe como é quando a gente fica velha. Dormir é coisa para gente nova. Não sei que horas eram, mas os ônibus já tinham parado de circular, então já devia ser bem mais de meia-noite. Esse rapaz veio e tocou seu interfone.

— Como a senhora sabe que foi no meu interfone?

— Ah, todos eles soam diferente, sabe. Bem, de qualquer modo, ele entrou e subiu. Eu achei estranho porque não ouvi você abrir a porta. Então eu lembrei que os estudantes sempre deixam a porta aberta quando saem para ir ao pub. Mas eles já tinham voltado, e tenho certeza de que a fecharam. Mas, ah, não sei.

— Ele ficou muito tempo?

— Não. Ele só subiu metade das escadas, e então um dos estudantes saiu do apartamento e começou a gritar com ele. Sabe como eles são quando bebem, né?

McLean sabia. Não tinham sido poucas as vezes em que ele tivera que lembrar os moradores indisciplinados de que um policial morava no último andar e que ele não gostava que perturbassem seu sono.

— Ele desceu correndo as escadas. Acho que não me viu, de tão rápido que passou. Eu estava deixando um dos gatos sair. Levei um susto.

McLean olhou para a senhora. Quando ele se mudou, ela já morava naquele apartamento do térreo. É provável que tivesse morado ali a vida toda. Ele nunca vira o Sr. McCutcheon e supunha que o homem já tivesse morrido. A verdade é que ele realmente não sabia nada sobre ela, além de que era idosa, que gostava de saber o que estava acontecendo e que começava a parecer realmente frágil.

— Não se preocupe, Sra. M. — disse ele, tentando acalmá-la. — A única coisa importante é que alguém apareceu aqui na madrugada de ontem. Foi isso que a senhora disse, não foi?

A velha fez que sim.

— E a senhora o viu? Viu o rosto dele?

Ela assentiu novamente.

— Acha que conseguiria reconhecê-lo por uma foto?

A Sra. McCutcheon fez uma pausa, sua expressão normalmente alegre dando lugar a outra, mais hesitante.

— Não sei se eu poderia sair de casa por muito tempo — disse ela depois de um tempo. — Os gatos...

McLean sabia que os gatos eram perfeitamente capazes de cuidar de si mesmos, mas não iria dizer isso.

— Talvez eu possa trazer as fotos para a senhora, mas seria muito útil se a senhora pudesse identificar esse homem para mim, Sra. M.

— Não posso deixar que você traga McReadie para cá de novo. A menos que possa indiciá-lo com algo específico.

McLean ficou parado junto à porta no gabinete de Jayne McIntyre, sem a confiança necessária para se aproximar da superintendente-chefe. Ao chegar à delegacia, a primeira coisa que fez foi pedir ao sargento de plantão que mandasse buscar McReadie para um interrogatório. Ele não devia ter gritado com Pete quando ele se recusou, pois, afinal, o coitado só estava obedecendo a ordens.

— Ele roubou a abotoadura de Bertie Farquhar. Preciso saber o que mais pegou de lá.

— Não precisa não, Tony. — McIntyre continuou sentada atrás de sua escrivaninha. Irritantemente calma e lógica. — Você sabe de quem ele roubou e, pelo que sei, já conseguiu identificar o dono da abotoadura. Foi um bom trabalho, ir aos joalheiros.

— Ele foi ao meu apartamento.

— Você não tem certeza. Apenas tem a palavra de uma senhora velha e confusa de que alguém, que pode ou não ter sido McReadie, foi até lá procurá-lo.

— Mas eu preciso... — Ele precisava perguntar a McReadie se ele tinha plantado um quilo de cocaína na casa de sua avó. E também o que ele havia deixado em seu apartamento que ele não conseguira encontrar.

— Você precisa deixar o cara em paz, isso sim. — McIntyre tirou seus óculos de leitura e esfregou os olhos. Talvez não tivesse dormido também. — Agora ele está lutando por seus direitos. Foi pego em flagrante e com objetos roubados em sua casa, mas já deu queixa contra você por uso desnecessário da força e, além disso, o advogado está implicando com os termos do mandado de busca.

— Ele o quê?

— Se ele conseguir que qualquer dessas coisas se aplique, ficamos com um caso muito fraco. O promotor pode até decidir por receptação de objetos roubados. Para um cara desses, isso significa suspensão da pena.

— Mas não pode ser. O cretino assaltou a casa da minha avó.

— Eu sei, Tony. E se pudesse fazer as coisas do meu jeito, o cara estaria detido até o dia do julgamento. Mas ele tem muito dinheiro para pagar pelo melhor advogado e, pior, tem boas relações. Nem queira saber de onde a pressão está vindo.

— Ele não vai se safar dessa. A senhora não vai fazer acordo.

McIntyre fez uma careta.

— De jeito nenhum. Não gosto que nenhum desses caras poderosos me diga o que fazer. Mas não posso deixar que você trate o sujeito com arrogância só porque ele o irritou. É isso que ele quer, e não vou dar essa satisfação a ele.

— Mas...

— Sem mas, Tony. O caso sequer é seu. Você é a vítima, pelo amor de Deus. Não pode se envolver. Por que não vai cuidar dos seus outros casos? Você nem chegou a visitar aquela especialista em ocultismo de que lhe falei, não é?

Vaca. E o pior é que ela estava certa. McLean sabia muito bem que nem devia ter interrogado McReadie da primeira vez. O caso devia ter sido passado para alguém que não estivesse diretamente envolvido.

— Por favor, me diga que não vai dar esse caso a Duguid. — Aquilo soou como um lamento patético, rancoroso.

— Na verdade, achei que Bob Laird seria mais adequado. — McIntyre recolocou os óculos no nariz com um leve sorriso. — Você mesmo pode comunicar isso a ele.

McLean encontrou a policial Kydd quando descia para sua pequena central de operações. Ela carregava arquivos pesados e uma expressão de pavor. Dirigia-se à sala que recentemente abrigara a investigação do caso Barnaby Smythe e que agora ganhava vida rapidamente enquanto o inspetor-chefe Charles Duguid mais uma vez encarava o desafio de ferrar as coisas.

— Deixe eu adivinhar, Dagwood arrebanhou todas as pessoas fisicamente capazes da delegacia para a equipe dele?

A policial Kydd assentiu com uma expressão de infelicidade.

— Muita pressão vindo de cima.

— Sempre há muita pressão vindo de cima. — Mas é claro que isso aconteceria no caso de alguém como Carstairs. O mesmo com Smythe. Homens importantes tinham amigos importantes. Só era uma pena que as pessoas comuns não tivessem esse apoio. Como a pobre garota mutilada no porão de um homem rico e influente, parte de algum ritual doentio e fantasioso.

— Você sabe fazer retrato falado, não é, policial? — perguntou McLean, meio que relembrando uma informação que ouvira em uma conversa.

— Há, sim — confirmou a policial Kydd com grande relutância.

— Gostaria de fazer um trabalho de investigação? Soube que está estudando para as provas. — Bem, McIntyre não o deixaria interrogar McReadie sem um bom motivo. O que poderia ser melhor do que provar que o homem andava farejando o prédio de McLean horas após ter sido solto com fiança?

— Estou um pouco ocupada, inspetor. — Kydd ergueu os arquivos, um semblante sombrio tomando conta de suas feições.

— Não se preocupe. Eu acerto com Dagwood. De todo modo, tenho outras coisas para fazer agora de manhã, mas se você puder arrumar um laptop com software para fotos de identidade e talvez pegar algumas fotos aleatórias de identificação de detidos também, e colocar entre elas as que tiramos de Fergus McReadie quando ele esteve aqui no outro dia... Eu consigo um carro para você.

— Eu...

— Eu sei que a superchefe disse que eu não posso incomodar o cara. — Nossa, será que ela tinha falado para todo mundo na delegacia? Será que achava que ele era assim tão impetuoso? — Não vou chegar nem perto dele. Confie em mim.

39

O cartaz na porta dizia "QUIROMANCIA, TARÔ, VIDÊNCIA". McLean sempre considerara o lugar uma fachada para algum outro tipo de negócio, provavelmente prostituição, mas aquele era o endereço que McIntyre lhe dera. Ao fazer uma averiguação, ele obteve a resposta de que Madame Rose era muito honesta, pois fazia exatamente o que afirmava fazer. Todo o resto era uma mentira, é claro, para satisfazer o desejo dos crédulos. Não havia um grande mercado em Edimburgo para esse tipo de empreendimento, o de arrancar dinheiro dos incautos, mas bastante gente desejava crer que uma alma empreendedora poderia viver disso.

— Por que estamos aqui, inspetor? — O detetive MacBride tinha tirado a sorte grande e o acompanhava nesse beco sem saída da lista sempre crescente de casos. Bob Rabugento ficara com a tarefa ainda mais divertida de tentar identificar a mulher que pulara da ponte em Waverly ao mesmo tempo em que reunia todas as provas contra Fergus McReadie para a Promotoria Pública. Além disso, a investigação fluía para o potencial vazamento de informações sobre a cena do crime, a explicação mais óbvia para as semelhanças perturbadoras entre os homicídios de Jonas Carstairs e Barnaby Smythe. E o cadáver da garota, é claro. Tudo isso num dia de trabalho.

— Estamos aqui para saber mais sobre sacrifício humano e rituais demoníacos. Parece que Madame Rose é especialista em ocultismo. Todo esse show de magia é apenas uma fachada. Pelo menos foi o que me disseram. — McLean abriu a porta para um vestíbulo estreito com uma escadaria que levava direto para o andar de cima.

Um tapete puído, com mais manchas que padronagem, soltava um aroma de gordura de batata frita e mofo, um curioso odor de desesperança. Lá em cima, depois de passar por uma cortina de contas, que já tinha sido reluzente, mas que agora era fosca pela oleosidade e pelo desgaste, eles se viram num pequeno cômodo que desejava desesperadamente ser descrito como sala de espera, mas nem o nome de recepção merecia. O mesmo tapete das escadas ia de parede a parede, com mais manchas se espalhando, círculos de mofo. Em alguns pontos, eles começavam a colonizar as paredes, competindo com o nojento papel de parede aveludado e com os quadros baratos de cenas vagamente orientais e místicas. Olhando para cima, McLean não se surpreendeu ao ver pontos no teto também. O calor do dia não ajudava, com aquele cheiro de gordura e o ar abafado, que tornava preferível respirar pela boca, mas só um pouco. E as pessoas iam ali por vontade própria?

Sob a única janela do cômodo havia um sofá baixo encostado na parede. Não parecia uma boa ideia sentar-se ali. Duas cadeiras bambas de madeira ladeavam uma mesa baixa coberta de números antigos da revista *Seleções* e do *Monthly Tarot*. No canto oposto ao vão da escada, um marceneiro não muito habilidoso montara um balcão estreito, atrás do qual havia uma porta fechada. Um papel sujo pregado na parede mostrava uma tabela de preços pelos serviços prestados. Dez libras por uma leitura básica de mãos, 20 para consultar as cartas. Alguns apostadores malucos até poderiam pagar mais de 100 por algo chamado "trabalho cármico completo".

— Ah, achei mesmo que tinha sentido algo no éter. Magnífico. — Era uma voz grave, rouca, produto do excesso de cigarros e uísque. As palavras foram proferidas antes mesmo que McLean notasse a porta se abrindo.

Uma mulher enorme passou por ela, ocupando metade da sala de espera com sua presença. Ela vestia o que parecia ser uma barraca de veludo vermelho, que envolvia seu corpo como faixas numa múmia gorda. As mãos pareciam balões cor-de-rosa guarnecidos de dourado, os dedos carnudos espremidos em anéis baratos, as unhas pintadas num tom de vermelho pouco diferente daquele do vestido.

— Eu simplesmente preciso ler as palmas das suas mãos. — Madame Rose agarrou as mãos de McLean com uma velocidade surpreendente, virando uma delas e acompanhando as linhas com uma carícia suave. Ele tentou puxá-la, mas a mulher a segurava com a força de um leão.

— Ah, uma vida já tão trágica. E, minha nossa, ainda há tanto por vir. Coitadinho de você. E o que é isso? — Ela largou a mão de McLean de modo tão repentino quanto a tinha agarrado, dando um passo teatral para trás, com uma das mãos no peito amplo, os dedos abertos quase na papada da garganta. — Você foi predestinado a coisas grandes. Coisas grandes, terríveis.

— Já basta de show. — McLean mostrou sua identidade. — Não estou aqui para nenhuma feitiçaria.

— Eu lhe garanto, inspetor. Não lido com feitiçaria. Ora, senti sua aura no instante em que o senhor entrou pela porta.

— Então, sabe por que viemos aqui? — Foi MacBride quem fez a pergunta, mas só porque foi mais rápido que McLean.

— Sim, é claro. Vocês querem saber sobre assassinatos ritualísticos. Uma coisa asquerosa. Nunca funciona, pelo menos não na minha experiência, mas é pior que o álcool para despertar o demônio nas pessoas, se é que me entendem.

— Como é que a senhora...? — A boca de MacBride ficou entreaberta depois de deixar as palavras escaparem.

Madame Rose soltou uma risada das mais espalhafatosas.

— O mundo dos espíritos fala comigo, detetive. Além de Jayne McIntyre de vez em quando.

— Eu não disponho de muito tempo e ainda menos de paciência. — McLean guardou sua identidade de volta no bolso. — Me fizeram acreditar que a senhora entendia de ocultismo. Se não for o caso, não vou mais perder meu tempo.

— Sensível ele, não é? — Madame Rose piscou para MacBride, que enrubesceu até as orelhas. Ela se virou de novo para McLean. — Venha até minha sala. De qualquer maneira, o dia está calmo.

Até que a sala era de bom tamanho, no fundo do prédio, com uma janela comprida que dava para um pátio interno cinzento, cheio de roupas penduradas num varal de cordas frouxas. O contraste com a recepção e a sala de espera por onde eles haviam passado não podia ser mais marcante. Enquanto lá fora tudo era maltrapilho e cheio de quinquilharias cafonas do tipo que se espera de uma velha cigana vidente, os poucos artefatos à mostra naquela sala pareciam autênticos e perturbadores.

As quatro paredes eram cobertas de estantes que iam até o teto alto, todas lotadas com uma variedade aparentemente aleatória de livros antigos e modernos. Em cima de duas prateleiras, cada uma ao lado de uma grande escrivaninha antiga, havia caixas de vidro que alojavam um gato-selvagem e uma coruja-das-neves. Ambos tinham sido beneficiados pela arte do taxidermista, posando no ato de matar suas respectivas presas. Em cima da escrivaninha, esculpida numa placa de madeira escura, estava o que parecia ser a mão ressecada de uma pessoa, ali fixada para servir como apoio de livro. Outras coisas escondiam-se pelos cantos escuros; com aspecto sinistro quando vistos de relance, esses objetos acabavam por ser perfeitamente inocentes ao receberem plena atenção: um cabideiro de pé com um chapéu-coco, um sobretudo e um guarda-chuva parecia um assassino obscuro; uma estola engenhosamente jogada no encosto de uma poltrona de couro comida pelas traças parecia uma raposa viva, o animal de estimação de uma bruxa lançando seu olhar fixo e malévolo. McLean piscou e a estola piscou de volta, bocejou, mostrando os caninos com um rosnado, se espreguiçou e saltou da poltrona para o chão. Não era uma raposa, mas um gato, magro feito um palito, a cauda curvada como um grande ponto de interrogação ao andar pelo cômodo inspecionando os novos intrusos.

— Então, inspetor-detetive McLean, detetive MacBride. Vocês querem obter informações sobre sacrifício humano, saber o motivo que leva as pessoas a fazer isso, essas coisas? — Madame Rose tirou um pincenê do decote, onde estava pendurado por uma corrente de prata, e o colocou sobre o nariz.

— Isso mesmo. Estou tentando entender um ritual em particular. Achamos que havia mais de uma pessoa envolvida.

— Ah, geralmente há. Caso contrário é apenas para chamar atenção.

— Na verdade, eu me referi a mais de um assassino. Possivelmente seis.

— McLean relatou o que eles tinham visto no porão lacrado, sem dar muitos detalhes.

— Seis? — Madame Rose se inclinou para a frente na cadeira. — Isso... é incomum. Geralmente, é um incidente solitário. Duas pessoas, se incluirmos a vítima. O tipo de gente que parte para um assassinato como prática ritualística não socializa bem, entende?

— Por que fazem isso? — perguntou MacBride. Na verdade, McLean não tinha pedido ao policial para ficar quieto, então tentou não demonstrar aborrecimento.

— Uma pergunta muito pertinente, meu jovem — respondeu Madame Rose. — Já sugeriram que isso dá aos assassinos a sensação de importância que falta em suas vidas cotidianas. Outros especulam que experiências violentas na infância, geralmente impostas por pessoas da família, levam o indivíduo a confundir esse tipo de atenção com amor e assim passam a "amar" dessa maneira. Muitos tiveram uma criação religiosa severa em que a criança sofre punições físicas. O ritual é importante para esse tipo de pessoa, assim como a subversão. Na minha opinião, fazem isso porque são loucos.

— Pelo que entendi, a senhora acha que isso não funciona — afirmou McLean.

— Ah, mas é claro que funciona; seus seis lunáticos também achavam isso. Bem, deviam achar, caso contrário não teriam matado a garota. Ou pelo menos um deles devia acreditar no ritual e os outros cinco estavam completamente sob seu domínio.

— Acha que isso é possível? Que as pessoas matariam desse jeito só porque alguém as mandou fazer isso?

— É claro. Se o líder for carismático o bastante. Vejam Waco, Jonestown, al-Qaeda. A maioria dos seguidores de seitas não acha que está sendo manipulada. Só querem que lhes digam o que fazer. Assim fica mais fácil.

Certo. Não era exatamente o que ele esperava ao ir até lá.

— Quer dizer que esse ritual não tem nada de especial. Pode ter sido só um maluco qualquer com ilusão de ser deus.

— Não foi isso que eu disse, inspetor. — Madame Rose pegou um livro que dava a impressão de só recentemente ter sido tirado da estante. Ela o abriu numa página já marcada. — Seis órgãos, seis artefatos, seis nomes. Diga, havia alguma marca no chão? Um círculo de proteção, talvez.

Ela virou o livro, mostrando a página para McLean. Era um desenho tosco em preto e branco, feito em estilo medieval, que mostrava uma figura feminina deitada com braços e pernas abertos. Um corte abria seu torso, sem mostrar nada dentro do corpo além de tinta preta. Em volta, um círculo de plantas retorcidas e entrelaçadas, formando nós na altura de suas mãos, pés, cabeça e no espaço entre as pernas. Abaixo do desenho, havia as palavras *Opus Diaboli*. McLean puxou o livro para si, mas Madame Rose puxou-o de volta.

— Isso é do século XVII. Deve valer mais do que o seu jovem policial aí ganha em um ano.

— Onde o conseguiu? — perguntou McLean.

— Interessante escolha de palavras, inspetor. — Madame Rose correu um dedo cuidadoso pela página. — Eu o comprei de um antiquário vendedor de livros da Royal Mile. Faz muitos, muitos anos. Creio que ele o adquiriu, assim como vários outros, do espólio do falecido Albert Farquhar. Bertie Farquhar era um entusiasta do ocultismo, pelo menos foi o que ouvi dizer.

Outra peça do quebra-cabeça.

— Teoricamente, qual era o objetivo desse ritual?

— Aí é que fica interessante. — Madame Rose deslizou o dedo até o fim da página, virando o livro com cuidado antes de mostrá-lo ao inspetor. McLean olhou para o novo capítulo, sentindo-se momentaneamente confuso com a iluminura da letra capitular. Então ele notou a borda rasgada de uma página arrancada. Aquilo não era recente.

— Já estava assim, se o senhor quer saber. — Madame Rose pegou o livro de volta, fechou-o com cuidado e ficou batendo de leve na capa como se fosse um animalzinho de estimação. — Passei os últimos vinte anos procurando por outro volume igual.

— Quer dizer que não faz ideia do que... — McLean gesticulou para o livro e a imagem horrenda que continha dentro dele. — Qual era o objetivo?

— *Opus Diaboli*, inspetor. A obra do diabo.

Foi só ao chegar à rua que McLean percebeu que estava frio na sala de Madame Rose. Talvez fosse a sombra por ficar na parte norte do prédio, mas lhe pareceu mais que isso. Como se o local vivesse em sua própria dimensão. Ele olhou de volta para a porta, mas o cartaz ainda dizia "QUIROMANCIA, TARÔ, VIDÊNCIA". O entalhe na pedra ainda estava sujo, o peitoril da janela apodrecia devido à falta de uma camada de tinta. Ele balançou a cabeça, sentindo um estremecimento pelo corpo ao se ajustar ao calor do sol.

— Ela é meio esquisita — comentou MacBride, declarando o óbvio.

— Um pouco mais do que isso. — McLean enfiou as mãos no bolso da calça e eles foram andando de volta para a delegacia. — Mas acho que seria mais justo dizer ele.

— Ele? — MacBride deu mais três passos, talvez quatro, e se virou para encarar McLean. — O senhor quer dizer que ela é... Ele é um...

— Não se vê com frequência um pomo de adão daqueles numa mulher, Stuart. Nem mãos tão grandes. E eu apostaria que aquele busto avantajado se deve mais a enchimento que à natureza.

— Então Madame Rose realmente é uma charlatã. De muitas formas.

— Ah, eu não desprezaria a velha vidência. Qualquer um que seja bobo de dar seu dinheiro para esse tipo de coisa merece ficar mais pobre, se quer saber minha opinião. E ela... ele nos ajudou, afinal.

MacBride segurava firme o pacote em que Madame Rose colocara o livro com o máximo cuidado. Ela insistira em ficar com um recibo por ele quando McLean lhe pedira para levá-lo como prova. A soma de cinco algarismos mencionada como sendo seu valor podia ser um exagero, mas o policial não queria arriscar.

— Já temos a abotoadura — disse o detetive. — Será que realmente precisamos do livro? Já sabemos que foi Bertie Farquhar quem fez isso.

— Sempre é bom ter uma confirmação. — Além disso, havia algo sobre o livro. Ele queria ter a chance de estudá-lo mais, mesmo que a página crucial estivesse faltando.

— Tem uma coisa que está me incomodando, inspetor.

— Só uma?

— É, bem. — MacBride fez uma pausa ou para reunir as ideias, ou por insegurança. — Esse livro. A tal Madame Rose. Ela, ele, quem quer que seja, estava com ele sobre a mesa. Tinha até marcado a página.

— Eu notei.

— Mas como é que ela sabia o que estávamos buscando?

40

— Esse se parece um pouco com ele, mas talvez seja um pouco mais moreno. Não, esse. Ou talvez esse?

McLean nunca estivera no refúgio sagrado da Sra. McCutcheon, apesar de morarem no mesmo prédio há mais de 15 anos. Mesmo assim, nada o surpreendeu; era exatamente como ele poderia ter imaginado. A disposição da sala era igual a da sua, três andares acima, mas era aí que as semelhanças terminavam. Ela tinha quinquilharias por todo canto, em sua maioria delicadas caixas de chocolate vitorianas e souvenirs baratos, o que diminuía o tamanho do cômodo de boas dimensões. E ainda havia os gatos. Depois de ter contado dez deles, McLean desistira, sem saber se não contara o mesmo duas vezes. Eles espiavam de cima de prateleiras, das cadeiras, circulavam pelas pernas dele até ele não ousar mais se mexer. Sentar-se estava fora de questão.

— Não sei. Todos eles parecem meio carrancudos, não é? Você não tem nenhum sorrindo? O sujeito que eu vi estava com um sorriso largo.

A policial Kydd estava sentada ao lado da idosa num sofá que podia ser de antes de elas duas terem nascido. O encosto estava coberto com uma delicada colcha de renda, que também cobria o espaldar alto das poltronas do conjunto, agora ocupadas por olhos desconfiados e bigodes agitados. Apesar dos gatos, tudo estava arrumado na sala entulhada; havia apenas um excesso de tudo. Surpreendentemente, o local só cheirava a lustra-móveis e velhice. Mas a julgar pelo cheiro na entrada do prédio, a Sra. McCutcheon treinara os gatos para irem a outro lugar.

— Esse aqui. Acho que poderia ser ele. — Com seus óculos meia-lua, a velha senhora olhava para o laptop que a policial Kydd trouxera. Havia ali muitas fotos de fichas policiais, assim como um software de retrato falado. Até então eles apenas tinham visto as fotografias, com a de McReadie colocada estrategicamente entre elas, e McLean tentava se lembrar de não tomar o chá. Ele o vira sendo feito ao chegarem. Um saquinho para cada e outro para o bule, como dissera a Sra. McCutcheon. Uma pena que o bule só comportava meio litro de água.

— Sim. Tenho certeza. Ele tinha esses olhos estranhos. Muito juntos. Dá a ele uma aparência meio debiloide.

McLean sorriu com a palavra e se inclinou para a frente para ver a tela. Kydd a virou um pouco, a própria fisionomia um retrato do triunfo.

— É ele — disse a policial, mas McLean nem precisava que lhe dissesse. A imagem que ele queria ver estava ali na tela. Fergus McReadie.

— Temos que ir para a delegacia. Quero que busquem McReadie assim que possível. O cretino não vai sair sob fiança dessa vez.

Eles andavam em direção ao Teatro Pleasance, de volta para o centro da cidade. Sair do apartamento da Sra. McCutcheon demorara mais tempo do que McLean desejara, e durante todo o tempo ele tentou afastar a imagem de Fergus McReadie em seu BMW fugindo para algum lugar cheio de sol e com uma postura pouco prestativa em relação a extraditar criminosos.

— Quer que eu faça o comunicado, inspetor? — A policial Kydd remexeu na sacola do laptop pendurada no ombro, tentando puxá-la para pegar seu celular via satélite. McLean parou e a encarou.

— Me dê isso. Não, o laptop. Não faço ideia de como se usa esse telefone. — Ele pegou a sacola e a pendurou no ombro. Kydd pegou seu celular, tocou em alguns botões e o levou ao ouvido.

— Alô, Central? Aqui é dois-três-nove... Ah, meu Deus. Cuidado!

Aconteceu com tanta rapidez que nem deu para pensar. Kydd largou o celular e se jogou em cima de McLean, seu ombro atingindo-o no abdome e derrubando-o, jogando-o para o lado. Ele caiu de costas, com os pés nos degraus que levavam à porta aberta de um edifício. Seus joelhos dobraram enquanto ele movimentava os braços numa tentativa inútil de se levantar. McLean tinha batido no chão de pedra com força suficiente para machucar a coluna e tirar o ar dos pulmões. A pergunta se formou em seus lábios, "O que...?", mas foi respondida antes que ele conseguisse terminar de pensar. Um furgão Transit branco tinha subido na calçada, fazendo uma lixeira voar para o meio da rua. A policial Kydd foi pega no meio do caminho, como um coelho iluminado pelos faróis. Por um instante eterno, ela ficou lá parada, meio curvada ao tentar recuperar o equilíbrio, olhos arregalados, mais de espanto que de medo. Então, o furgão a atingiu, tirando-a do chão, jogando-a no ar como uma boneca descartada por uma criança. Só então McLean ouviu o ronco de um motor acelerando, a batida de um corpo no chão, o barulho de vidro se estilhaçando, uma freada.

Esforçando-se para respirar, ele conseguiu ficar de pé, recuando da porta que acabara por protegê-lo. O furgão voltou para a rua, abrindo caminho no tráfego como um lutador bêbado. Ele não conseguiu ver nenhum número de placa e, num segundo, o veículo sumiu, dobrando uma esquina e indo em direção ao Holyrood Park.

A policial Kydd estava deitada a uns seis metros da porta, com o corpo cruelmente retorcido. McLean procurou o celular em volta, vendo apenas peças eletrônicas do aparelho quebrado espalhadas pela rua. Seu próprio celular era inútil. Por que não mantinha uma droga de uma bateria carregada? Ele puxou seu distintivo, se meteu na frente do carro mais próximo e bateu com as mãos no capô.

— Você tem um celular?

O motorista sobressaltado apontou para algo num suporte no painel.

— Eu não estava usando. Juro.

— Não tô nem aí. Me dá isso aqui. — McLean pegou o aparelho antes mesmo que o motorista o entregasse a ele pela janela e digitou o número da delegacia. Nem esperou pelo preâmbulo que viria.

— Pete? McLean. Estou bem na frente do Pleasance. Um veículo bateu e fugiu. A policial Kydd está caída. Preciso de uma ambulância para ontem. E mande localizarem um furgão Transit branco, placa desconhecida, mas vai estar com um bom amassado na frente. O para-brisa também deve estar quebrado. Eu o vi indo para Canongate em direção a Holyrood.

Ainda segurando o telefone, McLean correu para onde a policial Kydd estava. Saía sangue de seu nariz e sua boca, brilhante e borbulhante. Seus quadris encontravam-se em uma posição impossível, e ele não quis nem ver suas pernas. No entanto, seus olhos ainda estavam abertos, vidrados com o choque.

— Fique comigo, Alison. Uma ambulância está a caminho. — McLean segurou a mão cortada, sem querer movê-la mais do que o necessário, mesmo duvidando de que ela voltaria a andar. Isso se conseguisse sobreviver nos próximos cinco minutos.

A distância, uma sirene começou a soar.

41

A cadeira de plástico barata era desconfortável, mas McLean mal notava a dormência nas nádegas, olhando fixamente para o quadro de avisos e seus folhetos despercebidos do outro lado da sala de espera vazia. Ainda agora, o percurso pela cidade dentro da ambulância se embaralhava numa série confusa de imagens passageiras. Um paramédico falando com uma voz que ele não conseguia ouvir; mãos gentis, mas firmes, soltando sua mão agarrada na da policial Kydd; profissionais bem-treinados tentando fazer algum milagre, colocando o colar cervical, levando a criatura retorcida para a ambulância, tão pequena, tão jovem; um percurso que atravessou a cidade para um hospital no qual ele nunca mais esperava pôr os pés; fisionomias sérias dizendo palavras sérias, como operação, cirurgia de emergência, tetraplégica. E agora a lenta espera por notícias, que, ele sabia, só podiam ser pavorosas.

Ouviu um leve farfalhar quando alguém se sentou ao seu lado. McLean nem precisou se virar para saber quem era. Reconheceria esse perfume em qualquer lugar. Uma mistura de papelada, preocupação e um leve toque de Chanel.

— Como ela está? — A superintendente-chefe McIntyre soava cansada. Ele sabia como ela se sentia.

— Os médicos nem sabem dizer como ela ainda chegou aqui viva. Está em cirurgia agora.

— O que aconteceu, Tony?

— Foi um atropelamento com fuga. Deliberado. Acho que estavam tentando me atingir. — Pronto. Ele tinha falado, tinha dado voz a sua paranoia.

McIntyre inspirou fundo, reteve o ar por um instante, como que desafiando-o a continuar.

— Tem certeza disso?

— Certeza? Não. Acho que não tenho mais certeza de nada. — McLean esfregou os olhos secos, pensando se as lágrimas seriam mal interpretadas. — Ela viu que ia acontecer. Ela me tirou do caminho. Podia ter se salvado, mas seu primeiro instinto foi o de me salvar.

— Ela é uma boa policial. — McLean notou que não foi acrescentado.
— Ela vai longe. — As chances eram de que ela nunca mais iria a lugar algum. Não sem rodas.
— Aliás, o que você estava fazendo lá?
E agora a parte difícil.
— Estávamos voltando para a delegacia. A policial Kydd estava me ajudando a identificar uma pessoa que foi ao meu apartamento uma noite dessas quando eu estava fora. Minha vizinha o viu agindo de modo suspeito.
— Nossa, ele soava patético.
— McReadie? — Houve uma ligeira entonação de pergunta na voz de McIntyre, mas McLean pôde sentir que ela não esperava uma resposta. De qualquer forma, assentiu.
— Mas então por que não era o sargento Laird que conduzia a investigação? Eu falei, Tony. Fique longe de McReadie. Ele está jogando com você.
— Ele está tentando me matar, é isso que ele está fazendo.
— Tem certeza? Não acha que isso é meio exagerado?
Não, porque o cretino plantou 50 mil libras e um quilo de cocaína para tentar me incriminar, mas eu não fiz o que ele esperava e agora ele escolheu a opção mais direta.
— Seria muito difícil testemunhar contra ele no tribunal se eu estivesse morto.
— Dê um tempo nisso, Tony. Melodrama não combina com você. E, de qualquer modo, segundo o sargento de plantão, às quatro horas da tarde, quando você comunicou o acidente, Fergus McReadie estava sendo interrogado na delegacia, com um advogado tão incisivo que deve se cortar todo ao se arrumar de manhã.
— Ele não teria feito uma coisa dessas pessoalmente. Pagaria alguém. Aposto que foi ele quem se ofereceu para ir lá hoje à tarde. Só para ter o álibi perfeito.
McIntyre soltou o ar lentamente e apoiou a cabeça na parede.
— Você não está facilitando as coisas para mim, Tony.
— Eu não estou facilitando? — Ele se virou para encarar a chefe, mas ela não retribuiu seu olhar. Em vez disso, falou para a sala vazia.
— Vá para casa dormir um pouco. Não há nada que você possa fazer aqui.
— Mas eu preciso...

— Você precisa ir para casa. Se ainda não estiver em choque, logo vai ficar. Será que vou precisar dar uma ordem?

McLean se recostou de novo na cadeira, derrotado. Ele odiava quando a superintendente-chefe tinha razão.

— Não.

— Que bom, pois agora vou dar uma ordem. Não quero que você venha trabalhar até a semana que vem.

— O quê? Mas hoje é só quinta-feira.

— Semana que vem, Tony. — McIntyre finalmente olhou para ele. — Você pode escrever para mim uma declaração detalhando exatamente o que aconteceu hoje à tarde. Depois não quero ouvir um chiado sequer vindo de você até segunda.

— Mas e McReadie?

— Não se preocupe com ele. Você tem uma testemunha dizendo que ele esteve em sua casa, o que parece uma clara violação das condições da fiança. — McIntyre pegou o telefone, mas não discou. — Ele não vai incomodar ninguém por algum tempo.

— Obrigado. — McLean deixou a cabeça dar uma leve batida na parede. — Tem certeza de que...

— Fique fora disso. Se você tiver razão e estiver sendo perseguido, não posso tê-lo na investigação. Assim como não posso deixar que fique importunando McReadie a cada passo. Tudo a seu tempo, Tony. Deixe isso de lado. Eu mesma vou conduzir essa investigação, assim fico sabendo caso você comece a meter o nariz onde não foi chamado.

— Eu...

— Para casa, inspetor. Nem mais uma palavra. — McIntyre se levantou, as mãos automaticamente alisando as pregas do uniforme enquanto se virava e saía andando. McLean a observou por um instante e, em seguida, voltou a olhar para a parede.

A policial Alison Kydd saiu da cirurgia e foi para a UTI à uma e quinze da madrugada. Oito horas na mesa de operação podiam ter salvado sua vida, mas os médicos a mantinham em coma induzido só para garantir. Certamente, ela não voltaria a andar, a menos que alguém descobrisse um modo de reconstituir uma medula espinhal seriamente lesionada. Apenas o tempo diria se ela voltaria a usar os braços ou controlar a bexiga. E sempre havia a chance de nunca mais acordar.

A médica que dissera tudo isso a McLean parecia muito jovem para ter saído da faculdade há muito tempo, mas dava a impressão de saber o que fazia. Estava cautelosamente otimista; as chances são de mais de cinquenta por cento, essas tinham sido suas palavras. Falou como se isso fosse uma coisa boa, com um sorriso cansado para autenticar suas afirmações. Sorriso e palavras o acompanharam até em casa num táxi varrido pela chuva e permaneceram com McLean quando ele deu início ao relatório para a superintendente-chefe, junto com uma garrafa de uísque de puro malte. Já amanhecia quando ele o terminou, percebendo que a bebida não estava ajudando muito. Ficar caindo de bêbado sozinho em casa não era seu estilo; era preciso alguns bons amigos para acompanhar. E o tempo todo ele não parava de dizer a si mesmo que a culpa não tinha sido dele. Repetindo muito isso, poderia até começar a acreditar.

Às seis horas ele ligou para o hospital e lhe disseram que não houvera mudanças e que era improvável que houvesse no futuro próximo. A enfermeira do outro lado não dissera nada a respeito, mas McLean entendeu pelo tom de voz que ela não seria tão gentil se ele ligasse de novo em breve. Ele devia estar cansado, pois não dormia há 24 horas, mas a culpa e a raiva não o deixariam dormir. Então tomou um banho, releu o relatório, fez algumas mudanças e o enviou por e-mail. Não foi culpa dele. Não havia como prever o que aconteceu.

Mas era culpa sua, de certo modo. Como McIntyre dissera, era Bob quem deveria ter levado um policial à casa da Sra. McCutcheon. McReadie poderia ter mandado seu capanga atropelar McLean num lugar totalmente diferente, onde não houvesse ninguém que pudesse se sacrificar para que ele sobrevivesse. Meu Deus, o que tinha sido aquilo? Por que ela...?

Seu punho estava quase na vidraça antes que McLean sequer notasse que o havia cerrado. Detendo o soco, ele bateu a mão espalmada na esquadria da janela, sentindo a ardência das lágrimas nos olhos, que nada tinham a ver com dor. Não com a dor física, pelo menos. Essa se esvaiu em minutos. Queria que fosse assim com a outra também.

Ele era tão teimoso às vezes. Talvez se tivesse escutado o que os outros lhe diziam, se tivesse delegado de vez em quando, isso não teria acontecido. E agora, ele estava preso ali, subindo pelas paredes por boa parte da semana porque tinham lhe dito para ficar afastado e ele simplesmente não resistira. Deus, que confusão.

Havia muito a fazer, muitos outros casos que requeriam sua atenção. McIntyre não podia realmente esperar que ele ficasse sem fazer nada até segunda-feira, podia? Ficaria tudo bem, era só se manter afastado da delegacia e de qualquer coisa a ver com McReadie e com a busca pelo furgão que atropelara Alison. Ainda restavam a garota morta e os dois suicidas, além do vazamento dos detalhes da cena do crime.

Sair do apartamento lhe deu a mesma sensação de ir para trás do galpão das bicicletas para fumar um baseado, mas ele precisava sair para comprar comida, no mínimo. E quando todo o resto fracassava, não havia nada como uma boa caminhada para ajudá-lo a pensar.

— Inspetor. Que surpresa agradável.

McLean se virou para a voz e viu um Bentley preto e lustroso seguindo-o pela rua com um vidro aberto, parecendo um cliente atrás de prostitutas nas altas horas da madrugada. Não que se encontrasse alguma trabalhando nas calçadas desse bairro, mas ele não ficaria surpreso se uma dessas casas grandes e elegantes abastecesse esse mercado classe alta de acompanhantes íntimas. Inclinando-se um pouco, ele viu a mão com luvas, o sobretudo escuro e o rosto marcado antes que o carro parasse. A porta se abriu e revelou um couro vermelho macio, o tipo de interior que provocaria espasmos em Freud. Gavin Spenser fez um gesto com o dedo, chamando-o.

— Posso lhe ofereceu uma carona?

McLean olhou adiante para a rua vazia e depois para trás, de onde viera. Meia hora de caminhada circunspecta não foi suficiente para livrá-lo da culpa nem da pena de si mesmo. Nem da frustração.

— Eu realmente não estava indo a lugar algum.

— Então talvez queira me acompanhar num café. Não fica longe.

Por que não? Ele não estava fazendo nada mesmo. McLean entrou no carro, cumprimentou o motorista corpulento espremido atrás do volante e afundou no banco de couro macio ao lado de Spenser. Eles partiram com um leve sussurro do motor, sem nenhum ruído da rua lá fora. Era assim que vivia a outra metade.

— Belo carro. — McLean não conseguiu pensar em outra coisa para dizer.

— Como não posso mais dirigir, prefiro conforto a potência. — Spenser fez um gesto em direção à parte de trás da cabeça raspada do motorista.

— Atrevo-me a dizer que Jethro leva a belezinha aqui para uma volta de vez em quando.

Pelo espelho retrovisor, McLean viu a boca do motorista se virar no canto com um sorriso mínimo. Como não havia um vidro divisório para garantir a privacidade, era óbvio que Spenser confiava nesse homem.

— A última vez que vi sua avó, ela estava dirigindo aquela coisa italiana tenebrosa. Qual era mesmo?

— O Alfa Romeo? — McLean não pensava nele há muito tempo. O mais provável é que estivesse no fundo da garagem, sem ser usado desde que sua avó decidiu que estava muito velha e cega para dirigir. Ela nunca o vendera e ele nem se lembrava da última vez que o vira. — Era o carro do meu pai. Vovó gastava uma fortuna para mantê-lo. Motor novo, pintura, troca de partes da carroceria ao longo dos anos... Foi um pouco como o Paradoxo do Navio de Teseu.

— Ah, sim, a famosa frugalidade McLean. Esther era uma mulher muito esperta. Pronto, chegamos.

O Bentley passou por um portal de pedras e subiu por um caminho curto, chegando a uma dessas mansões surpreendentemente grandes que se escondem em esquinas inesperadas de Edimburgo. Era cercada por um terreno pelo qual os donos de construtoras se matariam, suficiente para construir pelo menos vinte casas, todas com árvores altas e jardins maravilhosamente cuidados. A casa propriamente dita era em estilo eduardiano, grande mas bem-proporcionada, e numa localização alta o bastante para permitir uma vista espetacular da cidade, com o castelo e o Arthur's Seat, além do mar de pináculos e telhados. Antes que McLean sequer se desse conta de que eles haviam parado, Jethro já tirara o cinto de segurança, saíra do carro e estava abrindo a porta de Spenser. O senhor idoso desembarcou com uma agilidade que não combinava com sua aparência. Nada de articulações rangendo nem dificuldade de ficar de pé. McLean quase sentiu inveja ao sair do carro e sentir os pés esmigalhando uma camada funda de cascalho e algumas vértebras da coluna estalando.

— Venha — disse Spenser. — Lá atrás é um pouco mais reservado.

Enquanto contornava a casa, Spenser apontou para algumas características interessantes. Nos fundos, uma grande estufa anexada à casa era cercada por um pátio elevado que devia ter sido um acréscimo feito na década de 1970. Por mais fora de moda que fosse, o calçamento era imaculadamente bem-cuidado, e em seu centro havia uma mesa e cadeiras. A única coisa que faltava era uma piscina, mas não, lá estava ela, aninhada entre uma quadra de tênis e um campo de croquet perfeitamente plano. A manutenção do lugar exigia grande esforço, mas não faltavam recursos a Spenser.

Em silêncio, um mordomo taciturno trouxe café. McLean observou o líquido sendo servido, recusou leite e açúcar e deu um gole no que considerou o melhor café que experimentara em muito tempo, sentindo o aroma delicioso dos grãos arábicos perfeitamente tostados. Era assim que vivia a outra metade.

— O senhor disse que conheceu minha avó na universidade. Sem querer ofender, mas isso deve ter sido há muito tempo.

— Deve ter sido em 1933. — Spenser franziu o cenho na tentativa de se lembrar, fazendo com que as pregas de suas cicatrizes ficassem vermelhas e, em seguida, amareladas. — Pode ter sido em 1930. A memória se vai depois de um tempo.

McLean duvidou disso. Spenser tinha a mente tão aguçada quanto um daqueles alfinetes que ficam escondidos nas golas das camisas novas.

— Ela...? Vocês eram...? — Por que era tão difícil fazer a pergunta?

— Namorados? — Spenser franziu o cenho e todo um novo conjunto de formas se expôs em seu rosto arruinado. — Quem dera. Éramos bons amigos. Próximos. Mas Esther não era de perder tempo e precisava se esforçar muito mais do que nós.

— Ah, é? Sempre pensei que ela fosse inteligente.

— E era. Praticamente a mente mais brilhante que eu conheci. Perspicaz, tinha facilidade para aprender qualquer coisa. Só tinha um enorme defeito: era mulher.

— Mas havia mulheres médicas na década de 1930.

— Ah, sim. Umas poucas almas intrépidas. Mas não era fácil chegar lá. Ser tão boa quanto os homens não era suficiente, era preciso ser melhor. Esther entendia esse tipo de desafio, mas isso a tornou bem obstinada. Por maiores que fossem meus encantos, não dava para competir.

— Então deve ter sido bem irritante quando surgiu meu avô.

— Bill? — Spenser deu de ombros. — Ele sempre esteve por perto. Também era estudante de medicina, e por isso conseguia passar mais tempo com Esther que o resto de nós.

— O resto de nós?

— Está me interrogando, inspetor? — Spenser sorriu. — Ou posso chamá-lo de Tony?

— É claro. Desculpe. Por ambos. Eu devia ter dito. É um hábito, sinto muito. Faz parte de ser detetive.

— Fiquei surpreso ao saber. — Spenser terminou seu café e deixou a xícara na mesa.

— Que eu sou detetive? Por quê?

— É uma escolha estranha. Quer dizer, sua avó era médica, Bill também. Seu pai, advogado. Teria sido um dos melhores se tivesse tido a chance. Por que você decidiu entrar para a polícia?

— Bem, um dos fatores é que nunca tive cabeça para ser médico. — McLean visualizou a decepção de sua avó cada vez que ele chegava em casa com notas baixas nas matérias da área de ciências. — Quanto a ser advogado, nunca me ocorreu. Meu pai não exerceu grande influência na minha vida.

Algo semelhante a tristeza passou pela fisionomia de Spenser, embora fosse difícil saber por causa da cirurgia reconstrutora.

— Seu pai. Sim. John era um garoto brilhante. Me lembro bem dele. Gostava muito dele.

— Parece que sabe mais sobre minha família do que eu mesmo, Sr. Spenser.

— Gavin, por favor. Apenas meus empregados me chamam de Sr. Spenser, e mesmo assim quando sabem que posso ouvir.

Gavin. Não parecia correto. Como chamar sua avó de Esther ou seu avô de Bill. McLean terminou o café e olhou para a cafeteira na esperança de uma nova xícara, sem saber se a queria por sua boa qualidade ou apenas porque necessitava de um apoio para superar o desconforto. Este era o problema. Por que ele se sentia desconfortável na presença desse homem? Exceto por seu rosto desfigurado, e esse não podia ser o motivo, Spenser era um perfeito cavalheiro. Um velho amigo da família ajudando num momento de pesar. Então por que sua intuição lhe dizia que algo não estava certo?

— Na verdade, isso me leva a outra coisa — disse Spenser. — O que você acharia de vir trabalhar comigo?

McLean quase deixou a xícara cair.

— Como?

— Falo sério. É um desperdício ficar na polícia e, se o que eu soube for verdade, você não vai subir muito na carreira. Não quer ser político, certo?

McLean assentiu, sem saber direito o que dizer. Parecia que ele não era o único bancando o detetive ali.

— Embora eu não dê a mínima para esse tipo de coisa — continuou o idoso. — O que me interessa é a capacidade das pessoas. Como Jethro. A maioria das pessoas não teria dado a ele uma primeira oportunidade, por causa de sua constituição física, pelo seu modo de falar. Jethro não tem talento para as palavras, mas é mais inteligente do que parece e faz um bom serviço. Você faz um bom serviço, Tony. Foi o que eu soube sobre você. Um homem com as suas habilidades poderia ser útil para mim. E com sua formação também.

— Eu realmente não sei o que dizer. — Só que Bob Rabugento o mataria se ele largasse a corporação. E por que ele estava sequer considerando? Ele adorava ser detetive. Sempre tinha adorado. Porém ser inspetor não era tão interessante quanto ele imaginava quando ainda era sargento. Além disso, havia as épocas em que uma corrente infinita de problemas começava a desgastá-lo, isso era verdade. Seria bom fazer algo que lhe permitisse parar de vez em quando e olhar com orgulho para as próprias realizações. Atualmente mal havia tempo para respirar antes de mergulhar de novo nos problemas.

— Pense nisso, OK? — Spenser sorriu novamente, e algo familiar passou feito um fantasma por seu rosto desfigurado. Algo naqueles olhos escuros, que ficavam ainda mais profundos por causa do rosa e branco das cicatrizes que os cercavam. Que acidente tenebroso acontecera a esse homem para deixá-lo assim desfigurado? Como seria trabalhar com um homem que carregava isso há tanto tempo? E que mal faria pensar na oferta? Afinal, isso não significava que fosse aceitá-la.

— Tudo bem, Gavin. Vou pensar.

42

O carro ainda estava lá, escondido no fundo da cocheira que servia como garagem. Ele fora andando diretamente para lá da casa de Gavin Spenser, a mente trabalhando horas a fio na estranha oferta que o idoso lhe fizera. Ainda era apenas uma questão filosófica, é claro. Ele não tinha a mínima intenção de deixar a corporação. No entanto, era interessante imaginar-se viajando pelo mundo, solucionando problemas no vasto império das Indústrias Spenser. Exceto que ele não sabia ao certo o que as Indústrias Spenser faziam, só tinha uma vaga lembrança de um logotipo em algum equipamento de informática e de alguma coisa vista num jornal ou nos noticiários que por alguma razão ficara em sua memória.

Balançando a cabeça, McLean se concentrou em outro mistério que a conversa havia lhe trazido. Foi preciso mover o cortador de grama e várias caixas antes de conseguir tirar a capa feita sob medida, mas ao fazê-lo, o carro que havia ali embaixo lhe trouxe muitas lembranças.

Era de um vermelho mais escuro do que ele lembrava, a pintura estava como nova. Os pequenos espelhos, as grades em forma de coração e as calotas de cromo brilhavam, apesar de o sal das estradas de inverno ter deixado pequenos pontos de ferrugem no metal. Ele passou a mão pelo teto, tentou a maçaneta da porta. O carro estava fechado, mas as chaves estavam penduradas em um gancho preso a uma caixa aparafusada na parede ao lado da porta que dava para o cômodo onde se guardavam selas e arreios no passado. A fechadura emperrada a princípio resistiu, depois cedeu com um estalo, o que fez McLean pensar em futuras despesas com conserto. Foi nesse momento que ele percebeu que, como sua avó, ele também manteria esse carro vivo, a última lembrança de seu pai há tanto tempo falecido. O que foi mesmo que MacBride dissera quando eles foram a Penstemmin? "Dizem que o senhor sequer tem um carro." Pois bem, agora ele tinha.

Em seu interior, os assentos de couro preto pareceram muito pequenos e estreitos se comparados com os bancos volumosos e acolchoados que ele estava acostumado a encontrar nas viaturas impessoais em que andava na maior parte do tempo. Ao se sentar atrás do volante, a peça pareceu franzina, com os frisos de metal apontando para o centro do painel, projetado numa época em que *airbags* eram uma fantasia e a lista de espera para doação de órgãos era bem mais curta. Até os cintos de segurança eram opcionais. Isso ele se lembrava de seu pai lhe dizer; uma lembrança em que ele não pensava havia décadas. Aqueles fins de semana em que seus pais o levavam para longos passeios em Borders. O desfile interminável de castelos e abadias em ruínas o entediava, mas o cheiro desses assentos e o som do motor eram outra coisa.

 McLean respirou fundo. O cheiro era exatamente o que tinha na memória. Ele pôs a chave na ignição e a girou. Nada. Bem, não era de surpreender. Fazia mais de dois anos que o carro estava parado. Seria preciso encontrar o telefone daquela oficina mecânica em Loanhead, onde faziam a manutenção. Pedir que o colocassem em ordem outra vez. Verificar os freios, colocar pneus novos, esse tipo de coisa. Relutante, McLean saiu do carro, recolocou tudo no lugar e fechou a garagem.

A pasta do carro estava no arquivo, no exato local em que deveria estar. McLean ficou surpreso ao ver que os impostos e o seguro tinham sido pagos na época do AVC de sua avó. Será que os advogados haviam feito os pagamentos? Provavelmente eles tinham enviado um recado sobre o assunto e McLean o colocara na pilha de coisas a fazer. Havia muita coisa naquela pilha, e mais cedo ou mais tarde ele teria que encará-la. A papelada do trabalho já era ruim o bastante. Será que ele realmente precisaria lidar com isso em casa também? É claro que sim. É a vida, não havia como se safar.

 O toque do telefone lhe provocou um choque, como se ele estivesse atrelado a fios. Estava tudo tão quieto na garagem e dentro da casa. Quem estaria ligando para ele ali? Não eram muitos que tinham esse número. Ele atendeu rapidamente, falando mais alto do que pretendia.

 — McLean.

 — Seus modos ao telefone não são muito simpáticos, inspetor. — Ele reconheceu a voz.

 — Desculpe, Emma. Foi um dia daqueles.

 — Nem me fale. Ficamos o dia inteiro tentando combinar amostras de cocaína com os suprimentos que temos. Faz ideia de quantas substâncias químicas diferentes estão misturadas numa carreirinha?

Houvera uma palestra sobre isso no ano anterior. O pessoal da Divisão de Narcóticos tentou mostrar à ralé de detetives o quanto o trabalho deles era mais importante e mais difícil. Afinal, era uma guerra. McLean se lembrou vagamente de alguma informação técnica sobre a manufatura de cocaína e todo o lixo com que era misturada no caminho entre as florestas colombianas e o usuário final com a sua nota enrolada de 10 libras.

— Agradeço muito. Chegaram a alguma conclusão?

— Não. Quer dizer, não é bem verdade. A cocaína não se encaixa em nenhum perfil conhecido no Reino Unido, mas isso não é de surpreender: ela é pura.

— Purinha?

— Totalmente. Eu nunca vi nada igual. Pode dobrar qualquer valor que tinha calculado sobre ela. E ainda bem que você não é chegado: duas carreiras e estaria morto.

Muito tranquilizador.

— E as digitais? Conseguiu alguma coisa?

— Sinto muito, não. Estavam muito danificadas. Comparei com as de McReadie, mas não há detalhes suficientes para termos um caso sólido. Se eu tivesse que dar um palpite, diria que são dele, mas isso não se sustentaria no tribunal.

McLean folheou a pasta sobre a mesa à sua frente e só depois se deu conta de que eram os documentos do carro.

— Bem, você tentou. Obrigado. Fico devendo essa.

— Fica mesmo, inspetor. Jantar, se bem me lembro. E pelo que eu sei, você está de bobeira no momento.

Atrevida. Bob Rabugento o havia alertado. Bem, não dava para criticar a capacidade de análise de personalidade do sargento, da mesma forma que não era possível refutar a lógica de Emma. McLean olhou para o relógio: sete da noite. Nossa, o que aconteceu com o dia?

— Onde você está agora? Na Central?

— Não. Na delegacia. Vim entregar umas coisas para o depósito de provas. Passei na sua sala, mas me disseram que você estava... hã...

Os policiais não passavam de fofoqueiros. Sem dúvida, sua suspensão temporária já se espalhara por toda Lothian e Borders. Que beleza.

— Certo. Eu encontro você em uma hora, está bem? — Ele sugeriu um restaurante conveniente e desligou. Ficou olhando para a parede por um instante. Lá fora, do outro lado da cidade, as pessoas estavam se preparando para outra noite de sexta no Festival Fringe, todos alvoroçados e se divertindo. Ele não sabia se seu humor poderia suportar tamanha exposição a isso. Sua antiga vida, legal, confortável, entediante e segura, começava a esmaecer aos poucos, e ele se sentia impotente para fazer qualquer coisa a respeito. Seu instinto era de se esconder. Ele lutava contra isso. Controlar a situação, essa era a resposta.

A pasta estava aberta na escrivaninha diante dele. Bem, ele sempre poderia cuidar disso no dia seguinte. McLean reunia os papéis para guardá-los quando notou a fotografia enfiada atrás deles. Devia ter sido tirada quando o carro era novo, as cores um pouco irreais, vívidas, como se os anos tivessem desbotado o mundo. Sua mãe e seu pai estavam parados diante do Alfa, estacionado na frente de uma entrada antiga de garagem. Ele também estava lá, de calças curtas e com um paletó, de mãos dadas com a mãe e segurando um urso de pelúcia. Ele virou a foto, mas não havia nada além da marca d'água do fabricante do papel. Ao voltar à imagem, vagas lembranças passaram pela sua cabeça. Seria possível se lembrar daquele dia, daquela hora, daquele segundo? Ou ele estaria apenas construindo um cenário possível em torno da fotografia?

Ele a recolocou com os documentos e fechou a pasta. Não conhecia essas pessoas, já não sentia nenhuma emoção quando as via. Mas ao se levantar, recolocar a pasta no arquivo e fechar a gaveta, ele não conseguiu tirar da cabeça a imagem do sorriso nos olhos escuros do pai.

43

Eles foram a um restaurante tailandês próximo à delegacia que McLean costumava frequentar, geralmente com um grupo numeroso de policiais famintos.
— O que é bom? Acho que nunca experimentei comida tailandesa.
— Emma tomou um gole da cerveja; ela pedira uma caneca grande, ele notou.
— Isso depende. Você gosta de coisas picantes ou de algo mais tranquilo?
— Picante, sempre. Quanto mais, melhor.
McLean sorriu; ele gostava de um desafio.
— Tudo bem, então. Eu sugiro que você peça um *gung dong* de entrada e um *panang* na sequência. Depois, se sobrar espaço, peça um dos pudins de coco deles.
— Você é sempre tão bem-informado, inspetor? — Emma levantou uma sobrancelha inquisitiva e balançou a cabeça, afastando o cabelo preto e curto do rosto. McLean sabia que ela estava implicando com ele, mas não se conteve e mordeu a isca.
— Já me disseram que até os inspetores precisam ter um tempo livre de vez em quando. Além disso, estou de folga até segunda. E você pode me chamar de Tony.
— Então, o que faz um inspetor quando não está trabalhando, Tony?
Nos últimos 18 meses, desde que ele encontrara a avó inconsciente em sua poltrona favorita, ele a visitava no hospital. Ou estava no trabalho ou talvez simplesmente em casa, dormindo. McLean nem se lembrava da última vez que fora ao cinema ou a um show. Ele nunca tirava mais que uns poucos dias de férias de cada vez, e mesmo então só pegava sua velha mountain bike e ia para Pentland Hills, sempre se perguntando porque o morro ficava cada vez mais íngreme.
— Na maioria das vezes eu vou ao pub — disse ele, dando de ombros.
— Ou a restaurantes tailandeses.

— Não sozinho, espero — completou Emma, rindo. — Isso seria muito triste.

McLean não disse nada e a risada de Emma morreu, caindo num silêncio constrangedor. Havia muito tempo que ele não fazia algo assim; realmente não sabia o que dizer.

— Eu trouxe minha avó aqui uma vez. — Ele finalmente deu um jeito. — Antes do AVC.

— Ela era muito especial para você, não é?

— Era. Quando eu tinha 4 anos, meus pais morreram num acidente de avião ao sul de Inverness. Minha avó me criou como filho.

— Poxa, Tony, sinto muito. Eu não me dei conta...

— Tudo bem. Já superei isso há algum tempo. A gente se adapta rápido quando tem 4 anos. Mas, para mim, a morte da minha avó foi ainda pior do que perder um pai ou uma mãe. E ela ficou em coma por tanto tempo. Foi horrível vê-la definhar daquele jeito.

— Meu pai morreu há alguns anos — contou Emma. — Bebeu até cair morto. Não posso realmente dizer que eu e minha mãe ficamos muito tristes. Será que isso é errado?

— Não sei. Não. Eu não pensaria assim. Era um homem violento?

— Na verdade, não. Só negligente.

— Você tem irmãos? — McLean tentou se desviar do papo sentimental.

— Não, sou filha única.

— E o que uma perita forense faz em seu tempo livre? Supondo que tenha algum

Emma riu.

— Provavelmente não mais que um inspetor-detetive. É muito fácil deixar o trabalho tomar seu tempo, e ser chamada a qualquer momento bagunça toda a vida social.

— Parece que você teve algumas experiências amargas.

— Quem não teve?

— Quer dizer que não está namorando ninguém?

— Você que é o detetive, Tony. Acha que eu estaria aqui sentada tomando cerveja e esperando comida tailandesa se estivesse namorando?

— Desculpe, pergunta imbecil. Então me conte sobre a cocaína e todas as estranhices que os traficantes misturam nela.

Talvez fosse um pouco triste, mas ele achava mais fácil falar sobre trabalho do que qualquer outra coisa. Emma também pareceu mais feliz com esse assunto, e ele desconfiou de que o pai dela tinha sido mais que apenas negligente. Todas as vidas são definidas pelas pequenas e infinitas tragédias.

Quando a comida chegou, estavam entretidos numa conversa sobre a necessidade de limpeza absoluta no laboratório. A refeição transcorreu com uma sucessão de histórias sobre os colegas de trabalho. Quando McLean percebeu, estava pagando a conta e saindo com Emma para a noite.

— A sobremesa estava divina. Como se chama mesmo? — Ela passou o braço pelo dele, ficando bem próxima enquanto eles iam caminhando devagar.

— Kanom bliak bun, ou pelo menos acho que é assim se pronunciam. — McLean não fazia ideia do destino deles. Encarara o jantar como uma tarefa, uma obrigação para retribuir um favor. Achar a companhia tão agradável foi uma surpresa. E ele realmente não planejara nada. A noite tinha esfriado, com uma brisa nordeste vindo do mar. O corpo dela estava quentinho ao seu lado. Anos de prática sendo solitário o incitou a afastá-la, a manter distância, mas pela primeira vez em tanto tempo que ele nem conseguia lembrar, McLean ignorou esse impulso. — Topa uma saideira?

Eles foram para o Guilford Arms porque era perto e servia uma boa cerveja. Depois, Emma sugeriu que tentassem encontrar um show de comédia do Fringe que não estivesse esgotado. McLean desconfiou de que Emma sabia exatamente aonde estava indo, mas ficou feliz de ser conduzido por ela. O bar em que finalmente conseguiram entrar era minúsculo e estava lotado de gente suada. Era uma noite em que o público podia pegar o microfone, e uma série de comediantes esperançosos enfrentava uma plateia hostil e embriagada em busca de seus escassos minutos de fama. Alguns eram muito bons, outros tão ruins que provocavam ainda mais risadas. Quando a última apresentação terminou e o bar esvaziou, eram duas da madrugada, e era notável que não havia táxis na rua. McLean remexeu no bolso, pegou o celular e olhou revoltado para a tela.

— A droga da bateria acabou de novo. Juro que sou azarado para esse tipo de coisa.

— Você devia falar com Malky Watt, lá da perícia. Ele tem uma teoria sobre a aura das pessoas e de como algumas podem sugar a energia de aparelhos eletrônicos. Especialmente se alguém poderoso está tendo pensamentos negativos sobre você.

— Ele parece ser um maluco de carteirinha.

— É. Deve ser mesmo.

— Isso nunca acontecia comigo. Só começou há cerca de um mês. Tentei trocar de aparelho, comprei bateria nova, tudo. Essa coisa fica inútil se não estiver ligada na tomada, o que não faz sentido.

— Entendo. — Emma olhou para a tela apagada no celular. — Deixa para lá. Meu apartamento fica a cinco minutos daqui. Você pode chamar um táxi de lá.

— Ah, boa. Eu ia tentar conseguir um táxi para você, não para mim. Posso voltar a pé para Newington, sem problema. Eu meio que gosto da cidade de madrugada. Me lembra de quando eu fazia ronda. Vamos, eu acompanho você até em casa. — McLean ofereceu o braço, e Emma o segurou de novo.

O apartamento dela ficava numa fileira de prédios iguais na Warriston, com os fundos voltados para o Water of Leith. Ao chegarem ao fim da rua, McLean teve um calafrio.

— Está com frio, inspetor? — Emma passou o braço em torno dele e o puxou para si. Ele ficou tenso.

— Não, não é frio. É outra coisa. Prefiro não falar sobre isso.

Ela lhe dirigiu um olhar estranho.

— Tudo bem.

Depois eles continuaram a andar. McLean a acompanhava, mas o momento havia passado. Ele não conseguia parar de olhar para a ponte onde encontrara o corpo de Kirsty, tantos anos antes.

Mais alguns metros e eles chegaram à porta dela. Emma pegou o chaveiro na bolsa.

— Quer entrar e tomar um café?

Ele ficou extremamente tentado. Ela era aconchegante e simpática, cheirava a dias despreocupados e divertidos. Conseguira afugentar seus fantasmas durante toda a noite, mas agora eles tinham voltado. Se ela morasse em alguma outra rua, ele poderia ter dito sim.

— Não posso. — Ele olhou para o relógio. — Preciso voltar. Foi um dia longo e parece que amanhã vai ser ainda pior.

— Mentiroso, você está de licença. Pode dormir até a hora que quiser. Não faz ideia do quanto eu te invejo. — Emma deu um soquinho de brincadeira no peito dele. — Mas tudo bem. Tenho que chegar ao laboratório às oito. Foi muito divertido.

— Foi mesmo. Vamos fazer isso de novo.
— Isso foi um encontro, inspetor McLean?
— Ah, isso eu não sei. Se fosse, eu teria que cozinhar para você.
— Ótimo. Eu levo o vinho. — Emma se aproximou de McLean e lhe deu um leve beijo na boca, depois recuou e subiu as escadas antes que ele tivesse tempo de reagir. — Boa noite, Tony — gritou ela ao abrir a porta e desaparecer lá dentro.

Foi só quando já estava a meio caminho da Princes Street que McLean percebeu que não havia pensado na policial Kydd a noite toda.

44

Um zunido estridente se infiltrou em seus sonhos, levando McLean de volta ao mundo dos vivos. Ele abriu um olho para ver o despertador na mesa de cabeceira. Eram seis horas da manhã e ele se sentia morto. Não parecia justo depois da noite agradável que tivera. Além disso, esperava dormir até mais tarde.

Estendendo o braço, ele bateu no botão do relógio. O zunido continuou, e então ele percebeu que vinha de cima da cômoda no outro lado do quarto. Trôpego, levantou-se da cama e chegou ao paletó amassado bem quando o barulho parou. Embaixo dele, conectado ao carregador, o celular mostrou uma mensagem que lhe pedia para telefonar para a delegacia. Ele estava prestes a ligar quando o telefone fixo começou a tocar no hall.

Saindo do quarto de cuecas boxer, McLean chegou ao telefone bem quando ele parou de tocar. Ainda não recolocara a fita na secretária eletrônica. Talvez fosse comprar uma nova. Algo digital que não conservasse a voz dos mortos. Ele olhou para a mensagem no celular em sua mão e apertou o botão de discagem rápida. Dez minutos depois já tinha tomado banho e se vestido e saía porta afora. O café da manhã teria que esperar.

O vento frio da manhã cortava a rua estreita, afiado pelos edifícios altos dos dois lados. Sua avó o teria chamado de vento preguiçoso; ele atravessa as pessoas em vez de fazer o esforço de se desviar. McLean estremeceu em seu terno fino de verão; a falta do café da manhã fazia com que ele sentisse frio, além das poucas horas de sono e do despertar súbito, descortês, com notícias que ele não queria ouvir. Às vezes, a vida de um trabalhador de escritório parecia bem atraente; o sujeito cumpre seu horário e cai fora. Vai para casa em segurança, sabendo que ninguém irá chamá-lo no meio da noite pedindo-lhe para ir até lá terminar mais alguns relatórios ou o que quer que as pessoas com trabalhos normais fazem.

MacBride o aguardava na entrada do necrotério municipal, andando nervoso pela rua como um calouro pensando se teria coragem de entrar sozinho num dos pubs mais famigerados da Cowgate. Ele parecia estar com mais frio que McLean, se isso fosse possível.

— Qual é o caso, policial? — perguntou McLean, mostrando seu distintivo a um jovem uniformizado que desenrolava a fita amarela e preta em torno da entrada de veículos.

— É a garota, inspetor. A da casa de Sighthill. Ela... Bem, acho que é melhor o senhor falar com o Dr. Sharp.

O interior do prédio estava estranhamente movimentado. Uma equipe da perícia empoava tudo em sua busca de digitais e outras pistas, observada pela nervosa assistente do patologista.

— O que está havendo, Tracy? — perguntou McLean. Ela pareceu aliviada ao vê-lo, um rosto conhecido no meio do caos.

— Alguém entrou aqui e roubou um dos nossos corpos. A garota mutilada. Levaram os órgãos conservados também.

— Mais alguma coisa?

— Levar, não levaram mais nada, mas mexeram nos computadores. Nós temos proteção por senha, mas quando cheguei, o meu estava ligado. Eu podia jurar que o desliguei ontem à noite. Não dei muita bola até notarmos a falta do corpo. Pelo que vi, nada foi apagado, mas eles podem ter feito cópias de qualquer um dos meus arquivos.

— E os outros corpos guardados? — McLean olhou pelas vidraças que separavam o gabinete da sala de necropsia. Emma, que estava disparando seu flash, parou ao vê-lo e lhe deu um aceno alegre.

— Não parecem ter sido tocados. Quem fez isso, sabia o que procurava.

— Nesse caso, a perícia não vai encontrar nada. Tudo indica que isso foi muito bem planejado. Tem certeza de que foi ontem à noite?

— Não posso ter cem por cento de certeza. Nós não tiramos o corpo para verificação todos os dias. Mas os órgãos estavam guardados na sala de segurança, bem ali. — Ela apontou para uma porta de madeira pesada com uma janelinha de vidro reforçado na altura da cabeça. — Eles estavam lá ontem à noite quando eu fui guardar as roupas das vítimas de suicídio, e hoje de manhã notei a ausência deles quando fui pegar outra caixa de vidros de amostra. Assim que vi isso, fui verificar as gavetas e ela não estava lá.

— A que horas você foi embora ontem?

— Por volta das oito, acho. Mas tem gente que fica aqui 24 horas. Nunca se sabe quando vai chegar um corpo.

— Sei que não é qualquer um que pode entrar aqui. — McLean já conhecia as medidas de segurança do lugar. Não eram perfeitas, mas pareciam mais do que adequadas antes daquele incidente. Suficientes para impedir a entrada sem autorização. — Como alguém tiraria um corpo daqui? Quer dizer, não dá para jogá-lo no ombro e sair pela Cowgate.

— A maioria dos corpos é trazida por ambulâncias ou funerárias. Talvez a tenham levado desse jeito.

— É, acho que faz sentido. Quantos corpos chegaram ontem à noite?

— Deixa eu ver. — Ela se virou para o computador e fez uma pausa. — Será que eu posso usar isso?

McLean reteve um técnico da perícia que passava por ali e fez a ele a mesma pergunta.

— Já realizamos o procedimento para digitais, mas é improvável que se consiga alguma coisa aí. Não há nada no teclado nem nas portas da câmara frigorífica. Imagino que a pessoa que fez isso estava usando luvas.

— Então vá em frente. — McLean assentiu para Tracy, que digitou algumas teclas.

— Sua suicida foi protocolada à uma e meia da tarde. Uma vítima de um suposto enfarto entrou às oito. É, eu me lembro desse corpo sendo trazido. Mais nada depois disso. Deve ter sido uma noite calma.

— E a recepção do turno da noite pode confirmar isso?

— Vou perguntar. — Tracy pegou o telefone sem indagar ao perito se podia fazer isso e falou rapidamente, anotando um número, o qual discou em seguida. Um silêncio prolongado. Até que finalmente: — Pete? Oi, é Tracy, do trabalho. Sim, desculpe, eu sei que você está no plantão noturno. Houve um assalto aqui. A polícia está por todo canto. Não, não estou brincando. Vão querer falar com você. Diga, você deu entrada em algum corpo depois da chegada do Sr. Lentin ontem? — Pausa. — Como? Tem certeza? Certo. Obrigada. — Ela desligou. — Uma ambulância chegou às duas da madrugada. Pete jura que ela deu entrada aqui, mas não há nada no sistema.

— Deve ter sido por isso que você encontrou o computador ligado quando chegou. — McLean teve que admirar a eficiência do ladrão. Era um trabalho profissional do começo ao fim. Mas por que alguém iria querer roubar um cadáver de 60 anos que eles nem tinham conseguido identificar ainda?

— Você tinha razão, sabe?

— É? Sobre o quê? — McLean estava parado no vão da porta da sala da superintendente-chefe McIntyre, que tinha a fama de estar sempre aberta, mas ele relutava em entrar. O suspiro cansado, resignado ao vê-lo ali fora suficiente para que ele soubesse que estava forçando sua sorte.

— McReadie. O interrogatório dele estava marcado para outro dia, mas o advogado ligou e convenceu Charles a antecipar. Por isso ele estava aqui quando a policial Kydd foi atropelada. Isso não vai ser bom para ele. McReadie está indo para o Presídio de Saughton agora.

Isso não seria grande consolo para a coitada da Alison.

— Eu liguei para o hospital.

— Eu também, Tony. Nenhuma mudança, eu sei. Ela é durona, mas eles quase a perderam na mesa de cirurgia. Nem preciso dizer o quanto as chances são mínimas. — Nem o tipo de vida que ela vai ter se conseguir sair dessa. McLean só observou McIntyre esfregar a palma da mão cansada no rosto, dando-lhe o tempo necessário para chegar ao seu assunto principal. — Mas o que você está fazendo aqui? Devia estar de licença.

Ele lhe contou sobre o roubo do cadáver.

— Sabemos que Bertie Farquhar foi um dos assassinos, mas acho que pelo menos um dos outros ainda está vivo.

— Acha que foi um deles que o levou?

— Pelo menos arranjou as coisas para que fosse levado. Farquhar teria uns 90 anos se não tivesse batido com o carro. Imagino que qualquer outro envolvido tenha mais ou menos a mesma idade. Não é exatamente o tipo que sai arrombando o necrotério municipal.

— É mais provável que tivesse entrado numa cadeira de rodas. — McIntyre tentou provocar um sorriso sem muito sucesso.

— Seja quem for, é uma pessoa influente. Ou tem dinheiro. Ambos, na verdade. Apesar de não termos divulgado que achamos o corpo, alguém soube que o encontramos e onde estava guardado. Imagino que estão tentando encobrir as pistas.

— Sabe muito bem que eu disse a você para voltar na segunda-feira. Você não devia estar aqui.

— Eu sei, mas não posso deixar esse assunto com o sargento Laird. Não com tudo o que ele está cuidando. Além disso, vou enlouquecer se tiver que ficar sentado em casa sabendo que o assassino está por aí apagando cada fiapo de prova que temos.

A superintendente-chefe ficou quieta por um tempo, recostou-se na cadeira e ficou olhando para ele. McLean lhe concedeu o tempo que ela julgasse necessário.

— O que vai fazer? — perguntou ela por fim.

— Estou tentando rastrear os amigos de Bertie Farquhar. MacBride já investigou os arquivos, e pedimos seu registro de guerra. Eu ia ver se Emily Johnson traria mais alguma coisa. Ela falou que daria uma procurada no sótão por álbuns de fotos antigos.

— Por que será que tive a sensação de que você iria fazer uma visita a Sra. Johnson hoje de qualquer maneira? — McIntyre desprezou os protestos de inocência de McLean. — Vá, Tony. Encontre sua garota morta desaparecida e seu assassino geriátrico. Mas fique longe de McReadie. Se eu souber que você esteve perto dele, o bicho vai pegar, entendeu?

45

Bob Rabugento parecia plenamente satisfeito, sentado na beirada de um velho sofá cheio de pelos. Os Dandie Dinmonts estavam presos na cozinha, e ele tomava chá com biscoitos. A essa hora do dia, McLean sabia, o sargento não podia querer nada melhor.

Era a segunda-feira à tarde. Emily Johnson os recebera anunciando que fora ao sótão e abrira velhos baús e similares. Agora estavam todos na sala, folheando inúmeras fotos em preto e branco.

— Acho que vou ter que chamar um avaliador — disse ela. — Tem tanta coisa mofando lá em cima. Achei que talvez pudesse fazer um leilão de caridade e dar tudo para crianças doentes. Não preciso do dinheiro, e nada daquilo tem valor sentimental.

McLean pensou na própria situação, repentinamente inundado por objetos de família que não lhe interessavam e que ele não tinha vontade de guardar. Talvez este fosse o melhor caminho; leiloar tudo e usar o dinheiro para caridade.

— Eu ficaria agradecido se nos desse tempo de ver todas as coisas de Albert antes que comece a se desfazer delas, Sra. Johnson. — A última coisa que ele queria era perder qualquer prova útil para a sala de leilão.

— Não se preocupe com isso, inspetor. Vou levar anos para organizar tudo. Ah, por falar nesse assunto, encontrei isso. — A Sra. Johnson se levantou e pegou um objeto pequeno de uma tigela de porcelana no console da lareira e o entregou a McLean. Ele olhou para a caixinha de joias de couro, desgastada nas pontas. Embaixo, em letras douradas desbotadas, havia a etiqueta: Douglas & Footes, Joalheiros. Dentro, ela era forrada de veludo verde-escuro plissado, e na tampa havia a inscrição: "A Albert Menzies Farquhar, ao completar a maioridade, 13 de agosto de 1932". Presos em seus orifícios no veludo havia quatro capas de botão para camisa, com rubis vermelhos reluzentes como pequenas lágrimas de sangue, mas duas delas tinham perdido as pedras. Havia um espaço para o anel de sinete, que estava vazio.

— Vocês encontraram as abotoaduras que formavam o conjunto, não é?

— Sim, encontramos, e isso confirma o que eu já suspeitava. — McLean fechou a caixa e a devolveu. — Tecnicamente, suponho que a abotoadura roubada lhe pertence. Bob, anote que devemos devolver as duas para a Sra. Johnson quando a investigação terminar.

— Não precisa, inspetor. Eu não quero essas coisas negativas. Eu não suportava Bertie quando ele era vivo. Francamente, não me surpreende que possa ter matado alguém. Afinal, ele bateu naquele ponto de ônibus.

— A senhora o conhecia bem?

— Não muito, graças a Deus. Ele tinha a idade de Toby, acho, e gostava muito do meu marido, John, mas me dava arrepios, sempre me olhando com aqueles olhos velados dele. Eu me sentia impura só de estarmos no mesmo ambiente.

— E a casa de Sighthill? A senhora chegou a frequentá-la?

— Ah, meu Deus, a Extravagância do Imperador Ming. Era assim que a chamávamos. Tenho certeza de que deve ter sido uma grande mansão um dia, mas no meio de todos aqueles conjuntos habitacionais erguidos pela prefeitura, ela só é ridícula. E tão próxima do presídio também. Não sei por que o velho simplesmente não a demoliu e acabou com aquilo. Ele tinha meios para isso.

— Prefiro pensar que ele estava tentando manter alguma coisa escondida.

McLean pegou um dos álbuns de fotografias encadernados em couro que a Sra. Johnson deixara na mesa de centro. Na sua frente, Bob Rabugento se serviu de outro biscoito e continuou folheando o álbum que estava vendo.

— Ele sabia o que o filho tinha feito e tentou encobrir. Mesmo depois de sua morte, o banco Farquhar continuou como proprietário da casa vazia. Eles venderam o resto da propriedade, então por que ficaram com a casa? Uma empresa antiga como aquela teria respeitado as últimas vontades de seu fundador, mas quando foi comprada pela Mid-Eastern Finance, isso já não fez sentido.

— Vocês encontraram um corpo naquela casa? — A Sra. Johnson pôs a mão espalmada na garganta, ficando subitamente imóvel.

— Desculpe. Eu não tinha contado. Sim, encontramos. Uma garota escondida no porão. Achamos que foi morta logo depois do fim da guerra.

— Meu Deus. Aqueles tempos. Todas aqueles festas pavorosas naquele lugar e eu nunca soube. Como foi que ela morreu?

— Digamos apenas que foi assassinada e deixemos por aí, Sra. Johnson. Estou mais interessado em descobrir quem pode ter ajudado Albert Farquhar e se algum dos envolvidos ainda está vivo.

— É claro. Bem, ele devia ter amigos, obviamente. Quero dizer, Toby e ele eram... Você não acha que Toby estava envolvido, acha?

— Neste momento, estou aberto a qualquer coisa. Sei que Farquhar é culpado. Seu sogro morreu há muito tempo e não há muito o que eu possa fazer com os mortos. Mas ainda há alguém por aí que está ligado a tudo isso e não vou desistir até levá-lo à justiça.

— Ora, ora, veja isso. — Bob Rabugento interrompeu a conversa com um tom de triunfo na voz. Ele virou o álbum aberto e colocou-o em cima dos outros na mesa de centro. McLean se inclinou para ver melhor e foi premiado com uma imagem em preto e branco de cinco homens com calças de lã e blazers. Eram todos jovens, saindo da adolescência ou na faixa dos 20 e poucos anos, e usavam o tipo de penteado que estava na moda pouco antes da guerra. Quatro deles estavam lado a lado e seguravam um pequeno troféu de madeira. O quinto estava deitado na frente deles e, atrás de todos, McLean pôde distinguir um barco a remo e um rio. Abaixo da fotografia alguém tinha colado a legenda: "Os quatro timoneiros da Universidade de Edimburgo. Regata Henley, junho de 1938", mas o que o interessou mais foram as assinaturas na própria fotografia.

Tobias Johnson
Albert Farquhar
Barnaby Smythe
Buchan Stewart
Jonas Carstairs

46

— O senhor tem um minuto?

McLean estava parado na porta da maior central de operações do prédio. Parecia ser uma segunda versão da investigação de Barnaby Smythe, só que em vez da foto do banqueiro, agora era a de Jonas Carstairs que estava presa à parede. Mais uma vez, Duguid havia intimidado, adulado e dado ordens à maioria do pessoal ativo da delegacia para que participasse de sua investigação e, mais uma vez, sua abordagem para conseguir resultados parecia ser a de interrogar todo mundo repetidamente até que alguma pista se apresentasse. Ele próprio estava de pé, com as mãos na cintura, vigiando a movimentação geral, como se o fato de todos estarem em atividade por si só fosse um sinal de que as coisas iam bem. Muito provavelmente, era o que ele de fato acreditava. Um funcionário público nato.

— Achei que estivesse de licença forçada até segunda-feira. — O inspetor-chefe não parecia muito contente ao vê-lo.

— Houve um imprevisto. Já acertei tudo com a superintendente-chefe.

— Aposto que sim.

McLean ignorou o deboche. Isso era muito importante.

— Eu gostaria de saber se o senhor já chegou a algum lugar com a investigação de Carstairs.

— Veio tripudiar, é? — Uma veia pulsou na têmpora de Duguid, e suas faces coraram.

— De modo algum, inspetor. É só que o nome dele apareceu em uma das minhas investigações. A do homicídio ritualístico, sabe?

— Ah, sim. O caso morto. Jayne só lhe entregou esse caso porque achou que você não causaria muitos problemas com isso. Aposto que está arrependida.

— Na verdade, já identificamos um dos assassinos.

— Já o prendeu, foi?

— De fato, ele já morreu. Faz quase 50 anos.

— Então, você não conseguiu porra nenhuma.

— Não é bem assim, inspetor. — McLean reprimiu a vontade imensa de dar um soco na cara do seu superior. Seria divertido, mas doloroso conviver com as repercussões. — Na verdade, descobri uma nova prova que o liga a Jonas Carstairs, Barnaby Smythe e ao seu tio.

Tudo bem, talvez essa última pilhéria fosse imprudente, mas o cara tinha pedido. Involuntariamente, McLean deu um passo atrás quando Duguid se retesou e cerrou os punhos.

— Não se atreva a mencionar isso aqui. — A voz do inspetor-chefe era um rosnado ameaçador. — E você vai sugerir que ele é um suspeito. Que ridículo!

— Na verdade, é exatamente o que estou sugerindo. Ele, Carstairs, Smythe e outros dois. Acho até que há um sexto homem envolvido. Alguém que ainda está vivo e fazendo todo o possível para nos impedir de encontrá-lo.

— Inclusive matando seus colegas de conspiração? — Duguid chegou a rir, o que, pelo menos, diminuiu sua raiva. — Nós sabemos quem matou Smythe e Buchan Stewart. É só uma questão de tempo para pegarmos o cretino doente que matou seu amigo advogado também.

Santo Cristo. Como você chegou ao posto de inspetor-chefe?

— Quer dizer que já está perto? Tem um suspeito em mente?

— Na verdade, eu gostaria de fazer algumas perguntas sobre sua relação com Carstairs.

— Já não falamos sobre isso? Eu mal conhecia o homem.

— E mesmo assim teve negócios com a firma dele nos últimos 18 meses.

McLean suprimiu a vontade de suspirar. Quantas vezes seria preciso dizer isso até que entrasse naquela cabeça careca?

— Ele era amigo da minha avó. Fazia anos que a firma dele tratava dos assuntos dela. Eu só deixei que continuassem fazendo isso depois que ela teve o AVC. Me pareceu mais fácil. Eu nunca encontrava com Carstairs, sempre falava com um cara chamado Stephenson.

— Durante todos esses 18 meses, você nunca se encontrou com Carstairs? Nunca falou com esse homem que era um amigo tão antigo da família a ponto de sua avó confiar a administração de sua fortuna bastante considerável a ele? Esse homem que gostava tanto de você a ponto de nomeá-lo seu herdeiro?

— Não. E só fiquei sabendo disso quando o senhor mesmo me contou, na manhã seguinte ao assassinato dele. — McLean sabia que devia parar de falar agora, que devia apenas responder a pergunta e mais nada, mas havia algo de provocador em Duguid. Ele simplesmente não conseguiu se conter.

— Não sei se o senhor lembra, mas geralmente ser inspetor nos deixa muito ocupados. Quando minha avó teve o AVC, fiquei bem satisfeito pelo assunto estar bem-encaminhado e por não precisar acrescentar a administração dos bens dela ao meu monte sempre crescente de papelada. Eu realmente preferia muito mais estar lá fora pegando os criminosos.

— Não estou gostando do seu tom, McLean.

— E eu não estou nem aí, inspetor. Vim aqui para ver se o senhor tinha alguma pista sobre o assassinato de Carstairs, mas como ficou óbvio que não tem nenhuma, não vou mais fazê-lo perder seu tempo.

McLean começou a se virar, sem querer dar tempo para Duguid reagir, mas então pensou, qual é? Ele podia muito bem ir até o fim.

— Só mais uma coisa. O senhor realmente deveria reabrir os casos Smythe e Stewart. Analisar as provas da perícia com novos olhos, verificar novamente os depoimentos das testemunhas, esse tipo de coisa.

— Não venha me dizer como conduzir a porra da minha investigação.

Duguid tentou segurar McLean pelo braço, mas ele o desviou.

— Eles todos se conheciam, inspetor. Carstairs, Smythe, a merda do seu tio. Foram colegas na universidade, foram juntos para a guerra. Tenho a forte suspeita de que estupraram e mataram uma jovem juntos. E agora todos morreram de uma forma incrivelmente parecida. Não acha que isso merece, pelo menos, uma rápida olhada?

Ele não esperou por uma resposta; deixou Duguid remoendo o assunto sozinho. O inspetor-chefe iria gritar com alguém para que verificasse isso ou sairia correndo para reclamar com a superintendente. Nada disso incomodava McLean ao se apressar pelo corredor em direção à sua pequena central de operações. Não, o que o incomodava era a certeza de que tinha razão sobre os três homens estarem envolvidos no ritual e sobre suas mortes estarem todas relacionadas. Um órgão para cada um dos assassinos ritualísticos; um órgão arrancado dos corpos deles e enfiado em suas bocas. Fazia tempo que as coincidências se empilhavam e se aproximavam de uma altura pouco segura. A pilha não demoraria para desmoronar.

— E se ele ainda estiver vivo?

Fisionomias intrigadas olharam para McLean quando ele entrou em sua central de operações. Até Bob Rabugento largou o jornal por um instante, embora seus pés continuassem em cima da mesa, portanto talvez estivesse tirando um cochilo. MacBride estava debruçado sobre o laptop, diante do que pareciam ser miniaturas de fotos. Quando ele ergueu os olhos, McLean se surpreendeu com o quanto estava pálido, os olhos vermelhos como se não dormisse há dias. O terno não estava passado com a perfeição de sempre, e o cabelo não estava penteado.

— O sexto homem. O que não está na foto. — McLean apontou para a fotografia pregada na parede que mostrava a jovem equipe de remadores. — E se ele ainda estiver vivo, se souber que descobrimos o corpo e estiver tentando encobrir seus rastros?

Bob Rabugento continuou olhando para ele com a expressão confusa de quem acabou de ser acordado.

— Acompanhem. O corpo sumiu, juntamente com os órgãos nos vidros. A única coisa que ainda temos são os artefatos que eles deixaram. Sabemos que eles não contêm digitais nem traços de DNA, portanto não terão grande utilidade. Mesmo que tenhamos um nome, seria difícil atribuir alguma coisa a eles. Só o fato de estarem associados a Bertie Farquhar não será suficiente. Poxa, minha avó conhecia pelo menos três dessas pessoas, e não creio que ela tivesse qualquer coisa a ver com isso. Mas até um mês atrás, três desses cinco homens estavam vivos.

MacBride foi o primeiro a se manifestar:

— Mas sabemos que Jonathan Okolo matou Barnaby Smythe. E que Buchan Stewart foi morto por um amante ciumento.

— Tem certeza disso, Stuart? Porque eu não tenho. Acho que aquela investigação foi encerrada muito rapidamente para impedir o constrangimento de um inspetor-chefe. Assim como o assassinato de Smythe deixou de ser investigado depois de termos Okolo. E Duguid não faz ideia de quem matou Jonas Carstairs. Agora sabemos que todos estão ligados ao assassinato ritualístico e que alguém andou cortando os órgãos deles. Três homicídios, todos semelhantes demais para ser coincidência.

— Há, na verdade, tem uma coisa que pode explicar isso, inspetor. — MacBride virou o laptop para mostrar a tela. — Eu estava tentando descobrir um vazamento. Sabe, para explicar como alguém podia saber tanto sobre o assassinato de Smythe se não contamos nada à imprensa. Bem, me ocorreu que as fotos da perícia são todas digitais agora. É fácil fazer cópias eletrônicas. É possível colocar milhares de fotos num cartão de memória do tamanho de um selo postal. Mas eu não poderia simplesmente entrar na sala da perícia e perguntar, e não consegui imaginar por que alguém iria querer as cópias se não fosse vendê-las para os jornais.

— Conseguiriam um bom dinheiro por elas em alguns países.

— Como assim?

— Em alguns lugares, a morte faz parte da cultura, com jornais especializados na publicação de fotos de acidentes fatais. Às vezes, os fotógrafos chegam antes da polícia ou das ambulâncias. Os jornais são vendidos em bancas nas ruas. Imagens como essas seriam muito populares.

MacBride estremeceu.

— Como sabe disso, inspetor?

— Os benefícios de anos de estudos caros. Eu sei um pouco sobre muitas coisas. Isso e o Discovery Channel, é claro. Mas vamos lá, você estava falando sobre Smythe e suas fotos.

— Estava? Ah, é. Bem, calculei que se alguém fosse vendê-las, faria isso on-line. Então saí procurando por fotos desse tipo.

— Num computador da delegacia? Isso foi corajoso.

— Tudo bem, inspetor, Mike me deu esse laptop. Ele não é monitorado. Caso contrário eu teria que pedir para Dagwood assinar um formulário, e o senhor sabe como ele é.

— As fotos, Stuart. — McLean apontou para a tela.

— Sim, senhor. Bem, encontrei muitas. Fotos de cenas de crime, de acidentes automobilísticos. Só não entendi a língua. Bem, acabei encontrando essa agência de notícias protegida por um supersistema de segurança. E estava tudo lá. A cena do crime de Smythe, de Buchan Stewart e de Jonas Carstairs. Até daqueles dois suicidas. Tem um monte de outras coisas também, mas as fotos que reconheci foram postadas por alguém que se denomina MB.

McLean clicou na página que continha as miniaturas das fotos. Contou mais de cem, e havia dezenas de outras páginas como aquela.

— Quem quer que esteja fazendo isso, deve ter acesso a cada foto que tiramos — disse ele. — Quantos fotógrafos tem a perícia?

— Cerca de uma dúzia, mas todos são treinados para usar as máquinas fotográficas. E acho que os técnicos e o pessoal de apoio também devem ter acesso a elas. Também poderia ser um policial, facilmente. Todos nós podemos acessar essas fotos.

— Será que conseguimos rastrear esse tal de MB a partir do site?

— Duvido, inspetor. Mike vai dar uma olhada nisso amanhã, mas os servidores são todos anônimos e as contas ficam no exterior. Está acima da minha capacidade. Mas isso explica como alguém pode saber os detalhes do assassinato de Smythe. E acho que é só uma questão de tempo até que alguém que gosta de ver esse tipo de coisa comece a atuar.

Droga. Ele tinha tanta certeza de sua teoria. Mas isso era demais para ser ignorado.

— Muito bom, Stuart. Escreva um relatório o mais rápido possível e eu garanto que a superintendente-chefe vai saber quem fez todo o trabalho. Enquanto isso, ainda quero trabalhar na teoria de que o nosso sexto homem ainda está por aí fazendo todo o possível para garantir que não vamos encontrá-lo.

— Ouvi alguém falar meu nome?

McLean se virou e viu a superintendente-chefe parada na porta. MacBride ficou de pé em um salto, como se alguém tivesse acabado de lhe dar um choque. Bob assentiu e tirou os pés da mesa.

— Pedi ao detetive MacBride que investigasse o vazamento de informações da cena do crime. Acho que ele o encontrou. — McLean fez um rápido resumo do que acabara de saber. Ela ficou inquieta durante a curta apresentação, como uma garota que precisa pedir licença e não sabe como.

— Ótimo trabalho, policial — elogiou quando eles acabaram. — E Deus bem sabe que boas notícias nos fazem bem.

Agora McLean podia ver o que estava por vir. Estava escrito na cara dela.

— Quer que eu...? — Ele se moveu em direção à porta.

— Não. Tudo bem, Tony. Esse é o meu trabalho. E achei que seria justo eu mesma contar a vocês. Contar a todos. — McIntyre endireitou o uniforme, momentaneamente insegura sobre como prosseguir. — É a policial Kydd. Ela piorou. Os médicos fizeram o que podiam, mas os ferimentos eram muito graves. Ela faleceu há cerca de uma hora.

47

Não havia muitos lugares aonde ir quando a situação ficava feia. Havia Phil, é claro, só que normalmente a cura de Phil vinha de um barril ou de uma garrafa, e McLean não estava a fim de ficar bêbado. Geralmente podia contar com Bob para não ficar de péssimo humor, mas o velho sargento parecia ter desenvolvido um amor paternal pela policial Kydd e recebeu a notícia de sua morte com lágrimas atípicas. McIntyre tinha dito a eles para tirar o resto do dia de folga e, daquele seu jeito de matrona diretora de escola, falara também que não queria vê-los por 24 horas. Ela já tinha muito com o que se preocupar e, portanto, ele não poderia sobrecarregá-la com a própria culpa. No passado havia sua avó; mesmo quando estava em coma no hospital, ela era boa ouvinte, mas agora até ela o deixara. Razão pela qual, menos de uma hora depois de saber da notícia e ainda um pouco entorpecido, McLean se viu no necrotério. Não era exatamente um círculo social amplo e empolgante.

— Temos uma expressão para isso, Tony. Chama-se culpa do sobrevivente. — Angus Cadwallader ainda usava seu avental cirúrgico da última necropsia do dia.

— Eu sei, Angus. Psicologia. Universidade. Ganhei um 10, lembra? É só que saber disso não ajuda. Ela me tirou do caminho. Ela abriu mão da própria vida para que eu vivesse. Que justiça há nisso?

— Justiça é uma coisa que dizemos às crianças que existe apenas para mantê-las na linha.

— Humm. Não sei bem se isso ajuda.

— Faço o melhor possível. — Cadwallader tirou suas longas luvas de borracha e jogou-as no lixo esterilizado. McLean deu uma olhada em volta e notou que não havia nenhum sinal de exame forense no necrotério.

— A perícia não ficou muito tempo por aqui — afirmou ele. — Normalmente passam dias procurando por pistas minúsculas.

— Bem, estou feliz que não tenham ficado. Perder um dia de trabalho já foi ruim o bastante. As pessoas não param de morrer, sabe. Vou levar semanas para pôr o trabalho em dia graças ao seu prestativo ladrão.

— Então, quem é aquele? — McLean fez um sinal de cabeça para um corpo coberto enquanto Cadwallader vasculhava umas gavetas à procura de algo.

— É sua vítima de suicídio. A mulher da estação Waverly. Ainda não tenho um nome para ela, coitada. Nós a examinamos hoje de manhã. Tracy ainda vai terminar de limpá-la, e depois será preciso aguardar até que seja identificada. Mas há uma coisa estranha. Lembra que as mãos e os cabelos dela estavam cheios de sangue? Não consegui determinar de onde veio.

McLean assentiu, mas a verdade era que tinha acontecido tanta coisa desde o chamado para verificar esse suicídio que ele havia se esquecido completamente.

— Bem, isso porque não era dela.

Ao sair do necrotério, ele quase se chocou com Emma Baird. Ela lutava para equilibrar uma caixa térmica grande, cujo conteúdo McLean se sentiu feliz por desconhecer, e entrava de costas pela porta bem quando ele a abria. Em outras circunstâncias, a imagem de Emma caindo em seus braços teria sido engraçada.

— Veja por onde anda.

— Seu idiota... que merda... — Com dificuldade, Emma se virou e só então viu quem era. — Ah, meu Deus, Tony. Hã, inspetor. Senhor.

McLean ajudou Emma a se equilibrar, tentando reprimir a risada que queria explodir em sua garganta. Ela estava tão brava, aturdida e cheia de vida. Ele sabia que se começasse a rir, não conseguiria parar.

— Desculpe, Em. Não vi que você estava entrando. E pode me chamar de Tony mesmo. Eu não consigo lidar com esses "senhor" e "inspetor" nem nos melhores momentos. — Ele nem precisou dizer que esse momento não era um deles.

— É, eu soube. Sinto muitíssimo. Ela era uma garota legal.

Uma garota legal. Não era realmente um epitáfio. E ela não passava de uma garota. Não fazia muito tempo que saíra da academia, pronta para virar detetive assim que possível. Inteligente, empolgada, morta.

— Está chegando ou indo embora? — A pergunta de Emma preencheu o silêncio desconfortável.

— Como? Ah! Indo embora. — McLean olhou para o relógio. Já havia passado da hora de ir, mesmo que a superintendente-chefe tivesse mandado sua equipe para casa. Ele gesticulou para a caixa. — E você? Fazendo entrega ou coleta?

— Isso? Ah, eu só vim deixar aqui. O Dr. Sharp nos emprestou semana passada. O necrotério fica no meu caminho para casa, então eu disse que a entregaria.

— Me dá aqui, deixa eu dar uma força. — McLean estendeu os braços para pegar a caixa.

— Não precisa, tudo bem. — Emma abraçou-a, levando-a para o lado como se fosse uma recordação preciosa. — Mas eu não me importaria com a companhia.

Ela não levou muito tempo para entregar a caixa e voltar para a porta. McLean nem precisou dizer nada; Emma era bem capaz de falar pelos dois.

— Quer dizer que está livre agora à noite, é? — perguntou ela enquanto ele segurava a porta para ela passar.

— Eu devia voltar para a delegacia. Tenho uma pilha de papéis me esperando e um sargento de plantão que se torna mais criativo com suas ameaças a cada dia que passa. — Ainda enquanto falava, a ideia o encheu de cansaço, mas também de obstinação. Ele entraria furtivamente pelos fundos para evitar ser visto, se sentaria lá e acabaria com aquela pilha. Ou ele mesmo ficaria acabado. E mesmo que a pilha terminasse, logo haveria outra para substituí-la. Nessas horas ele se perguntava por que abraçara essa droga de emprego. Podia muito bem ir trabalhar com Gavin Spenser e morar numa casa grande com piscina.

— Vendo você falar assim, eu até poderia ficar tentada a preencher uma papelada também. A encontrar uma bem especial.

— Bem, se você está se oferecendo...

— Faça o seguinte. Venha tomar um drinque antes. Depois veja o quão insensível você é. — Emma partiu pela Cowgate em direção ao Grassmarket antes que ele pudesse responder. McLean teve que dar uns saltos para alcançá-la e a segurou pelo ombro.

— Emma.

— Francamente, inspetor. Alguém já te disse que você não é engraçado?

— Não, recentemente não. É só que imagino que você ainda não conheça Edimburgo muito bem, não é? — Ele apontou para o outro lado da rua, na direção oposta. — O único pub decente por aqui fica para lá.

* * *

Uma cerveja virou duas, seguida de uma rápida excursão pelos melhores pubs do centro da cidade e um curry. Foi uma distração quase suficiente para que ele conseguisse esquecer que Alison Kydd havia morrido. Quase, mas não de fato. McLean evitou os lugares geralmente frequentados por policiais, sabendo que estariam cheios de colegas erguendo copos pela companheira morta. Ele não poderia enfrentar a solidariedade deles e não queria ter que lidar com os poucos e inevitáveis policiais que o culpariam em vez de culpar o motorista que a atropelou e fugiu. Dava para sentir que Emma também percebera isso. Ela não parava de falar, mas na maior parte do tempo sobre seu próprio trabalho e o prazer de ter se mudado de Aberdeen para Edimburgo. Eles se despediram com um simples "Foi divertido, vamos fazer isso de novo". Um leve toque no braço dele quando ela se virou e desapareceu pela rua escura indo para o lugar dos pesadelos de McLean. O inspetor os afastou, enfiou as mãos nos bolsos e foi andando para casa.

A cidade nunca dormia, especialmente durante o Festival. A multidão comum de trabalhadores noturnos e de pessoas insones se somava aos estudantes bêbados e aspirantes a atores, lixeiros e garis. As ruas estavam silenciosas em comparação ao movimento diurno, mas ainda era cedo, e um fluxo constante de carros ainda seguia com seus únicos ocupantes para destinos desconhecidos. Furgões vagavam de ponto a ponto, como se fossem abelhas gordas e malcheirosas, deixando seus passageiros. Andando, McLean tentava se desfazer da culpa, atento ao ritmo de seus passos na calçada para dar algumas respostas a todas as questões que remoíam em sua cabeça. Algo lhe escapava, algo que não se encaixava. Não, havia muitas coisas que lhe escapavam, muitas coisas que não se encaixavam. Entre elas estava a semelhança espantosa entre as mortes de três homens idosos, todos velhos amigos, todos ligados a um crime violento e pavoroso. Uma pessoa com grande imaginação diria que eles estavam sendo vítimas de uma vingança profana. Opus Diaboli. Eles tinham mexido com a obra do diabo, e agora ele viera buscá-los. Mas a realidade era muito mais corriqueira. Barnaby Smythe fora estripado por um imigrante ilegal ressentido; Buchan Stewart fora vítima de um amante ciumento; e Jonas Carstairs? Bem, sem dúvida, Duguid encontraria alguém para culpar.

Clique, claque, clique, claque, seus pés tamborilavam no calçamento num ritmo resoluto, o andamento lento marcando o tempo com seus pensamentos. Ele sabia que Okolo matara Smythe, essa era a verdade, mas apostaria seu emprego que Timothy Garner não havia matado Buchan

Stewart, o que significava que ainda havia um assassino por aí. Será que alguém havia encontrado o arquivo de fotos do detetive MacBride e tinha saído por aí fazendo loucuras? Estaria procurando por mais alguém? E se estivesse, como escolheria suas vítimas? Seria possível que alguém mais soubesse do assassinato ritualístico e conseguisse rastrear os assassinos?

Ou será que o sexto homem estava encobrindo seus rastros, roubando o corpo, que era a única prova real do crime, e pagando alguém para atropelar o policial que investigava o caso? A hipótese se encaixava melhor que as outras alternativas, mas não era exatamente tranquilizadora. McLean parou de repente, percebendo que estava sozinho na rua, e estremeceu, olhando em volta na expectativa de ver um furgão Transit branco acelerando em sua direção. Seus pés o levaram, talvez inevitavelmente, ao Pleasance. Um grande "AVISO POLICIAL" azul na calçada o acusava. Um acidente ocorreu aqui... Você viu...? Entre em contato conosco... Ele estava parado no ponto onde haviam atropelado Alison. Onde ela se sacrificara para que ele vivesse. Nossa! Que desperdício de uma vida. Ele cerrou os punhos e jurou que iria atrás do responsável, o que não o fez se sentir melhor.

Seu apartamento não ficava longe, ainda bem. Os sentimentos de culpa e raiva lutando entre si dificultavam a retomada de seus pensamentos anteriores. A porta estava novamente calçada com pedras; os malditos estudantes que perdiam a chave e eram muito duros para pagar por uma nova. A essa hora, pelo menos, a Sra. McCutcheon devia estar na cama, dormindo. Ele seria poupado da alegria de sorrir quando ela exprimisse sua preocupação pela quantidade de horas que ele trabalhava. McLean subiu pesadamente as escadas, sentindo o cansaço se depositar em torno dos olhos. A cama acenava para ele, convidativa, e ele estava mais do que pronto para ela.

Mas havia alguém no alto da escadaria.

48

Ela estava encostada na porta do apartamento dele, sentada com os joelhos junto ao peito, enrolada em um casaco fino para se proteger do frio noturno. Parecia estar dormindo, mas quando ele se aproximou, ela ergueu os olhos e ele a reconheceu.
— Jenny? O que está fazendo aqui?
Jenny Spiers o olhava com olhos inchados, vermelhos de chorar. Estava pálida, e os cabelos escorridos emolduravam sua infelicidade. A ponta do nariz reluzia como se ela estivesse resfriada há dias.
— É a Chloe — respondeu. — Ela sumiu. — E caiu no choro.
McLean subiu os últimos dois degraus num salto, se agachou e pegou as mãos de Jenny.
— Ei, está tudo bem. Nós vamos encontrá-la. — Então ele se deu conta de que não sabia quem havia sumido. — Quem é Chloe?
Talvez não fosse uma pergunta adequada. Jenny caiu num choro ainda mais copioso.
— Venha, Jen. Levante-se. — McLean a ergueu para que ela ficasse de pé, abriu a porta e a levou até a cozinha, sentando-a numa cadeira. Já sem pensar na cama e em dormir, ele encheu a chaleira, pôs a água para ferver e pegou duas canecas e um vidro de café instantâneo.
— Conte o que aconteceu. Por que veio até aqui? — Ele deu a Jenny um rolo de papel toalha para substituir o lenço encharcado que ela amassava no punho cerrado.
— Chloe sumiu. Ela devia ter chegado em casa às onze. Nunca se atrasa. Mesmo quando vai chegar na hora, ela liga.
— Vamos voltar um pouco, Jen. Você precisa me lembrar quem é Chloe.
Jenny olhou para ele com olhos incrédulos.
— Minha filha. Você sabe, você a viu na loja.
McLean deu um salto mental. Lembrava-se dela, vestida como uma melindrosa da década de 1920, as roupas combinando com o cabelo chanel. Ela atendia os fregueses enquanto Jenny estava nos fundos.

— Desculpe, eu não me dei conta. Nós não fomos apresentados. Para ser franco, eu nem sabia que você era casada.

— Não sou, Chloe foi... bem, digamos apenas que o pai dela foi um pequeno deslize. Ele foi embora e nunca mais o vimos. Mas Chloe é uma boa menina, Tony. Não ficaria fora até tarde e, se ficasse retida em algum lugar, ligaria.

McLean tentou se ajustar às novas informações. Concentrou-se no problema.

— A que horas ela saiu?

— Umas oito e meia da noite. Tinha ganhado ingressos para ver Bill Bailey no Assembly Rooms. É uma nota preta, você sabe. Ela estava muito animada.

— E você disse que ela devia ter voltado às onze.

— Isso mesmo. Eu dei dinheiro para o táxi. Não queria que ela ficasse andando por aí tarde da noite.

— Ela foi sozinha ao show?

— Não, foi com duas amigas da escola. Mas elas moram do outro lado da cidade.

— E imagino que já estejam em casa.

— Eu liguei para conferir. As duas chegaram em casa por volta de quinze para a meia-noite.

— Que idade a Chloe tem? — McLean tentou vislumbrar a garota da loja, mas com a roupa exótica que ela usava ficava difícil calcular a idade.

— Quase 16. — Idade suficiente para sair sozinha. Idade suficiente para saber o que poderia ou não fazer.

— Você ligou para a polícia? — Jenny fez que sim.

— Eles foram até lá em casa, preencheram um formulário. Eu dei a eles uma foto dela. Chegaram até a dar uma busca na loja, para garantir que ela não estava lá escondida.

— Isso é bom. Significa que estão seguindo os procedimentos. — McLean pôs água nas canecas e acrescentou leite. — Mas você precisa entender que isso pode ser apenas uma rebelião adolescente. Talvez ela tenha ficado na rua até mais tarde porque teve vontade.

— Mas ela nunca faz isso. — O rosto de Jenny ficou vermelho. Ela cerrou os punhos. — Ela nunca faria nada desse tipo.

— Acredito em você. Vou dar uma ligada para a delegacia e ver se surgiu alguma coisa. Você devia estar em casa, Jen. Não aqui. E se ela voltou enquanto você estava aqui?

Uma palpitação momentânea de dúvida passou pelos olhos de Jenny, uma expressão assombrada.

— Eu deixei um recado. Na mesa da cozinha. Mas ela não tinha voltado até uma hora da manhã. Eu tinha que fazer alguma coisa.

McLean se deu conta de que nem sabia onde Jenny Spiers morava. Tampouco tinha conhecimento de sua filha: tudo o que sabia era que ela tinha uma irmã que estava noiva do seu melhor amigo. Para ser franco, ele também não conhecia Rachel muito bem. Fazia tempo que desistira de tentar se lembrar de todas as alunas de seu ex-colega de apartamento. Só sabia que ela era a garota que finalmente conquistara o prêmio que tantas anteriores não tinham conseguido ganhar. E não fazia ideia do motivo de Jenny ter vindo procurá-lo.

— Você mora em cima da loja?

Jenny fez que sim, fungou e enxugou o nariz. McLean foi até o hall e ligou para a delegacia. O telefone tocou por um bom tempo até que o sargento de plantão finalmente o atendesse.

— Alô, é o inspetor McLean. Vocês fizeram um registro de uma garota desaparecida. Chloe Spiers?

— Sim, acho que fizemos. Espere um minuto. — McLean ouviu o farfalhar de papéis no fundo enquanto o sargento de plantão remexia nos registros noturnos. — Qual é a sua relação com ela?

— A mãe dela está tomando café na minha cozinha.

— Sorte a sua, inspetor. Se lembro bem, ela é bem bonita. Ah, achei. Foi registrado às onze e cinquenta e oito. A patrulha mais próxima esteve no local à meia-noite e nove. A descrição foi enviada a todas as delegacias, os detalhes estão no computador. Se ela não aparecer até de manhã, vamos verificar nos hospitais.

— Bem, pode me fazer um favor, Tom? Envie o alerta novamente. E se estiver com tempo, ligue para os hospitais agora.

— Sim, senhor. A noite está tranquila. Vou ver o que posso fazer.

— Obrigado, Tom. Fico devendo essa.

— Um jantar, é, inspetor?

McLean congelou.

— Como?

— Creio que a retribuição atual por um favor seja essa, não? Ou a Srta. Baird foi um caso especial?

— Eu... Quem te contou isso...? — McLean falou cuspindo ao telefone enquanto o sargento de plantão caía na gargalhada. — Quantas pessoas estão sabendo disso na delegacia?

— Eu diria que todas, inspetor. Afinal, o senhor se encontrou com ela na porta da frente. E levar a moça ao Red Dragon? As chances são grandes de haver um ou dois policiais de folga por lá quase todas as noites, ainda que só estejam pegando uma refeição para viagem.

McLean fumegava ao desligar. Malditos policiais, eram uns fofoqueiros. Mesmo assim, é improvável que isso maculasse sua reputação.

— Eles a encontraram? — A voz preocupada de Jenny o trouxe de volta para problemas mais urgentes.

— Não. Sinto muito. Mas todo o procedimento está encaminhado. — McLean disse a ela o que o sargento de plantão prometera fazer. À menção de hospitais, ela ficou branca.

— Ela realmente poderia estar em um?

— Acho que não, Jen. Eles já teriam entrado em contato com você se ela estivesse com algum problema. É muito mais provável que ela tenha se encontrado com outras amigas e tenham tomado um porre. Chloe vai chegar em casa de manhã se sentindo péssima e você vai poder arrancar o couro dela.

Mas ele sabia que só estava dizendo isso para consolá-la.

49

Ele não sabe há quanto tempo está parado nesse jardim, olhando para a casa silenciosa. Estava escuro, mas agora talvez esteja clareando. Há quantos dias ele está assim? Faz tempo que sua mente parou de funcionar direito, e agora tudo o que ele faz é obedecer. As vozes não só falam com ele; também comandam seus atos. Ele não tem controle de seu corpo, como uma marionete, mas ainda sente a dor da impotência de fazer algo a respeito.

A presa está lá dentro, ele sabe. Consegue sentir seu cheiro, apesar de não ter certeza de que cheiro é esse. Folhas com bolor e terra seca e quente; os gases dos carros a distância e o odor mais doce do malte da cervejaria. Seu estômago é um tonel de ácido que se impregna nas entranhas provocando ondas de agonia, mas ele continua ali parado, esperando e observando.

Algo farfalha entre os arbustos, aproximando-se com uma hostilidade crescente. Ele olha para baixo e vê um cachorro, um doberman com as orelhas bem pontudas, que lhe mostra os dentes e dá um rosnado ameaçador. As vozes abrem sua boca e ele emite um sibilo que vem lá do fundo da garganta. Assustado, o cachorro solta um ganido, e sua cauda curta fica entre as pernas. Uma borrifada no chão e o fedor morno de urina se espalha no ar.

Mais um sibilo agudo, e o cachorro sai correndo entre os arbustos, de volta para onde viera, sequer ganindo ao fugir. Ele sempre tivera pavor de cachorros, mas as vozes tinham um caráter implacável.

Sua cabeça lateja como se todas as enxaquecas do mundo tivessem ido morar ali. O corpo todo parece estar inchado, como a barriga daquelas crianças africanas desnutridas que ele via na televisão. Cada articulação do corpo está em brasa; as cartilagens arrancadas e substituídas por lixa. Mesmo assim, ele fica ali parado e observa.

Mais ruído agora. Um volume maior se encaminha para a penumbra de seu esconderijo. Ele se vira lentamente para cumprimentar o homem; seu corpo grita com a dor provocada por cada movimento. As vozes o mantêm em silêncio.

— O que está fazendo aqui? — pergunta o homem, mas suas palavras estão a milhões de quilômetros de distância. As vozes gritam para que ele ataque, e é preciso obedecê-las.

Ele salta, mas seu corpo está fraco de fome, sofrendo de inúmeros e terríveis males. Ele tem uma faca na mão, mas não se lembra de como ela foi parar ali nem de quando não a segurava. Isso não interessa. Além da dor, a única coisa que interessa é atacar.

Algo estala, e ele se dá conta de que foi seu braço. O homem é grande, muito maior que ele, e sua constituição física é igual à dos homens que ele tentava não encarar quando ia à academia. Porém, as vozes lhe dizem que ele deve atacar, e é isso que ele faz, atingindo os olhos, agarrando a pele.

— Seu merda. Eu vou te matar. — O homem está bravo, e as vozes gritam de alegria. Ele ataca outra vez, desferindo um soco que faz o nariz do homem sangrar. Um instante de triunfo em meio à agonia do corpo desgastado.

Depois é seu rosto que é golpeado. A mão do sujeito parece uma garra gigante e o segura pela garganta, espremendo-lhe a vida. Seu corpo é erguido e jogado. Cai no chão com um golpe molhado, e tudo fica preto. A dor está por toda parte, atacando-o. A umidade quente com gosto de ferro borbulhante preenche sua garganta e a boca. Ele não consegue mais respirar, nem ver, nem sentir. Só consegue ouvir o tagarelar triunfante das vozes que o deixam para morrer.

50

Mandy Cowie parecia o tipo de garota que não combinava com as manhãs. McLean tinha pouca experiência com adolescentes, pelo menos com aqueles que não ficam nos pontos de ônibus bebendo vinho fortificado e insultando todos que se aproximavam. Mandy era mais asseada que as meninas desbocadas dos condomínios de Trinity e Craigmillar, mas tão mal-humorada quanto elas, ali sentada diante dele à mesa da cozinha, olhando para uma tigela de cereais murchos.

— Você não está metida em nenhuma encrenca, Mandy. Pelo contrário. — Ele imaginou que ela fosse geneticamente programada para ser inútil à polícia. — Sequer estou aqui como policial. Estou aqui como amigo da mãe da Chloe. Ela está louca de preocupação porque Chloe não foi para casa ontem à noite. Você faz ideia de aonde ela pode ter ido?

Mandy se remexeu com nervosismo na cadeira. Se ela estivesse numa sala de interrogatório, McLean teria interpretado isso como um sinal de que ela sabia algo, mas não queria dizer. Ali, ele não podia ter certeza.

— Ela tinha namorado? Talvez eles tivessem combinado de se encontrar. — Ele deixou a sugestão pairando no ar silencioso. Irritada, a mãe de Mandy aproveitou a brecha.

— Tudo bem. Pode falar com o inspetor. Ele não vai te prender.

— Sra. Cowie, seria possível eu falar com a sua filha a sós por um minuto?

Ela o olhou como se ele fosse louco, depois agarrou a caneca de café, derramando um pouco do líquido marrom na mesa.

— Só um minuto, tá bom. Ela tem coisas a fazer. — E saiu arrastando os pés nas pantufas de coelhos cor-de-rosa. McLean esperou até a porta se fechar e ouvir um rangido nas escadas. Os olhos de Mandy disparam para o teto e em seguida de volta para o cereal intocado.

— Olhe, Mandy, vou ser direto com você. Se souber de alguma coisa que possa nos ajudar a encontrar Chloe, pode me contar. Não vou falar nada para os seus pais, prometo. Isso não tem nada a ver com você, apenas com Chloe. Precisamos encontrá-la. E quanto mais tempo ela ficar desaparecida, menos chances nós temos.

O silêncio pesou no ar, interrompido apenas pelo caminhar pesado no andar de cima, com a Sra. Cowie se movimentando pelo banheiro. McLean tentou captar o olhar de Mandy, mas ela estava fascinada pela tigela de cereal. Ele parecia a ponto de desistir quando ela finalmente se pronunciou.

— Não vai contar para minha mãe?

— Não, Mandy. Você tem minha palavra. E também não vou contar para a mãe de Chloe.

— Tinha esse cara, sabe. Que ela conheceu na internet.

Ah, Deus, aqui vamos nós.

— Ele parecia... sei lá, OK — continuou ela. — Estava todo envolvido com esse lance da comédia, ficou superempolgado quando Chloe falou sobre os ingressos para ver o Bill Bailey. Ele disse que também iria ao show. Mas não apareceu.

— Como eles tinham combinado de se encontrar? — McLean se esforçou para lembrar o nome da outra garota, que seria interrogada depois. — Ele sabia que você e Karen também estariam lá?

— Não sei o que Chloe contou a ele. Acho que ela não deu o número do telefone; não é tão burra assim, sabe. Mas vestia essas roupas malucas da loja da mãe, e ontem estava usando uma delas. Talvez tivesse dito a ele para procurar por uma garota da década de 1920. Não teria sido difícil localizá-la.

Nem teria sido difícil pegá-la na rua depois do show. Provavelmente ela resolveu ir andando para casa; afinal, não era longe, e o dinheiro do táxi poderia ir para alguma coisa muito mais interessante.

— Esse cara tinha um nome?

— Tinha, ele se chamava Fergie. Só não sei se era o nome verdadeiro.

— Há quanto tempo ele estava... Há quanto tempo Chloe se comunicava com ele? — McLean não entendia como esses bate-papos on-line funcionavam.

— Não fazia muito tempo. Alguns dias, talvez uma semana.

Um tempo tão curto para se confiar em um estranho. Será que ele era tão bobo quando tinha essa idade? Foi preciso admitir que provavelmente era. Contudo, antes da internet, quando tudo dependia de reunir coragem para ir falar com a garota dos sonhos, as coisas eram muito mais inocentes. Hoje em dia, os adolescentes são mais sofisticados, verdade seja dita, mas tão ingênuos quanto no passado. E Fergie. O nome instantaneamente o fez se lembrar de McReadie, embora houvesse milhares de Fergus e Fergusons pela cidade. Ele precisava pensar direito, sem saltar para conclusões baseadas em especulações precipitadas.

— Preciso saber a hora exata em que vocês se separaram ontem, Mandy. — Só agora McLean pegava seu bloco de anotações. — Reproduza seus passos desde o instante em que o show acabou.

Karen Beckwith contou a mesma história, só não foi necessário tanto esforço para arrancar as informações dela. Parado na frente do Assembly Rooms, na George Street, McLean comparou os dois depoimentos e analisou o tráfego de domingo, tentando imaginar como o trânsito estaria às onze horas da noite anterior. Em torno dessa hora, ele e Emma estavam no Guilford Arms, que ficava a menos de cinco minutos dali. Karen e Mandy tinham pegado um táxi para casa, após andarem com Chloe até o ponto da Castle Street. Ele seguiu a rota curta, prestando atenção nas laterais dos edifícios para ver a posição das câmeras de segurança. Era impossível fazer qualquer coisa no centro da cidade sem ser filmado.

A partir do ponto de táxi, havia um único caminho sensato para retornar à loja: seguir pela Princes Street, passar pelas Pontes Norte e Sul e pegar a Clerk Street. Não devia ter levado mais de meia hora, e havia câmeras na maior parte do caminho. Ele sabia a hora que Chloe tinha sido vista por último. Sabia o que ela vestia. Agora era só uma questão de ver as filmagens e, a julgar pelo número de câmeras por ali, isso levaria algum tempo.

— Há uma coisa aqui, inspetor. Quer dar uma olhada?

McLean tirou os olhos das telas tremeluzentes que mostravam pessoas embaçadas saltando de modo errático pelas ruas matizadas de laranja. O detetive MacBride estava num console próximo, usando a tecnologia de modo muito confiante.

— O que você tem aí? — Ele moveu a cadeira de rodinhas pelo carpete até poder ver a outra tela. MacBride voltou a fita em alta velocidade até as onze e quinze.

— Esse é o ponto de táxi da Castle Street, inspetor. — Ele colocou o aparelho em velocidade normal e apontou para a tela. Com o verão, e no auge do Festival, as ruas do centro da cidade estavam mais movimentadas do que durante o dia. — Acho que essas são nossas três garotas ali. — Ele clicou para dar pausa e apontou para três figuras que andavam de braços dados. A que estava no meio usava uma saia plissada reta, blusa sem mangas e um chapéu cloche. Um familiar boá de penas estava enrolado no pescoço. Ao lado dela, Karen e Mandy pareciam até malvestidas com suas camisetas e jeans apertados.

— Essa é ela — disse McLean. — Dá para ver aonde ela vai?

McBride deixou a fita rodar enquanto eles viam as garotas entrarem na fila do táxi. Chloe aguardou até as outras duas partirem e então foi descendo a ladeira em direção a Princes Street.

— Aqui precisamos trocar de câmera. — MacBride apertou alguns botões do console e a imagem mudou para outro ângulo. Chloe andava pela rua, sozinha e confiante em suas passadas. Eles a seguiram por mais duas câmeras, até que ela parou quando um carro preto passou devagar ao seu lado. Se ele não soubesse, diria que era um caso clássico de prostituição. Chloe se curvou para a janela do carro, obviamente falando com quem o dirigia. Sua linguagem corporal não mostrava sinal de medo, e depois de uns instantes, ela abriu a porta e entrou. O carro partiu em direção ao hotel Balmoral.

— Você não conseguiria dar zoom nesse quadro? Para pegar o número da placa do carro? — perguntou McLean.

— Isso só acontece no cinema. Essas câmeras não são de alta resolução, e a iluminação é péssima. Devia haver um ângulo melhor de outra câmera, mas pelo jeito ela teve um curto-circuito ontem à noite.

— Talvez a gente consiga rastreá-lo. Um BMW preto ou azul-marinho. Ele aparece em alguma das outras câmeras?

MacBride apertou alguns botões, observando o carro virar na Mound Street. Depois, aparecia brevemente na fita de outra câmera e mais nada.

— A cobertura não é tão boa ao se afastar dos principais locais da cidade. Podemos fazer uma varredura nas outras câmeras, ver se ele aparece.

— Quanto tempo vai levar?

— Não sei, inspetor. Podemos ter sorte ou levar o dia todo.

— OK. Comece então. Veja se consegue uma imagem da placa. Mesmo parcial, ajudaria. Mande para Emma, que é boa com fotos...

McLean congelou ao dizer isso. Ela era boa com fotos. Dera um jeito nas imagens da cena do crime da casa de Sighthill, revelando os estranhos padrões que ele vira no piso. E antes de mexer nas fotos, havia outra coisa em seu monitor. Contatos. Será que ela só estava processando-as para arquivar ou havia algo mais sinistro acontecendo? MB. Em B. Emma Baird.

— O senhor está bem? Parece que viu um fantasma. — O rosto redondo e branco do detetive MacBride olhava para ele na penumbra da sala de vídeo.

— Acho que sei quem pode estar postando aquelas imagens de cenas de crime na internet.

Mas, por Deus, ele esperava estar enganado.

51

— Imagino que o celular ainda não esteja funcionando, não é?

Pete Murray o cumprimentou com um sorriso quando ele entrou apressado na delegacia na segunda-feira de manhã. McLean apalpou os bolsos até encontrar o aparelho, mas não conseguiu lembrar se tinha se dado ao trabalho de carregá-lo na noite anterior. Distraído como estava, as chances não eram boas. De fato, o telefone não mostrava sinal de vida quando ele apertou os botões.

— O que você faz com esses pobres coitados? Você os amaldiçoa? — Pete empurrou uma pilha de papéis em sua direção, acenando com a cabeça para o fundo da recepção. — Aqui estão esses recados, e aquele sujeito lá chegou perguntando pelo senhor. Disse que é da Hoggett Scotia Asset Management. Para mim, parece um banqueiro.

Intrigado, McLean se virou, tentando se lembrar de quando tinha ouvido esse nome antes. Ver o Sr. Masters sentado num dos bancos de plástico não ajudou. Ele era igual a outros milhares de executivos de terno: 40 e poucos anos, começando a ficar grisalho, uma barriguinha que dois jogos de squash por semana já não bastavam para eliminar; uma pasta de couro cara cheia de aparelhos eletrônicos; esposa e filhos no subúrbio; uma amante num dos edifícios da Cidade Velha.

— Inspetor McLean? Obrigado por me receber. — Masters se pôs de pé enquanto McLean ainda estava na metade do caminho. Só então as peças começaram a se encaixar.

— O senhor foi uma das testemunhas do suicídio de Peter Andrews, não foi?

A fisionomia de Jonathan Masters se contraiu à menção do nome de seu antigo colega.

— Foi uma semana difícil na Hoggett Scotia, inspetor. Peter era um dos nossos melhores analistas. Vai fazer muita falta.

Um dos melhores analistas. Não "um cara ótimo" ou "o cara que animava todas as festas". Não um amigo.

— Eu falei com o pai dele, Sr. Masters. Ele parecia ter um grande futuro pela frente até descobrir que estava com um câncer terminal.

— Isso foi uma surpresa total. Ele nunca nos falou nada disso. Talvez se tivesse falado... — O Sr. Masters não terminou de falar.

— Mas imagino que não tenha vindo aqui para falar sobre Peter Andrews.

— Sim, é claro. Desculpe, inspetor. Foi uma semana daquelas. Mas parece que uma secretária nossa desapareceu. Sally Dent.

— Dent. Ela não foi uma das testemunhas também?

— Sim, ela estava na recepção. Nós demos o resto do dia de folga a ela. Bem, era o mínimo que podíamos fazer. Ela não apareceu no dia seguinte e fizemos vista grossa, depois veio o fim de semana. Mas ela não foi ao trabalho hoje de manhã, não voltou desde o... bem, desde que Peter... o senhor sabe.

— Imagino que tenha tentado se comunicar com ela. — McLean teve uma terrível sensação de déjà-vu bem no fundo da mente, rastejando como a sombra de uma aranha.

— Claro. Ligamos para a casa dela, mas a mãe de Sally achava que ela tinha viajado para o exterior. Na verdade, era para ela ir a Tóquio com um dos nossos gerentes, mas foi tudo cancelado depois...

— Quer dizer que o senhor achava que ela estivesse em casa, a mãe dela achava que ela estivesse no exterior, e nenhum de vocês dois sabe do paradeiro dela desde o dia em que Peter Andrews se matou.

— É isso mesmo, inspetor.

— Fale mais sobre Sally Dent, Sr. Masters. Como ela é?

— Ah, posso fazer mais que isso. Aqui. — Masters colocou a pasta no banco e a abriu. McLean viu um laptop minúsculo, um tablet, um GPS e um celular bem fino aninhados no interior de couro macio antes que Masters pegasse uma folha A4 e fechasse a pasta. — A ficha dela no nosso RH.

McLean pegou a folha e a ergueu na direção da luz para ver melhor o retrato impresso que o fitava. O que mais o surpreendeu na foto não foi o fato de reconhecer a mulher, mas sim que esperava ver o rosto dela ali. Estava mais bonito, sorridente e cheio de esperança no futuro. Na última vez que a vira, ela estava na mesa de aço do necrotério de Angus Cadwallader; na primeira vez, fraturada e retorcida, com os cabelos manchados de sangue, ela estava no leito de cascalho e óleo derramado da linha do trem da estação Waverly.

* * *

— Você realmente não consegue ficar longe, não é, Tony? Sabe, você podia voltar atrás e estudar para ser assistente de patologista, e então nós poderíamos abrir mão de todo esse fingimento.

Angus Cadwallader sorriu de sua cadeira de escritório quando McLean bateu na porta aberta. O inspetor deixara Masters na recepção, agitado e olhando para o relógio. Quanto mais rápido fizessem isso, melhor.

— É tentador, Angus, mas sei que você só tem olhos para Tracy.

O sorriso vacilou levemente... Será que o patologista se retesou um pouco? Interessante.

— Errr... hã... Em que posso ajudá-lo?

— A mulher que pulou da ponte em Waverly na semana passada. Acho que ela pode ser Sally Dent. Você poderia preparar o corpo para identificação? O chefe dela está aqui.

— Sem problema. Vou providenciar para que a retirem e, assim que estiver pronta, eu grito. — O patologista entrou rapidamente na sala de necropsias e se dirigiu às gavetas de armazenamento, pegando uma maca de aço no caminho. McLean o seguiu.

— Já enviou o relatório sobre ela?

— Como? Ah, sim. Acho que sim. Tracy geralmente os envia por e-mail assim que ficam prontos. Por quê?

— Porque eu não vi, só isso.

— Ah, então não sabe das plaquetas que estavam abrindo buracos no cérebro dela.

— As... o quê? — McLean sentiu um calafrio na boca do estômago. Complicações. Sempre havia complicações.

— Mal de Creutzfeldt-Jakob. Bastante avançado. Desconfio de que ela estava tendo alucinações bem reais antes de saltar. Esse deve ter sido o motivo para ela fazer isso. — Cadwallader abriu a gaveta, revelando o corpo branco e limpo de Sally Dent, os cortes do rosto caprichosamente suturados, mas ainda desfiguradores. Ele a deslizou para a maca e a cobriu com um lençol branco. Juntos, eles a empurraram para a sala de identificação, onde um Jonathan Masters de aparência ansiosa levantou-se de um salto como se alguém tivesse gritado com ele.

— Desculpe fazê-lo esperar, Sr. Masters. Devo avisá-lo de que ela ficou muito ferida ao morrer.

Masters assumiu uma tonalidade esverdeada, assentindo em silêncio ao olhar para a figura coberta. Cadwallader puxou o lençol para revelar apenas o rosto. O banqueiro olhou, e McLean percebeu o horror do reconhecimento em sua fisionomia. Era uma expressão que vira muitas vezes antes.

— O que aconteceu com ela? — A voz de Masters estava aguda e tensa, mas ele não desmaiou como já acontecera com alguns homens. Esse mérito McLean tinha que lhe conceder.

— Ela se jogou da Ponte Norte.

— O suicídio? Eu ouvi falar disso. Mas Sally... Não... Sally não faria...

— Ela estava sofrendo de um sério problema neurológico. — Cadwallader cobriu o rosto desfigurado novamente. — É bem possível que nem soubesse o que estava fazendo.

— E a mãe dela? — Masters olhou para McLean com olhos suplicantes. — Quem vai explicar isso a ela?

— Tudo bem, Sr. Masters. Eu falo com a Sra. Dent. — McLean segurou o executivo pelo braço e o conduziu para fora da sala. — O senhor vai ficar bem? Quer que eu providencie alguém que o leve de volta para o escritório?

Longe do cadáver, Masters pareceu se recompor. Endireitou os ombros e olhou novamente para o relógio.

— Não, estou bem, inspetor, obrigado. É melhor voltar para o escritório. Meu Deus. Sally. — Ele balançou a cabeça.

— Pode parecer uma pergunta insensível, Sr. Masters, mas havia algo entre a Srta. Dent e o Sr. Andrews?

Masters encarou McLean com uma expressão que mostrava claramente sua suposição de que o inspetor devia ser louco.

— Como assim?

— Só gostaria de saber se eles tinham uma relação que ia além da profissional. Dois suicídios numa sucessão tão rápida...

— Peter Andrews era gay, inspetor. Não sabia disso?

Depois de acompanhar Jonathan Masters até a saída do prédio, McLean voltou à sala de necropsia. Cadwallader já tinha guardado o corpo na câmara frigorífica e retornado ao escritório. Olhando bem, McLean notou que a sempre alegre assistente não estava por perto.

— O que foi que você fez com Tracy? — perguntou ele.

— Fique longe da minha assistente, Tony.

McLean ergueu as mãos, como que se rendendo.

— Ela não faz meu tipo, Angus.

— É, eu soube que você prefere peritas. Afinal, ninguém é perfeito. — Cadwallader deu uma risada. — Tracy foi levar umas amostras ao laboratório. Deixo ela dar uma saída de vez em quando. Quando você não está enchendo meu necrotério de cadáveres.

— Desculpe. — McLean deu de ombros. — Conte mais sobre Sally Dent. Havia algo sobre o sangue dela, acho que me lembro.

— Não o dela. Ela estava coberta com o sangue de outra pessoa.

— Descobriu de quem?

Cadwallader fez um não com a cabeça.

— Definimos o tipo, mas é muito incomum. O fator Rh é positivo. Enviei uma amostra para análise de DNA, mas a menos que você saiba de alguém que perdeu muito sangue recentemente, poderíamos levar tempo até encontrar uma combinação.

Alguém que perdeu muito sangue recentemente. Um pensamento horrível, impossível, passou pela cabeça de McLean.

— Que tal Jonas Carstairs?

— O quê? Você acha que aquele pingo de mulher ali... — Cadwallader apontou para a fileira da câmara frigorífica. — Acha que ela conseguiu dominar e cortar um homem forte e saudável como Carstairs?

— Ele era velho, não podia ser tão forte assim. — Ao falar, McLean se deu conta de que também ainda não tinha visto o relatório sobre a morte de Carstairs.

— Ele estava muito bem-conservado. Devia praticar ioga e comer müsli; estão na moda atualmente. — O patologista se virou para o computador e bateu em algumas teclas para abrir o relatório em questão. — Aqui está. A análise do sangue encontrado no cabelo e nas mãos de Sally Dent. — Clicando mais uma vez, ele abriu outra janela. — Amostra de sangue de Jonas Carstairs... Meu Deus.

McLean olhou por cima do ombro de Cadwallader, sem assimilar bem o que ele acabara de dizer. O patologista virou a cadeira lentamente.

— São iguais.

— O mesmo tipo?

— Não, o mesmo sangue. Muito próximos. Vou fazer um teste de DNA para ter certeza, mas tudo indica que são iguais.

— Faça isso, por favor. — McLean se encostou no balcão, tentando avaliar aonde todas essas informações conflitantes o levavam. Opus Diaboli.

A obra do diabo. Não era a um lugar muito confortável. — Você ainda está com Peter Andrews aqui?

Cadwallader fez que sim.

— O maior incômodo. Era para ele ter sido transportado para Londres semana passada, mas aquele arrombamento atrapalhou tudo. Ainda estou aguardando que venham buscá-lo.

— E o sangue nele?

— Ele cortou a garganta, Tony. Estava coberto de sangue.

— Sim, mas era todo dele?

— Eu diria que sim. Nós o limpamos. Bem, Tracy o limpou. Ela não falou nada sobre outras amostras de sangue. Aonde você quer chegar com isso, Tony?

— Não tenho certeza. Pelo menos acho que não quero ter certeza. Angus, você poderia me fazer um imenso favor?

— Depende. Se for para ir em outra das festinhas do chefe de polícia no seu lugar, sinto muito, mas não.

— Não, não é nada disso. Será que você poderia dar outra olhada em Peter Andrews?

— Já o examinei detalhadamente. — O patologista pareceu um pouco magoado, mas McLean sabia que ele estava brincando.

— Eu sei, Angus, mas você estava examinando um suicida. Quero que o examine como se ele fosse uma vítima de assassinato.

52

O inspetor-chefe Duguid aguardava na minúscula central de operações, sentado na cadeira de Bob Rabugento, e olhava com atenção as fotos pregadas na parede. McLean quase recuou na porta, mas há problemas que devem ser resolvidos imediatamente.

— Posso ajudá-lo, inspetor?

— Achei que você devia estar de folga.

— E eu achei que aproveitaria melhor o tempo se fosse atrás de alguns criminosos. O senhor se lembra de como é, não? Ir atrás dos criminosos?

— Não estou gostando do seu tom, McLean.

— Não estou muito feliz por tentarem me matar, mas todos temos nossas cruzes a carregar. O que o senhor quer comigo?

Duguid se levantou, a fisionomia sombria.

— Eu nem sabia que você estava na delegacia. Estou procurando aquele seu jovem detetive, Mac alguma coisa. Ele disse que você tinha uma pista sobre nosso vazamento. Algo sobre um site da internet.

— E o que tem isso, senhor?

— Ora, como assim, McLean? Como espera que eu investigue o assassinato de Carstairs se você não faz sua parte? Descobrir esse vazamento é o fio principal da nossa investigação.

O único fio, uma vez que você está aqui abusando da minha equipe para obter resultados, pensou McLean. Não tinha paciência para contar ao homem que a assassina jazia no necrotério. Que Cadwallader fizesse os testes de DNA, tivesse certeza e passasse os resultados a Duguid ele mesmo. McLean preferia não levar o crédito pela descoberta se isso aprofundasse ainda mais o antagonismo entre os dois. Ele já cometera o erro de solucionar os casos do inspetor-chefe antes.

— O detetive MacBride descobriu um site na internet onde as pessoas exibem e negociam imagens horrendas, inclusive fotografias forenses de cenas de crime. Parece que há muitos necrófilos no espaço virtual, inspetor. Reconheci fotos do escritório de Barnaby Smythe postadas lá.

— Isso quer dizer que quem matou Carstairs pode ser um frequentador do site. E aí? Essa gente começou a pôr em prática suas fantasias doentias? Santo Cristo, era só o que faltava. — Duguid massageou as têmporas com os dedos. — Então quem é? Quem está postando essas fotos e alimentando as ideias desse doente?

— Não sei, inspetor.

— Mas faz uma ideia, não é, McLean? Eu sei como sua cabeça funciona.

— Preciso fazer umas averiguações antes, senhor.

— Bobagem, inspetor. Se você tem uma suspeita, compartilhe. Não podemos perder tempo sendo cautelosos aqui. Há um assassino à solta, provavelmente à caça de sua próxima vítima.

Não, não há. Estão todos mortos agora. O assassino manteve seu segredinho sujo, embora só Deus saiba como fez isso. O site é apenas uma pista falsa.

— Não acredito que a gente precise se apressar, senhor. — McLean tentou escolher as palavras com cuidado. Se ele estivesse certo e Emma realmente fosse a responsável por postar aquelas fotografias, ele queria pegá-la pessoalmente. O que faria se suas suspeitas se confirmassem... ele simplesmente não sabia.

— Está protegendo essa gente, não está, inspetor? Na esperança de ficar com toda a glória para si próprio. — Duguid se levantou da cadeira de Bob Rabugento, empurrando-a, e passou por McLean em direção à porta. — Ou é por algum outro motivo totalmente diferente?

McLean observou Duguid sair da sala e, em seguida, pegou o telefone e tentou digitar um número. Estava mudo. Pegou seu celular no bolso, sacudiu e pressionou o botão que ligava o aparelho. Nada. Droga. Se Cadwallader sabia sobre seu jantar com Emma, com certeza Dagwood também sabia, e o inspetor-chefe não levaria muito tempo para somar dois mais dois; afinal, ele era um detetive, mesmo que às vezes fosse difícil acreditar nisso. Ele olhou de novo para o telefone. Será que realmente deveria avisá-la de que ela estava sob suspeita? Sim, deveria. Caso fosse culpada, eles tentariam atribuir a ela uma cumplicidade no processo de homicídio. Mesmo que não conseguissem sustentar isso, levariam seu nome para a mídia. E, sinceramente, ao mesmo tempo que ele não queria ser prejudicado pela associação a Emma, também não queria que fizessem isso a uma amiga.

Praguejando, ele saiu intempestivamente da sala em busca de um telefone e quase colidiu com MacBride, que vinha apressado pelo corredor.

— Meu Deus. O que foi?
— Eles encontraram, inspetor. — O rosto de MacBride estava corado de agitação.
— Encontraram o quê?
— O furgão, inspetor. O que matou Alison.

Nos últimos anos os ventos da mudança tinham soprado sobre Edimburgo, removendo edifícios velhos, entrepostos aduaneiros, depósitos e conjuntos habitacionais do governo e substituindo-os por construções novas, centros de lazer, edifícios residenciais luxuosos e centros comerciais. Mas havia lugares que resistiam à revitalização com toda a graça de um dedo médio erguido em um sinal obsceno. Newhaven ainda permanecia de pé contra as forças das melhorias, firme; Leith e Trinity haviam sucumbido. A margem sul do rio Forth, exposta ao vento, era simplesmente muito lúgubre para receber novos moradores, seus aterros, muito deteriorados pela indústria.

Do assento do passageiro, McLean ficou olhando enquanto MacBride passava com o carro pelos portões de arame de um terreno abandonado, abertos a pé de cabra. Duas viaturas policiais já estavam lá. Eles estacionaram ao lado do furgão da perícia, e McLean teve uma súbita onda de esperança de que Emma estivesse lá. Se ele conseguisse falar a sós com ela por um instante, poderia saber a verdade por trás das postagens das fotografias e adverti-la se necessário. Surpreendeu-o o fato de que ele também esperava que ela estivesse lá por motivos puramente pessoais. Não conseguia se lembrar da última vez que se sentira assim em relação a alguém.

O depósito devia armazenar coisas de valor no passado, mas agora já não tinha telhado, suas vigas de ferro fundido ocupadas por pombos e repletas de ferrugem. Mesmo no verão, após dias secos de calor, o piso de concreto estava empoçado com água suja. No inverno, quando o vento leste soprava com uma chuva gelada do Mar do Norte, devia ter sido um lugar muito acolhedor. Um fedor permeava o lugar; carcaças em estado pútrido e fumaça misturadas a dejetos de pássaros e maresia. No centro, cercado por técnicos da perícia que mais pareciam formigas em volta de um pássaro morto, estava um furgão enegrecido.

Todos pareciam iguais, McLean disse a si mesmo ao se aproximar. Contudo, havia algo nesse furgão que lhe deu a certeza de ser aquele que ele tinha visto cantando pneus na esquina do Pleasance em direção a Holyrood. Não havia placas, mas elas já não estavam lá antes. Provavelmente os números do chassi também haviam sido apagados. Porém, havia uma marca identificadora; um amassado alongado e novo no metal queimado do capô, exatamente onde uma jovem vida promissora fora interrompida tão cedo.

Ele deu a volta em torno do furgão, ficando bem para trás, evitando contaminar a cena. Um perito de macacão branco estava agachado ali perto, pinçando a tinta empolada. Um flash reluziu atrás dele e McLean se virou, esperando ver Emma. Dessa vez, outro perito estava atrás das lentes. Malky, McLean lembrou, o fotógrafo da cena do crime da Farquhar House. O cara que cheirava a sabonete e que achava que pensamentos negativos podiam sugar a energia das baterias dos celulares. Bem, até que fazia sentido, de uma maneira um tanto perversa. Tanto sentido quanto o que se seguiu.

— Emma Baird não está aqui?

— Está em outro caso. — O sotaque era de Glasgow, porém mais educado que o de Fergus McReadie.

— Você deve ser Malky — disse McLean. Assim que falou, ele percebeu seu erro. As feições do homem se endureceram, transformando-se em uma máscara de desgosto que fez Duguid parecer afável.

— Na verdade, é Malcolm. Malcolm Buchanan Watt.

— Desculpe, Malcolm. Eu só...

— Eu sei como os outros peritos me chamam, inspetor. Eles demonstram a mesma negligência aos detalhes em outros aspectos do trabalho. Seria bom o senhor se lembrar disso da próxima vez que trabalhar com pessoas como a Srta. Baird.

— Sai dessa, Malcolm. Emma é uma profissional, assim como você.

O fotógrafo não se deu ao trabalho de responder, preferindo se esconder atrás da câmera e tirar mais fotos. McLean balançou a cabeça. Por que as pessoas tinham que ser tão sensíveis? Ele se dirigia ao outro lado do furgão, onde a porta de correr estava aberta de frente para o mar, quando uma voz conhecida o chamou.

— Graças a Deus. Enfim, um inspetor-detetive. — Andy "Peso Pesado" Houseman sorriu. — Que bom que deram o caso para o senhor. Todos nós queremos um bom resultado nesse aqui.

— Na verdade, não estou aqui, Andy. Você nunca me viu, OK?

— Como? Não me diga que vão entregar isso ao Dagwood.

— Sou uma das vítimas, Andy. Não posso estar envolvido. — McLean levantou as mãos em um gesto de súplica, embora compartilhasse a frustração do sargento. — O que houve aqui?

— Um cara estava passeando como o cachorro na praia, viu o furgão e achou melhor nos comunicar. Estou com dois policiais fazendo perguntas nas casas da vizinhança, mas imagino que ninguém vá falar nada. Mesmo que tenham visto alguma coisa.

— E o furgão? Já conseguiu alguma identificação?

— Estamos trabalhando nisso, inspetor, mas pelo que podemos ver fizeram uma limpa profissional. Sem placas, sem selo do departamento de trânsito.

— Como sabem que foi o furgão que atropelou Alison?

— Não sabemos. Não com certeza. Mas é provável. A frente está amassada como se tivesse batido em alguma coisa. Talvez o senhor seja a melhor testemunha. Sabemos que era um Transit. A perícia está trabalhando nele, mas eu apostaria meu bônus de Natal que é o mesmo.

— Alguma chance de conseguirmos digitais? Descobrir quem dirigia?

— Podemos fazer mais do que isso. Temos um corpo. Por aqui. — Andy Peso Pesado conduziu McLean até o outro lado do furgão. Uma figura conhecida estava debruçada sobre uma massa preta e queimada lá dentro, o epicentro óbvio do incêndio. Angus Cadwallader se levantou; suas costas estalaram enquanto se endireitava.

— Se a gente continuar se encontrando desse jeito, Tony, vou ter que apresentar você para a minha mãe.

— Você já fez isso, Angus. Na festa em Holyrood, lembra? O que você tem aí?

Cadwallader se virou de novo para o objeto de sua investigação, apontando com um dedo enluvado para as partículas claras no que parecia um rolo meio queimado de tapete. O látex branco estava manchado de cinza engordurada. Não foi preciso dizer nada; o faro de McLean já lhe informara o que realmente havia ali.

— Não é bem o quê — respondeu o patologista —, mas quem.

53

Cadwallader prometeu que daria uma examinada inicial no corpo assim que chegasse ao necrotério. Isso e o aviso de que Duguid estava a caminho da cena do crime significaram que McLean não tinha outra escolha senão ir embora. Ele deixou MacBride dirigir outra vez, observando a cidade passar enquanto enfrentavam o tráfego na volta para a delegacia.

— Você acredita em fantasmas, Stuart? — perguntou McLean enquanto esperavam o sinal abrir.

— Como aquela mulher da televisão andando por aí com uma câmera estranha que deixa tudo verde? Não. Mas tenho um tio que jura ter visto um fantasma.

— E em demônios? No diabo?

— Não. Isso é uma coisa que os padres inventaram para que as pessoas se comportassem. Por quê? O senhor acha que deve existir algo do gênero?

— Não, não. A vida já é bem difícil quando se lida com criminosos normais. Não quero pensar em ter que prender os anfitriões do inferno. Mas Bertie Farquhar e seus amigos acreditavam em algo assim o bastante para matarem aquela garota. O que faz um homem ter tanta certeza disso e por que matar alguém para esse fim? O que eles poderiam conseguir com isso?

— Riqueza? Imortalidade? Não é isso o que as pessoas geralmente querem?

— Então não funcionou muito bem para eles. — Mas tinha funcionado sim, até certo ponto. Todos haviam sido fabulosamente ricos e bem-sucedidos, e nenhum morreu de causas naturais. O que Angus dissera sobre Smythe? Pulmões que não envergonhariam um adolescente? E não mencionara que Carstairs também estava em plena forma? Até que ponto seria possível dar crédito ao efeito placebo antes que outras forças começassem a atuar?

O carro seguia lentamente, passando por obras para os bondes elétricos que nunca ficariam prontas. Do outro lado da rua, os prédios decadentes dessa área pobre da cidade passavam com suas cores manchadas e sujas. Janelas embaçadas com vista para lojas de penhores, uma lanchonete de onde alguém poderia pegar uma intoxicação alimentar se não tivesse sido criado na região e ficado imune. Seus olhos pousaram numa porta familiar com a tinta descascada, com um cartaz escrito "QUIROMANCIA, TARÔ, VIDÊNCIA".

— Pare o carro, Stuart. Encontre um lugar para estacionar.

MacBride fez o que ele mandou, para a irritação dos carros atrás deles.

— Aonde vamos? — perguntou ele ao saírem do carro. McLean apontou para o outro lado da rua.

— Senti necessidade de ler minha sorte.

Madame Rose tinha acabado de atender uma freguesa, uma mulher de meia-idade de aparência desnorteada que usava um lenço enrolado na cabeça e segurava firme uma carteira recém-esvaziada embaixo do braço. Sem dizer nada, McLean ergueu uma sobrancelha ao ser conduzido para a sala nos fundos do prédio.

— A Sra. Brown vem me ver desde a morte do marido. Já deve fazer uns... três anos? Ela vem a cada dois meses. — Madame Rose tirou os gatos de duas cadeiras, fez um gesto para que eles se sentassem e depois ocupou o próprio assento. — Não posso fazer nada por ela. Falar com os mortos não é realmente minha área e, de qualquer maneira, tenho a sensação de que o marido, Douglas, também não tem vontade de falar com ela. Mas não posso impedi-la de me dar o dinheiro, não é?

McLean sorriu tanto para si mesmo como para Madame Rose.

— E eu que pensava que era tudo fumaça e espelhos.

— Ah, não. — Madame Rose levou a mão grande, adornada de joias, ao busto avantajado, mas falso. — Eu achei que o senhor entenderia, inspetor. Ainda mais com o seu passado.

O sorriso sumiu tão rapidamente quanto havia surgido.

— Não posso imaginar o que a senhora quer dizer.

— Mesmo assim está aqui. Veio me procurar para se aconselhar sobre demônios. Novamente.

Talvez não tivesse sido uma boa ideia, afinal. McLean sabia que tudo ali era falso, mas até ele tinha que admitir que a encenação de Madame Rose era muito bem feita. E, novamente, seu passado era alvo de comentários, por mais que ele não quisesse. Fazia parte do teatro conhecer bem a vítima para deixá-la desconfortável. Aquilo distraía a mente de todas as outras coisas, tornava difícil se ater ao que fora planejado.

— A senhora dá a impressão de que estava nos esperando.

— Eu estava esperando o senhor, inspetor. — Madame Rose gesticulou a cabeça para ele. — Devo admitir que não vi seu jovem amigo aqui na última vez que tirei as cartas.

Teria sido mais fácil perguntar o que ele queria sem que MacBride estivesse ali para escutar. McLean quase teve que reprimir a vontade de se contorcer como um aluno que precisava ir ao banheiro e não tinha coragem de pedir permissão à professora.

— O senhor quer saber se eles realmente existem. Os demônios, quero dizer. — Madame Rose verbalizou o que ele queria saber antes que ele pudesse sequer falar e respondeu com a mesma presteza. — Venha, deixa eu te mostrar uma coisa.

Ela se levantou, provocando olhares curiosos dos gatos. McLean a seguiu, mas quando MacBride fez menção de se levantar de sua cadeira, Madame Rose acenou para que ele ficasse.

— Você não, meu querido. Só o inspetor deve ver. Fique aqui cuidando dos meus filhotes.

Como se estivesse seguindo ordens, o gato mais próximo pulou no colo do detetive, que ia empurrá-lo, mas o gato lhe deu um encontrão com a cabeça, ronronando bem alto.

— É melhor ficar aí, Stuart. Isso não deve demorar. — McLean seguiu Madame Rose por outra porta que não a de entrada, que levava a um cômodo cheio de livros, com estantes ao longo das paredes e no centro, organizadas em corredores estreitos por onde mal passava a vidente, quanto mais ele junto. Ali ficaram desconfortavelmente próximos, o ar com o cheiro seco de papel velho e de couro, deixando-o aflito. Sebos não eram seus lugares favoritos, e essa sala era a pura destilação dessa essência.

— O senhor fica pouco à vontade com o conhecimento, inspetor McLean. — Madame Rose abandonou o tom de voz místico que usava para impressionar os fregueses, deixando transparecer as arestas grosseiras do travesti. — Mas já foi tocado pelos demônios.

— Não vim aqui para que lesse minha sorte, Madame Rose ou Stan ou seja qual for o seu nome. — McLean teve vontade de sair da sala, mas as estantes altas o prendiam. Madame Rose estava tão próxima que era possível ver os poros de sua pele. Da pele dele. Era um homem, e estava deixando-o tenso. Que merda ele estava fazendo ali?

— Eu sei. O senhor veio aqui para aprender sobre demônios. E eu o trouxe aqui porque vi que não quer dar voz às suas preocupações na frente do jovem policial lá atrás.

— Demônios não existem.

— Ah, acho que nós dois sabemos que isso não é verdade. E eles aparecem de várias formas. — Madame Rose puxou um livro pesado de uma prateleira alta, aninhando-o nos braços como se fosse um bebê ao folhear as páginas quebradiças. — Nem todos os demônios são monstros malvados, inspetor, e alguns só vivem em nossa mente. Mas há outros, criaturas mais raras, que se movem entre nós, nos influenciam e sim, nos estimulam a fazer coisas terríveis. Isso não quer dizer que não podemos fazer coisas terríveis sem a ajuda deles. Aqui. — Ela virou o livro para que ele pudesse ver a página. McLean esperava um volume antigo, escrito à mão em latim, com elegantes iluminuras. O que estava ali parecia um pouco com um anuário escolar do ensino médio, e só mais de perto aparentou ser de homens de meia-idade. Um rosto em particular se destacou, apesar de ser mais jovem do que o do homem que ele tinha conhecido. Só de vê-lo, ele sentiu um calafrio em todo o corpo. Fechou o livro, empurrou-o de volta a Madame Rose e se virou para ir embora, mas a mão pesada no braço dele o impediu.

— Eu sei o que aconteceu com você, inspetor. Nossa comunidade não é grande, a dos videntes e médiuns aqui da cidade, mas todos conhecemos sua história.

— Faz muito tempo. — McLean tentou se livrar da mão que o agarrava, mas Madame Rose o segurava com força.

— Então o senhor foi tocado por um demônio.

— Donald Anderson não é um demônio. É um idiota doente que merece apodrecer na cadeia pelo resto da vida.

— Ele era um homem, inspetor. Era como eu, parecido comigo em muitos aspectos. Mais interessado em livros antigos do que em qualquer outra coisa. Mas teve contato com um demônio e mudou.

— Donald Anderson era um merda de um estuprador assassino e fim de história. — McLean se desvencilhou e se virou com raiva para encarar Madame Rose. Já era suficiente ter que lidar com pessoas como Dagwood no cotidiano, e ele não iria mais tolerar isso. Não tinha ido até lá com esse propósito. Por que mesmo tinha ido até lá?

— Talvez, mas com demônios nunca se pode saber.

— Chega! Não vim aqui para falar do maldito Donald Anderson e, na verdade, não me importo se demônios existem ou não. Preciso saber o que esses homens achavam que iam conseguir. O que ganhariam matando uma garota.

— Uma garota? — Madame Rose ergueu uma sobrancelha. — Uma virgem, sem dúvida. O que deixariam de ganhar? Eu diria que o único limite era a imaginação.

— Riqueza, imortalidade, o de sempre. — McLean se lembrou da sugestão de MacBride.

— É, parece que sim. Como eu disse, o único limite era a imaginação.

— E como tudo em geral dá errado?

— Não há "em geral", inspetor. Estamos falando de demônios aqui. — Madame Rose se corrigiu. — Ou pelo menos de pessoas que sinceramente acreditam estar se associando a demônios. O normal é que a pessoa que invoca o demônio fique dentro do círculo para se proteger dele enquanto faz suas exigências. Depois de bani-lo de volta para o inferno de onde veio, seja qual for, ela pode sair do círculo e ir para o mundo. Isso geralmente dá errado quando algum outro idiota invoca o mesmo demônio pouco tempo depois. Eles têm boa memória, inspetor, e não gostam de ser comandados.

— O corpo estava dentro do círculo — disse McLean.

— Nesse caso, eles tentaram prender o demônio àquela garota. Tudo bem se o círculo permanecer fechado.

McLean visualizou a cena. Uma parede aberta pelos operários. O entulho espalhado pelo chão.

— E se o círculo foi rompido?

— Bem, então você tem um demônio que não só está furioso por ter sido invocado, mas que ficou preso por anos, talvez décadas. Como acha que se sentiria nessas condições?

54

O necrotério era sempre silencioso; nada de bate-papos entre os mortos que jaziam em seus túmulos na câmara frigorífica. Contudo, o turno da tarde estava diferente, como se todos os sons tivessem sido sugados dali. Até seus passos no piso duro de linóleo ecoavam a distância conforme McLean se aproximava do escritório de Cadwallader. Ou talvez fosse apenas o efeito de ter passado algum tempo com Madame Rose. O médico não estava em seu campo de visão, mas a assistente dele estava ocupada digitando alguma coisa e usando fones de ouvido.

— Oi, Tracy. — Mesmo sem querer assustar a moça, talvez McLean tivesse batido com um pouco de força no vão da porta, pois ela teve um leve sobressalto.

— Inspetor. Que surpresa.

Ele sorriu diante do sarcasmo em sua voz.

— O doutor está?

— Está tomando uma chuveirada agora. — Algo no modo como Tracy falou fez McLean achar que ela gostaria de estar lá com o legista. Foi uma ideia estranha, pois Cadwallader tinha idade para ser pai de sua assistente, e McLean simplesmente descartou a imagem dos dois.

— Tiveram um longo dia por aqui?

— Uma tarde detestável. Cadáveres queimados nunca têm graça.

— Quer dizer que ele acabou? — McLean sentiu uma onda de alívio por não precisar assistir à necropsia.

— Sim. Por isso o banho. Estou digitando as conclusões agora. Um caso nada agradável.

— Como assim?

— Ele morreu queimado. Não posso imaginar que tenha sido legal. Queimaduras de terceiro grau em 85 por cento do corpo; ferimentos nos pulmões causados pela inalação da fumaça. Devia estar tão bêbado que não sentiu muita dor. Pelo menos assim espero.

— Bêbado?

— O grau de álcool no sangue era de 0,18 mg/L. A ponto de levar à inconsciência.

— Hora do óbito?

— Ainda é difícil especificar, mas são dias, não horas.

McLean pensou na última vez que tinha visto o furgão. Estava dentro do previsto.

— Algum traço identificador? Alguma possibilidade de identificação?

— Oh, homem de pouca fé... — Tracy se levantou e foi até o balcão que se estendia ao longo da parede oposta. Uma série de objetos se empilhava num bandeja de aço inoxidável, todos dentro de sacos plásticos, todos chamuscados pelo fogo. Ela os trouxe até McLean. — Encontramos a carteira dele no bolso interno. Está bem queimada por fora, mas é de um bom couro, antigo, muito resistente ao fogo. A carteira de motorista e o cartão de crédito estão no nome de Donald R. Murdo.

— O Sr. McAllister está numa reunião, inspetor. O senhor não pode entrar.

McLean não estava disposto a ficar esperando. Passou pela secretária e abriu a porta da sala de modo intempestivo. McAllister encontrava-se junto à escrivaninha, imerso em uma conversa com um executivo de terno cinza, que parecia tão deslocado ali quanto uma freira num bordel. Os dois ficaram olhando para ele, o executivo com os olhos assustados como os de um aluno que foi pego fumando atrás do bicicletário e McAllister com um lampejo de fúria que rapidamente se apagou.

— Inspetor McLean. Que surpresa.

— Sr. McAllister, me desculpe. Eu tentei impedi-lo...

— Tudo bem, Janette. Minha porta está sempre aberta para o melhor da Lothian e Borders. — McAllister voltou sua atenção para o executivo, que pareceu ainda mais alarmado ao assimilar as palavras. — Sr. Roberts, acho que tudo está em ordem agora, concorda?

O Sr. Roberts concordou com a cabeça, aparentemente incapaz de falar, então recolheu os papéis da mesa e se apressou a colocá-los na bolsa de couro. De vez em quando olhava para McLean, mas não o encarava. Após o que pareceram minutos, os quais, na verdade, não passaram de segundos, ele enfiou a bolsa ainda aberta embaixo do braço, fez um rápido aceno de cabeça para McAllister e saiu apressado.

— E a que devo essa surpresa agradável, inspetor? Veio me dizer que já posso recomeçar as obras na casa de Sighthill? Mas é tarde demais. Acabei de vendê-la para esse Sr. Roberts. Ou, pelo menos, para a firma que ele representa. Consegui algum lucro na venda também.

— Mesmo que tenha sido o local de um crime horrendo?

— Ah, desconfio que seja justamente por causa disso, inspetor. O comprador estava querendo saber todos os detalhes possíveis.

McLean sabia que McAllister estava tentando incitá-lo a perguntar quem era o comprador, pois então poderia fingir que era informação confidencial e se recusar a divulgar. Uma pena, de fato, especialmente por ele ter visto um logotipo na parte superior de várias folhas de papel que Roberts havia enfiado na bolsa. Não seria muito difícil reconhecê-lo.

— Encontramos algo que pertence ao senhor — disse ele.

— Ah, é? — McAllister voltou a se acomodar na cadeira, sem ter oferecido o assento vago a McLean.

— Um furgão Transit branco. Bem, ele foi branco um dia. Agora está quase todo preto.

— Um Transit? Não uso essa marca, inspetor. Meu irmão tem uma concessionária Fiat do outro lado da cidade e uma boa linha de Ducatos. E não tive notícia de que um deles estava faltando.

— Esse furgão se envolveu em um acidente e fugiu. Subiu na calçada no Pleasance e atropelou uma policial. Ela morreu há dois dias. O senhor se lembra da policial Kydd, Sr. McAllister?

— Deixe-me adivinhar. A moça magrinha que esteve aqui com o senhor da última vez? Ah, que pena, inspetor. — A falta de sinceridade de McAllister teria feito um político enrubescer. — O senhor está me acusando de algum envolvimento nisso?

— Onde está Murdo? — perguntou McLean.

— Donnie? Não faço ideia. Ele não trabalha mais para mim desde que o senhor esteve aqui. Tivemos uma pequena discussão sobre a casa de Sighthill e eu o despedi.

McLean ficou sem chão. Ele tinha tanta certeza e agora estava com a terrível sensação de ter bancado o idiota.

— O senhor o despediu? Por quê?

— Se o senhor quer saber, ele estava contratando imigrantes ilegais a um salário mais baixo. Com o dinheiro na mão, sem fazer perguntas. — Os olhos de McAllister reluziram perigosamente, sua raiva anterior atiçada de novo. — Não é assim que dirijo meu negócio. Nunca foi e nunca será. A única coisa que tenho é minha reputação. Se o senhor se informasse por aí, saberia disso. Desde que denunciei aquele corpo só tive problemas com a polícia, e agora o senhor entra sem pedir licença com suas alegações infundadas. Tem alguma prova? É claro que não. Caso contrário, estaria me prendendo. Não tem merda nenhuma além de suas teorias idiotas, que denigrem meu nome. Não vou deixar de prestar queixa sobre seu comportamento. Agora, se não se importa, tenho trabalho a fazer.

55

A delegacia estava tranquila quando McLean entrou pela porta dos fundos, o que era ótimo para seu mau humor. Não havia nada pior do que levar uma chamada de um idiota para ficar com raiva de tudo e de todos. Uma funcionária do departamento administrativo saiu correndo depois de comunicar a ele que Duguid convocara uma reunião. Pelo jeito, havia alguma nova prova que poderia mudar radicalmente os rumos da investigação. Impressionado com a velocidade com que Cadwallader, ou mais provavelmente Tracy, enviara a confirmação sobre o sangue, ele foi para sua pequena central de operações pelos fundos para evitar ser visto. Não adiantou. A superintendente-chefe McIntyre o aguardava.

— Como eu sabia que você viria para cá em vez de ir para casa?
— Senhora?
— Não me venha com formalidades, Tony. Acabei de falar ao telefone com um cavalheiro muito irritado que atende pelo nome de McAllister. Parece que um dos meus oficiais entrou no escritório dele e o assediou verbalmente.
— Eu...
— Que parte do "fique fora dessa investigação" você não entendeu?
McLean tentou acalmar a superintendente antes que ela tivesse um ataque de fúria. Talvez fosse mais fácil agarrar um tigre pela cauda.
— Senhora, eu...
— Ainda não acabei. Afinal, o que você estava fazendo na empresa de McAllister? O que ele tem a ver com sua adolescente desaparecida?
— Ele...
— Nada. É isso. Coisa nenhuma. Ter ido atrás dele não pegou bem. E o que você estava fazendo bisbilhotando um furgão queimado em Newhaven? Importunando Angus Cadwallader para conseguir a identidade do motorista?
— Desculpe, senhora. Era o furgão que atropelou a policial Kydd. Eu tinha que vê-lo.

— Você é uma vítima desse crime, Tony. Não pode chegar nem perto da investigação. Você sabe o que um advogado de defesa com poucos escrúpulos vai fazer com o nosso caso se descobrir. Santo Cristo, já basta você ter ido atrás de McReadie.

McIntyre apoiou todo o peso na mesa e suspirou, pressionando os olhos com a palma da mão. Ela parecia cansada, e McLean teve um súbito vislumbre do que devia ser sua vida. Ele resmungava por ter que dar conta dos formulários de hora extra de sua pequena equipe, enquanto ela tinha que dar conta de toda a delegacia. McIntyre havia perdido uma policial, alguém andava postando fotos das cenas dos crimes na internet, ela estava coordenando só Deus sabe quantas outras investigações, e ali estava ele dificultando ainda mais sua vida.

— Desculpe, eu nunca tive a intenção de dificultar as coisas para a senhora.

— Com o poder vem a responsabilidade, Tony. Eu o promovi a inspetor por considerá-lo suficientemente responsável para o cargo. Por favor, não me faça pensar que foi um engano.

— Não vou fazer isso. Eu vou me desculpar pessoalmente com Tommy McAllister. Aquilo foi um mau raciocínio da minha parte. Eu me deixei envolver pela emoção.

— Dê um tempo por uns dois dias, sim? Vá para casa.

— Mas e Chloe? — McLean imediatamente se arrependeu de falar, mas já era tarde. McIntyre olhou para ele com um misto de descrença e desespero.

— Você não é a única pessoa da corporação que está procurando por ela, sabia? Estamos dando um aperto nos suspeitos de praxe e trabalhando nas filmagens das câmeras para identificar o carro. Nós a encontraremos. De qualquer jeito, o caso é do Bob Rabugento. Deixe ele prosseguir com isso.

— É que eu fico me sentindo tão inútil.

— Bem, então vá falar com a mãe da garota. Ela é sua amiga. Talvez você consiga convencê-la de que estamos fazendo todo o possível.

Era fim de tarde no meio da temporada do Festival, mas a loja estava fechada. McLean espiou pela vitrine para ver se havia alguém lá dentro, mas estava vazia. Ao lado da loja, uma porta levava ao edifício acima, e uma das campainhas exibia o nome "Spiers". Segundos depois de ter apertado o botão, ele foi recompensado pelo som frágil de uma voz.

— Sim?
— Jenny? É Tony McLean. Posso subir?

A porta se abriu com um estalo, e McLean entrou. Ao contrário do que acontecia em seu prédio, que ficava ali perto, esse hall de entrada não cheirava a urina de gato. O chão estava varrido e havia plantas nos parapeitos das janelas que davam para um jardim interno com um varal nos fundos.

Jenny estava parada no vão da porta de seu apartamento, a fisionomia um retrato da apreensão. Ela usava um roupão sobre uma camisola comprida e estava descalça. O cabelo estava despenteado, os olhos vermelhos e fundos.

— Vocês a encontraram? — Foi um sussurro cheio de esperança e medo.

— Não, ainda não. Posso entrar?

Jenny ficou de lado, deixando McLean entrar no minúsculo corredor. Olhando em volta, ele percebeu a desordem, a rapidez com que o caos se instalara na residência. Virando-se, ele viu Jenny na porta, ainda olhando para a escadaria, desejando ver sua filha subindo.

— Nós vamos encontrá-la, Jenny.

— Vão? Vão mesmo? Ou você só está dizendo isso para tentar me consolar? — A voz dela endureceu, a raiva começando a aparecer. Ela fechou a porta e passou por ele. McLean a seguiu até a pequena cozinha.

— Nós a vimos nas câmeras de circuito fechado andando pela Princes Street depois do show — explicou McLean. Jenny, que ia fazer um café, parou e se virou para encará-lo.

— Ela devia ter pegado um táxi.

— Ela é uma adolescente. Aposto que economiza há anos o dinheiro do táxi.

— O que aconteceu? Para onde ela foi?

— Um carro que passava diminuiu a marcha. Ela falou com a pessoa que dirigia e depois entrou. Achamos que ela devia estar em contato com ele antes. Pela internet.

Jenny pôs as mãos no rosto, os dedos pressionando as bochechas, deixando marcas brancas na pele.

— Oh, meu Deus. Ela foi sequestrada por um pedófilo. A minha garotinha.

McLean deu um passo adiante, pegou as mãos de Jenny e as afastou do rosto.

— Não está tudo perdido, Jenny. Temos parte do número da placa, a marca e o modelo do carro. Estamos rastreando agora mesmo.

— Mas a minha filha... Ela está... Ele está...

— Escute o que estou dizendo, Jenny. Eu sei que a situação é complicada. Não vou mentir sobre isso. Mas temos muitas informações para trabalhar no caso. E isso foi planejado, não foi algo ao acaso, o que é bom.

— Bom? Como você pode ver algo de bom nisso?

McLean xingou a si mesmo por ser tão insensível. Não havia nada de bom ali, só alguns detalhes menos ruins.

— Significa que a pessoa que fez isso quer Chloe viva. Pelo menos por enquanto.

O telefone tocou na hora em que ele enfiava a chave na fechadura da porta. Exausto após uma hora tentando acalmar Jenny Spiers, McLean pensou em deixar a secretária eletrônica atender. Mas se lembrou de que a fita ainda estava na gaveta da escrivaninha. Apressando-se, ele conseguiu pegar o fone antes que parasse de tocar.

— McLean.

— Ah, inspetor. Que bom que consegui encontrá-lo. É o detetive MacBride.

— O que foi, Stuart?

— É Dag... hã, o inspetor-chefe Duguid. — MacBride devia estar em companhia de oficiais superiores, pensou McLean.

— O que foi que ele fez dessa vez?

— Foi ao laboratório da perícia com um mandado de busca, inspetor. Levou todo nosso pessoal da informática junto. Ele vai prender Emma Baird.

56

Ele chegou tarde demais para fazer qualquer coisa além de atrapalhar. Duguid tinha ido ao centro da cidade, sem dúvida esperando mostrar aos seus superiores na Central que era eficiente em seu trabalho. Jamais deve ter ocorrido a ele que os homens seriam mais úteis se estivessem procurando por Chloe Spiers.

A entrada do laboratório da perícia estava bloqueada por policiais uniformizados, e quando McLean se aproximou, Duguid já abria caminho, saindo para o estacionamento acompanhado por uma dupla de sargentos que ladeavam Emma Baird algemada. Ela parecia apavorada, olhando de um lado para o outro, tentando encontrar uma fisionomia conhecida.

— Que merda você está fazendo aqui, McLean? — Duguid o encontrou antes da técnica da perícia.

— Tentando impedir que o senhor cometa um grande erro. Não é ela que o senhor está procurando.

— Tony, o que está havendo? — perguntou Emma. Ao ouvir a voz dela, Duguid se virou e dirigiu suas ordens aos dois sargentos.

— Levem-na para a delegacia. Providenciem o indiciamento o mais rápido possível.

— Tem certeza de que isso é uma boa ideia, inspetor-chefe? — McLean enfatizou o "chefe".

— Ah, o cavaleiro galante veio correndo salvar a namorada. Não me diga como conduzir minha investigação, McLean.

— Ela é uma de nós. O senhor a está tratando como se fosse uma viciada em crack qualquer.

Duguid atacou McLean, cutucando-o no peito enquanto falava.

— Ela é cúmplice do assassinato de Jonas Carstairs. Ela sabe quem o matou, tenho certeza, e pretendo arrancar essa informação dela antes que mais alguém morra.

Bobagem. Afinal, os resultados do exame de sangue ainda não estavam prontos. Mais uma vez, Duguid seguia a pista errada.

— Ela não é cúmplice de coisa alguma, inspetor. Quem matou Jonas Carstairs foi Sally Dent.

— Do que você está falando, McLean? Foi você quem a dedurou. Não venha tentar escapar agora.

— Isso é verdade? — Emma o encarou. Ainda havia perplexidade em seus olhos, mas eles estavam apenas a um passo da fúria.

— Por que essa mulher ainda está aqui? — perguntou Duguid. Antes que McLean pudesse dizer alguma coisa, os dois sargentos a arrastaram para a viatura.

— O senhor devia ter deixado eu cuidar disso — falou McLean entre os dentes. Os técnicos começaram a sair do prédio da perícia com computadores, carregando-os para o furgão que os aguardava.

— O quê? E deixar que avisasse ao seu "casinho" para que ela pudesse encobrir os rastros? Acho que não, McLean.

— Ela não é um "casinho", inspetor. É minha amiga. E se o senhor tivesse deixado isso comigo, eu poderia ter usado esse fator para descobrir o que estava havendo, sem necessidade desse circo. — McLean apontou para os policiais e técnicos da perícia com olhares surpresos. — Nesse instante, o senhor encerrou todas as operações da perícia e perdeu qualquer boa vontade que podíamos ter com os funcionários que fazem o grosso do nosso trabalho de investigação na cena do crime. Boa prática policial, inspetor. Muito bem.

Ele saiu andando a passos largos, deixando Duguid boquiaberto lá trás. E só então viu Emma olhando pela janela do carro, podendo ouvir tudo. Seus olhos se encontraram por um breve instante para que ele lesse sua expressão, e depois ela se virou bruscamente.

McLean não queria nada mais além de ir para casa e dormir ou, caso não conseguisse, entornar uma garrafa de uísque. Tudo tinha dado errado, sua cabeça estava cheia de demônios, Chloe Spiers havia desaparecido há quase 24 horas, e ele nem se lembrava da última vez que vira a cama. A prisão de Emma foi simplesmente a gota d'água. O erro mais espetacular de Duguid até agora. Ele nem conseguia pensar direito; contudo, havia mais uma coisa que precisava saber. Então, em vez de levantar o braço, fazer sinal para um táxi e ir para casa, ele pegou carona com uma viatura para a delegacia. Apesar da hora tardia, havia muito movimento no porão: os computadores do laboratório fotográfico da perícia eram logados, vasculhados e investigados. Mike Simpson desviou sua atenção de um emaranhado de fios e olhou para McLean com cara feia quando ele entrou na sala.

— O que o senhor quer? — Seu tom era bravo, acusador. McLean levantou as mãos num gesto de rendição.

— Opa, calma aí, Mike. O que foi que eu fiz para merecer isso?

— Que tal dedurar Em? Ou descarregar toda essa merda em cima da gente? — Mike olhou para seus colegas peritos em torno de si, todos com olhares cansados voltados para os monitores tremeluzentes ou conectando fios nas entranhas das máquinas.

— Eu não dedurei Emma. Estava tentando protegê-la.

— Não é o que Dagwood diz.

— E você prefere acreditar nele a acreditar em mim? Achei que fosse mais esperto.

O cenho franzido de Mike se suavizou um pouco.

— É, mas o senhor desconfiou dela.

— Sou um detetive, Mike. É o meu trabalho. Alguém que tem acesso a todas as fotos de cena do crime e que usa as iniciais MB para se identificar? É claro que eu iria investigar. Calculei que seria mais fácil perguntar diretamente a ela, sem ninguém saber. Com certeza, teria evitado tudo isso.

Mike deu de ombros.

— Pois é, e ainda temos um monte de merda para analisar por causa disso.

— Bem, sinto muito, mas não é culpa minha. Eu convido para uma cerveja para compensar.

Isso pareceu animar Mike consideravelmente. Ninguém devia ter sido tão generoso com ele antes.

— Tudo bem, inspetor. Agora, se não se importa, eu tenho que abrir e verificar esses computadores até meia-noite. Vamos tentar reativar a perícia para funcionar amanhã de manhã.

— Tem uma coisa...

O perito deixou os ombros caírem de modo teatral.

— O quê?

— Fergus McReadie. Vocês ainda têm o computador dele?

— É um Power Mac, mas sim, ainda temos. Por quê?

— Nós conhecemos a Sistemas de Segurança Penstemmin, mas quantas terceirizações ela faz? Para quem mais trabalha?

— Qual o período que o senhor quer? — O técnico parecia abatido e pressionado. — Faz mais de uma década que ele trabalha com segurança.

— Não sei. Apenas o ano passado, acho. Para quem ele estava trabalhando quando o pegamos. E os e-mails trocados.

Mike saiu da cadeira e foi até outro computador que estava no canto da sala. McLean o seguiu e ficou observando o perito abrir uma tela após outra em busca das informações. Finalmente, apareceu uma lista em ordem alfabética.

— Vamos lá, inspetor. Os e-mails enviados e recebidos na semana anterior à apreensão do computador do Sr. McReadie. Parece que ele teve um bom número de clientes.

Porém, apenas um chamou a atenção de McLean. Havia, pelo menos, duas dúzias de mensagens entre Fergus McReadie e um homem que atendia pelo nome de Christopher Roberts, da firma Carstairs Weddell Advogados.

57

A sala de interrogatório 4 era um pequeno espaço escuro, com sua minúscula janela no alto da parede sombreada pelo acréscimo posterior de uma rede de encanamentos na parte de fora do prédio. O aparelho de ar-condicionado fazia barulho, mas não parecia resfriar o ar. Pelo menos ainda não estava muito quente, pois faltavam algumas horas para o pleno calor do sol.

Christopher Roberts dava a impressão de não ter pregado os olhos desde que McLean o vira no escritório de McAllister no dia anterior. Ele usava o mesmo terno, e seu rosto estava com barba por fazer. Uma viatura o pegara no Bridge Motel em Queensferry, um lugar estranho para um homem que morava em Cramond se hospedar. O número da placa de seu reluzente BMW vermelho-escuro combinava com a parte que o detetive MacBride conseguira captar nas filmagens feitas pelas câmeras de segurança do carro que pegara Chloe Spiers. Podia ter sido uma coincidência. Havia muitos BMWs de cor escura com aqueles números na placa e as duas primeiras letras. Contudo, McLean andava se deparando com muitas coincidências para continuar acreditando nelas.

— Por que não foi para casa ontem à noite, Sr. Roberts? — perguntou McLean depois de passar pelas formalidades do interrogatório. Roberts não respondeu e ficou estudando as mãos, mexendo nas unhas.

— Tudo bem, então — disse McLean. — Vamos começar com as coisas simples. Onde o senhor trabalha?

— Trabalho na Carstairs Weddell, os advogados. Sou um dos associados no departamento de transferência de bens imóveis.

— Isso eu já sei. Diga por que estava no escritório de Tommy McAllister ontem. Estava tratando da venda da Farquhar House de Sighthill. Quem é o comprador?

O rosto de Roberts ficou pálido, e gotas de suor começaram a surgir em sua testa.

— Não posso falar. Confidencialidade do cliente.

McLean fez uma careta. Isso não seria fácil.

— Tudo bem. Então me diga. Para onde levou Chloe Spiers depois de pegá-la na Princes Street às onze e meia de anteontem?

— Eu... eu não sei do que o senhor está falando.

— Sr. Roberts, temos os filmes das câmeras de segurança que mostram a Srta. Spiers entrando no seu carro. Nesse exato instante, os peritos forenses estão revistando o veículo. É só uma questão de tempo até que encontrem provas de que ela esteve lá dentro. Agora me diga: aonde a levou? — Isso era mentira. A verdade era que o carro estava sim na garagem da polícia, mas não sabia se daria tempo de convencer os peritos a trabalhar nele.

— Não posso dizer.

— Mas o senhor a levou a algum lugar.

— Por favor, não me obrigue a dizer nada. Eles me matam se eu falar. Vão matar minha mulher.

McLean se virou para Bob Rabugento, que estava encostado na parede atrás dele.

— Mande uma viatura buscar a esposa do Sr. Roberts na casa deles para que ela fique sob nossa proteção.

O sargento assentiu e saiu da sala. McLean voltou a se concentrar em Roberts.

— Se houver alguém ameaçando-o, Sr. Roberts, é melhor nos contar quem é. Podemos proteger o senhor e sua mulher. Mas se continuar calado e Chloe Spiers acabar ferida, eu garanto que faço o senhor ficar na cadeia por muito tempo. — Ele deixou as palavras pairarem no ar, permanecendo em silêncio por longos minutos, até Bob Rabugento voltar. Roberts não disse uma palavra.

— Conte como convenceu Chloe a entrar no carro — disse McLean depois de um tempo. — Eu sei que ela é uma garota esperta. Ela não iria simplesmente entrar no carro de um estranho qualquer.

Roberts ficou calado, os olhos arregalados de medo.

— Não foi um encontro por acaso, você estava procurando por ela, não é?

— Eu... Não era para ser eu. Eles me obrigaram. Disseram que machucariam Irene.

— Quem deveria ter ido, Sr. Roberts? Deveria ter sido Fergie? Eles mandaram o senhor fingir que era ele?

Roberts não disse nada, mas sua cabeça concordava imperceptivelmente, como se ele sequer tivesse consciência do gesto.

— Então, quem é Fergie? E por que ele mesmo não pôde ir?

Roberts ficou em silêncio, esfregando as mãos como um homem com a consciência pesada. O medo parecia uma febre nele; só Deus sabe o que tinha sido usado para assustá-lo desse jeito. McLean sabia que isso não era bom; ele não falaria, pelo menos até saber que sua mulher estava em segurança. Talvez nem assim. Mas talvez McLean soubesse por que Fergie não aparecera em seu encontro com Chloe Spiers. Agora só o que precisava fazer era provar.

O Presídio de Saughton não é um lugar para se visitar com frequência. McLean detestava ir até lá, e não apenas por causa dos prisioneiros que ele colocara dentro de suas paredes sem vida. Havia algo ali que sugava a alegria das pessoas, tirava a vontade de viver. Ele já tinha ido a várias outras penitenciárias ao longo da carreira, e todas tinham essas características. Mas Saughton era a pior.

Ele e Bob foram conduzidos a uma salinha com uma única janela alta e sem ar-condicionado. Mesmo que ainda fosse de manhã, o calor era suficiente para tornar o lugar desconfortável. O advogado de McReadie já os aguardava lá. Seu rosto esquelético, nariz adunco e cabeleira grisalha o deixavam parecido com um abutre; não havia dúvida do motivo para ter escolhido essa profissão.

— O senhor entende que isso constitui importunação do meu cliente, inspetor? — Nada de aperto de mãos, cumprimento ou um modesto olá.

— Seu cliente é suspeito do sequestro de uma adolescente. Caso isso se torne uma investigação de homicídio, então vou lhe mostrar o significado da palavra importunação. — McLean olhava fixamente para o advogado, que continuou impassivelmente sentado, sem responder. Discreto, Bob se encostava na parede num canto. Minutos depois, chegou um guarda, empurrando Fergus McReadie. Ele jogou o prisioneiro numa cadeira e fez um gesto com o polegar para a porta, possivelmente indicando que estaria ali fora caso precisassem dele, e se retirou. A fechadura girou, deixando os quatro sozinhos.

McReadie parecia cansado, como se não tivesse dormido desde que fora detido. Aquilo ali estava muito abaixo de seu refúgio, o apartamento de cobertura, vizinho das estrelas de cinema. Ele se inclinou para o advogado, que sussurrou algo em seu ouvido, depois se endireitou, balançando a cabeça e fechando a cara.

— A prisão lhe cai bem, Fergus — disse McLean, recostando-se na cadeira.

— Que pena. Não pretendo ficar por muito tempo. — McReadie sentava-se de maneira desconfortável, com as mãos algemadas. O uniforme de presidiário não combinava com um homem acostumado a roupas de estilistas.

— Você deve achar que está num mar de rosas, Fergus. Crime do colarinho branco, um servicinho de hacker, assaltos a casas, nada muito grande. Sua ficha é limpa, então o juiz vai pegar leve, mesmo que eu peça ao chefe de polícia para interferir. Nunca se sabe: um bom advogado e você pode sair dessa com cinco anos de prisão. Isso acaba caindo para 18 meses por bom comportamento. Regime aberto, pois não é um homem violento. Nada de mais, na verdade, por roubar os mortos.

McReadie não disse nada, só ficou encarando-o de modo arrogante. McLean sorriu para ele, inclinando-se para a frente.

— Mas se ficarem sabendo por aqui que você andou seduzindo uma garota de 15 anos com intenções sexuais... Bem, presidiários são uma gente esquisita. Eles têm esse código moral estranho. E gostam de estabelecer as punições de acordo com o tipo de crime, se é que você me entende.

O silêncio recaiu sobre a sala, mas McLean percebeu que tinha dado o recado. A expressão de insolência sumiu, substituída por preocupação. Os olhos de McReadie dispararam para a porta, para o advogado e voltaram para McLean, que se recostou novamente na cadeira e deixou o silêncio se prolongar.

— Vocês não têm nada contra mim. Não é verdade. — McReadie quebrou o silêncio primeiro.

— Sr. McReadie, eu aconselharia o senhor a não dizer nada — disse o advogado. McReadie olhou para ele com uma expressão irritada. Percebendo a animosidade, McLean decidiu usá-la a seu favor.

— Temos os seus e-mails e os de Chloe também. Na verdade, acho que já temos muita coisa sobre você, Fergie. Será que foi esperto, usar o seu próprio nome?

— Não... não foi assim.

— O que foi então? Amor?

— Não posso contar. Ele me mata.

— Sr. McReadie, como seu advogado devo insistir...

— Quem mataria você?

McReadie não respondeu. McLean percebeu o medo em seus olhos; seria difícil fazê-lo falar. Ele entendia o caso de Roberts, mas McReadie era um homem duro. O que teriam feito para deixá-lo assim?

— Nós pegamos Christopher Roberts, Fergus. Ele tinha muito a dizer sobre você. Como você seduziu a jovem Chloe. O que a atraiu nela? Ela está quase chegando à maioridade. Achei que preferisse meninas um pouco mais jovens.

— O que você está querendo dizer, cara? Não sou de caçar crianças. — A raiva se inflamou nos olhos de McReadie. O inspetor atingira um ponto delicado.

— Então quer dizer que você só gosta de conversar com adolescentes nas salas de bate-papo da internet, é isso?

— Eu não escolhi a garota. Foram eles que me deram o nome dela. Eu só estava fazendo o meu serviço.

— Quem te deu o nome dela? Que serviço?

McReadie não falou nada, mas McLean pôde ver que ele estava preocupado, com medo de ter falado demais. Então, o inspetor decidiu mudar de tática.

— Por que tentou criar problemas para mim, Fergus? Foi só uma vingançazinha por eu ter pegado você em flagrante?

McReadie riu, um chiadinho nervoso.

— E perder toda aquela grana? Você deve estar brincando. O fato de você ter me pegado foi só um erro bobo que eu cometi. Não te odeio por isso.

— Tudo parte do jogo, hein? Então por que fez isso? Está dizendo que alguém o mandou fazer aquilo? O mandante deu a droga também?

A fisionomia de McReadie era um retrato de emoções conflitantes. Ele estava com medo, verdade. Alguém o deixara bem ansioso e assustado. Mas ele também queria arriscar qualquer coisa para sair daquele buraco.

— O que eu tenho a ganhar? Me tire desse buraco de merda. Se me colocar em um programa de proteção à testemunha, talvez eu conte.

— Acho que eu gostaria de falar a sós com meu cliente por um instante — disse o advogado. Seu rosto de abutre dava a impressão de que ele estava chupando limão, os olhos se arregalavam à medida que McReadie se incriminava cada vez mais.

McLean assentiu.

— Talvez não seja má ideia. Tente inspirar alguma sensatez nesse rapaz. Se a garota for machucada, todos os acordos caem por terra.

Ele se levantou. Bob Rabugento bateu na porta para que a abrissem. No corredor eles foram abordados por outro guarda do presídio.

— Inspetor McLean?

— Sim?

— Telefone para o senhor.

McLean o seguiu pelo corredor até uma sala, onde um fone estava pousado sobre a mesa. Ele logo o pegou.

— McLean.

— MacBride falando, inspetor. Acho que o senhor talvez queira vir para cá. Encontraram um corpo. Fica perto da casa da sua avó.

Ele se lembrava de brincar nesse beco sem saída, pequeno e escuro, quando era criança. Naquela época era um refúgio regular para quem gostava de caminhadas, pois a rua dava passagem para uma trilha arborizada que descia pela encosta íngreme do vale até o rio. Sem iluminação adequada, ela caíra em desuso nos últimos anos, e agora estava tão obstruída pelo mato que era quase impossível andar por ali. Latas de Coca-Cola descartadas, sacos de batata frita e camisinhas usadas mostravam sua utilidade atual.

As viaturas da polícia fechavam totalmente a rua, forçando-os a estacionar a alguma distância. McLean e Bob Rabugento seguiram pela calçada irregular à sombra de imensos plátanos maduros em direção ao grupo de policiais uniformizados lá no fim da rua.

— Por aqui, inspetor. — O detetive MacBride acenou para eles, guiando-os em direção aos arbustos densos e a duas figuras de macacão que estavam ajoelhadas.

— Quem encontrou? — perguntou McLean.

— Uma senhora que passeava com o cachorro, inspetor. Como ele não veio quando ela o chamou, ela foi ver o que havia ali de tão interessante.

— Onde ela está agora?

— Foi levada para o hospital. Teve um baita choque.

Ao som da voz do detetive, a figura de branco que estava de costas para eles levantou e se virou.

— Tony, você sempre consegue os corpos mais interessantes para mim — disse Angus Cadwallader. — Esse aqui parece ter tomado uns bons socos. Já vi ferimentos semelhantes em homens feridos em lutas de boxe sem luvas. Só não parece que isso tenha sido suficiente para matá-lo.

McLean deu alguns passos adiante para ver o corpo. Era um homem baixo e robusto, embora o inchaço talvez tivesse feito sua barriga esticar a camisa azul-clara um pouco mais do que quando ele era vivo. Estava estatelado sobre as folhas mofadas, os braços abertos, como se tivesse simplesmente deitado de costas para tirar um cochilo. A cabeça estava virada para o lado, o rosto machucado, o nariz fraturado. Suas roupas pareciam esfarrapadas e sujas com um pequeno emblema vermelho que dizia "Virgin Rail" no paletó azul-marinho.

— Temos uma identidade?

MacBride lhe entregou uma carteira de couro muito fina.

— Ele estava com isso, inspetor. O rosto corresponde à foto da carteira de habilitação.

— David Brown, South Queenferry. Por que esse nome me parece familiar?

Bob se aproximou, ajoelhou-se e olhou para o morto.

— Eu sei quem ele é — disse ele baixinho. — Interroguei-o há alguns dias. Ele dirigia o trem que bateu em Sally Dent. Em nome de Deus, o que ele está fazendo aqui?

58

A necropsia de David Brown foi marcada para aquele fim de tarde. McLean passou o tempo enfrentando a montanha de papéis em sua mesa. Não importava que tivessem lhe dado uma semana de licença; os formulários de hora extra, as requisições e as milhares de outras coisinhas inúteis continuariam a se acumular. O que aconteceria se ele sumisse por um mês inteiro? Será que sua sala ficaria entupida de papéis? Ou outra pessoa finalmente arregaçaria as mangas e daria conta disso?

Uma batida na porta o distraiu. Ao erguer os olhos, ele viu o detetive MacBride de olhos arregalados diante do caos.

— Entre, Stuart. Se conseguir achar um espacinho.

— Tudo bem, inspetor. Só achei que o senhor deveria saber. Vão indiciar Emma hoje à tarde.

— Com base em quê? — McLean cerrou os punhos de raiva e constrangimento. Por causa de Brown, ela havia sumido rapidamente de seus pensamentos.

— Dagwood quer ir até o fim com a acusação de cúmplice de homicídio, mas acho que a super o convenceu a indiciá-la por prevaricação.

— Merda. Você acha que ela fez isso, Stuart?

— O que o senhor acha?

— Acho que não, mas se eles estão abrindo inquérito, devem ter alguma prova.

— O senhor já esteve no laboratório da perícia. Sabe que todos compartilham os computadores e as senhas. A segurança lá é uma piada.

McLean teve uma ideia.

— Aquele site onde você encontrou as fotos. Ainda está funcionando?

MacBride fez que sim.

— Ele é hospedado por um servidor no exterior. Podemos levar meses para tirá-lo do ar.

— E as cenas do crime não estão identificadas, estão? Só há as fotos.

— E as datas, inspetor. Mas não há descrição do local. Apenas coisas como "torso esmagado" e "garganta cortada".

— Beleza. Nós conseguimos identificar as outras cenas postadas pela MB, ou pelo MB, seja quem for?

— Acho que ninguém tentou, inspetor. As fotos das cenas do crime de Smythe e Stewart foram suficientes. Emma foi a fotógrafa nas duas.

— Mas todo mundo teve acesso ao computador dela. E nós espalhamos aquelas fotos em nossa central de operações como se fosse Natal. Faça um favor, Stuart. Emma estava alocada em Aberdeen antes de vir para cá. Pegue uma amostra das fotos mais antigas do site e envie-as para Queen Street. Veja se alguém as reconhece como provenientes de lá. E descubra quem mais foi transferido para nossa equipe de peritos recentemente. Faça o mesmo com os registros antigos deles.

— Sim, senhor. — Os olhos de MacBride se encheram de empolgação e ele se apressou para cumprir a tarefa. McLean bem queria ter um pouco daquele entusiasmo; mal progredira com sua papelada. Ao esticar o braço para pegar a próxima pasta de números insignificantes, ele derrubou sem querer toda a pilha no chão.

— Droga! — Saindo de trás da escrivaninha, ele se abaixou para pegar os papéis. Havia algumas pastas de casos em andamento, e uma delas caiu aberta. O rosto morto de Jonathan Okolo o fitou com olhos acusadores. Ele pegou a foto e estava prestes a colocá-la de volta na pasta quando notou a pasta do caso de suicídio de Peter Andrews caída ali perto. Abrindo-a, deparou-se com outro rosto morto. Aquele mesmo olhar de censura, como se eles o estivessem criticando por não se importar o bastante. Mas o que os dois teriam em comum além de estarem mortos?

— Bem, os dois cortaram a garganta num lugar público. — McLean mal reconheceu a própria voz. Era uma ideia desvairada, mas facilmente verificável. E muito mais interessante do que fazer as estatísticas mensais dos registros de crimes. Ele pegou as duas fotos, enfiou-as no bolso do paletó e saiu porta afora.

O Feasting Fox estava tranquilo à tarde; apenas alguns fregueses tardios para o almoço, refrescando a garganta antes de enfrentarem as lojas mais uma vez. Um cheiro de gordura barata permeava o ar, mas não era tão predominante a ponto de suprimir o aroma de café vindo de uma máquina de espresso pouco usada atrás do balcão. Menos da metade das mesas estava ocupada, e o barman, que lustrava os copos, parecia entediado, com o olhar perdido.

— Um copo de Deuchars — pediu McLean, notando o barril de chope.

— A Deuchars acabou. — O barman virou a etiqueta da alavanca para o outro lado, a fim de que não fosse vista pelos fregueses.

— Deixa para lá, então. — McLean pegou as duas fotos no bolso e pôs a de Peter Andrews no balcão. — Esse homem já veio aqui?

— Quem quer saber?

McLean suspirou, pegando sua identificação.

— Eu. E é uma investigação de homicídio, portanto, ser prestativo seria o melhor a fazer agora.

O barman olhou para a foto por dois segundos.

— Sim, ele vem aqui quase todas as noites. Trabalha em algum lugar por perto. Mas não o tenho visto ultimamente.

— Já o viu falando com este homem? — McLean pôs a foto de Jonathan Okolo no balcão. Os olhos do barman se arregalaram.

— Esse é o homem... Você sabe.

— Sim, eu sei — disse McLean. — Mas você o viu aqui conversando com Peter Andrews?

— Acho que não. Não sei dizer; eu nunca o tinha visto antes da noite em que ele entrou aqui e...

— E o que exatamente você viu naquele dia?

— Bem, foi como eu disse aos outros policiais. Eu estava aqui no balcão. Havia muito movimento naquele dia, sabe como é, com o Fringe e tudo. Mas notei quando esse cara entrou, claro, porque ele estava imundo, agindo de um jeito estranho. Ele foi direto para o banheiro antes que eu conseguisse abordá-lo. Fui atrás dele; não queremos esses tipos aqui. Mas ele já estava no chão, todo ensanguentado. Meu Deus, que sujeira.

— Havia mais alguém no banheiro quando ele se matou?

— Não sei. Acho que não. — O barman coçou a barba por fazer. — Não, espere aí. Estou mentindo. Havia alguém saindo de lá logo antes de eu entrar. Podia ter sido esse homem, agora que o senhor me mostrou a foto. — Ele apontou para Peter Andrews.

— Vocês não têm câmeras de circuito interno, têm?

— Nos banheiros? Não, isso seria podre.

— E no restante do bar?

— Sim, temos duas câmeras, uma na porta da frente, outra na dos fundos.
— Por quanto tempo vocês guardam as fitas?
— Uma semana, talvez dez dias. Depende.
— Então você tem a fita da noite em que esses dois estiveram aqui? — McLean apontou para as fotos.
— Não, sinto muito. Sua turma levou e ainda não trouxe de volta.

— Volta um pouquinho. Isso. Aí.

A qualidade era pior que a das câmeras da Princes Street, um quadro a cada dois segundos, fazendo as pessoas saltarem e desaparecerem como magos malucos. A cor granulada e a pouca iluminação também não ajudavam, mas pelo menos a câmera cobria a porta dos fundos e a entrada para o banheiro masculino.

Não tinha sido fácil conseguir a fita com Duguid. McLean sabia que não podia esperar boa vontade do homem, que era um babaca, mas de vez em quando esperava que o inspetor-chefe não fosse tão obstrutivo. De qualquer forma, agora ele estava com a filmagem nos confins escuros da sala de vídeo, conhecida em outras ocasiões como sala de interrogatório 4, com as persianas fechadas. Eles observavam o aglomerado de fregueses no Feasting Fox quase duas semanas antes.

— O Departamento de Saúde e Segurança adoraria ver esta fita — disse MacBride enquanto um monte de pessoas se aglomerava no corredor estreito que dava para a porta dos fundos, depois do banheiro masculino. Do ângulo da outra câmera era fácil ver por quê: a área principal do bar parecia uma lata de sardinhas, só restando lugar vago de pé. Então a porta se abriu, e Jonathan Okolo entrou.

Ele estava imundo; era possível ver mesmo com a imagem em baixa qualidade. Quando Okolo passou pelo espaço coberto pela câmera numa série de pequenos saltos, as pessoas pareceram abrir caminho, como o Mar Vermelho diante de Moisés. McLean lera o depoimento das testemunhas na época e não entendeu como ninguém tinha conseguido se lembrar do homem direito. Ele devia estar fedendo muito para que os outros se afastassem daquele jeito. No entanto, estavam todos bebendo como se o álcool estivesse prestes a ser proibido, e quem se dispunha a dar informações à polícia hoje em dia?

Segundos depois de sair do alcance da primeira câmera, Okolo reapareceu na segunda. O aglomerado de gente no corredor estreito se dissipou quando ele entrou no banheiro masculino. Houve uma pausa de poucos segundos, e a porta se abriu novamente.

— Congele a imagem — pediu McLean. MacBride apertou o botão de pausar. Era um ângulo estranho, a partir do teto, e as lentes olho de peixe distorciam as feições. Mas por algum motivo, o homem que saía do banheiro olhou para cima, como se soubesse que esse era o seu momento de notoriedade.

E, sem dúvida, era Peter Andrews.

59

— Você está atrasado, Tony. Isso não combina com você.

— Desculpe, Angus. Surgiu um imprevisto. Já começaram sem mim?

— Sem muito prazer, McLean entrou na sala de necropsia. Aquele não era seu lugar favorito, mas ultimamente ele andava passando tempo demais ali.

— Começamos, sim — respondeu Cadwallader, curvando-se sobre o cadáver nu para examinar uma das mãos. — Tracy, você tirou radiografias disso?

— Sim, doutor. Estão no visualizador.

Cadwallader foi até a parede, onde um aparelho lançava luz através das radiografias. McLean o seguiu, aliviado por não ter mais que olhar para o corpo.

— Está vendo isso? — O médico apontou para várias sombras claras e escuras nas radiografias. — Múltiplas fraturas nos ossos dos dedos. Nesse estado, era de se esperar que as mãos tivessem virado uma polpa ensanguentada. Mas ele só apresenta escoriações. Tudo bem, são escoriações bem feias, mas não são capazes de matar ninguém. Depois, tem isto. — Ele tirou a primeira sequência de radiografias do negatoscópio e colocou outra. — Os dois fêmures estão rachados em vários pontos. A tíbia e a fíbula também. E isto. — Outro conjunto de radiografias. — As costelas estão acabadas, acho que só contei uma sem fratura.

McLean fez uma careta, sentindo a dor.

— Então quer dizer que ele esteve envolvido numa briga?

— Não, não foi uma luta. Isso implicaria certa igualdade. Ele foi atacado, mas não estaria em condições de revidar. Osteoporose avançada. Os ossos estão como porcelana, se espatifam ao menor toque. Não seria preciso muito para matá-lo. Imagino que a ponta de uma costela perfurou os pulmões e ele se afogou no próprio sangue.

McLean voltou a olhar para o homem deitado na mesa.

— Mas ele era condutor de trem. Como podia exercer essa função com os ossos nesse estado?

— Desconfio de que ele tomava muito cuidado — sugeriu Cadwallader. — Mas duvido que fosse conseguir manter isso em segredo por muito mais tempo.

O patologista voltou ao seu objeto de trabalho, e McLean assumiu a posição de que ele menos gostava, o de observador da necropsia. Tracy conseguiu encontrar algumas digitais parciais em uma contusão no pescoço do homem e, em seguida, eles o abriram.

— Como eu suspeitava — disse Cadwallader após longos minutos de desagradáveis ruídos orgânicos. — A quarta costela, ah, e a quinta também. As duas à direita, direto nos pulmões. E à esquerda, apenas a quinta. O coração também não está em boa forma. É bem capaz de ter parado antes mesmo que ele se afogasse.

Depois de tudo acabado, Tracy se ocupou de suturar David Brown, e McLean seguiu Cadwallader de volta ao pequeno gabinete.

— Qual é o veredito, Angus?

— Ele apanhou, provavelmente de alguém grande; aquelas digitais sugerem dedos gordos. Normalmente, seria de esperar que um homem da idade e do peso dele sobrevivesse, mas com os ossos e o coração fracos, ele poderia ter sofrido um colapso a qualquer momento. E você disse que ele era condutor de trem?

McLean fez que sim.

— Então acho que tivemos sorte.

— Mas não para ele.

— Não. — Cadwallader ficou em silêncio por um instante e então pareceu se lembrar de algo. — Ah, por falar nisso, você tinha razão.

— Sobre o quê?

— O caso do suicida, Andrews. Examinei o corpo novamente e encontrei traços mínimos de sangue e pele sob as unhas. Ele tinha escovado muito bem aquelas unhas, a ponto de ralar a pele em alguns pontos, mas seu pai nos falou que ele sempre foi meticuloso com a limpeza. O que torna estranha a ideia de que ele acabou escolhendo um modo muito desleixado de cometer suicídio.

— Você faz alguma ideia de a quem pertenciam o sangue e a pele?

— Havia muito pouco para uma análise básica, mas tenho certeza de que não eram dele. Posso mandar fazer um teste de DNA, se quiser. Imagino que você já tenha uma ideia de quem seja.

McLean fez que sim com a cabeça, mas sem gostar muito da possibilidade de estar certo.

A tarde caía rapidamente quando ele voltou à delegacia. Outro dia se passara como um turbilhão de acontecimentos confusos. Um novo dia, e não estavam nem perto de encontrar Chloe nem de descobrir quem era o assassino de Alison. Nem de encontrar o sexto homem misterioso. Pelo menos McReadie estava atrás das grades e não iria a lugar algum; isso já era alguma coisa.

— Ah, inspetor. A superchefe quer falar com o senhor. — Bill, o sargento de plantão, abriu a porta dos fundos da delegacia para ele poder entrar.

— Ela disse do que se trata?

— Não, só que é urgente.

McLean seguiu apressado pelos corredores sinuosos, pensando no que poderia ser. Com certa ansiedade, chegou ao gabinete da superintendente e deu uma batidinha no batente da porta. McIntyre desviou os olhos do que estava fazendo e mandou-o entrar com um gesto.

— Acabei de falar ao telefone com o superintendente-chefe Jamieson, da Central de Glasgow e Divisão Oeste. Parece que seu jovem protegido detetive MacBride enviou umas fotos a ele, que está bem ansioso para saber de onde vieram.

Glasgow, não Aberdeen. McLean suspirou de alívio.

— Então ele as reconheceu? — perguntou ele.

— Sim. Eram de uma série de casos ocorridos nos últimos três anos. Talvez você se lembre de ter lido sobre os conflitos mais recentes entre organizações criminosas de lá.

— Eram quantas cenas de crime?

— Ele não disse, mas acho que podemos supor com segurança que a pessoa que postou aquelas fotos na internet tinha acesso aos escritórios da perícia de Glasgow durante esse período. E como uma certa Emma Baird estava fazendo estágio em Aberdeen na época, o inspetor-chefe Duguid foi forçado a soltá-la com um humilhante pedido de desculpas.

Putz, ele tinha feito tudo de novo. Atropelara o caso de outro detetive e o solucionara.

— Ele só ficou parcialmente apaziguado pelo fato de que o verdadeiro culpado está ocupando a cela que a Srta. Baird vagou recentemente — concluiu a superintendente.

— Sinto muito, Sra. McIntyre. Eu devia a Srta. Baird uma investigação aprofundada do caso.

— Mesmo depois de tê-la levado para jantar? — McIntyre levantou uma sobrancelha. — Não me leve a mal, Tony. Acho que você é um ótimo detetive, mas se continuar ofendendo as pessoas, vai ser inspetor pelo resto de sua carreira.

Coisas piores podiam acontecer. Não era de seu feitio passar por cima dos outros para subir na vida. O que realmente queria era prender os criminosos.

— Vou me lembrar disso, chefe.

— Faça isso, Tony. E fique longe de Charles Duguid por um ou dois dias, OK? Ele está furioso.

McLean se apressou pela delegacia até sua sala, na esperança de não encontrar ninguém que o distraísse. Ele precisava tirar as últimas informações da cabeça e colocá-las no papel antes que escapassem e se perdessem. Havia uma ligação entre Okolo, Andrews, Dent e Brown. Cada um testemunhara a morte do anterior. Ele não queria pensar em como isso se associava ao que Madame Rose tinha dito. Devia haver uma explicação racional, mas o máximo que ele conseguia supor era que alguém havia manipulado essas pessoas, levando-as primeiro a matar, e depois ao suicídio. Seria isso possível? E se fosse, quem havia matado Brown e jogado-o no beco? Onde estaria agora? E quem Brown tinha matado?

Um envelope o aguardava, em cima da última pilha de papéis em sua mesa. Ele o pegou, notando a letra escrita à mão, o logotipo e o nome de Carstairs Weddell Advogados. Continha uma única folha, grossa e preenchida com uma letra comprida e fina, apressada e difícil de ler. Virando a folha, ele viu uma assinatura e, abaixo, o nome impresso de Jonas Carstairs. Ele se espremeu por trás da escrivaninha e acendeu a luminária para ver melhor.

Meu caro Anthony,

Se você está lendo esta carta é porque estou morto e os pecados da minha juventude finalmente me pegaram. Não posso ser desculpado pelo que fiz; foi um crime execrável pelo qual, sem dúvida, arderei no inferno. No entanto, posso tentar explicá-lo e talvez até fazer algo para tentar repará-lo.

Eu conhecia Barny Smythe muito bem. Frequentamos a mesma escola e fomos juntos para Edimburgo, onde conheci Buchan Stewart, Bertie Farquhar e Toby Johnson. Depois, quando começou a guerra, nós nos alistamos e acabamos indo juntos para a África Ocidental. Éramos uma unidade de inteligência com a tarefa de impedir que Hitler obtivesse informações úteis que lhe pudessem ser úteis, e fomos bem-sucedidos. Porém, a guerra modifica um homem, e nós vimos coisas na África que ninguém deveria ter que testemunhar.

Estou me desculpando, mas não pode haver desculpas para o que fizemos ao voltarmos para casa em 1945. Aquela pobre garota demorou muito tempo para morrer; ainda ouço seus gritos à noite. E agora, seus restos foram descobertos, o coitado do Barny foi assassinado, e Buchan também. A besta virá atrás de mim. Posso senti-la chegando cada vez mais perto. Uma vez que eu me for, restará apenas um de nós, o que deu início a tudo.

Não posso lhe dar seu nome; isso trairia um juramento que envolve muito mais que minha honra. Mas você o conhece, Tony. E ele conhece você, o homem que todos nós admirávamos, que salvou nossas vidas mais de uma vez durante a guerra e que nos seduziu a fim de levarmos adiante a nossa tolice. Ele reunirá alguns jovens tolos e tentará seu ritual maluco novamente. É o único modo que tem de se proteger. Temo que outra alma inocente se perderá no processo. Mas se ele fracassar, aquele que nós aprisionamos ficará livre para andar por aí, livre para matar. Ele vive da violência, é a única coisa que conhece.

Sua avó me pediu para lhe passar muitas mensagens. Coisas que ela não queria que você soubesse enquanto ela estivesse viva. Coisas que ela achava profundamente constrangedoras, prejudiciais, até vergonhosas, embora, na verdade, ela não tivesse culpa de nada. Esta carta não é o lugar para elas; eu lhe falarei sobre isso pessoalmente ou tudo irá comigo para o túmulo. No passado pareciam importantes, mas na verdade são de consequência insignificante. Evidentemente, você não é o homem que ela temia que você pudesse se transformar, então creio que seja melhor deixar tudo como está.

Hoje eu mudei meu testamento, deixando-lhe todos os meus bens pessoais. Por favor, entenda que isso não é uma tentativa de salvar minha consciência. Estou condenado e sei disso. Mas você pode des-

fazer o que eu, Barny e os outros fizemos, e isso é a única coisa que posso fazer do além para ajudar.

Eternamente arrependido,
Jonas Carstairs

McLean ficou olhando para a caligrafia irregular por vários minutos, às vezes virando a folha como se a informação necessitada pudesse estar no verso. Mas Carstairs não tinha dito o que ele realmente precisava saber, não dera o nome do líder deles. E o que significava aquele parágrafo sobre sua avó? É típico de um advogado nunca se comprometer. Teria sido menos frustrante se a carta não tivesse existido. Ali não havia mais do que vagas insinuações e a ameaça de outro crime brutal.

Então ele teve um clique. Outro crime, outro assassinato. Fazer o ritual de novo. Uma garota, quase uma mulher. Ele sabia por que tinham sequestrado Chloe Spiers. Era tão óbvio que ele só podia se dar um tapa por não ter visto isso antes. Já estava com a mão no fone, prestes a tirá-lo do gancho e discar, quando o telefone tocou.

— McLean. — Seu nome saiu feito um latido impaciente; queria encerrar logo aquela ligação para fazer outra. O tempo estava se esgotando. Ele precisava de respostas, e nenhum advogado com cara de abutre atrapalharia dessa vez.

— É o detetive MacBride, inspetor. Acabei de receber uma ligação de Saughton.

— Ah, é? Eu ia ligar para lá. Precisamos falar com McReadie urgentemente, Stuart. Ele sabe quem levou Chloe Spiers, e eu sei o que vão fazer com ela.

— Ah, isso pode ser difícil, inspetor.

A respiração de McLean ficou presa na garganta.

— Por quê?

— McReadie se enforcou na cela essa noite. Está morto.

60

Sentado na penumbra do centro de vigilância do Presídio de Saughton, McLean assistia no vídeo às imagens de um homem enorme entrando na sala de visitas e se sentando à mesa solitária. Vestia-se de modo casual: jaqueta escura de couro e jeans desbotados e uma camiseta com um logotipo indecifrável. Assim, fora de contexto, McLean não conseguia se lembrar dele, mas havia algo muito familiar no sujeito.

— Eu conheço esse homem. Como se chama?

O agente penitenciário que o acompanhara consultou uma folha presa a uma prancheta.

— Ele se identificou como Callum, J. O endereço fica em Joppa.

— Alguém verificou isso? — Um sinal de alerta disparou na cabeça de McLean, mas o dar de ombros que ele obteve em resposta foi bem claro. Ele anotou o nome e o endereço e depois se virou para a tela a tempo de ver McReadie ser conduzido para a sala. A reação do ladrão ao ver o homem foi cautelosa, mas não de terror, como McLean podia ter esperado.

— Vocês captaram algum áudio? — perguntou ele.

O guarda balançou a cabeça.

— Não, teve o maior alarde em torno de direitos humanos há alguns anos. Ainda me surpreende que a gente possa trancafiá-los.

McLean assentiu, concordando com a insanidade daquilo, e voltou a prestar atenção na tela. Os dois homens conversaram por alguns minutos, e a linguagem corporal de McReadie foi ficando cada vez mais agitada. De repente, ele pareceu imóvel, deixou as mãos relaxadas ao lado do corpo e ficou olhando para seu visitante com uma expressão quase hipnotizada. Após uns trinta segundos, o homenzarrão se levantou e foi embora. Veio um guarda, que levou embora um McReadie muito dócil, e então a fita acabou.

— Cerca de meia hora depois disso, estávamos fazendo a ronda usual nas celas e o encontramos morto. Ele rasgou a camisa em tiras e a usou para se estrangular.

— Estranho. Ele não parecia o tipo suicida.

— É, não estava sob monitoração especial nem nada. — O guarda parecia ansioso, talvez preocupado com a possibilidade de se encrencar. No que dizia respeito a McLean, McReadie tinha feito um enorme favor ao mundo. Mas teria sido melhor se antes ele tivesse revelado o paradeiro de Chloe e a identidade de seu empregador misterioso. Isso só deixava uma outra pessoa com quem eles podiam falar agora.

— Eu sei o que eles vão fazer com ela, Sr. Roberts. O senhor sabe?

Outra hora tinha se passado, outros sessenta minutos marcando a passagem do tempo até que fosse tarde demais. Se já não era. McLean estava de volta na delegacia, tentando arrancar respostas de um Christopher Roberts totalmente apavorado.

— Eles vão pregar as mãos e os pés dela no chão. Vão estuprá-la. Depois, vão pegar uma faca e abrir a barriga. Enquanto ainda estiver viva, vão retirar os órgãos, um por um. Serão seis, e cada um ficará com um órgão para si. Era para o senhor ser um dos seis, Sr. Roberts? Fergus McReadie também? Só vocês dois vão perder a chance de conseguir a imortalidade ou o que quer que seja que esses cretinos doentes achavam que vocês iriam conseguir com esse ritual. O senhor está aqui comigo, e Fergus morreu.

Roberts soltou um guincho de susto diante da notícia, mas não falou mais nada.

— Chegaram os laudos da perícia. Sabemos que Chloe esteve no seu carro — mentiu McLean. A perícia ainda fazia um progresso lento, mesmo depois da libertação de Emma. Demoraria um tempinho até que Dagwood fosse convencido a se desculpar, especialmente porque de fato houvera um vazamento. E levaria ainda mais tempo até que alguém fosse examinar o BMW de Roberts. — Aonde a levou? Para quem? Foi para Callum?

Isso provocou uma pequena reação. O olho de Roberts teve um tique nervoso.

— Como ele morreu? — perguntou com uma voz fraca e trêmula.

— O quê?

— Fergus. Como ele morreu?

McLean se debruçou na mesa, o rosto próximo ao de Roberts.

— Ele rasgou a camisa em tiras, fez uma corda e a amarrou no pescoço, atou a outra ponta no alto do beliche da cela e usou o peso do corpo para se enforcar.

Uma leve batida na porta os interrompeu. McLean se afastou da mesa.

— Entre.

O detetive MacBride enfiou a cabeça pelo vão da porta aberta.

— Acabaram de chegar alguns laudos e achei que o senhor poderia estar interessado em ver.

— Do que se trata, Stuart?

— As digitais no pescoço de David Brown, inspetor. Combinam muito bem com as do seu homem, Callum. Parece que ele tem ficha. Andava com uma gangue de Trinity antigamente. Mas saiu de circulação faz uns dez anos. Ninguém mais o viu desde então.

— Bem, agora ele está de volta. Obrigado, policial. — McLean se virou de novo para Roberts. Era hora de tentar outra tática.

— Ouça, Sr. Roberts. Sabemos que o senhor fez isso sob pressão. O senhor é advogado, não criminoso. Podemos protegê-lo, assim como estamos protegendo sua mulher. Mas é preciso que nos ajude. Se não encontrarmos Chloe logo, será tarde demais.

Sentado na cadeira de plástico desconfortável, Roberts olhava fixamente para a parede à sua frente. Não encarava McLean e tinha ficado mortalmente pálido.

— Eles pegaram Fergus. Só pode ter sido eles. Não posso falar nada. Eles vão saber e vão me matar.

E Christopher Roberts não falou mais nada.

— Consiga todas as informações possíveis sobre Callum.

Sentado na salinha de ocorrências com MacBride e Bob Rabugento, McLean tentava impedir que a frustração com Roberts não o consumisse. Outra coisa que o incomodava era não conseguir se lembrar de onde conhecia o homenzarrão. O nome era familiar, mas a filmagem da câmera da penitenciária não oferecia uma boa visão do rosto.

— Veja também se conseguimos uma boa foto dele.

Ocorreu-lhe que não devia estar participando da investigação do desaparecimento de Chloe. O caso era de Bob Rabugento. Mas o velho sargento parecia bem contente de se submeter às ordens de McLean. Ao lado de Bob, MacBride pegou o celular e começou a fazer chamadas, sua voz baixa preenchendo o silêncio enquanto o inspetor olhava para as fotos pregadas na parede. O corpo desaparecido e seus órgãos conservados. Por que alguém os roubaria? Que utilidade poderiam ter?

— Cara, eu sou muito idiota. — McLean se levantou de um salto.

— O que foi? — Bob olhou para cima e MacBride terminou sua chamada.

— É tão óbvio, eu devia ter pensado nisso há dias.

— Devia ter pensado em quê?

— No local para onde eles levaram o cadáver. — McLean apontou para as fotos na parede. — No lugar onde vão matar Chloe.

61

O céu do fim de tarde ardia com um vermelho raivoso quando eles entraram a toda a velocidade pelos portões da Farquhar House. Tommy McAllister não perdera tempo para retirar seu maquinário do lugar, mas a casa ainda estava fechada com tapumes, e a fita azul e branca, cortada, flutuava com a brisa. As janelas de baixo pareciam intocadas desde a última vez que ele estivera lá, e a porta estava bem trancada com um cadeado robusto.

— Acho que vamos usar um pé de cabra. Não dá para ficar esperando pelas chaves. — McLean mandou o detetive MacBride até o carro para buscar a ferramenta enquanto ele e Bob olhavam em volta para ver se havia algo fora do lugar. O chão estava tão remexido pela bagunça da obra que era impossível encontrar algum rastro.

O policial voltou com uma espátula para pneus e, depois de alguns minutos usando-a freneticamente como alavanca, a tranca se desprendeu da porta de madeira com uma lasca. O interior do prédio cheirava a mofo e desuso, silencioso e escuro como um túmulo. McLean acendeu a lanterna e atravessou o vestíbulo vazio e cavernoso até as escadas que levavam ao porão. A porta tinha sido fechada e trancada. Com um chute bem-dado, a esquadria infestada de cupins cedeu, provocando uma nuvem de pó que os fez tossir, mas ele foi em frente, descendo as escadas, movido por uma terrível sensação de urgência.

As lâmpadas tinham sido levadas do porão, mas o buraco escuro da parede continuava lá. McLean o iluminou com sua lanterna e, por um instante, seu coração parou. Havia um corpo do outro lado, deitado com braços e pernas abertos no meio do cômodo oculto, as mãos e pés pregados no piso de madeira com pregos brilhando de novos. A cabeça estava inclinada para trás num eterno grito de agonia, e o torso tinha sido aberto, as costelas brancas cintilando sob o facho de luz. Direcionando a luz para as paredes, ele viu os seis nichos com seus preciosos órgãos em recipientes de vidro.

Então, um soluço abafado chegou aos seus ouvidos. Ele olhou em volta, e sua lanterna iluminou uma segunda figura encolhida junto à parede, presa pelos tornozelos e punhos com correntes que vinham de um novo gancho pregado no gesso. Ela ainda usava seu traje de melindrosa da década de 1920, embora tivesse perdido o chapéu cloche. As lágrimas tinham feito correr rios de rímel preto por suas faces, e seus punhos estavam em carne viva de tanto lutar contra o confinamento. Mas ela estava viva, Chloe Spiers estava viva.

McLean entrou com dificuldade no cômodo oculto, sentindo a temperatura cair como se fosse uma geladeira. Iluminou o próprio rosto para que ela soubesse quem ele era e então se curvou para retirar a fita adesiva que a amordaçava.

— Tudo bem, Chloe. Sou policial. Vamos levá-la para casa. — Ela abraçou os joelhos junto ao peito, sem dizer nada enquanto ele a soltava. Seus olhos percorriam a sala escura e a forma maldefinida no centro. Há quanto tempo estaria ali trancada com aquele corpo? Quanto tinha visto dele antes que apagassem as luzes e a deixassem ali sozinha com aquilo?

— Venha. Por aqui. — Ele a ergueu, quase carregando-a para fora até o local onde os outros aguardavam.

— Eles iam me cortar e me abrir. Como fizeram com ela muitos anos atrás. Ela me contou. Na escuridão. — A voz de Chloe era um leve simulacro da voz de sua mãe, tremendo baixinho enquanto ela se apoiava em McLean.

— Está tudo bem, Chloe. Ninguém vai fazer nada com você agora. Você está a salvo. — McLean tentou pensar em coisas tranquilizadoras para dizer ao assimilar as palavras dela. — Quem ia fazer isso com você, Chloe?

— O homem da cicatriz. Ele a matou. Quer me matar também.

Então, tudo começou a fazer sentido. Se é que havia algum sentido na insanidade.

62

Os reforços já haviam chegado quando eles saíram da casa; McLean carregava Chloe junto de si, e a menina se segurava a ele como se sua vida dependesse disso. Ele levou algum tempo para convencê-la a ir com os paramédicos, o que ela só fez quando ele lhe disse que ia pegar o homem da cicatriz. Eles deixaram Bob Rabugento no local para tomar as últimas providências e receber o crédito quando a superintendente chegasse, já que, afinal, a investigação era dele, e o detetive MacBride dirigia. Demoraram longos minutos para percorrer o caminho estreito de saída da propriedade à medida que mais e mais viaturas chegavam.

— Aonde estamos indo, inspetor? — perguntou ele quando finalmente se viram na Dalry Road. McLean lhe deu o endereço da casa, um local que não ficava distante de onde sua avó tinha morado. Um local ao qual ele havia chegado num carro dirigido por um motorista uniformizado, Jethro Callum. Não muito longe de onde o corpo de David Brown fora encontrado. Será que aquela rua esquecida não ficava nos fundos da propriedade?

— Siga para a Grange. É melhor colocar o giroflex — orientou ele e se recostou no banco do passageiro, vendo o tráfego noturno abrir caminho para eles.

— Como adivinhou que estaria lá, inspetor?

— Recebi uma carta de Jonas Carstairs em que ele confessou o assassinato e deu os nomes de todos os outros de quem suspeitávamos. E ele disse que havia um sexto homem, bem como pensávamos. Só não deu o nome, o que não ajudou muito. Mas disse que ele tinha voltado a Edimburgo e tentaria realizar o ritual novamente. Onde mais ele o faria?

— Isso foi meio que um chute, não é, inspetor?

— Na verdade, não. Eu deveria ter verificado antes. Assim que identificamos Roberts como o homem que pegou Chloe. Ele estava agindo em nome de alguém que quis comprar a casa. Alguém preparado para pagar mais do que valia. Eu só não sabia quem e me concentrei nisso quando devia estar perguntando o porquê.

— E agora sabe quem é?

— Chloe disse que é um homem com uma cicatriz. Conheci um homem assim há alguns dias. Um velho amigo da minha avó. Disse que estava na cidade para resolver um negócio inacabado. Nossa, às vezes meu raciocínio é muito lento! Gavin Spenser. Jethro Callum é motorista dele, até mais do que isso, acho. E Roberts atuava em nome das Indústrias Spenser. Eu vi o logotipo da empresa nos documentos que ele levou ao escritório de McAllister. Só não o tinha reconhecido até agora.

Eles seguiram num silêncio tenso pelo resto do caminho. Ao se aproximarem da casa, MacBride desligou o giroflex para evitar alarme. McLean o guiou pelas ruas que conhecera a vida toda, passando por casas que sempre lhe tinham sido familiares, mas que agora eram estranhas e ameaçadoras.

— Pare ali. — Ele apontou para um pórtico com os portões abertos.

A luz saía por várias janelas do andar de baixo, iluminando o Bentley reluzente estacionado na entrada. Junto à entrada da casa, McLean sentiu um estremecimento de medo pouco comum e viu que a porta da frente estava escancarada. Entrou, querendo se apressar, com todos os anos de treinamento incitando-o a ter cuidado. O hall era dominado por uma escadaria escura de carvalho que subia para os fundos. Portas ornadas com painéis conduziam às laterais da casa, todas fechadas, menos uma.

— Não deveríamos... — MacBride começou a falar. McLean ergueu a mão para interrompê-lo e em seguida apontou para os fundos da casa, indicando que ele verificasse lá primeiro. Em silêncio, ele se dirigiu para a porta aberta, imaginando ter ouvido um leve ruído no cômodo. Ruídos úmidos, desagradáveis. Puxando o fôlego, ele empurrou a porta e entrou.

O gabinete estava surpreendentemente mobiliado com peças modernas de escritório. Provavelmente a pequena escrivaninha perto da porta era ocupada por uma secretária, mas sua cadeira estava vazia. Atrás dela havia um espaço com dois sofás funcionais, uma mesinha baixa entre eles e uma escrivaninha grande. Junto da qual sentava-se Gavin Spenser.

Ele estava nu da cintura para cima, com suas roupas bem-dobradas e colocadas em cima de um arquivo baixo ao lado. Moscas preguiçosas rastejavam sobre a carne branca e zumbiam em volta do sangue grosso que pendia da ponta de seus dedos, seco e inerte. Seu rosto desfigurado estava lívido, com olhos cegos numa última expressão de terror. Fazia algum tempo que estava morto, o peito aberto. Se ele tivesse que adivinhar, McLean diria que alguém retirara seu coração.

Uma sombra em movimento, e o instinto falou mais alto. Ele se abaixou, virando-se bem quando um homem enorme o atacou. Jethro Callum segurava uma faca e se movia com uma leveza estranha para sua constituição física. Nunca suponha que um homem grande será lento. Era isso que tinham lhe ensinado para autodefesa. McLean se esquivou da lâmina, movendo-se para se desviar do ataque esperado. Mas em vez de tentar lutar, Callum deu um passo para trás, levando a faca à própria garganta.

— Não faça isso! — McLean saltou para a frente e deu uma pancada na faca, arrancando-a da mão de Callum. Os dois caíram juntos no chão. McLean ficou em vantagem por estar por cima, mas seu oponente era uns 20 centímetros mais alto e também devia ter quase o dobro do seu peso. Os músculos por baixo de sua jaqueta de couro eram como rochas, retesados. Ele não só empurrou McLean como o jogou longe antes de rolar e alcançar a faca.

McLean pegou um par de algemas no bolso e abriu-as enquanto saltava para a frente. Escorregou em algo polpudo no tapete, perdeu o equilíbrio e acertou as costas de Callum. Os dois caíram de novo no chão, mas dessa vez McLean conseguiu colocar uma das algemas no pulso dele. Callum estendeu a mão para pegar a faca, os dedos gordos arranhando o tapete ensanguentado em desespero. Usando a algema como alavanca, McLean virou a mão de Callum para algum ponto entre as omoplatas, ajoelhou-se no seu pescoço e amassou seu rosto no chão. Ainda assim o homem se esticava para pegar a faca, debatendo-se com as pernas e o torso para tentar se livrar do peso do inspetor em suas costas.

Ele não tinha como controlar o outro braço de Callum nem como chegar à faca antes de seu oponente. McLean olhou em volta, à procura de algo que pudesse usar como arma, então seus olhos focaram um vaso de porcelana numa mesinha de carvalho ao seu alcance. Ele o agarrou, sentindo um instante de arrependimento ao reconhecê-lo como um valiosíssimo Clarice Cliff, e o estilhaçou na cabeça de Callum. O brutamonte grunhiu e relaxou no chão, inconsciente. O som de passos atravessou o hall lá fora e McLean ergueu os olhos para ver MacBride aparecer na porta.

— Obrigado pela ajuda — disse ele.

63

— Spenser o recrutou numa gangue de rua há mais de dez anos, contratando-o como guarda-costas. Ele ficou trabalhando com o velho nos Estados Unidos todo esse tempo e foi por isso que saiu do nosso radar. E você nunca vai adivinhar quem era um de seus colaboradores na época.

— Donnie Murdo?

— Adivinhou. Imagino que Murdo estivesse trabalhando para Spencer quando atropelou Alison.

— Como assim? — perguntou McLean.

— Bom, pense um pouco. Tudo indica que ele não estava tentando atingir Alison. Você era o alvo.

— Eu? Por que Spenser iria querer me matar? Ele me ofereceu um emprego. No dia seguinte.

— Sim, eu sei. Acho que ele pagou Murdo para dar um susto em você, para fazê-lo pensar duas vezes em permanecer na polícia. Só que o canalha ferrou tudo. Meu Deus, que motivo estúpido, banal para matar alguém. — Bob Rabugento deu um chute numa inocente cesta de papel, mandando-a pelos ares com seu conteúdo.

— Algum motivo para essa decisão de matar o patrão assim de repente? — McLean balançou a cabeça para a forma volumosa de Jethro Callum, que eles observavam por trás do espelho da sala de interrogatório. Ele fazia uma boa ideia do motivo, mas não era um caminho legal a seguir.

— Acho que é melhor perguntar a ele.

— Certo, Bob. Vamos acabar com isso. — McLean fez uma careta de dor ao se levantar da cadeira; a briga lhe rendera três costelas lascadas e uma contusão com o tamanho e o formato da Polônia. Ele começou a ter uma vaga ideia de como David Brown devia estar se sentindo antes de morrer.

Callum não se mexeu quando eles abriram a porta, nem notou a presença deles quando McLean se acomodou cuidadosamente na cadeira em frente. Bob Rabugento desembrulhou duas fitas cassetes e colocou-as em um aparelho para gravar o interrogatório, mas ainda assim o motorista troncudo não falou nada. McLean passou pelas formalidades e então se inclinou para a frente, pousando os cotovelos na mesa entre ele e o assassino.

— Por que matou Gavin Spenser, Sr. Callum?

O guarda-costas levantou a cabeça devagar, dando a impressão de que não conseguia focar os olhos. Sua expressão era de choque, como se só agora percebesse onde estava.

— Quem é você? — perguntou ele.

— Nós já passamos por tudo isso, Sr. Callum. Eu sou o inspetor-detetive McLean, e esse é meu colega, sargento Laird.

— Onde estou? — Callum puxou as algemas. — Por que estou aqui?

— Você espera sinceramente que eu acredite que não sabe, Sr. Callum? — McLean estudou a fisionomia do guarda-costas. Era algo que apenas uma mãe poderia amar, cheio de cicatrizes resultantes de inúmeras brigas, nariz chato e torto, olhos juntos demais para transmitir alguma inteligência. Mas havia algo dentro deles, espreitando por trás do atordoamento. Dava para sentir a coisa, e naquele instante McLean notou que ela também o sentia. Callum parou de se debater com as algemas, e o corpo todo relaxou.

— Eu conheço você. Já senti seu cheiro antes. Você desenhou o círculo em torno de si, mas isso não o protegerá de mim. Estamos destinados a ficar juntos, você e eu. Está no seu sangue. O sangue dele. — Enquanto antes as palavras de Callum estavam quase ininteligíveis e hesitantes, agora ele falava claramente, em frases curtas. Era uma voz de controle e poder, acostumada a ser obedecida. Inteiramente outra pessoa.

— Por que matou Gavin Spenser? — McLean repetiu sua primeira pergunta.

— Ele era o líder deles. O último. Matei-o para ficar livre.

— O último? Você matou os outros?

— Você sabe quem eu matei, inspetor. E sabe que todos mereciam morrer.

— Não, eu não sei. Quem você matou? Fale os nomes. Por que mereciam morrer?

Callum o olhava fixamente, petrificado. Em seguida, suas feições se suavizaram de novo, como se estivesse se lembrando de algo muito comovente. Seus olhos se arregalaram e a boca afrouxou, se abrindo. Virando a cabeça em pânico, ele olhou para um lado e para o outro. Puxou as mãos uma, duas vezes e, percebendo que não adiantava, relaxou o corpo, inclinando-o para a frente. Seus olhos ficaram marejados de lágrimas, que rolaram sobre as cicatrizes enquanto ele começava a balbuciar com uma voz amedrontada, infantil.

— OhDeusOhDeusOhDeusOhDeusOhDeus.

McLean olhava para o brutamontes, que se balançava suavemente na cadeira. Caso suas mãos não estivessem algemadas, ele tinha certeza de que Callum teria se encolhido num canto da sala. Algo estivera ali brevemente, mas agora o instinto bravio que o levara a cometer um assassinato tão brutal se fora, deixando-o a sós com as lembranças do que fizera.

— Interrogatório suspenso às nove e cinquenta e dois. — McLean se levantou, arfando diante dos protestos de suas costelas, e desligou o gravador. — Mande-o de volta para a cela. Vamos tentar de novo amanhã.

Bob abriu a porta da sala de interrogatório e chamou dois policiais, que ladearam Callum antes que um deles começasse a abrir as algemas.

Aconteceu num instante. O guarda-costas soltou um grito de fúria, precipitou-se da cadeira rápido como um tiro e ergueu os punhos em um movimento semelhante ao de uma chicotada. Os dois policiais voaram longe, batendo na parede. Atrás dele, McLean pôde ouvir Bob Rabugento se mover para bloquear o vão da porta, mas em vez de ir para lá, Callum se virou para o grande espelho da parede, o que dava para a sala de observação. Cambaleando em sua direção, ele inclinou a cabeça para trás e em seguida a bateu com toda a força. O espelho rachou no ponto de impacto, mas não quebrou. Furioso, Callum deu outra cabeçada no espelho rachado, que dessa vez cedeu, quebrando-se em cacos letalmente pontudos. Um deles tinha a ponta voltada para cima, preso à esquadria, com uns 30 centímetros de comprimento e muito afiado. Uma gota cintilante do sangue de Callum se equilibrava na ponta. O guarda-costas se virou, encarando McLean com aquele olhar poderoso e controlado. Sem medo, sem loucura, consciente. Não era a presa ali, era o predador.

— Você logo vai entender — disse ele com aquela voz que não era sua. Depois se virou e ergueu a cabeça, as costas arqueadas, pronto para se jogar e mergulhar o fragmento de vidro no fundo do cérebro. Mas os dois policiais já estavam atrás dele, lutando com seus braços. De repente, a sala estava cheia de homens, todos apinhados sobre Callum como formigas. O brutamontes se retorcia e gritava, mas foi lentamente levado ao chão, tendo as mãos algemadas atrás de si. Quando finalmente o puseram de pé e o viraram de frente, McLean viu os cortes feios em sua testa e nariz. Um estilhaço de vidro perfurara seu olho esquerdo, derramando o humor aquoso pela face numa paródia de lágrimas.

— Meu Deus! — exclamou ele. — Levem esse homem para o hospital, rápido. E mantenham-no algemado. Não quero que ele tenha outra chance de fazer isso.

Lá fora, no corredor, McLean se encostou na parede, tentando reprimir o tremor que o havia acometido. Bob Rabugento ficou ao lado dele, em silêncio por um tempo.

— Ele não estava tentando escapar, estava? — questionou o sargento por fim.

— Não. Estava tentando se matar. Como os outros.

— Outros? Como assim?

McLean olhou para o velho amigo.

— Deixa para lá, Bob. Acho que preciso de uma cerveja.

— Eu ajudo nisso. Faz horas que meu turno acabou e, pelo menos, temos um sucesso a comemorar.

— Onde está MacBride? — perguntou McLean. — Ele bem que gostaria de uma também.

— Provavelmente lá embaixo, na central de operações, digitando loucamente os relatórios. Sabe como ele é. Todo empolgado.

— Não sacaneie, Bob.

— Longe disso, inspetor. — O velho sargento sorriu, livrando-se de parte do choque provocado pelos últimos acontecimentos. — Se ele quer fazer o serviço de dois detetives, tudo bem por mim. Fico bem feliz de ser o outro.

Eles andaram pelo interior da delegacia, finalmente chegando ao destino depois de se esquivarem de muitos cumprimentos. A notícia da descoberta de Chloe se espalhara rapidamente, ao contrário dos acontecimentos mais recentes. A porta da pequena central de operações estava calçada com uma cadeira de metal para deixar o ar quente sair. Vozes baixas murmuravam lá dentro. McLean entrou e viu MacBride sentado atrás de sua mesa com o laptop à frente. Outra pessoa estava de pé ao seu lado; ela se virou ao ver os olhos do detetive se erguerem e encontrarem os do inspetor. Emma Baird aproximou-se de McLean e lhe deu um tapa na cara.

— Isso é por chegar a pensar que eu faria algo tão perverso quanto postar fotos de cenas do crime na internet.

Ele levou a mão ao rosto, aceitando que provavelmente merecia aquilo. Mas antes que tocasse a parte atingida, que ardia, ela o agarrou, puxou e deu um longo beijo molhado em seus lábios.

— E isso é por ter encontrado um modo de provar que eu era inocente — acrescentou ela depois de recuar. McLean sentiu as orelhas se incendiarem. Olhou para MacBride, mas o policial tinha repentinamente ficado muito interessado em seu relatório. Bob Rabugento olhava para o corredor de modo proposital.

— Ah, deixa isso para lá, Stuart. Pode fazer amanhã — disse McLean. — Vamos para o pub.

64

O leve toque do despertador martelou em sua dor de cabeça, lembrando-o com uma empolgação exagerada de que eram seis da manhã e hora de se levantar. McLean soltou um grunhido e se virou para apertar o botão de soneca. Talvez a ressaca passasse nos próximos dez minutos. Valia a pena tentar. Ele esbarrou em algo sólido ao seu lado e não conseguiu saber o que era. Então a coisa se moveu e resmungou, fazendo-o ficar repentinamente bem acordado.

Sentado na cama e esfregando o sono dos olhos, ele fitou a forma de Emma Baird deitada de bruços e sentiu uma curiosa mistura de raiva e medo. Fazia muito tempo que dormia sozinho nessa cama, sempre mantendo suas relações de modo profissional, sempre estabelecendo uma distância regulamentar das pessoas. Um terapeuta podia dizer que ele tinha medo de se comprometer e estaria certo. Depois de Kirsty, a ideia de se aproximar de alguém era muito dolorosa. E agora, depois de uns dois jantares e de uma noite bebendo com metade da delegacia, ela estava dormindo ao seu lado.

Ele tentou se lembrar da noite anterior. Os dois haviam comemorado o fato de terem encontrado Chloe viva, mas essa era a outra parte do seu problema: ele nunca se permitira ficar tão bêbado a ponto de perder o controle. A ponto de não conseguir se lembrar do que fizera.

Emma estava brava com ele. Ouvira tudo que ele tinha dito a Duguid em frente aos laboratórios da perícia na Central. Sobre como ele pretendia usar a amizade deles para investigar o vazamento das fotografias. Não importava o quanto ele explicasse, o quanto tentasse convencê-la de que ela tinha entendido tudo errado. Sob o ponto de vista dela, ele a fizera de joguete. Ela só abrandou quando ele se desculpou e implorou seu perdão. Mas as mulheres são assim mesmo, não é?

Então, os faxineiros os expulsaram do pub, só Deus sabia a que horas da madrugada. Haveria algumas pessoas com dor de cabeça na delegacia na hora da mudança de turno. Tinha sido ele a sugerir uísque em sua casa ou fora Bob Rabugento? Essa lembrança estava meio nebulosa, mas ele recordava de ter pensado que qualquer companhia seria melhor que voltar sozinho para o apartamento frio, vazio e silencioso. Um grupo veio com ele e provavelmente acabou com todo seu suprimento de uísque. Isso, pelo menos, explicaria sua cabeça latejante.

Tentando não resmungar, McLean se virou e saiu da cama. Ele ainda usava suas cuecas boxer, o que era alguma coisa. Seu terno estava dobrado no encosto da cadeira, a camisa e as meias no cesto de roupa suja. Essas coisas eram automáticas; não era preciso pensar na rotina. Mas ele não teria sido tão consciencioso se estivesse tão bêbado ou tomado por uma improvável paixão febril. E quanto mais pensava nisso, mais se lembrava de ter ido sozinho para cama. Bob Rabugento tinha resistido até o fim, mas MacBride desmaiara caído no chão. E Emma? Sim, Emma adormecera na poltrona. Ele tinha pegado um cobertor no armário e colocado sobre ela antes de ir para a cama. Ela devia ter acordado durante a noite e se enfiado embaixo do seu edredom. Bom, aquilo era bem direto.

O chuveiro conseguiu dissipar parte da névoa cinza de sua mente, mas ele ainda estava em marcha lenta ao sair e se secar. Suas costelas trincadas protestaram, a contusão em volta do torso aos poucos ficava amarelada nas bordas. Com a toalha em volta da cintura, ele encheu a chaleira e pôs a água para ferver. Depois, respirando fundo, voltou para o quarto. Emma ainda dormia, mas tinha se virado e jogado o edredom para o lado. O cabelo curto e negro cobria seu rosto, mas tudo o mais estava à vista. Uma trilha de roupas cobria o piso da porta até a lateral da cama; lingeries que ele não via há anos. Pelo menos não fora de uma cena de crime. Sem fazer barulho, ele pegou o terno, uma camisa e roupa de baixo limpa no armário e foi se vestir no escritório.

A fita da secretária eletrônica estava em cima de sua escrivaninha, acusando-o de negligência insensível para com os mortos. Ele ignorou essa parte de sua mente, sabendo que era apenas comodismo, um casulo protetor de culpa. Ele sabia que nunca jogaria fora a fita, assim como sabia que nunca esqueceria Kirsty. Mas talvez, após todos esses anos, ele realmente devesse seguir os conselhos de todos os seus amigos e tentar seguir em frente. A vida dava errado, mas às vezes surgiam coisas boas. Afinal, eles tinham encontrado Chloe Spiers viva.

Vestido, ele foi para a cozinha e passou o café. A caixa de leite na geladeira estava estufada: ainda não tinha dado à luz, mas em breve o parto precisaria ser induzido, caso contrário ela iria explodir. Uma rápida olhada na sala e no quarto de hóspedes revelou um detetive apagado e um sargento roncando, e ambos precisariam tomar café e comer sanduíches de bacon. Ele pegou as chaves na mesa do hall e foi até o armazém da esquina.

Ao retornar, a porta do banheiro estava fechada, e o som do chuveiro aberto se fazia ouvir. Bob Rabugento estava sentado à mesa da cozinha, com cara de quem tinha dormido de terno, e, assim que McLean começou a fazer os sanduíches de bacon, MacBride entrou aos tropeços, parecendo meio nervoso.

— Bom dia, detetive — disse McLean, notando como MacBride fez uma careta de dor ao ouvi-lo. Bem, muito justo. Fora ele quem tinha bebido mais. Contudo, seu fígado ainda era jovem. Ele sobreviveria.

— O que foi que eu bebi ontem à noite? — perguntou.

— No pub ou aqui? — Bob Rabugento coçou o queixo. Precisaria do barbeador elétrico que guardava em seu armário na delegacia.

A fisionomia de MacBride estampava confusão, mas antes que pudesse dizer alguma coisa, houve uma leve batida na porta da frente.

— Assuma aí, Bob. Tem molho no armário. — McLean foi até o hall e abriu a porta. Era Jenny Spiers.

— Tony, eu...

— Jenny, oi...

Os dois falaram ao mesmo tempo e, em seguida, pararam para que o outro prosseguisse. McLean deu um passo para o lado na porta.

— Entre. Eu estava fazendo sanduíches de bacon.

Antes que ele pudesse dizer mais alguma coisa, ela o agarrou num abraço apertado.

— Obrigada por encontrar minha filha — disse ela e começou a soluçar histericamente.

Emma escolheu esse instante para sair do banheiro usando o velho roupão de McLean, que revelou mais de sua coxa do que deveria. Seu cabelo estava bagunçado onde ela tinha passado a toalha para secar, e ela cheirava a xampu de óleo de melaleuca. A temperatura do corredor despencou quando as duas mulheres se encararam em silêncio. McLean pôde sentir a tensão de Jenny, ainda abraçada a ele.

— Humm, Jenny, esta é Emma. Emma, Jenny. — A tensão não se desfez. — Então uma voz gritou "Sai da frente!" e o detetive MacBride cambaleou para fora da cozinha, empurrando Emma ao passar para entrar no banheiro. A porta bateu e todos puderam ouvir o ruído do assento do vaso sendo levantado, seguido por uma silenciosa ânsia de vômito.

— Tivemos uma festinha ontem à noite. — Com tato, McLean se liberou do abraço de Jenny, embora ela parecesse relutante em soltá-lo. — Parece que o jovem detetive MacBride bebeu muito do nosso uísque puro.

— É mais provável que tenham sido as tequilas que ele tomou no pub — retrucou Emma e saiu andando em direção ao quarto de McLean.

— Aliás, como está Chloe? — perguntou ele, na esperança de distrair Jenny, cujos olhos seguiram Emma com assombro e descrença. Voltando a encará-lo, ela arrumou um sorriso.

— Os médicos disseram que fisicamente ela vai ficar bem. Estava muito desidratada quando você a encontrou. Graças a Deus que encontrou. Eu realmente não sei como agradecer.

— Esse é o meu trabalho, Jenny. — McLean a conduziu até a cozinha, onde Bob Rabugento estava diante do fogão, usando um avental comprido com uma estampa divertida de um biquíni.

— Só não sei como ela vai reagir mentalmente. Ficar acorrentada daquele jeito. Com um cadáver.

McLean imaginou o quanto Jenny sabia.

— Ela contou a você? — perguntou ele. Jenny fez que sim, aceitando uma caneca de café que lhe era oferecida. — Então ela está no caminho certo para lidar com tudo isso. É uma garota forte. Imagino que herdou isso da mãe.

Sentada à mesa da cozinha, Jenny deu um gole de café e não disse nada. Bob Rabugento continuou em silêncio, aplicadamente preparando o desjejum para um exército. No fundo, ouviu-se a descarga da privada. Então, Jenny largou a caneca na mesa e olhou para McLean.

— Ela disse que foi escolhida por sua causa. Queriam atingi-lo através de mim. Por que fariam isso? Eu mal o conheço.

— Você foi ao funeral da minha avó. — Foi a única coisa em que ele conseguiu pensar. — Spenser devia estar me vigiando desde então. Ele estava por trás de tudo desde o início, tentando me desacreditar, contratando McReadie para me incriminar, matando Alison para atrasar nosso trabalho. Ele precisava me tirar da investigação sobre a garota morta e precisava de alguém que ocupasse o lugar dela. Chloe tinha a idade certa. Sinto muito, Jenny. Se você não me conhecesse, eles teriam pegado outra.

* * *

— Tony, uma hora dessas você vai ter que me dizer como faz isso.

McLean estava na sala de necropsia pelo que parecia ser a milionésima vez nos últimos 15 dias. Ele gostava de Cadwallader, apreciava a sagacidade e o senso de humor dele, mas preferia tê-lo encontrado em um pub. Até em uma ópera teria sido preferível.

— Como faço o quê? — perguntou ele, mudando o peso de um pé para o outro enquanto o patologista examinava o corpo de Gavin Spenser.

— Peter Andrews. Você sabia que haveria traços de sangue e pele sob as unhas dele, não é?

— Considere que foi um pressentimento.

— Esse pressentimento lhe disse de quem seriam o sangue e a pele?

— Buchan Stewart.

— Está vendo, é a isso que me refiro, Tony. — Cadwallader se endireitou, olhando fixamente para o inspetor, sem se importar com o fato de estar segurando o fígado de Spenser. — Nós temos todo esse aparato tecnológico e mágico aqui, que custa milhões de libras dos contribuintes, e você já sabe a resposta antes de fazer a pergunta.

— Faça um favor, Angus. Guarde essa informação para si mesmo. — Já era péssimo que Jonathan Okolo e Sally Dent passassem para os anais da história como assassinos quando provavelmente foram apenas peões inconscientes no jogo doentio de Spenser. Não havia necessidade de causar mais angústia à família de Peter Andrews.

— Com prazer. — Cadwallader finalmente tomou conhecimento do fígado gotejante e o colocou numa bandeja de aço inoxidável para ser pesado. — Seria muito constrangedor ter que admitir que deixei isso passar da primeira vez.

Ele voltou a mexer no tórax do morto, retirando pedaços não identificáveis, analisando-os, pesando-os e colocando-os em recipientes individuais, feliz como porco chafurdando na lama. Coitada da Tracy, que teria que recolocá-los no lugar e suturar o cadáver depois.

— Então, você gostaria de arriscar a causa da morte? — perguntou McLean ao sentir que não aguentava mais.

— Insuficiência cardíaca devido à grande perda de sangue, eu diria. O ferimento à faca na garganta foi profundo o suficiente para cortar a carótida e deixar marcas na vértebra do pescoço. Temos a arma, não é?

Tracy pegou um saco plástico que continha a faca de caça. Cadwallader sentiu seu peso na mão, inspecionou a lâmina e segurou-a diante da garganta do morto.

— Sim, ela faria isso. O que também explicaria essas marcas no esterno e nas costelas. O assassino o abriu para retirar o coração. É um órgão difícil de ser alcançado sem muita habilidade ou sem fazer muita bagunça.

— Dá para arriscar a hora da morte?

— Entre 36 e 48 horas. Ele estava lá sentado há algum tempo. Me surpreende que o seu homem não tivesse corrido para a fronteira. Podia estar em outro país antes que você encontrasse o corpo.

McLean fez as contas. Spenser fora assassinado não muito depois de David Brown. Morto na mata atrás do jardim de Spenser. Morto por Jethro Callum num violento ataque de fúria.

— Ele estava nos aguardando na sala onde encontramos Spenser. — McLean acenou a cabeça para o homem estripado deitado na mesa. — Tentou se matar bem na minha frente.

— Ah. Estou vendo um padrão aí.

McLean também o via, mas antes que pudesse falar mais alguma coisa, o bolso de seu paletó começou a tocar e vibrar furiosamente. Era uma sensação tão incomum, que ele levou muito tempo para se dar conta de que seu celular estava tocando. Abrindo-o, ele notou uma bateria quase cheia no leitor.

— Continue sem mim — disse ele a Cadwallader e saiu da sala. Depois de passar pelas portas, ele atendeu. — McLean.

— É MacBride, inspetor. Houve um incidente no hospital. É Callum. Ele está em colapso.

Ele só conhece a violência. McLean se lembrou das palavras na carta de Jonas Carstairs. E dos nomes: Peter Andrews, vendo Jonathan Okolo morrer de modo violento num pub do centro da cidade; Sally Dent, testemunhando Peter Andrews tirar a própria vida; David Brown, vendo o corpo de Sally mergulhar no teto de vidro da estação Waverly e bater no para-brisa do trem que dirigia; Jethro Callum quebrando os ossos de David, estrangulando-o até a morte; Callum espatifando o espelho com a cabeça, tentando se matar. O que ele tinha dito mesmo? "Você logo vai entender." Aquela voz tão diferente e estranha.

Apesar do calor do verão, um calafrio atravessou o corpo de McLean. Talvez ele entendesse, sim. E talvez soubesse o que devia ser feito. Se estivesse enganado, passaria por poucas e boas para se explicar, mas e se estivesse certo? Bem, era melhor nem pensar nisso.

65

O hospital lhe era tristemente familiar. McLean visitara sua avó tantas vezes ali que até tinha perdido a conta. Todas as enfermeiras sorriam para McLean e o cumprimentavam enquanto ele andava pelos corredores; conhecia a maioria delas pelo nome. Ao seu lado, MacBride corou diante de tanta atenção. Um jovem médico, de aparência cansada e atormentada, veio ao encontro deles no corredor.

— Inspetor McLean?

McLean assentiu.

— Como foi, doutor?

— É difícil dizer. Nunca vi nada assim antes. O Sr. Callum é um homem muito forte. E jovem também. Mas seus órgãos estão entrando em falência, um por um. Se não conseguirmos interromper o processo nem estabilizá-lo, ele pode morrer em algumas horas.

— Horas? Mas ontem ele estava bem. Mais que bem. — McLean sentiu as costelas contundidas, lembrou-se do homem musculoso com quem havia lutado há menos de 24 horas. Outra peça do quebra-cabeça se encaixava, configurando algo que ele não queria ver.

— Estamos trabalhando na hipótese de que é alguma forma de reação a esteroides. Ele não ficou daquele tamanho só levantando ferro, e o que quer que estivesse tomando pode ter provocado uma supersensibilidade a alguma medicação aplicada. Mas nunca vi nada reagir com tanta rapidez. Eu tratei o ferimento do olho ontem à noite e, a não ser por uma hiperventilação, ele parecia bem.

— Ele falou com o senhor?

— Como? Ah, não. Não disse uma palavra.

— Não se debateu, não tentou se matar?

— Não. Mas estava imobilizado, e três policiais ficaram com ele o tempo todo.

— Onde ele está agora?

— Nós o colocamos num dos quartos individuais da área para pessoas em coma.

— Para que ninguém seja perturbado caso ele fique muito violento?

— Bem, é. Mas temos todo o kit de monitoramento do tratamento intensivo lá. Eu lhe mostro o caminho.

— Tudo bem. Eu sei onde fica. Tenho certeza de que o senhor deve ter centenas de outras coisas mais importantes a tratar do que se preocupar com um assassino que não vai a lugar algum.

Eles deixaram o médico para trás, meio confuso. McLean seguiu na frente pelos quilômetros de corredores impessoais, com MacBride acompanhando-o de perto, como um cão fiel.

— O que estamos fazendo aqui, inspetor?

— Vou interrogar nosso único suspeito de assassinato que sobreviveu antes que essa enfermidade misteriosa o mate — respondeu McLean ao se aproximarem do quarto que ele procurava. Um policial de aparência entediada estava sentado numa cadeira de plástico desconfortável do lado de fora, lendo um romance de Ian Rankin. — Você está aqui porque Bob Rabugento desenvolveu um talento especial para se esconder quando sabe que estou prestes a fazer algo que a superintendente-chefe não vai aprovar.

— Inspetor. Hã... Ninguém me falou... — O policial se levantou imediatamente, tentando esconder o livro nas costas.

— Não se assuste, Steve. Só quero dar uma palavrinha com o prisioneiro. Por que não vai dar uma volta para tomar um café, hein? O detetive MacBride vai ficar de olho.

— O que o senhor quer que eu faça? — perguntou MacBride quando o policial que tinha sido liberado se apressou rumo à cafeteria.

— Fique aqui de guarda. — McLean abriu a porta e entrou. — E não deixe ninguém entrar.

O quarto era pequeno e sem vida, com uma única janela estreita que dava para uma parede de concreto e vidro onde batia um sol ofuscante. Havia duas cadeiras de plástico encostadas na parede e um gaveteiro estreito era usado como mesa de cabeceira. Jethro Callum estava deitado em meio a uma série confusa de aparelhos que zumbiam. Sondas bombeavam líquidos de aparência nociva, que iam e vinham de seu corpo. Em nada ele se parecia com o guarda-costas forte com quem McLean lutara na tarde anterior. Apoiado num monte de travesseiros, seu rosto estava encovado e pálido, os olhos fundos e escuros. A maior parte do cabelo havia caído, muitos fios ainda amontoados no travesseiro. A pele do couro cabeludo estava manchada de vermelho vivo. Os braços repousavam por cima da coberta, volumosos com os músculos, mas já sem tônus. Ele ainda mantinha a corpulência, mas isso agora só atrapalhava sua respiração e o imobilizava com muito mais eficácia que as tiras de couro que o atavam à cama.

— Você veio. Eu sabia. — McLean mal conseguia ouvir a voz de Callum em meio ao zumbido dos aparelhos que o mantinham vivo. Mas não era a voz do guarda-costas. Esse era o outro, a voz que ameaçara e fizera promessas. A voz imbuída de um estranho poder hipnotizador.

McLean pegou uma das cadeiras e calçou-a embaixo da maçaneta da porta. Pegou o cordão para chamar a emergência e o tirou de alcance. Depois analisou os aparelhos. Os fios de um eletrocardiograma estavam conectados a um pequeno sensor preso a um dedo de Callum. McLean o retirou, colocando-o rapidamente no seu. O aparelho soltou uns apitos apressados e se reacomodou a um ritmo estável. Ele inspecionou os outros aparelhos, mas só o eletrocardiograma parecia estar conectado ao sistema de monitoramento de emergência. Ao encontrar os interruptores, ele os desligou, um por um. A ciência médica mantinha o corpo vivo, mas Jethro Callum havia morrido no momento em que matou David Brown. Qualquer coisa que tivesse tomado conta de sua alma estava devorando lentamente sua carne desde então.

— Conte sobre a garota. — McLean se acomodou na outra cadeira.

— Que garota?

— Você sabe de quem estou falando. A garota que eles mataram naquela cerimônia doentia.

— Ah, sim. Ela. — Callum parecia estranhamente distante, como um boneco de ventríloquo acometido por um enfisema, mas o prazer em sua voz era revoltante. — A pequena Maggie Donaldson. Uma coisinha linda. Não devia ter mais que 16 anos. Pura, é claro. Foi isso que me atraiu nela. Mas eles a macularam, todos eles. Um depois do outro. O mais velho sabia o que estava fazendo. Ele me prendeu dentro dela e depois a abriram. Cada um ficou com uma parte de mim.

— Por que fizeram isso?

— Por que a sua espécie faz essas coisas? Queriam viver para sempre.

— E você? O que acontece com você?

— Eu sigo em frente. Em você.

McLean olhou para a figura patética morrendo à sua frente. Era disso que se tratava. Era isso que havia provocado toda a merda que tinha acontecido com ele desde a descoberta da garota morta no porão da Farquhar House. Era isso que havia matado pessoas inocentes, usando-as despudoradamente para cumprir seus propósitos. Tinha sido por isso que Alison Kydd foi atropelada na rua. Ele ficou com uma imensa vontade de estrangular o homem. Seria tão fácil apertar a garganta dele e tirar-lhe a vida. Ou, melhor ainda, enfiar alguma coisa em seu olho cego até o cérebro. McLean tinha uma caneta no bolso, o que serviria como arma. Só era preciso encontrar o ponto certo de entrada. Havia tantos meios de matar um homem. Tantos...

— Ah, não segue em frente, não. — Ele tirou os pensamentos estranhos da cabeça. Barnaby Smythe, Buchan Stewart, Jonas Carstairs, Gavin Spenser. Todos tinham ficado calmamente sentados e não estavam amarrados ao serem estripados e mortos. Assim como Fergus McReadie. Ele havia tirado a própria vida só por causa de uma palavra. Agora McLean sabia por quê. Tinham ficado sob o domínio daquela voz, ligados a ela por um ato de selvageria de que tomaram parte. Mas ele não havia matado a garota, não planejara matar Chloe. Não havia ligação entre ele e esse monstro.

— Ah, temos uma ligação sim, inspetor. Você deixou o círculo intacto. Faz parte disso como qualquer um deles. Mais ainda. Tem uma força de espírito que faltava a todos. O sangue dele corre em suas veias. Você é um recipiente adequado para mim.

Dessa vez a persuasão era como uma muralha de trevas vindo de encontro a ele. McLean teve vislumbres de cenas grotescas. O rosto de Smythe se contorcendo de dor quando a faca abriu seu peito de pelos grisalhos; o coração de Jonas Carstairs ainda pulsando abaixo das costelas expostas; Gavin Spenser sentado calmamente, apenas os olhos mostrando seu verdadeiro estado de espírito quando sua garganta foi lentamente cortada. E com cada imagem vinha uma onda de poder, uma sensação de animação e alegria sem limites. Ele poderia ter isso, ser isso. Poderia viver eternamente.

— Acho que não. — McLean se levantou e foi até a cama. Ergueu a mão para o frasco de soro que gotejava e cortou o fluxo. — Agora eu entendo. Não queria acreditar, mas acho que é impossível negar. A violência precisa passar de um hospedeiro para outro. Sem isso, você fica preso. E quando esse hospedeiro se for, você irá junto. De volta para o lugar de onde veio quando eles o evocaram com aquela cerimônia obscena.

— O que está fazendo? Eu ordeno que mate este corpo. — Callum se debateu com as tiras e os lençóis que o prendiam à cama, mas era um esforço débil, que o fez ter uma crise de tosse.

— Você mesmo já está fazendo um bom serviço. — McLean afastou outra onda de compulsão, mais fraca dessa vez, mais desesperada. Sentou-se de novo na cadeira, observando o corpo definhado na cama. — Imagino que você nunca pretendeu ficar no coitado do Jethro todo esse tempo, mas precisou cobrir seus rastros e isso demorou muito. Ele nunca foi forte o suficiente para carregá-lo, foi?

— Me mate. — A voz não passava de um balbucio agora. — Me liberte.

— Não dessa vez. — McLean se acomodou na cadeira. Ficou olhando e esperou que os últimos suspiros de Callum o abandonassem, agitados como insetos em fuga. — Dessa vez você vai morrer de causas naturais.

Epílogo

Christopher Roberts sentou-se à mesa de cabeça baixa. Ele cheirava a muitas noites na cela, e seu terno, antes tão fino, estava desmazelado. De pé, de costas para a parede da sala de interrogatório, McLean o observou por um instante, tentando angariar alguma simpatia pelo homem. Fracassou.

— Gavin Spenser morreu. Jethro Callum também.

Com um brilho de esperança nos olhos, Roberts ergueu o rosto ao assimilar as palavras. Mas antes que pudesse dizer qualquer coisa, McLean falou novamente.

— É o seguinte, Sr. Roberts: tenho quase certeza de que foi coagido a agir como agiu, e nós bem podíamos ter levado isso em consideração. Chloe está a salvo, embora eu duvide que ela venha a se esquecer dos dias em que ficou presa num porão com um cadáver mutilado. Eu quase pensei em convencê-la a não processá-lo.

— O senhor faria isso? — Roberts olhou para ele como um cãozinho ferido. McLean deu um passo à frente, puxou a cadeira e se sentou.

— Não, agora não. O senhor teve sua chance quando pusemos sua mulher sob nossa proteção. O senhor podia ter nos ajudado e poderíamos ter pegado Callum antes que ele matasse Spenser. Dessa forma, todas as pessoas que eu queria indiciar por sequestro e assassinato estão mortas. Exceto o senhor.

— Mas... mas... eu fui forçado. Eles me obrigaram...

— Não obrigaram não, Sr. Roberts. O senhor mesmo fez isso. Tinha tudo e queria mais. E agora ficará um longo tempo na cadeia.

Um cemitério cinza, varrido pelo vento, com vista para o Forth. O verão tinha finalmente acabado; agora rajadas de chuva se precipitavam na outra extremidade do rio, deixando aquele pequeno grupo seco, mas com frio. McLean se surpreendeu com o número de pessoas presentes no enterro. O detetive MacBride, Bob Rabugento e Emma estavam lá. A superintendente-chefe McIntyre havia encontrado uma brecha em sua agenda cheia e também tinha ido até lá, apesar de resmungar um pouco e não parar de olhar para o relógio. Escandalosamente, Angus Cadwallader levara Tracy junto. Mas talvez o mais surpreendente tenha sido Chloe Spiers insistir em comparecer. Ficou se apoiando na mãe ao lado do túmulo, olhando para o caixão simples enquanto a terra era jogada em cima dele. Exigira certa investigação, mas McLean conseguira descobrir o paradeiro dos túmulos de John e Elspeth Donaldson, e agora ele garantia que a filha do casal, Maggie, fosse enterrada ao lado. Esperava que ninguém jamais descobrisse que ele mesmo havia pagado pela cerimônia.

— Ainda não entendo como você finalmente conseguiu identificá-la — disse McIntyre quando eles se afastavam do túmulo.

— Conseguimos rastrear um pedreiro de Sighthill que desapareceu em 1945. Isso nos deu uma ideia melhor da época da morte. Os registros de pessoas desaparecidas são meio irregulares, então o detetive MacBride percorreu os arquivos do *Scotsman* e encontrou um artigo sobre uma moça desaparecida. A mãe dela era empregada da Farquhar House. Encontramos um parente vivo que mora no Canadá. O DNA fez o resto. — Foi uma leve distorção da verdade, mas não muito. Ele dera as pistas a MacBride e o mandara investigar. E McLean mal conseguia admitir de onde realmente obtivera o nome da garota.

— A maioria dos detetives teria se contentado em encontrar os assassinos.

— Mas a senhora me conhece. Não gosto de deixar um trabalho pela metade.

— Você acha que funcionou? Acha que eles realmente prenderam algum demônio e usaram seu poder para prolongar a vida?

— Escute só o que a senhora está dizendo. É claro que não funcionou. Estão todos mortos, não estão? — McLean balançou a cabeça como se isso pudesse apagar a verdade. — Demônios não existem.

— Mas eles estavam todos tão em forma para a idade.

— Bem, exceto Bertie Farquhar e Toby Johnson. Os dois morreram jovens. Não, eles viveram muito porque acreditavam que seria assim. Meu Deus, eles não poderiam fazer o que fizeram e não acreditar nisso. E foram bem-sucedidos porque nasceram abastados, tiveram uma boa educação.

— Esperemos que você esteja certo, Tony. Pobres de nós, policiais. Esta cidade já é problemática sem que o sobrenatural venha infernizar nossa vida.

— Gavin Spenser morreu sem ter um testamento. — Era um trecho de noticiário que McLean tinha ouvido e que guardara na memória por vários motivos desconfortáveis. — Ele nunca se casou, não tinha família. Os advogados estão enlouquecidos atrás de alguém que herde sua fortuna. Qualquer um com uma declaração de que é um parente distante se habilita a herdar bilhões. É uma confusão. Mas isso reflete a certeza dele de que viveria para sempre.

— Talvez os demônios existam, afinal. Mas só estão aqui. — McIntyre levou o dedo a uma das têmporas e o girou em pequenos círculos.

Eles chegaram aos portões do cemitério e à pequena fila de carros estacionados que aguardavam para levá-los de volta às suas mais diferentes vidas. Um sargento uniformizado estava de pé ao lado do carro da superintendente-chefe, prensado entre o velho Volvo cor de ferrugem de Phil e o Jaguar verde-argila de Cadwallader. O Alfa Romeo vermelho reluzente de McLean estava estacionado de frente um pouco mais adiante. Apavorada, McIntyre ficou olhando quando ele abriu a porta do passageiro para Emma entrar.

— Meu Deus, Tony. Isso é seu? — perguntou ela.

Por um instante, McLean cogitou se ela se referia ao carro ou a Emma. Concluindo que nem McIntyre poderia ser tão grosseira, ele balançou a cabeça, esforçando-se para reprimir um sorriso.

— Não — respondeu ele. — É do meu pai.

Parado no quarto de sua avó, ele ficou olhando para a penteadeira com sua coleção de escovas de cabelo, pincéis de maquiagem e fotografias. O saco de lixo preto pesava em sua mão, já meio cheio com os detritos descartáveis de uma vida que há muito se fora. Ele devia ter feito isso meses antes, quando ficou óbvio que sua avó jamais recobraria a consciência, que nunca retornaria para casa. Ela não precisava de batom, lenços de papel, metade de um pacote de balas de menta extraforte, e ele não precisava de nada que estivesse dentro do guarda-roupa da avó. Nem da maioria das velhas fotografias que pontilhavam o quarto, especialmente uma.

Estava pendurada na parede, perto da porta do banheiro. Preta e branca, exibia dois homens e uma mulher, Bill McLean, Esther Morrison e um O. U. Tro. Na primeira vez que percebera essa foto, ele ficara intrigado com o pouco que se parecia com seu avô e com o quanto seu pai lembrava o outro homem. O quanto ele próprio se parecia com ele. Seria esse o segredinho sórdido que sua avó guardara, que não devia ser revelado até depois de sua morte? Algo que ela sentiu que podia contar ao seu advogado, mas não ao neto? O que dizia a carta? "Evidentemente você não é o homem que ela temia que você pudesse se transformar." Depois foi Jethro Callum: "O sangue dele corre em suas veias." Palavras de um louco ou de um demônio, talvez, mas impossíveis de serem ignoradas. Bem, não era difícil deduzir o que havia acontecido.

Ele tirou a fotografia da parede e virou-a para ver se havia algo escrito atrás. Apenas uma marca caprichada em estêncil do estúdio fotográfico que a fizera, sendo seu endereço numa rua demolida há muito tempo. Tinha sido um trabalho profissional, a parte de trás lacrada com fita. Ele poderia recortar o papel da moldura e ver se havia algo escrito atrás, mas não iria se dar ao trabalho.

Virando novamente a moldura, ele olhou bem para a foto. Aos 20 anos, sua avó tinha sido bem bonita. Sentava-se entre os dois homens, com um braço apoiado em cada ombro, mas claramente só tinha olhos para William McLean. O outro homem sorria, mas havia uma frieza em seu olhar, uma ânsia por algo que não podia ter. Algo que ele até podia estar preparado para tomar à força. Ou será que McLean estaria imaginando coisas? Ele descartou a ideia, abriu o saco de lixo e jogou a foto dentro.

O Capítulo de Abertura

Em nome do mal nasceu como um conto, publicado pela revista *Spinetingler* no final de 2006. Na época eu era novo no romance policial, tendo passado muitos anos escrevendo roteiros para histórias em quadrinhos, fantasia e ficção científica. Todo o meu conhecimento do gênero se resumia à leitura dos Hardy Boys e da coleção *The Famous Five* quando criança, Agatha Christie na adolescência e, mais tarde, alguns romances de Ian Rankin surrupiados da biblioteca do meu pai quando não havia mais nada à mão para ler. Além disso, é claro, os romances de Stuart MacBride com o personagem Logan McRae, que eu acompanhei desde as versões preliminares.

Faz muito tempo que conheço Stuart, e foi ele quem me convenceu a parar de escrever sobre dragões e a tentar algo mais contemporâneo e realista. Com esse fim, escrevi meia dúzia de contos, todos apresentando um inspetor-detetive que eu criara como personagem secundário em um roteiro de história em quadrinhos, sem sucesso, para *2000 d.C.* no início da década de 1990.

Pouco familiarizado com a ficção policial, eu não conhecia a Crime Writers Association (CWA) e seu concurso Debut Dagger para autores não publicados até serem mencionados pela editora-fundadora da *Spinetingler*, Sandra Ruttan. Eu já iniciara o processo de transformar *Em nome do mal* de conto para romance e me pareceu uma boa ideia inscrevê-lo no Debut Dagger de 2007.

O concurso é julgado pelas primeiras três mil palavras junto a uma sinopse. Eu iniciara o romance com a mesma abertura que o conto, mas senti que necessitava de algo um pouco mais chocante para prender a atenção dos jurados. Como a história gira em torno de um assassinato ritualístico, comecei escrevendo uma descrição desse assassinato, cerca de 65 anos antes do desenrolar dos principais acontecimentos. E que melhor forma de chocar do que escrever sob o ponto de vista da vítima?

Obviamente funcionou, pois o livro ficou entre os finalistas daquele ano. No entanto, sempre fiquei dividido em relação à cena. Por um lado, não há dúvida de que é um gancho poderoso que estabelece os pilares da história. Por outro, é uma descrição gráfica de quinhentas palavras de um estupro brutal seguido de um assassinato ritualístico realizado por um grupo.

Os leitores também ficaram divididos em relação ao capítulo de abertura. Uns poucos chegaram a abandonar a leitura, enquanto outros comentaram que o tom do capítulo de abertura é notavelmente diferente do restante da história. Ainda gosto dele como texto literário, especialmente da frase final, mas talvez fizesse mais sentido numa obra de terror.

Dessa forma, retomo aqui o capítulo original de abertura, o que escrevi ao começar o conto, no final de 2005. Acho que o livro não perde nada com a omissão daquelas quinhentas palavras iniciais, mas se o leitor quiser julgar por si mesmo ou ver o porquê do estardalhaço, elas estão impressas a seguir. Porém, aqui fica o aviso; não são para os mais sensíveis.

O Capítulo 1 Original

Ela solta um grito quando o primeiro prego entra.

Uma dor aguda rasga sua mão e ela se debate, imobilizada no chão pelo peso do corpo dele. Isso não está certo. Ele não deveria machucá-la. É um homem bom, um homem bonito. Gentil. Ajudou sua família durante a guerra.

— Por favor. Não. — Ela tenta gritar, mas a mão de alguém tapa sua boca, forçando-a a se fechar. Figuras se movem nos limites sombrios de sua visão, segurando-a, imobilizando-a, aspirando a escuridão pesada. Alguém agarra seu punho, estica seu braço. Seus dedos estalam no chão. O martelo bate no prego, furando pele e cartilagem, forçando outro grito a sair pelo nariz. Ela tenta chutar, se debatendo contra o peso em cima dela, e o aço frio fere sua carne. Crucificada, suas mãos deslizam escorregadias contra o metal enquanto ela luta para se soltar, frustrada pelas cabeças abaixadas, os pregos afundados no piso de madeira.

O peso sai de cima dela e ela capta um vislumbre de seu rosto no escuro. Os olhos dele brilham, as feições ficam embaçadas pelas lágrimas dela, distorcidas, como se algo tentasse irromper pela pele de seu agressor. Ela se debate enquanto ele puxa seu vestido para cima, rasga sua calcinha e suas meias de nylon. Uma coisa cintila na luz fraca que entra por baixo da porta. Ela sente uma pressão fria no ventre nu, roçando em sua pele e provocando arrepios ao seguir seu curso para baixo. Uma umidade quente escorre entre suas coxas e o odor adocicado de urina permeia o ar. Ela vai morrer ali, violada por esse homem em quem confiou toda a vida.

Seus joelhos estalam quando mãos rudes a agarram pelos tornozelos e abrem bem suas pernas, puxando os ferimentos ensanguentados de suas palmas contra os grilhões cruéis. Mãos fortes empurram seus pés para o chão. Ela ouve o rachar dos ossos, o ruído do metal no metal enquanto os pregos vão cumprindo seu destino. A agonia vem em ondas, fazendo-a ver estrelas.

Ele força a entrada entre suas pernas, batendo sua cabeça nas tábuas lascadas com mãos brutas. Dedos ásperos abrem sua boca, provocando-lhe ânsias de vômitos ao se enfiarem até a garganta. Ela sente o gosto frio do aço e depois uma onda de dor quando sua garganta se enche de um líquido salgado e quente. Sufocada, ela tosse e ofega, vomitando no rosto do agressor. Ele recua, limpando as faces e revelando dentes sorridentes. Gotas do próprio sangue pingam no rosto dela e salpicam as tábuas sujas do chão.

Um por um, eles a possuem, forçando-se com aspereza para dentro dela, estilhaçando o último de seus sonhos. A dor se espalha por todo o corpo: nas pontas agudas dos pregos, na língua que arde, em sua carne ferida e nos ossos quebrados. Ela não pode escapar deles, está verdadeiramente impotente. E nesse meio-tempo, ele a corta, o homem que era seu amigo. Talhos finos abrindo ferimentos que cobrem sua pele clara com sangue vermelho viscoso.

A morte demora muito tempo para levá-la, e mesmo então ela não fica em paz.

Este livro foi composto na tipologia Minion Pro,
em corpo 11/14.3, e impresso em papel off-white
no Sistema Cameron da Divisão Gráfica
da Distribuidora Record.